肖复兴散文精选集

音乐 卷

乱星的吟唱

作家出版社

图书在版编目（CIP）数据

肖复兴散文精选集·音乐卷：乱星的吟唱／肖复兴
著 . -- 北京：作家出版社，2021.1

ISBN 978 - 7 - 5212 - 1126 - 9

Ⅰ . ①肖… Ⅱ . ①肖… Ⅲ . ①散文集 - 中国 - 当代
Ⅳ . ①I267

中国版本图书馆 CIP 数据核字（2020）第 186540 号

乱星的吟唱

作　　者：肖复兴
责任编辑：赵　超　赵文文
装帧设计：卿　松
出版发行：作家出版社有限公司
社　　址：北京农展馆南里 10 号　　　邮　　编：100125
电话传真：86 - 10 - 65067186（发行中心及邮购部）
　　　　　 86 - 10 - 65004079（总编室）
E - mail: zuojia@zuojia. net. cn
http: // www. zuojiachubanshe. com
印　　刷：天津中印联印务有限公司
成品尺寸：142 × 210
字　　数：289 千
印　　张：12.5
版　　次：2021 年 1 月第 1 版
印　　次：2021 年 1 月第 1 次印刷
ISBN 978 - 7 - 5212 - 1126 - 9
定　　价：48.00 元

自　序

很多年前，曾读过雕塑家熊秉明先生的一则日记，他提到罗丹那个有名的雕塑作品《行走的人》时，写下了这样几句话："残破的躯体，然而每一局部都是壮实的、金属性的，肌肉在拉紧、鼓胀，绝无屈服和妥协。这部作品以其悲壮和浩瀚，可以看作是贝多芬第五交响曲的雕像，甚至让人想到'天行健'。"

读熊秉明先生的这段话，留给我印象的，不是前边对罗丹雕塑的描写，而是后面他将罗丹的雕塑看作音乐和诗。这不是文学家一般修辞中的联想或比喻，而是作为艺术家才具有的通感，方能打通不同类别的文学艺术的脉络，使其如水回环，横竖相通。

在谈到普希金的诗时，我读到柴可夫斯基说过的这样一段话："他凭卓越的才能，经常越出诗创作的狭隘范围而进入音乐的无边境界……在他的诗中，在诗的音响序列中，有某种穿透内心深处的东西。这东西就是音乐。"

同样，这不是文学家一般修辞中的联想或比喻，是只有音乐家才能说出的话，才能敏感地感悟到诗与音乐之间的关系。这种关系密切的衔接，便是文学与其他艺术形式之间水天一线的相融相通，更能直抵人的内心深处。

这一直是我神往的境界。虽不能至，心向往之。

作为作家，需要这样的艺术修养来营养自己。自古以来，中国艺术讲究的也是诗书画一体。单打一，仅仅跟文字较劲，仅仅在自己熟知的生活和文学圈子里徘徊，对于文学写作，尤其对于散文随笔写作，走不远，容易越走越窄，情不自禁又乐此不疲地重复自己。

布罗茨基讲："通常，缺乏积极的诗歌体验的小说家，都会流于累赘和雕琢。"也可以这样说：缺乏积极的艺术体验的小说家，尤其是散文家，更会流于累赘和雕琢。还可以再加一句：而且，少了些味道。或者，这便是老话所说的，散文，易写难工吧。

感谢作家出版社的编辑赵超先生的青睐，建议我编辑一套四本的散文精选集，将我多年以来写过的篇章，分为四卷：音乐卷、读书与怀人卷、生活与感想卷、亲情与友情卷，集中做一次回顾。这自然是对我的鼓励，也正好与我的心思相吻合，可以将这些年来我的人生与艺术相通与交汇的实验与努力，做一次小小的检点与总结。三月烟花千里梦，十年旧事一回头。旧事回头，旧梦重寻，即使难以做到落花流水，蔚为文章，却也是雪泥鸿爪，在那些深深浅浅的印痕中，毕竟有比现实世界更让我心动更有价值更值得向往的世界，让自己春晚秋深之际的日子里和心里，多一点儿湿润，而不至于苍老皲裂如一块搓脚石。

2020 年 9 月底中秋前夕于北京

目录 Contents

辑

一

那一晚忽然洞开的窗子

　　我一直认为音乐和其他艺术形式不一样，音乐靠的更是一种心灵上的启示，冥冥中神的一种启示。当然，我指的是古典的音乐。古典 Classic 一词，最早源于古罗马的拉丁语 Classicus 的意思，就包含着和谐、高雅、典范、持久的意义。而能保证这些意义存在而不褪色的，人为的力量是达不到的，只能求助于神。

　　音乐，从某种程度上说，是充满神秘感的。心灵和神，是音乐飞翔的两翼。

　　罗曼·罗兰说："个人的感受，内心的体验，除了心灵和音乐之外再不需要什么。"德国哲学家莱布尼茨说："音乐是心灵的算数练习，心灵在听音乐时计算着自己的不知。"我想说的都是这个道理，或是神作用于心灵，或是心灵参谒于神，真正美好的音乐才能诞生。而且，我坚信别的艺术可以后天培养，大器晚成；音乐只能从童年时起步，错过童年，音乐便不会再次降临驻足。因为只有童年的心灵最纯洁而未受到污染，便也最易于得到神的启示和帮助。成年人的心，已经板结成水泥地板，神的雨露便难以渗透进去。

　　童年的巴赫（J.Bach，1685—1750），便曾经这样得到神的启示和帮助，否则他日后就不会成为那么伟大的音乐家，起码我是这样认为。

在音乐史上没有这样的记载，但在巴赫的传记中确有这样一段生动的描述。童年的巴赫，家境贫寒，但酷爱音乐。只要汉堡有音乐会，他必会参加，虽身无分文，步行也要去。那时，巴赫十五岁，住在吕内堡他的大哥家里，吕内堡和汉堡隔着一条易北河，相距三十公里。为听一场音乐会，他常常一个人过河，步行到汉堡，往返六十公里，对于一个孩子来说，实在是够累的了。

一次，在汉堡听完音乐会，他还想继续听明天下一场的音乐会，可是他没有一文钱，只好无奈地踏上归途，三十公里的路一下子变得漫长起来。走到半路，天就黑了下来，他又没钱住店，连饿带困，只好小猫一样蜷缩在一家旅店屋檐下的草地上，挨过这一个没有音乐的寂寞之夜。沉沉睡到夜半时分，一股扑鼻的香味萦绕身旁，竟撩拨得他突然醒来。就在他刚刚醒来的一刹那，头顶上的窗子"砰"的一声忽然打开，紧接着从窗口落下一包东西，正落在他的身旁。他打开包一看，是一个喷香的鲱鱼头，鱼头里还藏着一枚丹麦金币！

是谁赐予了他今晚的晚餐？又是谁给予了他能够返回汉堡听音乐会的费用？

童年的巴赫感到莫名的兴奋，也感到格外奇怪，他抬起头望望窗子，窗子已经关上了，只有头顶的夜空满天繁星怒放。他认为这肯定是上帝赐予他的恩惠，他立刻跪在草地上，对着漠漠的夜空，向上帝祷告膜拜。他相信万能的上帝一定就藏在闪烁的星光之中。

音乐史中并没有这样的记载，大概认为这只是传说而已，不足为凭。但我却是宁愿信其有，不愿信其无。即使是传说，也表明巴赫和人们对于神灵与音乐相通的感情与向往。

我不知道那扇神秘的窗子里住的究竟是什么人，为什么要给巴赫以默默地帮助。巴赫那时还只是寂寂无名的孩子呀！莫非他或她或他们早已猜到巴赫将来的命运？那么为什么只给巴赫一个可怜的鲱鱼头？为什么不给巴赫更美好一点的晚餐？或者干脆把巴赫请进屋来，给他一盏更加温暖的灯火？……

　　我猜不出来。但我想如果那样的话，也就没有了神秘的感觉，可能也就没有了以后的巴赫。

　　对于孩子，对于艺术，是需要一些神秘感的。过于实际和实在了，世俗的气味浓厚了，不仅会磨蚀掉孩子的想象力，更会锈蚀掉孩子天籁般的心灵。与世俗近了，与艺术就远了。

　　幸亏那扇窗子没有再打开。

　　那一晚，巴赫又返回汉堡，继续听他的音乐会。应该说在这之前，巴赫就已经迷恋上了音乐，但我以为就是从这一个夜晚开始，巴赫才真正走进了音乐。

　　再听巴赫的音乐，比如短的《G弦上的咏叹调》、长的《马太受难曲》，我总能听到那种巴赫独特的庄严、典雅、深邃，巴赫自己的那种内省、含蓄、柔美。我总好像看到那一晚忽然洞开的窗子和漫天的星光灿烂。

　　当然，还能依稀闻到那鲱鱼头的香味。

巴赫和亨德尔

　　我一直想将巴赫（J.Bach，1685—1750）和亨德尔（G.Handel，1685—1759）进行比较，这将是一件很有意思的事情。其实，在音乐史上，早就有人在进行着这样的比较，只不过更多的还是分别论述着他们各自的成就。论及 18 世纪的音乐，不能不谈到他们两人，他们是那个时代的双子星座。罗曼·罗兰说得好："巴赫和亨德尔是两座高山，他们主宰，也终结了一个时代。"

　　最初引起我兴趣的是，他们两人在同一年出生，晚年又同样双目失明。巴赫结过两次婚，有过二十个孩子；亨德尔却终身未婚，甚至连一个女人也未有所染。巴赫只是中学毕业，亨德尔却是大学毕业。巴赫一辈子没出过国门，好像一个乡巴佬；亨德尔却一生在欧洲云一样漫游，最后客死在英国，俨然一个英国人。巴赫一直生活并不富裕，亨德尔却可以每年有丰厚的二百金币收入。巴赫的死是很凄凉的，几乎无人过问；亨德尔的死却是英国政府出面，为其举行了隆重的葬礼……

　　从人物出发，他们有着太多的相似，又有着更多的不同。他们的相似和不同都是那样地赫然醒目，让人兴味盎然。

　　但我更关心的是他们的音乐。他们的音乐是那样地不同，正好呈现出那个时代两个最为辉煌的不同侧面。如果他们两人从人物到音乐都几乎是相同的，那该是多么乏味！

从音乐的角度而言，巴赫是属于宗教的，亨德尔是属于世俗的。我想这和巴赫一生笃信宗教有关，而亨德尔只是在晚年双目失明之后快要离开人世的时候，才跪拜在汉诺威的圣乔治教堂前，想起了上帝。

但有意思的是，现在听巴赫的音乐，我常常听出的不是宗教的意味，而是世俗的温馨和快乐，比如他的许多康塔塔，比如他的 D 大调的弦乐曲。也许，是我对宗教根本不懂得，也缺乏巴赫那种对宗教的虔诚之心？

然而，现在听亨德尔的有些音乐，尤其是他的《弥赛亚》，特别是《弥赛亚》中的广板和"哈利路亚大合唱"，总能听到宗教的声音，看到那来自天国的神圣而皎洁的天光。也许，那只是我心中的宗教感觉，和 18 世纪完全无关。

巴赫的音乐是内省式的，它面对的是心灵，因此它的旋律总是微风细语般的沉思，是清澈的河滩上洁白的牧羊群在安详地散步。

亨德尔的音乐是外向型的，它面对的是世界，因此它的旋律总是跌宕起伏，是大海波涛中的船帆一闪一闪，挂满风暴带来的清冽水珠。

我想正是由于此，巴赫的音乐大多是器乐，他不想借助人声，只想运用音乐本身，相信音乐本身；亨德尔的音乐大多是歌剧和清唱剧，他淋漓尽致地发挥人声，相信人在音乐中的力量。

巴赫的音乐基本是为自己的、为教堂的唱诗班的、为一般平民的，格局一般不会大，是极其平易的，像是我们经常遇到的一片树下清凉的绿荫，是"明月松间照，清泉石上流"般的宁静致远；亨德尔的音乐是为宫廷的、为剧院的、为上流社会的，格局会恢宏华丽，像是他自己曾经谱写过的那节日里绚丽的焰火，是"惊风乱飐芙蓉水，密雨斜侵薜荔墙"式的天玄地黄。

同巴赫清澈美好的音乐相比，他的生活和他处世却大不相同。生活中的巴赫是谦卑的、世俗的、拮据的，为了生活和生存，他不止一次给达官贵人写信求救，他甚至专门为勃兰登堡的公爵献辞，并为公爵创作了《勃兰登堡协奏曲》。他的一生都只是卑贱的奴仆。

亨德尔也曾为讨好汉诺威亲王而专门为其谱写《水上音乐》，但他大部分的生活却是鄙夷世俗的。他的清高孤傲，拒人于千里之外，尤其对那些上层人物傲慢的态度，在当时的英国是有名的，使得那些想以结交艺术家为附庸风雅的上流人士对他很是愤恨，以至于如元帅之流要拜见他都不得不求助他的学生。他对牛津大学授予他的博士称号视若粪土，根本不屑一顾。他在都柏林看到广告上写着他是亨德尔博士，大为光火，要求人立刻在节目单上改正为"亨德尔先生"。

在我想象中，生活中的巴赫一直躬着腰，而只有在音乐中才得以舒展腰身，而亨德尔却无论在生活还是音乐之中始终是昂着头的。巴赫是天上的一簇星光，亨德尔则是电闪雷鸣。巴赫是河上游温顺的小羊，而亨德尔则是雄风正起的老狼。

巴赫和亨德尔在音乐之中和在音乐之外，是这样地不同。我想这是和他们各自不同的命运和性格有关。巴赫虽然有其固执的一面，但总的来说，他是一个平和的人，易于满足，谦虚质朴。一想到自己要养活二十个孩子这样庞大的家，他就什么脾气也没有了。亨德尔却是一人吃饱，全家不饿，他独身一人，只在音乐中徜徉。他是一个有名的脾气暴躁的人，所有的感情都会毫无保留地宣泄在脸上和他那一身多余的肥肉上面。有人说他是一个饕餮，是一名暴君。罗曼·罗兰这样形容过他："无论做什么事情，他都投入得忘了周围的环境。他有边思考边大声唠叨的习惯，所以谁都知道他在想什么。他创作时一会儿兴高采烈，一会儿涕泪交加。"想到这一点，看他暴怒的时候甚至要把一位拒绝演唱他的曲子的歌手扔到窗外，也就不会感到奇怪。

每一位艺术家的作品风格无不打上自己性格的烙印。如果他们不是音乐家，而是去当政，亨德尔不是英雄就是暴君，而巴赫则是温和的良相。作为音乐家，巴赫如同他的德文名字的中文含义一样，的确是条潺潺的小溪；亨德尔则是大海，时而平静，时而汹涌澎湃。

在我看来，巴赫是莫扎特的前身，而亨德尔则是贝多芬预设的拷贝。

有一件这样的事情，我一直很感兴趣。巴赫的家乡在德国中部的格森纳赫，亨德尔的家乡在格森纳赫东北的哈雷，两地相距不足百里。按说，也算是小老乡，他们两人却一辈子始终未能得以相见。个中原因，很值得思考。我一直不明就里，一直在揣测。

据史料记载，亨德尔出国之后曾经三次回过故乡，都是来看望他的老母。巴赫一直对亨德尔很敬重，也很希望能够有机会拜望一下他。在亨德尔第一次回国之前的 1713 年和 1716 年，巴赫曾两次专程到哈雷拜访过亨德尔的老母，表示过对亨德尔的敬意和仰慕之情。1719 年，亨德尔第一次回国，到德累斯顿进行宫廷演出。巴赫请一位大公写信给亨德尔请求相见，但亨德尔没有回信，回哈雷看望母亲去了。巴赫得知，立刻借坐大公的马车，从当时他所居住的科滕飞驰哈雷。科滕距离哈雷只有二十四英里，巴赫赶到哈雷，亨德尔却已经返回英国了。第二次，是 1729 年，亨德尔又回到哈雷，不巧，当时巴赫在莱比锡，正得病爬不起床，只好派大儿子拿着他亲笔写的信替他前往哈雷，邀请亨德尔来莱比锡会面。两地相距不远，也只有二十四英里。但是，亨德尔没有来。第三次，亨德尔再次回到家乡哈雷，巴赫已经不在人世了。

看来，他们实在是没有缘分。

我只是不明白，为什么他们没能见得成面？他们本来是有机会的。巴赫早就拜访过亨德尔的母亲，并表达过对他的感情，老母亲不会不向他转告，况且第一次还有大公的信件在先，他却连等一等巴赫的工夫都没有？第二次，亨德尔完全可以前往巴赫的住地莱比锡看望一下巴赫，况且巴赫还有病在身，出于礼貌也应该去一趟。即使是时间紧迫实在无法前行，总该写封信让巴赫的儿子带回吧？

也许，这只是出于我这样常人的考虑，艺术家的思维和我们常人不大一样，所以，我们成不了艺术家。我不知道事实上亨德尔到底对巴赫的态度是怎么样的，我看的书有限，看到的只是巴赫一直处于主动地位，处于对亨德尔的敬仰的姿态，而亨德尔总是有些傲慢。也许，亨德尔这样对待巴赫，是极其正常的，是完全符合亨德尔的性格的。如果不是这样，倒不是亨德尔了，便和巴赫混为一谈了。客观地讲，以当时的地位和名望，亨德尔显然比巴赫要高上一筹，他走到哪里都被人们所簇拥。而巴赫当时只不过是莱比锡的一个教堂的乐监，音乐家的名分，是巴赫死后我们加上的。

我不想苛求亨德尔，每个人都有自己的长处和短处。我只是想说，即使生前受到冷遇寂寞的巴赫，亨德尔一时忙于自己的辉煌，忘记或忽略看一看他的光芒，他的光芒还是存在的。真正的光芒是掩盖不住的。从这一点来看，巴赫有其更纯朴真挚的一面，他从来没有因为亨德尔最终没有会见他而有过什么抱怨，或对亨德尔有过什么非议。

　　这就是巴赫，是虔诚的宗教的巴赫和高傲的世俗的亨德尔的区别。

　　也许，正是出于此，我更喜爱一些巴赫的音乐。亨德尔的音乐是属于戏剧的，巴赫则属于诗、属于梦、属于心里的话语，在他的旋律里化作音符相会相融。

光就是从那儿来的

艺术从来都是痛苦的结晶，或是身世，或是精神的痛苦，才使得艺术在心灵的磨砺淘洗中得以升华，而变得神圣、高贵而高尚。

我们爱说高尚，不爱说高贵，以为高贵是资产阶级或者贵族的专利。其实，没有精神上的高贵和境界上的神圣，人是高尚不起来的。

《弥赛亚》，是亨德尔历经苦难之后倾注全部热情创作的一部轻歌剧。这部作品的第二部"哈利路亚大合唱"，表现的是耶稣遭受的苦难和复活。这里融入了亨德尔自己的情感和经历的影子。亨德尔在这之前曾经破产一贫如洗、病倒半身不遂；在这之后更有双目失明的悲惨境遇。

我没有听过《弥赛亚》的全剧，只听过其中的"广板"，真是百听不厌。那种清澈动人的旋律，让人感到只有来自深山未被污染的清泉，或者来自上帝手中为我们洗礼的圣水，才会这样地透明纯洁，能把我们尘埋网封的心滤就得明朗一些。有的音乐是一种发泄，有的音乐是一种自言自语，有的音乐是一种浅吟低唱，有的音乐是一种搔首弄姿，有的音乐是一种卖弄风情……亨德尔的这一段"广板"是来自天国的音乐，是来自心灵的音乐，她可以让人的心灵美好崇高，她可以让人面对躁动、喧嚣和污染保持一份清明纯净。

据说，《弥赛亚》在伦敦上演，当演唱到第二部"哈利路亚大合唱"的时候，在场的乔治二世深受感动，禁不住肃然起立，躬身倾听，带动在场所有的观众都站立起来恭听。从此，形成了规矩，在世界各国演出只要演到这里时，观众们都莫不如此肃然起立。亨德尔的音乐和整个音乐大厅连带周围的世界，都充满神圣而庄严的气氛。

我很难想象这种情景。我们现在还能够出现这种情景吗？会有一种音乐，或者其他的一种艺术，能够让我们怀有如此圣洁、如此神往的心情和心地自觉而虔诚地肃然起立，去聆听、去拜谒吗？

我们的心和我们的艺术，都难以滤就得如此水晶般澄净空明，宗教般虔诚景仰了。看看我们周围，当丑角变成了人生的主角，当小品成为舞台上的中心，当肥皂剧占据了人们的视线，当浅薄的二三流歌星膨胀为音乐家……我们就知道亨德尔的时代已经无可奈何地离我们远去了；亨德尔时代的艺术所拥有的那种高贵神圣的感觉，已经无可奈何地离我们远去了。现在，我们的剧场、音乐厅可以越盖越高级，我们还创造出来了更为方便而现代的电视、音响、CD、VCD、iPod……我们可以躺在被窝里、依偎在鸳鸯座里，嚼着泡泡糖、豪饮着冰啤酒，去听去看这些所谓的艺术，怎么可能会再自觉自愿一往情深地肃然起立，去聆听、去拜谒亨德尔的《弥赛亚》呢？

知道亨德尔的人不会太多，知道亨得利的人却一定很多。把心和艺术商品化、时装化、世俗化、市侩化，化妆成五彩斑斓的调色盘，腌造成八宝甜粥、九制陈梅的太多了。

满街连商店里都安上了高音喇叭，轰鸣起招揽生意的震天响的音乐，真正的音乐已经离我们而去。

所有人的口中都唱着流行的爱的小调，真正的爱已经变成人们嘴里肆意咀嚼的泡泡糖。

也许，亨德尔的音乐和时代，都离我们太遥远、太古典。现代人已经没有了这种情感、庄严和信仰。我们的情感和信仰都已经稀释得缺少了浓度，单薄得比不上一只风筝，自然只会随风飘摇；庄严和神圣，当然就只成了我们唇上的一层变色口红，或者我们西服上的镀金领带夹。

我却为那种遥远、古典的情景和情怀而感动，并对此充满着向往。人类之所以创造出了音乐和其他艺术，不就是为了让我们庸常的人生中能够涌现出这样的时刻吗？不就是能够让我们看到天空并不尽是污染，而存在着水洗般的蔚蓝、天使般的星辰，和金碧辉煌的太阳吗？它们就辉耀在我们的头顶并审视着我们的心灵，让我们的心得以伸展而不至于萎缩成风化的鱼干；让我们的精神知道还有美好的彼岸而不至于搁浅在尔虞我诈、物欲横流的泥沼。人只有在艺术的世界里，才能超越自身的局限和龌龊，创造出至善至美的神圣境界。

亨德尔的《弥赛亚》，为我们创造出了这样神圣而美好的境界。并不是所有的音乐、所有的艺术，都能够创造出来这种境界的。难怪亨德尔对《弥赛亚》格外钟爱，在临终前八天，抱着病危的残躯，仍然坚持参加《弥赛亚》的演出，出任管风琴演奏。《弥赛亚》中，有亨德尔的心血，更有他的信仰。让蚯蚓般青筋暴露并颤抖的手指弹奏管风琴，看全场的观众肃然起立庄严闪烁的目光和他交融相碰，那是一种怎样感人的情景呀？

晚年的海顿，在伦敦听到《弥赛亚》时，禁不住老泪纵横，洒满脸颊。他由衷地赞叹："这是多么伟大、神圣的音乐！"他由此发誓："我的一生中一定也要创作出这样一部音乐！"

看来，海顿的心和亨德尔是相通的。海顿从伦敦回到维也纳，开始创作他的《创世纪》。每天写这部音乐之前，海顿都要虔诚地跪拜在神像面前，把心袒露给上苍。我们现在对自己的艺术还会有这样的虔诚吗？我们不必跪拜在神像面前，我们只要求将手洗得干净一些、将尘埋网封的心抖擞得明亮一些，将我们过早长出的老年斑去掉几颗，每天能够做得到吗？

《创世纪》在维也纳演出的时候，海顿已经卧病在床，但坐在安乐椅上，他依然来到音乐会上。当听到全剧的高潮，"天上要有星光"一曲响起的时候，七十七岁的海顿，竟然不顾年迈病重，神奇般地从安乐椅上一下子站起来，情不自禁地指着上天高声叫道："光就是从那儿来的！"说罢，他就倒下再未醒来。

第一次在书中读到这里时，我被感动得湿润了眼角。以后，每逢想到这里时，都让我的心里泛起激动的涟漪。我的耳边似乎总响起海顿这苍老而激动人心的声音："光就是从那儿来的！"

光到底是从哪儿来的？我们现在知道吗？我们现在还关心光到底是从哪儿来的这样的问题吗？我们还能够像海顿一样即使到死之前也要抬起老迈的头颅，去寻找光是从哪儿来的吗？

每逢想到这里，我为自己和这个越发物化的世界而惭愧。我便情不自禁地问自己也问这个世界：现在还会出现这种情景吗？莫非我们以为站在了光明灿烂的中心，已经不再需要寻找光了？莫非它真只是一道遥远而过时的古典情景，只可远看，不可走近，难以重返现代人的心中？

是海顿和亨德尔在我们的眼里变得越来越疯疯癫癫，还是我们的艺术包括我们自身已经变得俗不可耐，越来越实际实用实惠，退化得失去了这种庄严神圣撼人心魄的力量?

我们的视力已经无可奈何地减退,看不到"天上要有星光",更看不清光到底是从哪里而来射在我们的头顶。我们便无法将那束庄严而神圣的光收进我们的心中。

亨德尔曾说:"假如我的音乐只能使人们愉快,那我很遗憾;我的音乐的目的是使人们高尚起来。"

我们应该让我们自身和我们的艺术高尚起来。谁,哪一束光,或者什么力量,可以帮助我们高尚起来呢?

关于莫扎特

一

莫扎特是说不尽的。说不尽的莫扎特本人。不尽的人在说莫扎特。傅雷就是其一。他很喜欢莫扎特。在他的文章中，曾多次谈到莫扎特。

他这样评价莫扎特："在整部艺术史上，不仅仅在音乐史上，莫扎特是独一无二的。"他说，莫扎特的"早慧是独一无二的"。"他的创作数量的巨大，品种的繁多，质地的卓越，是独一无二的。"开创民族艺术形式的新路，"莫扎特又是独一无二的"。又说，"没有一种体裁没有他登峰造极的作品，没有一种乐器没有他的经典文献"。在音乐的全能方面，"毫无疑问是绝无仅有的"。一样又是一个独一无二！

这评价够高，却是符合实际的。但如果仅仅是这样的评价，傅雷会很让我失望，因为任何一部音乐史，都是这样评价莫扎特的。

我感兴趣的是，傅雷不仅这样评价莫扎特，而且向我们揭示了许多他自己对莫扎特独特的体味，有种种新的发现，柳暗花明一般，令我们心头一亮，让我们再听那些熟悉的莫扎特的乐曲时，能够听出一种新鲜的滋味来。

比如，傅雷说，"没有一个作曲家的音乐比莫扎特的更接近于'天籁'了"。我还没看到别人这样评价过莫扎特。说音乐作品美妙甜美、清新自然，并不是准确的天籁。可惜，傅雷没有进一步解释天籁的含义。在我领会，莫扎特音乐的"天籁"成分，不仅融入他的作品，同时融入他的心和他的生命里。他的妻子康斯坦兹曾经说他"作曲就像写信一样"。康斯坦兹明白莫扎特写给她的信里充满着天籁。写信和正襟危坐做文章不同，写信和一般作曲自然也不同，写信是一种倾诉，是心中音乐的流淌，在这里，音乐来自心灵，而不仅仅是五线谱。也许，康斯坦兹的话，就是对莫扎特音乐天籁最好的解释。

莫扎特的音乐不是做出来的，是真正从心灵深处流出来的。他的音乐才能如水清澈明亮。但这水不是自来水龙头里流出的水，不是人工制造灌装出来的矿泉水，不是放入许多添加剂的可乐汽水……而是从山涧流淌出来的溪水。

据说，贝多芬作曲时常常汗流浃背，而莫扎特作曲时却如写信一样轻松自然。这大概不是笑话，而是一种真实。一个音乐家可以很有才气，或非常刻苦，或很有思想，或很有创新……这一切都是可以磨炼的，可以培养的。但天籁是与生俱来的，是融入一个人的血液里的，就像一朵花该开什么颜色，就像一只鸟该长什么羽毛。有的花天生就开放与众不同的鲜艳颜色；有的鸟天生就长出不同寻常的漂亮羽毛。

莫扎特的音乐更接近于天籁，或者说莫扎特就是天籁式的音乐家，我很同意这种看法。

傅雷还说莫扎特的音乐："从来不透露他的痛苦的消息，非但没有愤怒与反抗的呼号，连挣扎的气息都找不到。""莫扎特的作品反映的不是他的生活，而是他的灵魂。是的，他从不把艺术作为反抗的工具，作为受难的证人，而只借来表现他的忍耐和天使般的温柔。"在这里，傅雷用了一个"天使"的词来形容莫扎特，我看极其富于特点。一个天使，一个天籁，是傅雷对莫扎特自己独特的认识和理解，也是莫扎特音乐对称的两极。

莫扎特短暂的一生，除了童年还算幸福，用傅雷的话说，短促得只是"像个美丽的花炮"。其他的日子都是极其痛苦的，贫穷、疾病、嫉妒、倾轧……像黑蝙蝠的影子一样紧紧跟随他的一生。但是他的音乐呢？在他所有的作品里，我们找不到一点是对生活的抱怨，对痛苦的咀嚼，对不公平命运的抗击，对别人幸运的羡慕，或是对世界故作深沉的思考，有意无意地添加一些自以为是的所谓哲学的胡椒面……他的欢快，他的轻松，他的平和，他的和谐，他的优美，他的典雅，他的幽邃，他的单纯，他的天真，他的明静，他的清澈，他的善良……都不是装出来的，而是自然而然情不自禁地流露。他不是那种"行到水穷处，坐看云起时"式的恬淡，也不是"闲云不成雨，故傍碧山飞"式的超然，也不是"无风云出塞，不夜月临关"式的宁静，也不是"雁引愁心去，山衔好月来"式的心境，也不是"我生本无乡，心安是归处"式的安然……他对痛苦和苦难不是视而不见的回避和禅学的超度，而是把这痛苦和苦难嚼碎化为肥料重新撒进土地，不是让它们再长出痛苦带刺的仙人掌，而是让它们开出芬芳美丽的鲜花——这鲜花就是他天使般的音乐。傅雷说他的音乐表现了他天使般的温柔，是最恰当不过的了。

傅雷还说，莫扎特"他自己得不到抚慰，却永远抚慰着别人。""他在现实生活中得不到幸福，他能在精神上创造出来，甚至可以说他先天就获得了这幸福，所以他反复不已地传达给我们。"傅雷说得真好！我还没有看到别人将莫扎特说得这样淋漓尽致，这样深入骨髓，这样充满着对莫扎特的理解和感谢。傅雷是莫扎特的知音。

二

有一种很奇特的现象，在音乐史或有关音乐评述文章中屡见不鲜：许多人爱把莫扎特和贝多芬进行对比。仿佛他们是一对性格迥异的亲兄弟。

比如柴可夫斯基多次进行这样的对比："莫扎特不像贝多芬那样掌握深刻，他的气势没有那样宽广……他的音乐中没有主观性的悲剧成分，而这在贝多芬的音乐中表现得那样强劲。"他还说："我不喜欢贝多芬。我对他有惊异之感，但同时还有恐惧之感。我爱莫扎特却如爱一位音乐的耶稣。莫扎特的音乐充满难以企及的美，如果要举一位与耶稣并列的人，那就是莫扎特了。"

比如丰子恺这样表述他的对比：贝多芬的音乐实在是英雄心的表现；莫扎特的音乐是音的建筑，其存在的意义仅在于音乐美。贝多芬的音乐是他伟大灵魂的表征，故更有光辉。莫扎特的音乐是感觉的艺术；贝多芬的音乐则是灵魂的艺术。他还说：莫扎特的音乐是艺术的艺术，贝多芬的音乐是人生的艺术。

很少有人拿莫扎特和其他音乐家进行对比。拿莫扎特和贝多芬对比，说明他们两人地位的重量级旗鼓相当，也说明拿他们两人进行对比的人的心目中，对莫扎特的态度和对艺术人生的态度。

傅雷也将莫扎特和贝多芬进行比较，他这样说："假如贝多芬给我们的是战斗的勇气；那么莫扎特给我们的是无限的信心。"这句话很重要，我以为是傅雷对莫扎特认识和理解的一把钥匙，是给予我们去认识和理解莫扎特的一句箴言。这句话让我又想起傅雷说的"天籁"及"天使"这两个词。和贝多芬相比，莫扎特确实更接近天。莫扎特属于梦幻般的天；贝多芬则是坚实的地。因此，我觉得傅雷仅仅说莫扎特给我们无限的信心，似乎是不够的。莫扎特还给予我们更多的梦幻般的美好、憧憬和抚慰，他能让我们的心永远湿润，而不至于那么快被世风吹得干燥、皲裂。

这样相比较而言，丰子恺说莫扎特的音乐只是"音的建筑，其存在的意义仅在于音乐美"，对莫扎特实在太不公平了。应该说，莫扎特的音乐才是灵魂的艺术；感觉的艺术，说德彪西可以，说莫扎特就不那么准确。而柴可夫斯基把莫扎特比喻成音乐的耶稣，又有些太过分和神秘感了，或者说有些夸张。

看看傅雷的儿子傅聪对父亲的理解，可以看出傅雷对莫扎特的一往情深，在贝多芬和莫扎特之间对莫扎特明显的倾斜。傅聪这样说："我爸爸在《家书》里有一篇讲贝多芬，他讲得很精彩，就是说贝多芬不断地在那儿斗争，可是最后人永远是渺小的。所以，贝多芬到后期，他还是承认人是渺小的。……贝多芬所追求的境界好像莫扎特是天生就有的。所以说，贝多芬奋斗了一生，到了那个地方，莫扎特一生下来就在那儿了。"这话讲得很有意思，比父亲讲得要通俗，却更形象；比丰子恺讲得更深沉；比柴可夫斯基讲得更实在，也更能让我们接受。

我常常想傅聪讲的这句话，贝多芬一辈子奋斗好不容易才到达的地方，原来莫扎特一出生就站在那里了。这对于贝多芬来说是一个多么残酷的玩笑和现实！贝多芬和莫扎特之间竟然拉开了这样长（是整整一辈子）的距离！

在我们中国，一般而言，人们更多知道的是贝多芬，对贝多芬更为崇拜，莫扎特的地位要在贝多芬之下。我们一直崇尚的是战斗的哲学：是与天斗，其乐无穷；与地斗，其乐无穷；与人斗，其乐无穷。我们很长一段时间忽略了无论与天与地还是与人，还有着更为重要的和谐关系，相濡以沫的关系，相互抚慰的关系。如果说前者是生活和时代必需的，那么后者在更多的时候一样也是必需的。如果说前者是要求我们锻炼一副外在钢铁的筋骨，那么后者则是要求我们有一个宽厚而和谐的心灵。有时候，锻炼外在的筋骨不那么困难，但培养一个完美的心灵却不是一朝一夕的事了。这样，我们就明白了，一般运动员可以从小培养，音乐家尤其是像莫扎特这样的音乐家，很难从小培养，他们大多是天生的，是可遇而不可求的。

莫扎特逝去了二百余年，人类曾出现过多少优秀的运动员乃至伟大的英雄和卓越的领袖，但是再未出现一个莫扎特。

其实，并不是我们的国家和民族天生只崇拜贝多芬式的向命运不屈而坚强地敲门的英雄，我们一样崇拜温柔如水天使天籁般的莫扎特，尤其是经历了漫长而没完没了的人与人之间的斗争，在日后日复一日单调而庸常的平凡日子里，我们离后者更近，便也更向往，更亲切。

傅聪在解释父亲这句话"假如贝多芬给我们的是战斗的勇气；那么莫扎特给我们的是无限的信心"时，这样说："我觉得中国人传统文化最多的就是这个，不过，我们也需要贝多芬。但中国人在灵魂里头本来就是莫扎特。"我不知道傅聪这样的解释是否符合傅雷的本意，但这话讲得很让人深思。中国人在灵魂里头本来就是莫扎特，我们本来应该很容易接近莫扎特，可是，我们却离莫扎特那么遥远。这真的是一个悖论，不仅音乐如此，我们的人生与历史更是如此。

三

我有好长一段时间轻视莫扎特，大概和看过那部《莫扎特传》的电影有关，那部影片没让我对莫扎特留下什么好印象。在影片中，莫扎特似乎总是疯疯癫癫的，老是打情骂俏，老是让人嫉妒算计。

我对二百多年前的莫扎特一无所知。

我开始对莫扎特有好感，是读了巴乌斯托夫斯基写的《盲厨师》一文之后。那篇文章写得很美，四十多年前，我曾经将它全文抄过一遍，抄它时的那个春雨霏霏的夜晚，至今记忆犹新。夜雨扑窗，悄然无声，仿佛是莫扎特从遥远的地方走来，走到我的面前。是它让我走近莫扎特，让我为自己的无知和浅薄而脸红。

文章写的是 1786 年维也纳近郊风雪呼啸的一个夜晚。给一位伯爵夫人做了一辈子厨师的盲老人，在他的破旧木屋里奄奄一息孤零零地就要去世了。在忏悔了一生所犯的过错之后，他唯一的愿望是能够重新看到早已经故去的他年轻时的恋人，依然出现在早春苹果花盛开的树下，向他款款走来。可是当他说完这话，就嘲笑自己这是不可能的，是自己的病把自己搞糊涂了。怎么可能让一个盲人重新看见人，而且是看见岁月倒流早已逝去的年轻时光和年轻的恋人呢？顶着风雪，走进他这间小木屋的一个年轻人，却对他一连大声说了三遍："我可帮你做到！"在盲厨师小木屋里那架落满灰尘的破钢琴旁，年轻人坐下，为老人弹奏了一支即兴曲。他弹奏的这支曲子太神奇了，在乐曲中，老人竟真的看见了自己年轻的恋人，走在了早春苹果花盛开的树下，老人打开窗子，扑面而来的大片大片的雪花，真的觉得就是那芬芳的苹果花。就在美妙的一瞬间，老人幸福地合上了眼睛。

这个年轻人就是莫扎特。那一年莫扎特整整三十岁。

这实在是一个美丽的故事。莫扎特和他的音乐都是那样神奇。美好的音乐，能够抚慰人哪怕创伤再深的灵魂，能够创造人无限向往却无法创造的奇迹。我想起歌德曾经对莫扎特的高度评价："像莫扎特那样一种现象，实在是无法解释的奇迹。"

很长一段时间，我沉浸在这个故事之中，我不知道莫扎特为那个盲厨师弹奏的是一支什么样的钢琴曲，却仿佛听到了那美妙的乐曲，心久久地在那乐曲中荡漾。我为莫扎特，也为那位盲厨师而感动。他真是个幸运的人，虽然他的一辈子有过那样多的苦楚。但有了临终前莫扎特的那一支钢琴曲，他值得了，所有的一切辛酸都融入了音乐之中，化为了永恒的旋律。并不是所有的人都能够拥有他这样的福分。

莫扎特实在是伟大的，是他才让那纷飞的雪花变成了早春盛开的苹果花的。

怎么可以轻视莫扎特呢？

当然，我们必须拥有盲厨师那样对年轻时恋人和苹果花的渴望，对音乐和生活的虔诚，才能够感受到那一种境界：纷飞的雪花迎面扑来，才有可能化为温馨的苹果花。如果我们梦想着纷飞的雪花飘来最好化作大把大把的钱票子，我们临终前渴望的不是心中珍存的那一份感情，而是如何立下分赃的遗嘱……怎么可以如盲厨师一样感受出音乐给予他独特而美好难再的境界？莫扎特便离我们遥不可及，远在二百多年以后，我们便很难在音乐厅、在街头，更难在家中在心中，和他相逢。

亚里士多德曾经说过："各种非理性的情欲，都可以在音乐中得到净化。"那是指听众如盲厨师那样敢于忏悔自己一生过错的人，敢于承认自己心底欲望的人，方才可以让各种欲望在音乐中得到净化。我们泛滥着太多拥有高级音响懂得音箱收藏唱盘占有音乐家如同占有庄园和情人一样富有的发烧友，而缺少盲厨师一样的贫寒却真诚的音乐听众，我们当然很难和莫扎特相逢。

我们当然会轻视乃至漠视莫扎特。我们会如数家珍地将许多流星般流行歌星的名字口水一样挂在嘴边，而遗忘甚至根本不知道莫扎特是谁。指着莫扎特的照片和画像，我们只能说是个外国人。

德沃夏克在布拉格音乐学院执教的时候，不允许他的学生轻视莫扎特。他曾经在他的课堂上提问一个学生：莫扎特是一个怎样的人？这个学生回答了一些似是而非的话。这样的回答，我想现在我们很多人会如此所答非所问，司空见惯不会脸红而只会无动于衷。当时，德沃夏克非常恼火，抓住这个学生的手，把他拉到窗子旁边，指着窗外的天空厉声问他："看到了什么东西？"学生莫名其妙，异常尴尬。德沃夏克气愤异常地反问他："你没有看见那太阳吗？"然后严肃地对全班学生讲："请记住，莫扎特就是我们的太阳！"

我们是否听得到德沃夏克这严肃而响亮的声音？

莫扎特是否能够成为我们的太阳？

我们会有时间抬起头来，望一望我们头顶的太空还有没有太阳吗？

舒曼和舒伯特

舒伯特（F.Schubert）生于 1797 年，死于 1828 年，仅仅活了三十一岁。

舒曼（R.Schumann）生于 1810 年，死于 1856 年，活到了四十六岁。

两个人活的时间都不算长。而且，两个人都是贫病交加，都是死于疾病。从病情来看，舒曼死于长期的精神病，痛苦的折磨比舒伯特更为残酷。舒伯特是喝了脏水染上肠胃病而致死，怎么也比舒曼好些。但是从贫穷的角度来看，舒伯特比舒曼还要悲惨。舒曼还有一份稳定的工作，舒伯特一生除了有过一段短暂的教书生涯之外，从来没有稳定的工作。有时，他连买谱写乐谱的稿纸的钱都没有，他连一件外套都没有，只好和别人合穿一件，谁出门谁穿。他的音乐那时并不值钱，现在看来极为著名的《摇篮曲》，能换一盘土豆；而同样有名的《流浪者》，只卖了两个古尔盾。舒伯特死后所有的遗产都加起来，充其量也只值二十四五个古尔盾。

最重要的，舒曼一生有一份美好的爱情，美丽善良而又才华出众的钢琴家克拉拉对他生死相依的那份爱情，足以使得舒曼感到慰藉，并为后来的历史传为佳话。而舒伯特一生没有爱情，他终身没有结婚，而且从不谈论女性。据说，舒伯特二十一岁，唯一一次外出到匈牙利一位伯爵家教授钢琴的时候，曾经爱上了伯爵家的小女儿，但那只是一次单恋，他从未对人家说出口，而且那女孩当时只有十二岁。待六年过后那女孩十八岁时，他们偶然间得以重逢，却已是云烟散去。

舒曼和舒伯特彼此一生从未相见，舒伯特比舒曼大十三岁，只不过是大了一轮，如果舒伯特能够稍微活得时间再长些，我想他们是如此惺惺相惜，肯定能够相见的。舒伯特死的时候，舒曼仅仅十八岁，在舒曼这十八年中，舒伯特除了外出到匈牙利教书一次之外，都只生活在维也纳，而舒曼却是在莱比锡和海德堡求学，彼此两地遥遥相隔。而且，那时舒曼是在攻读法律，只是在业余时间学习钢琴，音乐更在遥远的天边。命运让他们天各一方。

我现在偶尔会想象，如果那时命运成全了他们，让他们能够有机会相见，会是一种什么样的情景？我真的很难想象，以舒伯特的羞涩，舒曼的热情，他们会碰撞出什么样的火花？以他们彼此迸发出的艺术和思想的光芒，他们会如何相互辉映，彼此激励？但会不会也出现摩擦？如瓦格纳和李斯特？瓦格纳和勃拉姆斯？托斯卡尼尼和普契尼？艺术性格突出的音乐家，往往会在区区小事上格格不入而产生矛盾，彼此不愉快乃至剑拔弩张。因为有那么多的艺术家，原来关系不错，但后来却闹得一团乱麻，我对舒伯特和舒曼也不得不有些隐隐担忧。如果真的是那样，还不如不让他们两人相见呢。

当然，这只是我自己的想象而已，他们也许即使相见也不会出现这种担忧，没准能出现一段更为美丽的佳话呢。事实上，虽从未相见，舒曼却对舒伯特保持极其友好的关系，并对舒伯特的音乐尤其是遗作的挖掘起了重要的作用。可以说，如果没有舒曼，舒伯特的遗作《C 大调第九交响曲》，便很难问世为大家知道并喜爱。

舒曼是一个极为热情的人，他对同时代音乐家的热烈鼓吹和提携，在音乐史上是有名的。他曾经撰写对李斯特、肖邦、柏辽兹和勃拉姆斯等人的音乐评论，如今成了一笔不可多得的财富。在音乐家之中，能够写一手漂亮文章的有那么几位，舒曼应该说是写得最漂亮的人了。而且，他从来都是那样热情而厚道，从不像德彪西那样刻薄。他对舒伯特更是情有独钟，他不止写过一篇文章为天才早夭的舒伯特"鼓吹"，他不止一次为发现舒伯特这个奇才而兴奋不已、赞叹不已。说起舒伯特的音乐，他总是充满感情："没有一首作品不是倾诉他的心灵的。古往今来只有少数几首艺术作品能像舒伯特那样鲜明地保留下作者的印痕。"他还这样说过自己，常常"在夜深人静的时候，当着星光树影梦到他"。读到这样的文字，总能为舒曼的真诚，也为舒伯特终于获得知音而感动。

舒伯特在世时得到的知音实在不多。只有贝多芬看到舒伯特的乐谱惊异地大叫过这是谁作的曲。但那已是贝多芬病重的晚年，舒伯特得知这一消息赶去看望贝多芬时，贝多芬已经垂危在病榻上了。贝多芬去世时，是舒伯特为贝多芬擎着火炬送葬，据说归来的途中喝酒，舒伯特举杯竟对大家说了一句："为在座的先死者干杯！"不料一语成谶，一年半后，他自己竟先死于他人。死前，他只要求能够将自己葬在贝多芬的墓旁边。

舒曼到维也纳去的那一年，对于舒伯特是极为重要的一年。那是舒伯特逝世后的第十一年，即 1839 年，那时舒曼二十九岁。如果不是舒曼去了维也纳，也许舒伯特还在地下沉默。或许在以后也会有人发现舒伯特的才华，但毕竟不知要等待何时了，起码要推迟许多时日。

舒曼那一年去维也纳有两个目的，一是去看望贝多芬和舒伯特的墓，二是去舒伯特的哥哥家寻找舒伯特的遗作。舒曼到达维也纳郊外的维林墓园，拜访了贝多芬和舒伯特的墓地，舒伯特的墓并没有紧挨着贝多芬的墓，中间隔着一位伯爵的墓地，舒曼特别羡慕这位伯爵能够长久地躺在他们两人的中间，有两位音乐大师陪伴。只是贝多芬的墓前有几株红玫瑰，而舒伯特的墓前没有任何装点，这让舒曼的心里多少有些替舒伯特不平。舒曼说他自己的夙愿终于如愿以偿，他还多了一个意外的收获，是在贝多芬的墓前捡到一支钢笔，他把这支钢笔当成了圣物，给了他无限的灵感。

他在归途中拜访了舒伯特的哥哥斐迪南，斐迪南拿出舒伯特的许多遗物给他看，舒曼说他当时看到这些东西兴奋得抑制不住浑身发抖，这是一个懂得艺术又懂得心灵的音乐家具有的品质，这是只有舒曼才会有的表现，他后来将其中一些遗作以《遗物》为题发表在他主持的《音乐新报》上，让世人重新认识了舒伯特的价值。

在这次拜访中，舒曼最大的收获是发现了舒伯特的《C大调第九交响曲》。他认为它具有"天堂般的长度"，高度评价了这部交响曲："我直率地说一句，谁若是不知道这首交响曲，那么可以说他对舒伯特知道的不多。"他认为当时的交响曲多数"都只是贝多芬的微弱的回声而已"，是"海顿和莫扎特傅粉假发的可怜剪影，而这假发下面是没有头脑的"。而舒伯特的这首交响曲的意义在于"绝不只是包含一支优美动听的旋律，绝不只是表达已经被音乐家表现过成千上万次的喜悦和悲哀的情绪而已，它还蕴蓄着更多的东西。这首交响曲把我们引入一个好像从未到过的境界之中"。

在具体评论这首交响曲的时候，舒曼这样写道："这首交响曲，除了具有炉火纯青的作曲技巧以外，还洋溢着浓郁的生活气息，精细入微的明暗色调，它的每一个细节都具有深刻的表现力，全曲充满了我们已经很熟悉的舒伯特的浪漫情调。他这些神妙的漫长的乐句——正像长篇小说一样滔滔不绝，难以遏止，而又绝不使人厌倦；恰恰相反，它有很大的吸引力能把读者愈来愈深入地引进他的创作天地之中，流连忘返。"

舒曼回到莱比锡，将舒伯特的这首交响曲交给勃列特考普夫与格尔特出版公司出版，送给万豪斯音乐会主办机构，最后通过他的极力推荐和努力，由门德尔松指挥，在莱比锡音乐大厅演出。舒伯特一辈子都没有听到自己的什么交响曲，更不用说这首在他逝世之前才完成的第九交响曲了。但是，现在他听到了。在他的这首《C大调第九交响曲》中，他听到了他的音乐，同时也听到了他和舒曼的心灵共有的回声。两个伟大的音乐家，在这里紧紧握手。

我也曾经到过维也纳的维林墓园，拜访过贝多芬和舒伯特的墓地，我看见在他们两人墓地之间没有一个什么伯爵的墓，只有一条人们踩出的小小的路。贝多芬和舒伯特的墓前都摆放着鲜花。从墓地来看，贝多芬的更为朴素一些，舒伯特的则雕塑得颇为漂亮，白色的大理石上雕刻着这样的题词："死亡把丰富的宝藏，更把美丽的希望埋葬在这里了。"——或许，是后人重新修葺过的。

站在舒伯特的墓前，想起舒曼和舒伯特，人生不相见，动如参与商；想起他们这一段生死两地之间的交往；这一切该是多么地难得而感人。人世中，有许多丑恶让我们悲观甚至失去生活下去的勇气，但也有许多美好和纯洁足以让我们能够抬起头来，让我们的眼睛里充满晶莹的泪花而拂拭去浓重的阴霾。能够给予我们这些美好和纯洁，其中最主要的是依赖于艺术，而艺术中最重要的是依赖于音乐。因为，我已经越来越不相信人世间的那种越是真情浓郁越是充满虚情假意的化妆过的情感；我也越来越不相信文学和影视戏剧中的伪劣的形式主义和煽情的制作方式。我只依赖于我认为好的音乐，在这样的音乐面前，人和音乐一样透明。在这样的音乐面前，让我的心滤就下一点杂质，暂时与世隔绝，而分外沉静安宁。

因此，千里迢迢到维也纳来，就是为了看望那些我心仪已久的音乐家。站在维林墓园前，我应该感谢那些音乐家，包括舒曼和舒伯特。

只是，行色匆匆，我没有找到舒曼的墓地。或许，舒曼的墓地没在这里，而在他的家乡杜塞尔多夫？

我也没有舒曼的运气，在贝多芬和舒伯特的墓地前捡到一支给予我灵感和好运的钢笔或别的什么。我只捡了一枚椭圆形的树叶，正是深秋季节，那枚树叶金黄金黄的，如同舒曼或舒伯特遗落在这里的一个音符。

李斯特之死

　　李斯特（F.Liszt，1811—1886）年轻的时候，曾经写过一首钢琴与乐队的曲子《死之舞》。这首乐曲最早写于1838年，那时李斯特才二十七岁（后来在1849年又曾几度修改）。那一年，在比萨的教堂里，李斯特看到了意大利14世纪佛罗伦萨派一位画家画的一幅名为《死神的胜利》的壁画，受到强烈的震撼而创作的乐曲。在那首乐曲中，李斯特头一次触及"死亡"这一亘古的主题，只是以二十七岁年轻的心去触摸死神，心与手都是滚烫的，并没有对死神有什么恐惧，而只有对死神的兴趣。现在来听这首乐曲，除了开头能听到一些沉重（在我听来有些故意为之的沉重，是属于音响效果的沉重），其余更多的是轻松，钢琴独奏节奏的轻快，音色的轻盈活泼，大多是属于年轻人在青草地上跳跃的步伐，充满着几许弹性；最后钢琴和整个乐队的融合，更是充满欢快的气氛，将《死之舞》像是跳起了热烈庆祝的丰收舞。在这首乐曲中，李斯特运用了宗教乐曲《末日经》的旋律作为母体，一下子写了三十二个变奏，简直有些像将死神拉来和他一起玩捉迷藏。

　　1882年，李斯特七十一岁的那一年，创作了他一生中最后一部交响诗《从摇篮到坟墓》，再一次也是最后一次触摸到"死亡"这一主题。四年之后，他真的就被死神召唤而去。他还能像二十七岁时那样离死神遥远而对死神无所畏惧吗？那样对死神充满乐观的游戏精神吗？

李斯特的晚年，不止一次这样触及"死亡"的主题，除了这部《从摇篮到坟墓》，他还写过《死神恰尔达什》《葬礼前奏曲与葬礼进行曲》《送殡船》《苦路》《枯骨》等不少和死亡有关系的乐曲。不能说是到了晚年李斯特一下子被死亡的阴影所笼罩，但因为死亡时时都紧靠在他的身边守候，跨过这条河已经很容易，是很快就到的事情，所以成了他常常会想到的话题。1883 年，他在七十二岁的时候写给一位朋友的信中说："从我青年时候起，我一直认为死比生简单。"这种"简单"意味着什么呢？是不是就意味着这样的迅速和容易？随时随地就可以得到？

我曾经看过匈牙利人本采·萨波尔奇写的《李斯特的暮年》这本书。这是一本非常薄的小册子，仅有六十来个页码，但极其细微地叙述和精到地分析了李斯特孤独的晚年。这本书的开头，讲了李斯特两件事情，道出李斯特英雄末路的孤独苍凉感。

第一件事是，1885 年，也就是李斯特逝世的前一年，他的一个学生为他朗读叔本华的书，当读到《批评、成功和声誉》中那则有名的比喻：一个烟火匠把最绚丽多彩的烟火放给别人看，结果发觉那些人都是瞎子时，李斯特喟然长叹道："我的那些瞎眼的观众也许有朝一日受上天保佑会恢复视力的。"

第二件事是，还是 1885 年那一年，"李斯特在岁尽年残时节去瞻仰塔索在罗马逝世时的故居（1849 年李斯特三十八岁时曾经创作过一部《塔索：悲叹与胜利》的交响诗，他对这位伟大的诗人很崇敬），他指给他的学生看，当年这位意大利伟大诗人的遗体像英雄凯旋似的被运往神殿去戴上桂冠时，走的就是这条路径。他说了这么一句话：我不会被当作英雄运往神殿，但是我的作品受到赏识的日子必将来临。不错，对我来说是来得太迟了，因为那时我已不复和你同在人间。"

这两个生活细节，很能说明晚年李斯特内心世界的孤独无助。为什么会如此孤独？是因为死神已经逼迫在眼前近在咫尺了吗？一切变得非常简单了吗？按照李斯特晚年的实际情况，他已经声名鹊起，他的作品并非受不到赏识，而是在整个欧洲很响亮，他的观众也并非都是瞎子，崇拜者甚多，甚至连十九岁的少女都拜倒他的足下。他为什么会拥有如此的心境？他内心这种深刻的孤独感到底从何而来？

其实，晚年的李斯特一直生活在罗马、魏玛和布达佩斯三座城市。他是布达佩斯音乐学院院长，桃李满天下，他在罗马和魏玛的崇拜者更是多如牛毛。从十一岁就开始走遍欧洲举办他的独奏音乐会，李斯特一直不缺乏掌声如潮、美女如云和香槟美酒的包围。说他的作品不被人赏识而他的观众都是瞎子，这话不客观，不是李斯特内心真实的一部分。

在我看来，如果是作品的原因造成了李斯特晚年孤独，恐怕只是其中一个原因，而且不是最重要的，那只是他知音恨少尤其是与老友瓦格纳分裂之后产生的苍凉感罢了，即使后来和瓦格纳和解了，那种隔膜也是无法去掉的，想一想当李斯特为和解后的老友弹奏《送殡船》时瓦格纳无言的冷漠，便会理解李斯特的这一份心情。只是它不是最重要的原因。

最重要的原因，我以为是来自卡洛琳，这位沙皇声名显赫的德裔公爵维特根斯坦的夫人。这位比李斯特小八岁的卡洛琳夫人，据说长得并不漂亮。按理说，李斯特一生接触的女人（他爱的、爱他的）不算少，为什么被卡洛琳所倾倒，并为此付出了大半生的代价，一直众说纷纭。不过，从卡洛琳夫人的身上，我倒是看到了李斯特晚年内心世界的一角，女人，尤其是男人真正刻骨铭心喜爱的女人，从来都是男人的一面镜子。

1847年，是李斯特的重要年份。在这一年，他到俄罗斯举办他的独奏音乐会，在他的欧洲巡回演出中，这是平常事，照例赢得掌声和女人的青睐，照例举办义演来捐助当地的慈善事业。在这次俄罗斯的义演中，居然有人花了贵宾席票价一百倍一千卢布的价钱买了一张票，这消息让李斯特有些吃惊。这个人就是卡洛琳夫人。他们就这样认识了，而且李斯特竟然对她一见钟情，其他一切女人立刻灰飞烟灭。为什么？就因为花了大价钱买了一张义演的门票？显然不会这样简单。而这位家中光奴隶就有三万的贵夫人，为什么宁可丧失被沙皇开除国籍、剥夺一切财产，赴汤蹈火在所不惜，至死也要嫁给李斯特。我无法解释，只能说这个世界上虽然有许多所谓爱情让人丧气而几乎失去信心，但毕竟不要以为这个世界上就没有了真正足以让人荡气回肠的爱情。李斯特和卡洛琳的爱情历经周折，在李斯特五十岁生日时，本来已经被教皇允许和卡洛琳结婚了，却由于宗教和沙皇的原因还是没有结成婚。漫长等待中的煎熬，一直熬到了李斯特的晚年，一直熬到了1886年，李斯特七十五岁，他们还是没能结成婚。这样煎熬，难道是作品不被世人所重视所理解能够相比的吗？正是这种煎熬，李斯特才彻底信奉宗教，在晚年披上法衣，当上了神父，音乐解救不了他，他只好将这一份蚀骨的煎熬在宗教中抚平、碾碎，化解在苍茫而遥远的天国。

所以，我说卡洛琳才是李斯特晚年内心孤独的真正原因。

所以，萨波尔奇在他那本《李斯特的暮年》最后说得好，说到了问题的核心：那是一个"无家可归的李斯特，一个漂泊而不得安宁的李斯特"。

在音乐家的爱情天地中，最让我难忘的，一个是勃拉姆斯和克拉拉，一个便是李斯特和卡洛琳。他们是那样地相似，都是一生生死相恋却没有能够结婚，而且时间都是那样地漫长，勃拉姆斯和克拉拉的生死恋长达四十三年；李斯特和卡洛琳活活煎熬了三十九年。想想一个人能有几个四十三年或三十九年？有多少人能够熬得住这样漫长的时间？漫说四十三年和三十九年，就是十年又如何？就是一年又如何？便不得不被他们的这一份纯属于古典的爱情所感动，因为现在这种爱情已经如恐龙一般稀少和稀奇了。被现代露水姻缘式和物欲、情欲所泛滥着的感情包围，原来已经越来越不相信天长地久的事情，看看他们便不由得有点信了。

他们还有相同的一点，是克拉拉死后不到一年，勃拉姆斯也随之命赴黄泉和克拉拉相会；李斯特死后不到半年，卡洛琳也病逝罗马，和李斯特共赴生死。

他们还有更重要的相同的一点——

勃拉姆斯说过："我最好的旋律都来自克拉拉。"

李斯特也说过同样类似的话："我所有的欢乐都得自她。我所有的痛苦也总能在她那儿找到慰藉。""无论我做了什么有益的事，都必须归功于我如此热望能用妻子这个甜蜜名字称呼她的卡洛琳·维特根斯坦公爵夫人。"

听到这样的话，我真的很感动。虽然岁月隔开了一百多年的时光，这些话语仍然鲜活有力，像百年的银杏老树的树梢上仍然吹来那金黄色叶子的飒飒声，仍然清晰而柔情似水地回荡在我们头顶蔚蓝的上空。

李斯特就这样带着对卡洛琳夫人的思念和自己无法弥补的遗憾死去。

李斯特的内心能不孤独吗？

我曾经说过：鱼骨深藏在海底，可以化为美丽的珊瑚；树木深埋在地底，可以化为燃烧的煤；时光深埋在岁月里，可以化为沉甸甸的历史……

那么，感情埋藏在心底呢，可以化为什么呢？

作为音乐家，便化为了一支支美丽的乐曲。

作为我们凡人，便化为了日子和回忆。

聆听肖邦

一

我们常说起肖邦（F.Chopin），我们常听肖邦。说熟了，说烂了，却往往很陌生。自以为走得很近，却很可能离得很远。肖邦究竟是一种什么样子，其实，起码对我是一团蒙蒙的雾。很长时间，国外出版的肖邦的传记颇多，大多关注的是他和乔治·桑的浪漫之情。而我国对他的宣传，大多在于他去法国之前带走一只装满祖国泥土的银杯，去世时嘱托一定将自己的心脏运回祖国，安放在华沙的圣十字教堂。如今教堂的柱子上有一块纪念碑，上面煽情地刻着这样的话：哪里有你的爱，哪里就有你的心脏。

肖邦被人们各取所需，肢解，分离……像一副扑克牌，被任意洗过牌后，你可以取出一张红桃3说这就是肖邦，你也可以取出一张梅花A说这才是肖邦。

确实，肖邦既有甜美的升C小调圆舞曲（作品64-2）、宁静的降B小调夜曲（作品9-1），又有慷慨激昂的A大调"军队"波兰舞曲（作品40-1）和雄浑豪壮的降A大调"英雄"波罗乃兹（作品53）。如同一枚镍币有着不同的两面一样，我们当然可以在某一时刻突出一面。我们特别爱这样做。像买肉一样，今天红烧便想切一块五花肉，明天清炒就想切一块里脊肉。

　　人尤其是敏感的艺术家，其实不只是镍币的两面，他要复杂得多，他的作品的内涵比本人更要复杂曲折得多。音乐，推而广之艺术，正因为如此才有着魅力，是不可解的，只可意会，不可言传。因此，我不大相信后人做的任何传记，因为不可能没有揣测、臆想而偏离客观的真实；我更不相信自传，心理学家早就说过："无论什么样的自传，都不会不包括自我辩护。"更何况，任何人的内心深处都会有一座埋藏自己秘密的坟墓，是到死也不会对别人讲的。要了解或走近一位艺术家，只有面向他的作品。

　　舒曼有一段非常有名的话，被经常引用："如果北方那个专制的沙皇知道肖邦的作品里面，就在最简单的波兰农民的玛祖卡舞曲的旋律里面，都有他的可怕的敌人在威胁着他，他一定会禁止肖邦的音乐在他统治的区域里得到演出的机会。肖邦的作品好比一门门隐藏在花丛里面的大炮。"舒曼的音乐评论是非常有见地的，可这段话说得太过了。将艺术作品比成武器，是我们在一段时间里特别爱说的话，似乎不像是舒曼讲的。事实上，沙皇一直在欣赏、拉拢着肖邦，在肖邦童年的时候赠送他钻石戒指，在肖邦后期还授予他"俄皇陛下首席钢琴家"的职位和称号。肖邦的作品不可能是一门门大炮。舒曼和我们都夸张了肖邦和音乐自身。

　　说出一种花的颜色，是可笑的，因为一种花绝对不是一种颜色。说出一朵花的颜色，同样是不可能的，因为没有一朵花的颜色是纯粹的一种色彩，即便是一种白，还分月白、奶白、绿白、黄白、牙白……只能说它主要的色彩罢了。

　　肖邦的主要色彩是什么？革命？激昂？缠绵？温柔？忧郁如水？优美似梦？在我看来，肖邦主要是以他的优美之中略带一种沉思、伤感和梦幻色彩，而使他的音乐走进我们的心中。

他的优美，不是绚烂之极的一天云锦，更不是甜甜蜜蜜无穷无尽的耳边絮语；他不是华托式的豪华的美，也不是瓦格纳气势磅礴的美，他是一种薄雾笼罩或晨曦初露的田园的美，是一种月光融融或细雨淅沥的夜色的美。

他的沉思，并不深刻，这倒不仅因为他只爱读伏尔泰，不大读别的著作。这是他的天性。他命中注定不是那种高歌击筑、碧血蓝天、风萧萧兮易水寒式的勇士，他做不出拜伦、裴多菲高扬起战旗冲锋在刀光剑影之中的举动。他只能用他自己的方式，他说过：在这样的战斗中，他能做的是当一名鼓手。他也缺乏贝多芬对于命运刻骨铭心的思考。他没有贝多芬宽阔的大脑门。

他的伤感和梦幻是交织在一起的。在这里，有些作品，他把对祖国和爱人的情感是融合在他的旋律中的。但有许多作品，他独对的是他的爱人，是他自己的喃喃自语。他并不过多宣泄自己个人的痛苦，而只把它化为一种略带伤感的苦橄榄，轻轻地品味，缓缓地飘曳，幽幽地蔓延。而且，他把它融化进他的梦幻之中，使得那梦幻不那么轻飘，像在一片种满苦艾的草地中，撒上星星点点的蓝色的勿忘我、紫色的鼠尾草，和金色的矢车菊的小花。

丰子恺先生早在六十多年前说过这样一句话："Chopin 一词的发音，其本身似乎有优美之感，听起来不比 Beethoven 那样的尊严而可怕。"这话说得极有趣。或许人的名字真带有某种性格的色彩和宿命的影子？无论怎么说，丰先生这话让人听起来新奇而有同感，是颇值得思味的。

二

就我个人而言，我喜欢肖邦的全部的夜曲、一部分圆舞曲和他仅有的两部协奏曲。其中更喜欢的是他的夜曲。无论前期的降 B 小调、降 E 大调（作品 9-1、2），还是后期的 G 小调（作品 37-1）、C 小调（作品 48-1），都让我百听不厌。前者的单纯明朗的诗意，幽静得如同清澈泉水般的思绪，仿佛在月白风清之夜听到夜莺优美如歌的声响；后者的激动犹如潮水翻涌的冥想，哀愁、孤寂宛若落叶萧萧的凝思，让人觉得在春雨绵绵的深夜看到未归巢的燕子飞落在枝头，摇碎树叶上晶莹的雨珠，滚落下一串串清凉而清冽的簌簌琶音。在他的 G 小调（作品 37-1）中，甚至能听到万籁俱寂之中从深邃而高邈的寺院里传来肃穆、悠扬的圣乐，在天籁之际、在夜色深处，空旷而神秘地回荡，一片冰心在玉壶般，让人沉浸在玉洁冰清、云淡风轻的境界里，整个身心都被滤就得澄净透明。

在肖邦的夜曲里，给人的就是这样的恬静，即使有短暂的不安和骚动，也只是一瞬间的闪现，然后马上又归于星月交辉、夜月交融的柔美之中。他总是将他忧悒的沉思、抑郁的悲哀、踟蹰的徘徊、深刻的怀念……——融化进他柔情而明朗的旋律之中。即使是如火的情感，也被他处理得温柔蕴藉，深藏在他那独特的一碧万顷的湖水之中。即使是暴风骤雨，也被他一柄小伞统统收敛起来，滴出一支支雨珠项链的童话。如果说那真是一种境界，便是"行到水穷处，坐看云起时"；如果说那真是一幅画，便是"明月松间照，清泉石上流"。

在市声喧嚣时，不宜听肖邦；在欲念躁动时，也不宜听肖邦。因此，在商业街的高音喇叭里，在精品屋的舒缓音乐里，甚至在灯光柔媚的咖啡厅里，都不会听到肖邦。肖邦，只适合在夜深人静时，独自一人时听，尤其是听肖邦的夜曲。肖邦的夜曲和他本人一样幽婉动人。肖邦的夜曲其实就是肖邦的内心独白。肖邦的夜曲其实就是肖邦的一页页日记。肖邦的夜曲是一张温柔的网，打捞上来明静的夜色，也打捞上来你逝去的岁月，和自己快要磨成老茧的心，以及已经风干成瘦筋腊肉一样的情感。

我有一盘美国著名的钢琴家鲁宾斯坦的 CD 和一盘匈牙利的钢琴家瓦萨里的磁带。他们分别演奏了肖邦的夜曲。应该说，这是两盘好带子。他们都是名家。论名气，似乎鲁宾斯坦更大些。他们各有自己的特点，鲁宾斯坦弹奏得更为炉火纯青，冷静而从容不迫，线条流畅如一道缓缓的溪水从远方轻轻流来，又轻轻流向远方。但是，我更喜欢瓦萨里。瓦萨里比鲁宾斯坦多了一分热情，又不像拉赫马尼诺夫那样过于慷慨激昂。尤其是瓦萨里演奏 G 大调夜曲（作品 32-2）时，这是一首演奏较少的曲子，浪漫、柔和、激动而后表现的热情，都被瓦萨里演奏得恰到好处，层次分明。他既不过分渲染，也不故意显得老到持重而无动于衷。

鲁宾斯坦和瓦萨里都是诠释肖邦的大家，我不清楚这是我的偏爱呢，还是他们确实有不同原因才有此偏差或说是性格。鲁宾斯坦其实原是波兰人，和肖邦同宗同祖。我只能这样解释，鲁宾斯坦离开他的祖国太久了（他 1906 年十九岁时首次访美演出，1946 年加入美国籍）。但这样解释也并不通，因为肖邦一直也是在国外生活的呀。离开祖国太久太远，似乎都不能说明问题。那么，也许我听的是鲁宾斯坦 1965 年晚年的演奏，那时，他已经 78 岁了。再技法娴熟，也难有年轻人的热情和激情了。

瓦萨里虽是匈牙利人，毕竟和波兰同属东欧，一样的小国，感情是相通的。他 1933 年出生，比鲁宾斯坦年轻了四十六岁。当然，他要比鲁宾斯坦热情多了。再怎么说，艺术的年轻在于心灵而不在于年龄，枯枝一样的手指和血气方刚的手指弹在钢琴的黑白键上，毕竟有着不同的韵味。或许是我的偏见，我总觉得，肖邦，是不大适合老年人弹奏的，老年人也许更适于李斯特。

三

1831 年，肖邦来到巴黎，除了短暂的旅行，他大部分的时间都生活在巴黎并死在巴黎。他在巴黎十九年，是他全部生命的一半。一个祖国沦陷风雨漂泊的流亡者，而且又是一个那样敏感的艺术家，只身一人在巴黎那么长时间，日子并不好过，心情并不轻松。那里不是你自己的家，初到巴黎的肖邦，毕竟寂寂无名，他为什么一直到死待了那么长的时间？他又是靠什么力量支撑着自己在异国他乡浮萍无根飘荡了整整半生？

音乐？爱情？坚定的对祖国的忠诚？

肖邦并不复杂的短短一生，给我们留下的却不是一串单纯简单的音符。

当然，我们可以说，1837 年，肖邦断然拒绝俄国驻法大使代表沙皇授予他的"沙皇陛下首席钢琴家"的职位和称号。当大使说他得此殊荣是因为他没有参加 1830 年的华沙起义，他更是义正词严地说："我没有参加华沙起义，是因为我当时太年轻，但是我的心是同样和起义者在一起的！"而他和利平斯基的关系，也表明了这种爱国之情。利平斯基是波兰的小提琴家，号称"波兰的帕格尼尼"，到巴黎怕得罪沙皇而拒绝为波兰侨民演出，肖邦愤然和他断绝了友谊。肖邦的骨头够硬的，颇像贝多芬。

同样，我们也可以说，肖邦为了渴望进入上流社会，为了涉足沙龙，为了在巴黎扎下根，表现了他软弱的一面。他不得不去小心装扮修饰自己，去为那些贵族尤其是贵妇人演奏。他很快就学会了和上流社会一样考究的穿戴，出门总不忘戴上一尘不染的白手套，甚至从不忽略佩戴的领带、手持的手杖，哪怕在商店里买珠宝首饰，也要考虑和衣着的颜色、款式相适配，而精心挑选，犹如选择一曲最优美的装饰音符。肖邦简直成了一个纨绔子弟，颇像急于进入上流社会的于连。

　　其实，我们同样还可以这样说，肖邦自己开始很反感充满污浊和血腥的巴黎，所有这一切，他并不情愿，他是不得已而为之。因为他自己说过："巴黎这里有最辉煌的奢侈、有最下等的卑污、有最伟大的慈悲、有最大罪恶；每一个行动和言语和花柳有关；喊声、叫嚣、隆隆声和污秽多到不可想象的程度，使你在这个天堂里茫然不知所措……"但是，不知所措，只是短暂一时的，肖邦很快便打入上流社会。因为他需要上流社会，而上流社会也需要他。保罗·朗多尔米在他的《西方音乐史》中这样说肖邦："自从他涉足沙龙，加入上流社会之后，他就不愿意离开这座城市了。上流社会的人们怀着极大的热情和兴趣欢迎他，他既表现出一个杰出的演奏家，又是一位高雅的作曲家和富有魅力的波兰人，天生具有一切优雅的仪态，才气横溢，有着在最文明的社会中熏陶出来的温文尔雅的风度。在这个社会中，他毫不费力地赢得了成功。肖邦很快就成为巴黎当时最为人所崇尚的时髦人物之一。"人要改造环境，环境同时也要改造人，鲜花为了在沙漠中生存，便无可奈何地要把自己的叶先变成刺。说到底，肖邦不是一个革命家，他只是一个音乐家。

　　说肖邦很快就堕入上流社会，毫不费力地赢得了成功，这话带有明显的贬义和不恭，就像肖邦快要去世时屠格涅夫说他"欧洲有五十多个伯爵夫人愿意把临死的肖邦抱在怀中"一样，含有嘲讽。一个流亡者，在他刚到巴黎的那一年，自己的祖国便被俄国占领，而巴黎那时刚刚推翻了专制君主，洋溢着民主和自由气氛，正适合他音乐艺术的发展。这两个环境的明显对比，以及遥遥相距，不能不撕扯着他本来就敏感而神经质的心。渴望成功，思念祖国，倾心艺术，痴迷爱情，恋慕虚荣，憎恶堕落……肖邦的内心世界，是一个矛盾的织体。他到巴黎的时候，不过才二十一岁。他不过是一个穷教书匠的儿子。矛盾、彷徨、一时的软弱，都是极正常的，不正常的倒是我们爱把肖邦孱弱而被病魔一直缠身失血的脸，涂抹成一个红光焕发的关公。

有这样两件事情，很能说明肖邦这种矛盾的心情和处境。

一件是他到巴黎的第二年，给巴黎的一位部长大人写了一封毛遂自荐的信。在这封信中，他说："一个不能再忍受祖国的悲惨命运而来到巴黎已将近一年的波兰人——这是我向阁下作自我介绍所能使用的全部头衔——恭顺地向您请求把音乐学院大厅供我 1 月 20 日举行音乐会用……"在他不得不谦卑地请求部长大人，借助官方力量以求伸展的同时，他不忘自己的祖国和身份。设身处地替肖邦细细想想，这样的信，并不好写，比他作一曲钢琴的玛祖卡要难得多。那不仅在用词上要颇费斟酌，更主要的是那一刻低头抬手求人的时候心灵扭曲的痛苦。

另一件是他到巴黎的时候，手里带有当时俄国占领华沙的头子康斯坦丁大公写给俄国驻外大使馆的一封介绍信。这是他通往欧洲的一张通行证。只是他没有动用过，不过，他也没有拒绝接受这张通行证并把它丢弃。

一个人，尤其是一个艺术家，都会有这种软弱和矛盾的时候。这一点不妨碍他的伟大，反倒看出他的真实，可爱，与凡人相通的一面。人难道不都是这样的吗？有时醒着，有时却要睡着，怎么可能要求他一天二十四小时都睁大一双炯炯有神明光闪烁的眼睛呢？坚强和软弱，伟大和渺小，激情和柔情，世俗和脱俗，交织一起在他本人身上，才是真正的肖邦；交织一起在他的作品里，才是肖邦完整的音乐。

四

肖邦和许多音乐家、作家、画家是朋友。对于肖邦的作品，许多人给予赞赏。比如鲁宾斯坦就说他是"钢琴的灵魂，钢琴的游吟诗人！"，里姆斯基—科萨科夫称赞肖邦的音乐是"纯旋律"。其中给予肖邦最高评价和支持的莫过于舒曼和李斯特了，这是有目共睹的。但是，也有不少人对肖邦给以批评甚至讥讽，瓦格纳恐怕是最具代表性的了，他说肖邦不过是"妇人的肖邦"。

同时，肖邦对他前辈和同时代的音乐家也给予了一针见血乃至不无偏颇的批评。比如，他批评柏辽兹音乐中的所谓"奔放"是"惑人耳目"；嫌弃舒伯特的音乐粗杂不堪；认为韦伯的钢琴曲类似歌剧，均不足取；甚至对于人们最为推崇的贝多芬，他说贝多芬除了升 C 调奏鸣曲，其他作品"那些模糊不清和不够统一的地方，并不是值得推崇的非凡的独创性，而是由于他违背了永恒的原则"。就连给予过他最大支持的舒曼和李斯特，他也一样毫不留情。他对李斯特炫耀技巧的钢琴演奏公开持批判态度，讥讽李斯特的演奏给听众的感觉是"迎头痛击"。而对舒曼，他更不客气，几乎被他全部否定，甚至说舒曼的名作《狂欢节》简直不是音乐。

这在今天是不可想象的，人们会说年轻的肖邦太不知天高地厚，太不懂人情世故，太恩将仇报。今天，艺术的殿堂已经差不多成了市场，扯响了高八度的嗓门吆喝卖的、屈膝弯腰唱个大喏乞求买的，再弄几个哥们儿、姐们儿当"托儿"，或弄一席酒宴一勺烩出赞不绝口的过年话……应有尽有，不一而足。

我想肖邦那时的艺术殿堂也不见得就那么纯而又纯，但那时民主与自由的气氛，浪漫主义的朝气，毕竟给了肖邦一个宽厚而宽阔的天地。那毕竟是资本主义的新生期，给予了艺术一块肥沃的成长土壤。否则，那个时期出不了那么多群星璀璨的作家、画家和音乐家。雨果、海涅、巴尔扎克、密茨凯维奇、德拉克洛瓦、舒曼、门德尔松、李斯特……数不胜数。因此，肖邦和他的这些朋友相互的批评乃至攻击，我不认为是文人相轻。我也不认为是世界充满了太多的隔膜，而使得人们彼此难以相互理解。我只认为这是肖邦和他们各自性格最淋漓尽致、无遮无拦的体现。他们都凭着自己的天性和艺术追求，来评判着自己和自己的朋友以及面对的世界。他们不想巴结什么人，也不怕得罪什么人；他们不曾为获什么大奖而说些昧心的话，也不曾想为谋得一官半职而将艺术当成敲门砖；当然，他们更不会为了一餐饭局和几个红包而将自己的良心与良知一起切碎，卖一碗清水杂碎汤。因此，他们不雇枪手、打手，更不雇鼓吹手。他们自己就是一面旗，即使不那么鲜红夺目，却一样迎风飘扬。

肖邦对别人的批评，尽管不科学，甚至过于武断，但这不妨碍他和他们的友谊，他们之间的艺术甚至在这种批评中得以交流，相互促进发展。缺少了真诚而爽快的批评，尽是好话肉麻的赞扬，艺术便是一锅糊涂没有了豆，也没有了值得珍视的东西。

我们缺少肖邦和他朋友这样的批评。我们也就缺少像他们一样的艺术大家。

五

肖邦和女人的关系，一直是一个多世纪以来肖邦研究者的不断的话题。毋庸置疑，肖邦和女人的关系，不仅影响着他的音乐，同时影响着他的生命。

在这个世界上，女人和艺术有着天然的联系，而男人往往是通过女人和艺术发生关系而再现艺术的。可以说，没有女人，便没有艺术。虽然在艺术家中，男人要多于女人。

据我查阅的资料，肖邦短短三十九年的生涯，和四个女人有过关系。每一个女人，在他的生命中都留下并不很浅的痕迹。而且，他都留有乐曲给各位女子。研究肖邦和这四个女人的关系，的确不是猎奇，而是打开肖邦音乐世界的一把钥匙。

肖邦爱上的第一个女人，是康斯坦奇娅。1829 年的夏天，他们两人同为华沙音乐学院的学生，同是十九岁，一同跌进爱河。第二年，肖邦就离开了波兰。分别，对恋人来说从来都是一场考验，更何况是在动乱年代的分别。这样的考验结果，不是将距离和思念更深地刻进爱的年轮里，就是爱因时间和距离的拉长而渐渐疏远、稀释、淡忘。初恋，常常就是这样的一枚无花果。肖邦同样在劫难逃。虽然，临分手时，他们信誓旦旦，肖邦甚至说我如果死了，骨灰也要撒在你的脚下……但事实上分别不久，他们便劳燕分飞，各栖新枝了。别光责怪康斯坦奇娅的绝情，艺术家的爱情往往浪漫而多为一次性。我不想过多责怪谁是谁非，这一次昙花一现的爱情，给肖邦没有太大的打击，相反却使他创作出他一生仅有的两部钢琴协奏曲。无论是《E 小调第一协奏曲》，还是《F 小调第二协奏曲》，都是那么甜美迷人，流水清澈、珍珠晶莹的钢琴声，让你想到月下的情思、真挚的倾诉和朦胧的梦幻。它不含丝毫的杂质，纯净得那么透明，这是只有初恋才能涌现出来的心音。这是肖邦以后成熟的作品再不会拥有的旋律。

我非常喜欢这两首协奏曲。它们常常让我想起肖邦和康斯坦奇娅。肖邦死后整整四十年，康斯坦奇娅七十九岁高龄去世。我不知道在那四十年漫长的岁月里，她听到这两首乐曲时是什么感情？我只是常想起他们，想起纯真美好可望而不可得的爱情。也许，凡是得到的，即便是爱情，也难有这样美好了。肖邦日后和乔治·桑不就是如此吗？也许，爱情永远只是一个梦，是上帝抛向人间的一道彩虹和迷雾。

肖邦爱上的第二个女人，叫玛利娅。这是 1835 年 6 月发生的事。玛利娅比肖邦小九岁，肖邦见她的时候，她还是个相貌丑陋的小姑娘，眼下竟出落成亭亭玉立的美人了。只是这一场爱情太像一出流行的通俗肥皂剧，女的出身贵族，门不当户不对，一个回合没有打下，爱情的肥皂泡就破灭了。虽然肖邦献给人家一首《A 大调圆舞曲》，不过，在我看来，这首曲子无法和献给康斯坦奇娅的那两首协奏曲相媲美。想来，这是理所当然的，因为无论肖邦，还是玛利娅，不过是一次邂逅相逢中产生的爱情，他们谁也没有付出那么深、那么多。艺术不过是心灵的延伸；音乐不过是心灵的回声；蹚过浅浅一道小河式的爱，溅起的自然不会是惊涛，而只能是几圈涟漪。

肖邦和乔治·桑的爱，是一场马拉松式的爱，长达十年之久。该如何评价这一场姐弟恋呢？乔治·桑年长于肖邦六岁，一开始就担当了"仁慈的大姐姐"的角色，爱的角色就发生了偏移，便命中注定这场爱可以爱得花团锦簇、如火如荼，却坚持到不了底？还是因为乔治·桑的儿子从中作怪导致爱的破裂？或者真如人们说的那样乔治·桑是个多夫主义者，刺激了肖邦？抑或是因为他们两人性格反差太大，肖邦是女性的，而乔治·桑则是男性的，不说别的，就说抽烟，肖邦不抽，而乔治·桑不仅抽而且抽得极凶，就让两人越来越相互难以忍受？……爱情，从来都是一笔糊涂账，走路鞋子硌不硌脚，只有脚自己知道，别人的评判只是隔岸观火罢了。

据说，1848年肖邦的最后一场音乐会，和1849年肖邦临终前，乔治·桑曾经去看望过肖邦，都被阻拦了。这只是传说，太带有戏剧性的传奇色彩了。无论他们两人当时和事后究竟如何，都是他们自己的事。即使这两次他们会了面，又将如何呢？事情只要是过去了，无论对于大到国家，还是小到个人，都是历史，是翻过一页的书，而很难再翻过来，重新更改、修饰或润色了。人生的一次性，必然导致爱情的覆水难收。十年，人的一生没有几个十年，轻易地将十年筑起的爱打碎，这对于肖邦当然是致命的打击。可以说，这次的打击是他的死因之一，或者说这次打击加速了他的死亡。这就是爱的力量，或者说爱对于太沉浸、太看重于爱的人的力量。从1837年到1847年，肖邦和乔治·桑十年的爱结束后，不到两年，肖邦就与世长辞了。

其实，甜蜜得如同蜂蜜一样的爱情，在这个世界上是不存在的，是人们的一种幻想，是艺术给人们带来的一个迷梦。如果说这世界上真的存在爱情的话，爱情是和痛苦永远胶粘在一起的，妄想如轻松地剥开一张糖纸一样剥离开痛苦，爱情便也就不复存在。否则，我们无法解释肖邦和乔治·桑在一起的这十年中，为什么会涌现出这么多的作品？其中包括叙事曲三首占总数的三分之二，谐谑曲三首占总数的四分之三，奏鸣曲两首占总数的三分之二，还有大量的夜曲、玛祖卡、波罗乃兹和梦幻曲。这里尽是美妙动听的乐曲，包括肖邦和乔治·桑在西班牙修道院的废墟中，在南国的青天碧海边，在温暖的晨钟暮鼓里，创作出的G小调夜曲、升F大调即兴曲、C小调波罗乃兹……和在诺昂乔治·桑的庄园里创作出的有名的"雨滴"前奏曲、"小狗"圆舞曲。仅从后两首曲子就可以看出他们曾经拥有过多么美好的一段时光！那两首乐曲给我们带来多少遐想，小狗滴溜溜围绕着他们，是何等欢欣畅快；细雨初歇，从房檐滴落的雨滴和钢琴声与等待心绪的交融，是何等沁人心脾……应该说，肖邦一生最多也是最好的乐曲，创作在这个时期。

1848 年的春天，因为生活的拮据，肖邦抱病渡海到英国演出，用光了在伦敦储存的钱付医疗的费用，只好暂住在他的苏格兰女学生史塔林家中。史塔林爱上了他，并送给他两万五千法郎作为生活的费用。他回赠给史塔林两首夜曲 F 小调、降 E 大调（作品 55-1、2）。不知道回赠有没有爱情？

我是很怀疑这种说法的，因为我查阅了肖邦的年谱，这两首夜曲并不是作于 1848 年，而是作于 1843 年。纵使是赠给史塔林小姐的，这两首夜曲也无法同上述那些乐曲比拟。在肖邦二十一首夜曲里，它们不是最出色的。或许，肖邦已经到了生命的尽头，爱无法挽救他了，或者是爱来得太晚些了？或者是他还沉湎于以往的甜梦、噩梦里再无力跳将出来？……

我无法想象，我也无法猜测肖邦短短的一生，是否真正得到过爱情。他和这几个女人的感情算不算是他所追求的爱情。但是，我能够说，这一切是爱情也好，不是爱情也好，都不能和他的那些美妙动人的乐曲相比。爱情永远在肖邦的音乐中，它比肖邦同时也比我们任何人都要活得更长远。

六

肖邦的一生里，没有创作出一部交响乐和歌剧，他的最大部头便是那两首钢琴协奏曲了，这是他同别的音乐家无法相比的。

肖邦的一生里，创作出的所有作品，都是钢琴曲，他用他全部的生命致力于他最热爱的钢琴音乐之中，从未心有旁骛，专一而专制，也是别的音乐家同他无法比拟的。

我不知道这在音乐史中是不是绝无仅有的例子。一个音乐家，在他的艺术走向成熟的时候，一般都想尝试一下交响乐和歌剧，就像一个作家在写了些短篇之后，都想"染指"长篇小说一样。在一般人的评价和意识里，辉煌的交响乐、歌剧和长篇小说，才是一个大师的标志，是艺术的里程碑。

肖邦偏偏不这样认为。

为什么？是他的偏爱？是他把生命全部寄托在钢琴之中？是他的身体？他病魔缠身的身体不允许他创作大部头的作品？是他的性格？他天性只爱在幽幽暗室里为两三个知心好友演奏钢琴，而不喜欢交响乐和歌剧那样暴露在光天化日之下？或者他本来就只是一湾小溪，横竖只能在山里流淌，而难以流下山去，更遑论流向大海？他的恋爱都可以更换过四次，和乔治·桑十年厮守相聚的生活都可以一朝分手各奔东西，唯有这一点，他至死不渝，他只作钢琴曲，而且大部分是人们认为的钢琴曲的小品。为什么？

我不知道有没有人对此做过令人信服的解释，反正在我读过的有关肖邦的书中，没有见到，也许，是我读的书太少，见识浅陋。

几乎肖邦所有的朋友都曾劝过他去创作交响乐和歌剧，其中包括他的老师埃斯内尔教授、波兰最著名的诗人密茨凯维奇，以及乔治·桑。他们都认为肖邦的最高峰和最伟大的成就，不应仅仅是钢琴曲，而应该是交响乐和歌剧。

据说，有许多好心人总问他这个问题："你为什么不写交响乐和歌剧呢？"把他问烦了，他指着天花板反问："先生，您为什么不飞呢？"人家只好说："我不会飞……"他便不容人家说完，自己说道："我也不会，既不会飞，也不会写交响乐和歌剧！"可爱的肖邦有时候也不可爱了。我们有时候的好心人太爱以自己的意愿改造他人，不仅仅是改造凡人，同时也改造名人和伟人。

李斯特曾这样替肖邦解释："肖邦最美妙、卓绝的作品，都很容易改编为管弦乐。如果他从来不用交响乐来体现自己的构思，那只是他不愿意而已。"

李斯特的解释，不能说服我。李斯特明显在为肖邦辩护，有拔高肖邦之嫌。当然，作品体积和容量的大小，不能说明一个音乐家成就和造诣的高低。契诃夫一生没有写过长篇小说，依然是伟大的作家；肖邦一生没有写过交响乐和歌剧，同样依然是伟大的音乐家。艺术不是买金子或钻石，分量越沉便越值钱。我只是始终弄不明白为什么肖邦和自己较着劲，一辈子就是不沾交响乐和歌剧的边？我一直想解开这个谜。我也和自己较着劲。

肖邦一生反对炫耀的艺术效果，反对众多的乐器淹没他心爱的钢琴，这从他的那两首协奏曲就可以明显地看出来，乐队始终只是配角。他的好朋友、法国著名的画家德拉克洛瓦曾经讲过肖邦这样对他阐述自己的思想："我们一会儿采用小号，一会儿长笛，这是干吗？……如果音响企图取作品的思想而代之，那这种音响是该受指责的。"而当德拉克洛瓦的画风中出现众多热闹炫目的色彩和线条时，肖邦对此格外警惕。单纯、纯朴，一直是肖邦追求艺术的信条。他自己说过："纯朴发挥了它的全部魅力，它是艺术臻于最高境界的标志。"这话说得太明确不过了。因此，他不会背弃自己这条信条，去让他认为最能够同时又最适合这种标志的钢琴，让位于交响乐和歌剧。

这只是我的解释。而且，这解释也未见得说得通。难道交响乐和歌剧就一定同纯朴相违背吗？乐器众多，就一定不单纯且华而不实吗？

当然，我们可以说肖邦太过于偏执，似乎世上的音乐只剩下钢琴一种了。但我们不得不佩服肖邦的偏执，在众多舆论面前，在众多劝说面前，乃至在众多诱惑面前，他始终恪守自己的信条，绝不动摇，绝不背叛，更不用说蓬随风转了。我只能自己说服着自己。但是，我到底还是没有说服自己。肖邦的一生已经被人说了个透，就留下这么一点悬念吧。

其实，肖邦是个谜。

瓦格纳的野心

在我的眼睛里，瓦格纳（R.Wagner，1813—1883）有点像是一个我们现在所说的"愤青"，或者如我们的鲁迅先生所说的那种"翻着跟头的小资产阶级"。在所有的音乐家中，大概没有一个能够比得上他更富有激情的了，只是那激情来也如风，去也如风。1849 年五月革命时期，他和柏辽兹、李斯特一样激情澎湃，爬上克罗伊茨塔楼散发传单，遭通缉而不得不投奔李斯特，在李斯特的帮助下逃到国外，流亡了十三年。1862 年他被赦，虽然到处指挥演出，却收入寥寥，濒于绝境，险些自杀之际，又绝处逢生，柳暗花明。巴伐利亚二世召他去慕尼黑，他成了宫廷乐长，在他人到中年之后给予他实现音乐伟大梦想的一切物质条件，让他度过了一生中最快乐的时光。就是在那段时间，他住在那里的一座湖滨别墅里，和李斯特的女儿、著名指挥家彪罗（H.V.Bülow，1830—1894）的妻子柯西玛坠入爱河而一发不可收，最后在那里结婚生子，为儿子取名叫作齐格弗里德，他所创作的歌剧《齐格弗里德》就是为纪念儿子的出生。

与前一段悲惨得想要自杀相比，他这时有些得意忘形。而在欧洲革命处于低潮时期，他曾经公开认错，摇尾乞怜，讨得一条生路；在晚年，路德维希二世利用帝国势力，在距慕尼黑北二百公里的拜罗伊特搞的"瓦格纳音乐节"，让他开始虔诚地为帝国服务；以后，他又曾经为帝国主义的反动精神而鼓吹，膨胀起自己的民族主义的音符，为德国纳粹所利用，走得比他的音乐更远。

瓦格纳就是这样的一个人，我们可以说他是一个复杂也庞杂犹如一座森林的人，在这座森林中，既有参天的大树和芬芳的花朵，也有丛生的荒草和毒蘑菇。我们也可以说他是一个有着雄伟抱负的人，他一生都绝不满足于音乐，而希望超越音乐成为一个顶天立地的人物。他在年轻的时候就博览群书，十三岁时自己就已经翻译过《荷马史诗》的前十二卷。他希望集音乐、文学、哲学、历史等于一身，成为一个伟大的思想家。

尽管保罗·亨利·朗格在《十九世纪西方音乐文化史》中称他和尼采是 19 世纪精神方面最强大的思想家。在我看来，他无法和尼采相比，他的性格注定他成为不了那个时代的思想家，就连那个时代最反对他的尼采那样的哲学家都成不了。他的激情澎湃、想入非非，不甘心屈人之后，总想花样翻新，又总是翻着跟头动摇着、水银一样动荡着，艺术大概是他最好的去处和归宿，在音乐里，他可以神游八极，呼风唤雨。

回顾一下瓦格纳的创作过程，是很有意思的，因为他不是那种奉公守法的人，他的创作不是一条清浅平静的小溪，而是一条波澜起伏的大河，恣肆放荡，常常会莽撞地冲破了河床而导致洪水泛滥。走近他，是困难的，也得需要一点勇气。

有史料记载，瓦格纳生平写下的第一部剧本叫作《劳伊巴德和阿德丽特》，是他少年时模仿莎士比亚的一出悲剧，是集《哈姆雷特》《麦克白》《李尔王》于一体的大杂烩。他无所畏惧地让四十二个剧中的人物先后死去，舞台上一下子空荡荡的没有一个人了，怎么办？又派遣鬼魂上场，一通云山雾罩。牛刀初试，他就是这样过足了为所欲为编戏的瘾。

他的第二部剧《结婚》，也是他的第一部歌剧，是他十九岁时所作。这仍然是一部爱情的悲剧。据说，因为他最敬重的姐姐不喜欢，他就把剧本毁掉了，今天已经无法查考其踪迹。

他的第三部剧《仙女们》，是他二十岁的作品。这部已经预示着日后《罗恩格林》主题的歌剧，显示了他的才华，当时却被莱比锡剧院没有任何理由地拒绝。我想也不完全是因为瓦格纳那时太年轻无名，也因为他那时的歌剧有着明显模仿韦伯的痕迹。

这样的命运，不仅对于瓦格纳，对于任何一个刚刚出道的艺术家，都是相似的。他要为此付出代价。1839 年，他二十六岁那一年，瓦格纳在到处流浪中带着妻子和一条漂亮的纽芬兰狗，乘船从海路来到巴黎。这是他命运转折的一年，虽然，他来到巴黎时已是身无分文，只能和他那条可怜的狗一样流浪街头；虽然，他带着当时名声很大的梅耶贝尔的介绍信，却依然四处碰壁，没有一家剧院收留他，他只能给人家做乐谱校对，挣点可怜巴巴的钱勉强糊口。这一切对于他都没有什么关系，都不会妨碍他施展自己的抱负和野心，因为他还带着一个《黎恩济》的剧本手稿。这是他来巴黎前一年创作完成的，他雄心勃勃，就要拿着它来叩开巴黎的大门。

《黎恩济》取材于 14 世纪罗马人民反对封建压迫起义的真实故事。是根据英国诗人兼小说家布尔沃·里敦的同名小说改编而成。黎恩济是那个时代的一个青年英雄，他起义胜利后公布了到现在仍然是所有人企盼的人人平等的新法律。瓦格纳所讴歌的黎恩济这样的形象，符合了当时整个欧洲革命的大潮和瓦格纳自己心中的理想。在初到巴黎那个冷漠也寒冷的冬天，他在写作《浮士德》序曲的同时，完成了对《黎恩济》的修改。在巴黎所遭受的屈辱和贫困，让他的心和黎恩济更加接近，使得剧本融入更多的感情，也加深了反叛和渴求希望的主题。黎恩济成了他自己的幻影，在音乐中旌旗摇荡。

在这之后，他又写下了另一部重要的歌剧《漂泊的荷兰人》。根据德国诗人海涅的小说《施纳贝莱沃普斯基先生的回忆》中的第七章改编而成。漂泊在大海上历经千难万险去寻找爱情的荷兰人，所遭受的磨难和在孤独中的渴望，和瓦格纳在巴黎的痛苦折磨是那样地相似。无疑，无论是黎恩济，还是荷兰人，都打上了瓦格纳自身的烙印。尽管瓦格纳鄙薄个人情感的小打小闹式的艺术风格，他早期的作品依然抹不去那个时代浪漫主义所具有的共同的品格。但他最早就是靠这样的歌剧打动了听众，赢得了世界。就像是我们在戏文里说的那样："有这碗酒垫底，就什么都不怕了。"有了《黎恩济》和《漂泊的荷兰人》这两出歌剧垫底，瓦格纳也就什么都不怕了，他不仅叩响了巴黎之门，也让整个欧洲为之倾斜。在巴黎中的磨难，就这样成全着瓦格纳。

三年之后，1842年，也就是瓦格纳二十九岁的那一年，他终于熬到出头之日。德累斯顿歌剧院要上演他的《黎恩济》了。他激动万分，闻讯后立刻启程从陆路回国，这样可以快些，真有些"剑外忽传收蓟北，初闻啼泪满衣裳"的劲头，自然要"即从巴峡穿巫峡，便下襄阳向洛阳"了。

《黎恩济》在德累斯顿获得意想不到的成功，让瓦格纳一夜成名，他被委任为德累斯顿歌剧院的指挥，有着不菲的年薪，立刻甩掉了一切晦气，他像黎恩济一样从屈辱和贫寒中抬起了头成了英雄。在他彻底脱贫的同时，更重要也更令他开心的是，他终于让世人认识了他所创作的新样式的歌剧。

19世纪的欧洲是歌剧的时代。自1821年韦伯的《自由射手》

上演以来，加之资产阶级革命胜利后中产阶级的出现，艺术浮华而附庸风雅，特别是法国歌剧愈发时髦起来。这种时髦，要么是梅耶贝尔讲究排场的大歌剧，要么是奥芬巴赫轻歌曼舞的轻歌剧。瓦格纳不满足这样的歌剧，他的野心是将诗、哲学、音乐和所有的艺术种类合为一种新的品种。

从结构上，他打破了传统歌剧独立成段的形式，而是通过取消或延长终止法的手法，使得音乐连贯地发展，这种连绵不断的歌剧音乐新形式，所造成的气势不凡的效果，俄国音乐家里姆斯基－科萨科夫曾经打过一个巧妙的比喻，他说像是"没有歇脚的一贯到顶的阶梯建筑"，很形象地将瓦格纳这种新形式音乐的宏伟结构勾勒出来了。

从表演上，他打破传统的演唱为主的表演形式，他认为乐音就是演员，器乐的和声就是表演，歌手只是乐音的象征，音乐才是情节的载体。他认为戏剧的关键不在于情节，不在于演员的表演，而在于音响的效果。所以，在瓦格纳的歌剧里，庞大的乐队，多彩的乐思，激情的想象，乐队的效果，远远地压过了人声，即使能够听到人声，也只是整体音响效果中的和声而已。瓦格纳这样对于器乐和乐队的重视和膜拜，会让我们想起以前讲过的蒙特威尔第，也能够看出柏辽兹甚至梅耶贝尔的影子，尽管，他并不喜欢柏辽兹，也曾经尖锐地批评过梅耶贝尔，但不妨碍他从他们那里吸收。只不过，瓦格纳比他们走得更远，将其发挥到极致。

从音乐语言上，他打破了传统的大小调系，完全脱离了自然音阶的旋律与和声。使得一切的音乐手段包括调性、旋律、节奏都为了他这一新的形式服务。它可以不那么讲究，可以相互交换，可以打破重来，可以上天入地，可以为所欲为。他预示着音乐调性的解体，日后勋伯格无调系的开始，在他这里埋下了种子。

人们将瓦格纳所创作的这种新形式的歌剧叫作交响歌剧，瓦格纳自己称之为"音乐戏剧"，或索性称为"未来的戏剧"。1872年，在瓦格纳晚年，他曾经专门写过一篇题为《我的思想》的文章，对他所提出的"音乐戏剧"进行了反复地说明："这个名称的精神上的重点就落到戏剧上，人们会想到它与迄今的歌剧脚本不同，这差别在音乐戏剧中。这里的戏剧情节不是为传统的戏剧音乐而设置的，而是相反，音乐结构取决于一部真正戏剧的特有的需要。"他所特别强调的"音乐结构"，其实就是这种交响效果在歌剧中独特的地位。他确实把歌剧演绎成了规模宏伟、音响宏伟、带有史诗性、标题性的交响乐了，只不过传统中的人声已经被他有意地淹没在这样的交响里，成了交响大海中的一朵浪花而已。

　　在这里，我们可以看到瓦格纳博采众家之长的好胃口，在他这样讲究宏伟气势和音响效果的歌剧中，我们可以明显地看到贝多芬、亨德尔上一代的影子，也可以看到梅耶贝尔和柏辽兹的反光。如果从承继的关系来看，我们可以看出他与前者的血缘；如果从同辈的相互影响来看，我们可以看出他与后者的因缘。瓦格纳不是凭空蹦出来的"超人"，如同我们那从石头缝里蹦出来的孙悟空一样。历史和时代融合着他个人的野心，才造就出一个横空出世的瓦格纳。

　　其实，瓦格纳一生创作的歌剧很多，真正能够称之为瓦格纳自己所说的"音乐戏剧"或"未来的戏剧"的，《黎恩济》和《漂泊的荷兰人》也许还算不上，而要首推四部一组的连篇歌剧《尼伯龙根的指环》。

　　《尼伯龙根的指环》是瓦格纳后期创作中的重要作品，也是他一生的代表作，是他耗费了整整二十六年心血才得以完成的结晶。它是由序剧《莱茵的黄金》、第一部《女武神》、第二部《齐格弗里德》、第三部《诸神的黄昏》四部音乐歌剧组成，从脚本到音乐，完全是瓦格纳自己一个人完成（事实上，瓦格纳所有的歌剧都是这样由他自己一人完成的，他愿意这样自己一个人统率全军）。瓦格纳是根据德国 12 世纪到 13 世纪的古老的民族史诗《尼伯龙根之歌》和北欧神话《埃达》改编而成。这部连篇歌剧全部演出完要长达十五个小时，是迄今为止世界上最长的歌剧了，足可以上吉尼斯世界纪录，看完它，需要极大的耐心。因为它不是我们现在看惯的电视中的那种肥皂剧。创作者和欣赏者，一样需要比耐心更重要的超尘拔俗的修养和心地。据说，1876 年在刚刚建成的拜罗伊特那座能够容纳一千五百个座席的罗马式的歌剧院里首演这部连篇歌剧的时候，要连演四天才能够演完。当时德国国王威廉一世和巴伐利亚国王路德维希二世，以及许多著名的音乐家李斯特、圣桑、柴可夫斯基都来赶赴这个盛会，轰动了整个欧洲。

在长达十五个小时的漫长时间里，古老的神话和神秘的大自然里，沉睡在莱茵河底的黄金、被锻打成的谁占有谁就遭受灭顶之灾的金指环、尼伯龙根家族的侏儒阿尔贝里希、力大无比并骁勇善战的齐格弗里德，以及女仙和神王……一个个都成了抽象的象征。这是瓦格纳极其喜爱的象征，他就是要通过这些象征，完成他的哲学讲义。庞大的故事情节、复杂的人物关系，水落石出之后，金指环带给人类的灾难，必须通过爱情来获得救赎，人类所有的罪恶和丑陋，一切的矛盾和争斗，最后这样被牵引到艺术所创造的爱情中。他是那样敏感地吸取了那个时代的一切优点和弱点，他具有那个时代革命所迸发出的极大的热情和革命失败后的悲观颓丧，以及在这两者之间不屈的对理想的追求。他所孜孜不倦顽强表达的是众神的毁灭和人类的解脱这样两个主题。这两个主题，是创世纪以来一直到今天也没有得到解决的问题，瓦格纳挥斥方遒，做英雄伟人指点江山状，通过他的《尼伯龙根的指环》，给我们开了这样的一个药方。

也许，今天，一般如凡夫俗子的我们已经没有这份耐心和诚心，坐下来欣赏十五个小时的演出了，或许早被他的冗长所吓跑。无论在音乐会上，还是在磁带唱片里，我们现在听到的只是其中的片段，全须全尾儿的瓦格纳早已不复存在，瓦格纳如浩浩的柏林墙一样只剩下残砖剩瓦被人们所收藏。能够将《尼伯龙根的指环》全部听完的，大概属于凤毛麟角，我们谁也赶不上威廉一世、路德维希二世，以及李斯特、圣桑、柴可夫斯基，能一连坐上四天的时间。

也许，我们完全不会相信他这一套，甚至还会嘲笑他的可笑和乏味。但我们不得不向他致敬，因为我们只要想到当时的歌剧是什么样子的，就能够知道瓦格纳这样的歌剧是多么地与众不同和别开生面。他不向公众让步，不做时尚消遣的玩偶，而希望自己的新的歌剧形式能够拥有古希腊悲剧那样的宏伟和崇高，一生为了这样的艺术理想而始终不渝地奋斗，难道不值得我们尊敬吗？因为现在这样可笑的却也值得尊敬的艺术家太少了，我们不少艺术家不是拜倒在金钱就是拜倒在权势的膝下，要不就被时尚的媚眼迅速地裹挟而去。而在信仰早已经被颠覆的年代里，我们不相信古老的神话，不相信神秘的象征，不相信我们自身需要自新和救赎，我们当然就会离瓦格纳遥远，离包括音乐在内的一切艺术都遥远。因为从某种意义上讲，一切艺术都是泛宗教。

从这一点意义而言，瓦格纳是真正传统的意大利和法国歌剧的颠覆者和革新家。他不仅使得德国有了足以和意大利、法国抗衡的自己的歌剧，也使得全世界有了崭新的歌剧样式。他使得世界的歌剧达到了最为辉煌的顶点。他是 19 世纪后半叶的歌剧也是音乐的英雄。他寻找的不是飞旋的泡沫、花里胡哨的脂粉或克隆逼真的赝品，而是伴随时间一样久远的艺术上的永恒和精神上的古典。

我以前很少听瓦格纳，总觉得他的作品深奥难懂，瓦格纳那不可一世的样子也有点拒人于千里之外。后来，我听了一盘托斯卡尼尼 1945 年指挥 NBC 交响乐乐团演奏的瓦格纳《尼伯龙根的指环》的片段，和瓦格纳才渐渐地接近起来。我听完很感动，特别是听其中的《齐格弗里德》。那种感动，不是以前听那种非常优美的旋律之后为其纯净美好的感情的感动，而是一种被那样清澈而崇高震撼之后的感动。瓦格纳有种高山雪水般的清冽明净，有种从高高的教堂彩色玻璃窗户里飘散出来圣咏般的感觉，那种高亢而高贵的音响，是那样炽烈滚烫，那样富于穿透力，像是箭一样、鹰一样，直飞上浩渺的云天，久久地盘桓在我们的头顶。听瓦格纳，绝听不出那种如今已经磨硬了人们耳朵卿卿我我的缠绵和发霉的小资情调，瓦格纳的那种如今已经少有的清澈和崇高，那种鬼斧神工的惊心动魄和波澜壮阔的激奋人心，的确如尼采所说，瓦格纳更接近古希腊精神而使得艺术再生。

对瓦格纳，需要多说一句的是，19 世纪下半叶和 20 世纪以来，反对他的、挤对他的、嘲讽他的、鄙薄他的……始终甚嚣尘上，树欲静而风不止，瓦格纳不仅对于音乐界、戏剧界的影响深远，而且在其他领域也具有不可磨灭的影响，特别是研究 19 世纪和 20 世纪的德国哲学，在谈论叔本华和尼采的时候，就更不能不谈到瓦格纳，他被称为"超人"。世界范围内所形成的瓦格纳现象，是不可忽视的文化现象。在衔接 19 世纪和 20 世纪浪漫主义高潮到低潮的音乐史和文化史方面，瓦格纳现象是无可回避的。

但是，长期以来瓦格纳对我们是陌生的，我们国家以前对他也是冷漠的。一直到 1997 年，我国第一次翻译出版《瓦格纳戏剧全集》的时候，音乐评论家刘雪枫先生曾经感慨地说："我国对瓦格纳及其作品的认识长期受苏联意识形态的影响，个中原因实出于偏狭和蒙昧，在此似不足道。只是苏联在戈尔巴乔夫执政期间重又出现'瓦格纳热'，便足以说明瓦格纳曾经遭受的冷落并非艺术本身的理由。尤其是在今日的俄罗斯，欣赏和谈论瓦格纳已成为文化界最时髦的话题之一，尽管它迟来了近七十年。"

朗格在他的《十九世纪西方音乐文化史》中曾经高度评价了瓦格纳，他说得非常精彩并且具有高度的概括力。他说："自从奥菲欧斯以来，从未有一个音乐家给数代的生活与艺术以这样重大的影响，这种影响和他的音乐的内在价值是不相适应的。巴赫的音乐，贝多芬的音乐，具有无比重大的意义，但从未产生这样革命般的、广泛的后果。使得瓦格纳成为 19 世纪末到 20 世纪初欧洲文化的普遍的预言家，必然有着不同的（不只是音乐）原因。瓦格纳自己曾想不仅当一个伟大的音乐家，他所创造的音乐，对于他只不过是按他的精神完全重新组织生活的渠道。他的音乐，除了是艺术之外，还是抗议和预言，但瓦格纳并不满足于通过他的艺术来提出他的抗议。他自由地运用了一切手段，这也意味着音乐的通常手段对他的目的是不够的。莫扎特或贝多芬的音乐让听者的心灵去反映音乐在他心中所引起的情感；听者参加了创作活动，因为他必须在这音乐的照明下创造他的境界和形象。瓦格纳的音乐却不给听者这样的自由。他宁肯给听者完整的形成的东西，他不满足于只是指出心灵中所散发出来的东西，他试图供给全面的叙述，瓦格纳采用最完备的和多方面的音乐语言，加上可以清楚地认识的象征。他提供了一个完整的，不仅是感情方面的，而且是理智方面的纲领。这样他就能够迷住近代的富有智力的听众。"

朗格还说瓦格纳的音乐"不适宜窄小的场所。它是一个民族的声音，日耳曼民族的声音"。如今，我们的时代缤纷多彩，乱花迷眼，却缺少这样一个属于民族的声音。

五月的花开如音乐

　　那天，听勃拉姆斯的《D大调小提琴协奏曲》，忽然想起今年是德国伟大的钢琴家克拉拉·舒曼逝世一百二十周年。一百二十年前，即1896年的5月，克拉拉在法兰克福去世。听到这个消息，勃拉姆斯立刻赶回法兰克福。那一年，勃拉姆斯六十三岁，正在瑞士休养，以一个病危之躯，急匆匆往法兰克福赶去的时候，忙中出错，在火车站踏上的却是相反方向的列车。

　　每一次听勃拉姆斯，总会让我想起克拉拉，眼前便总会浮现出这个画面：火车风驰电掣而去，却是南辕而北辙；呼呼的风无情地吹着勃拉姆斯花白的头发和满脸的胡须；他憔悴的脸上扑闪的不是眼泪，而是焦急苍凉的夜色。

　　同为音乐家，勃拉姆斯和克拉拉的感情非同一般，几乎是所有爱乐者都熟知的事情。克拉拉是德国伟大音乐家舒曼的夫人，勃拉姆斯二十岁那一年，在当时著名小提琴家约阿希姆的引荐下，和舒曼相识。在舒曼的家中，勃拉姆斯第一次见到了克拉拉，便一见钟情，无可救药地爱上了克拉拉。只是，内心充满激情表面却害羞的勃拉姆斯，一直把这份最真挚的感情藏在心中，从未向克拉拉吐露，一直到克拉拉和他自己都离开人世。

　　1854年，舒曼投莱茵河自杀被救，一直到两年后舒曼逝世，都是勃拉姆斯守候在克拉拉的身边，陪伴着她照料舒曼和他们的七个孩子，帮助她从痛苦和绝望中解救出来。为此，他放弃了许多出名和赚钱的机会。克拉拉心悬明镜般清楚，勃拉姆斯与其说是为了他的老师舒曼，不如说更是为了克拉拉她自己。

克拉拉不是孩子，她比勃拉姆斯大十四岁，又是有过爱情经历的人，肯定知道勃拉姆斯的心意。

既然克拉拉比勃拉姆斯大十四岁，而且是一个有着七个孩子的母亲，勃拉姆斯为什么非要如此钟情地爱着她？而且爱得一往情深，爱得一生到底？并且，为此勃拉姆斯终身没有结婚。既然谁也无法取代他心目中的克拉拉，勃拉姆斯却为什么始终没有把自己的这一份感情向克拉拉表明？他始终在表面上和克拉拉呈现的是友情，而把爱情如折叠伞一样折叠起来，珍放在自己一人的心的深处，让它悄悄滴洒着湿润的雨滴，温馨着自己的心房。

舒曼去世之后，勃拉姆斯就离开克拉拉，再没有见面，他的离别，是那样地毅然决然，断然没有什么执手相看泪眼的缠绵，没有给自己，也没有给克拉拉留下一点点的机会和缝隙，哪怕是一张纸条，或可以拭泪的纸巾。他曾给克拉拉写过很多封情书，那情书据说热情洋溢，发自肺腑，一定会如他的音乐一样动人而感人。但是，这样的情书，一封也没有发出去。在克拉拉逝世之后，勃拉姆斯已经意识到自己也即将不久于人世了。他焚烧了自己不少手稿和信件，其中包括他曾经写给克拉拉的情书。

内向的勃拉姆斯把这一切的感情都紧紧地锁在心里，他自己给自己垒起一座高高而坚固的堤坝，他让自己感情曾经泛滥的潮水，滴水未漏地都蓄在心中了。那水永远不会干涸，永远不会渗漏，只会荡漾在自己的心中。这样做，我不知道勃拉姆斯要花费多大的决心和气力，他要咬碎多少痛苦，他要自己和自己作多少搏斗。他的克制力实在是够强的了。这是一种纯粹柏拉图式的爱情，是超越物欲和情欲之上的精神的爱情。这是对爱情只有具备古典意义和高尚品格的人，才能做到的。也许，爱情的价值本来就并不在于拥有，更不在于占有。有时，牺牲了爱，却可以让爱成为永恒。

我现在已经无法弄清克拉拉对勃拉姆斯的这种态度到底是怎么想的了。也许，克拉拉和勃拉姆斯一样坚强地克制着自己；也许，克拉拉的感情依然寄托在舒曼的身上，她和舒曼的爱情得来不易，经历了那样的曲折和艰难，她很难忘怀，共度了十六年"诗与花的生活"（舒曼语），因而不想将对勃拉姆斯的感情升格而只想升华；也许，克拉拉不想让勃拉姆斯受家庭之累，自己毕竟拖着油瓶，带着七个孩子；也许，克拉拉觉得和勃拉姆斯这样的感情交往更为自然更为可贵更为高尚更为美……

当然，这只是我对克拉拉的揣测。对于勃拉姆斯本人而言，克拉拉没有这么复杂，克拉拉只是一种爱情与音乐中最美好的象征，他完全把克拉拉诗化和艺术化了，并将她内化为自己心中的音乐。可以说，没有克拉拉，就没有勃拉姆斯以后的音乐成就。包括音乐在内的一切艺术，本质不在于技术，而在于心灵与精神。克拉拉在世的时候，勃拉姆斯把自己创作的每一份乐谱手稿，都寄给克拉拉。勃拉姆斯曾经这样一往情深地说："我最美好的旋律都来自克拉拉。"

可以想象，如果克拉拉身上不具备高贵的品质，不是以一般女性难以具备的母性的温柔和爱抚，同时不具备非同寻常的音乐造诣和艺术灵性而能与勃拉姆斯心心相通，勃拉姆斯骚动的心不会那样持久地平静下来，将那激荡飞扬的瀑布化为一平如镜而深沉清澈的清水潭。正如两颗堕落的心更容易齐头并进落入地狱，两颗高尚的心则可以双双携手进入天堂，两个高尚的灵魂融合在一起，才能够奏出如此美好纯净的天籁般的音乐。勃拉姆斯和克拉拉才能够将那远远超乎友谊也超乎爱情的感情，保持了长达四十三年之久！四十三年，对一个人的一生，是一个太醒目的数字，它包含的代价和滋味无与伦比。世上有多少人可以将这样一份感情，平淡如水却也深沉如水地坚持四十三年？四十三年，如此漫长的时间，足以水滴石穿，让一切的不可能变为可能，让一切的瞬间即逝变为永恒。

或许，情到深处，语言往往是多余的，也是苍白无力的。心心相通，有时是最简单质朴的，无须缤纷的语言如盛开的花朵去夺人眼目，那一般只适合在舞台上的抒情，在生活中是用不着的。尤其音乐本身就是心灵的语言，更用不着嘴巴。特别是像勃拉姆斯这样内敛的音乐家，他把他内心里最深沉最激荡的感情，都化入他的旋律与音符之中了。

六十三岁的勃拉姆斯，拖着病巍巍的身子，从瑞士赶到法兰克福，为克拉拉亲护灵柩下葬。据说，在克拉拉的墓地前，勃拉姆斯独自一人为克拉拉演奏了一支小提琴曲。我常常会感动那样的情景，想象那样的情景，但是，我想象不出那会是一种什么样的情景。天苍苍，地茫茫，猎猎风吹，悠悠琴响，只有勃拉姆斯一人和克拉拉默默相对，那琴声只是他的心对克拉拉的心的倾诉？

此曲只应天上有，那小提琴曲一定美妙绝伦。那应该是一支什么样的曲子，可以让勃拉姆斯从二十岁到六十三岁埋藏在心底长达四十三年的感情，如同流经漫漫长路的涓涓细流，融化了如此漫长的岁月，成为心底的倾诉和浸润？

后来，我查到了，这首乐曲叫作《四首最严肃的歌》。这是用圣经里的词句编写的乐曲，是 1896 年克拉拉去世前不久，勃拉姆斯刚刚完成的作品，是专门为了献给克拉拉即将到来的七十七岁生日的乐曲呀。

这首乐曲之后，勃拉姆斯没有再写别的音乐，可以说是他最后的作品了。我是看到德国人维尔纳·施泰因著的《人类文明编年记事》的《音乐和舞蹈分册》，在这册书中关于1896年这一年的记事里，特意注明此曲是"献给克拉拉·舒曼"的。

接到克拉拉逝世的电报后，勃拉姆斯立即出发去奔丧时，从住所里没有拿什么东西，只是随手拿起了这部刚写完不久的《四首最严肃的歌》的手稿。可见，这部作品对于勃拉姆斯和克拉拉是多么地重要。只是，这四首曲子名字的选择：《因为它走向人们》《我转身看见》《死亡多么冷酷》《我用人的语言和天使的语言》，似乎已经隐隐指向了死亡，音乐在感情的指引下，走向了不归路。

勃拉姆斯是赶了整整两天两夜的火车，才从瑞士赶到法兰克福又赶到了波恩克拉拉的墓地前。勃拉姆斯颤颤巍巍地拿出了《四首最严肃的歌》的手稿，任五月的风吹散他花白的鬓发，独怆然而涕下。克拉拉再也听不到他的音乐了，这是他专门为克拉拉的生日而作的音乐呀！

石头深埋在海底，可以化为美丽的珊瑚；树木深埋在地底，可以化为能够燃烧的煤；时光深埋在岁月里，可以化为沉甸甸的历史。感情埋藏在心底呢？化为的乐曲就应该是这种样子吧？

勃拉姆斯的音乐，不是那种热情洋溢、愿意澎湃宣泄自己情感的样式。他的音乐给人的感觉，是深沉，是蕴藉，是秋高气爽的蓝天，是烟波浩渺的湖水。他的作品，内敛而自省，古典而深沉，是那种哥特教堂寂静地立在夕阳晚照下，不是那种浑身玻璃墙的新派建筑辉映着霓虹灯闪烁。《四首最严肃的歌》就是这样的一部作品，即使不是勃拉姆斯四首交响乐和德意志安魂曲那样大部头的作品，却是勃拉姆斯感情最深沉最个人化最重要的作品。

我们常说梁山伯与祝英台或罗密欧与朱丽叶的爱情，令人荡气回肠，成为一种经典。其实，勃拉姆斯和克拉拉一点不比他们差，也许因其活生生的存在，而比他们更为动人，更让我们沉思。勃拉姆斯和克拉拉是相互映照的镜子，克拉拉映现出来的是女性的温柔和美好，勃拉姆斯映现出来的是男人的隐忍与深沉。克拉拉更多是以一位钢琴家的姿态出现，勃拉姆斯更多是以作曲家的身份出现，他们在彼此的钢琴演奏与音乐旋律中，如风相拂，如水相拥，如影相随，交融着，映照着，呼应着彼此心底里最值得珍存的那一份情感。一百二十年后的这个五月里，满眼鲜花盛开，如他们的爱情一样地美好，如他们的音乐一样地美好。

2016 年 5 月

现代音乐被谁唤醒

今年是德彪西（A-C.Debussy，1862—1918）150周年诞辰。全世界许多地方都在纪念他，演奏他的作品。遥想当年，19世纪末的欧洲乐坛，可不是他的天下。那天下属于瓦格纳和他的追随者布鲁克纳、马勒，以及他们的对立派勃拉姆斯等人所共同创造的音乐不可一世的辉煌。敢于不屑一顾的，在那个时代大概只有德彪西。德彪西曾经这样口出狂言道："贝多芬之后的交响曲，未免都是多此一举。"他同时发出这样粪土当年万户侯的激昂号召："要把古老的音乐之堡烧毁。"

我们知道，随着19世纪后半叶瓦格纳和勃拉姆斯这样日耳曼式音乐的崛起，原来依仗着歌剧地位而形成音乐中心的法国巴黎，已经风光不再，而将中心的位置拱手交给了维也纳。当德彪西在法国开始创作音乐的时候，一下子如同《伊索寓言》里的狼和小羊，自己只是一只小羊处于河的下游下风头的位置，心里知道如果就这样下去，他永远只能是喝人家喝过的剩水。要想改变这种局面，要不就赶走这些已经庞大的狼，自己去站在上游；要不就彻底把水搅浑，大家喝一样的水；要不就自己去开创一条新河，主宰两岸的风光。

同时，我们也要看到，在当时法国的音乐界，两种力量尖锐对立，却并不势均力敌。以官方音乐学院、歌剧院所形成的保守派，以僵化的传统和思维定式，势力强大地压迫着企图革新艺术的音乐家。

德彪西打着"印象派"大旗，从已经被冷落并且极端保守的法国，向古老的音乐之堡杀来了。在行进的路上，德彪西对挡在路上的反对者极端而直截了当地宣告："对我来说，传统是不存在的，或者，它只是一个时代的代表，它并不像人们说的那么完美和有价值。过去的尘土不那么受人尊重的！"

我们现在都把德彪西当作印象派音乐的开山鼻祖。印象一词最早来自法国画家莫奈的《日出印象》，当初说这个词时明显带有嘲讽的意思，如今这个词已经成为艺术特有的一派的名称，成为高雅的代名词标签一样随意插在任何地方。而最初德彪西的音乐确实得益于印象派绘画，虽然德彪西一生并未和莫奈见过面，但艺术的气质与心境的相似，使得他们的艺术风格不谋而合，距离再远心也是近的。画家塞尚曾经将他们两人做过这样非常地道的对比，他说："莫奈的艺术已经成为一种对光感的准确说明，这就是说，他除了视觉别无其他。"同样，"对德彪西来说，他也有同样高度的敏感，因此，他除了听觉别无其他。"

德彪西最初音乐的成功，还得益于法国象征派的诗歌，那时，德彪西和马拉美、魏尔伦、兰坡等诗人密切接触（他的钢琴老师福洛维尔夫人的女儿就嫁给了魏尔伦），他所交往的这些方面的朋友远比作曲家的朋友多，他受到他们深刻的影响并直接将诗歌的韵律与意境融合在他的音乐里面，更是人所共知的事实。

德彪西是一个胸怀远大志向的人，却和那时的印象派的画家和象征派的诗人一样，并不那么走运。从巴黎音乐学院毕业之后，他和许多年轻的艺术家一样，开始了没头苍蝇似的乱闯乱撞，跑到俄罗斯梅克夫人那里当了两年钢琴老师（还爱上了梅克夫人十四岁的女儿，特意向人家求婚），好不容易博得了罗马大奖，又跑到罗马两年，毕业之际写出的《春》等作品，并未得到赏识，一气之下，提前回国，落魄如无家可归的流浪狗一样在巴黎四处流窜。我猜想，那几年，德彪西一定就像我们现在住在北京郊区艺术村里那些流浪的艺术家一样，在生存与艺术之间挣扎，只不过，那时居无定所的德彪西他们常常聚会在普塞饭店、黑猫咖啡馆和马拉美的"星期二"沙龙里罢了。

但这并不妨碍他们指点江山，激扬文字，粪土当年万户侯。生活的艰难、地位的卑贱，只能让他们更加激进地与那些高高在上者和尘埋网封者决裂得更加彻底。想象着德彪西那个时候居无定所，没有工作，以教授钢琴和撰写音乐评论为生，过着有上顿没下顿的日子，却可以不用看任何人的脸色，想骂谁就骂谁，想爱谁就爱谁（德彪西泛滥的爱情一直备受人们的指责），想写什么曲子就写什么曲子，他所树的敌大概和他所创作的音乐一般多。我们可以说在法国他过得不富裕，却也过得潇洒。

我们也可以说德彪西狂妄，他颇为自负地不止一次地表示了对那些赫赫有名的大师的批评，而不再如学生一样对他们毕恭毕敬。他说贝多芬的音乐只是黑加白的配方；莫扎特只是可以偶尔一听的古董；他说勃拉姆斯太陈旧，毫无新意；说柴可夫斯基的伤感太幼稚浅薄；而在他前面曾经辉煌一时的瓦格纳，他认为不过是多色油灰的均匀涂抹，嘲讽他的音乐"犹如披着沉重的铁甲迈着一摇一摆的鹅步"；而在他之后的理查·施特劳斯，他则认为是逼真自然主义的庸俗模仿；比他年长几岁的格里格，他更是不屑一顾地讥讽格里格的音乐纤弱，不过是"塞进雪花粉红色的甜品"……他口出狂言，雨打芭蕉般几乎横扫一大片，唯我独尊地颠覆着以往的一切，雄心勃勃地企图创造出新的音乐形式，让世界为之一惊。

这一天的到来，在我看来是 1894 年 12 月 22 日，在巴黎阿尔古纪念堂，以首次演出他根据马拉美的同名诗谱写的管弦乐前奏曲《牧神的午后》为标志。尽管这一天的到来稍稍晚了一些，德彪西已经三十三岁，但毕竟成功向他走来，一向为权威和名流瞩目的巴黎，将高傲的头垂向了他。尽管在这场音乐会上有圣桑和弗兰克等当时远比德彪西有名的音乐家的作品，但在全场雷鸣般的掌声中，不得不把当场重演一遍的荣誉给了《牧神的午后》。热烈的场面，令德彪西自己不敢相信。

《牧神的午后》确实好听，是那种有异质的好听，就好像我们说一个女人漂亮，不是如张爱玲笔下或王家卫摄影镜头里穿上旗袍的东方女人那种司空见惯了的好看，而是晒上了地中海的阳光肤色、披戴着法兰西葡萄园清香的女人的好看，是卡特琳娜·德诺芙、苏菲·玛索，或朱丽叶·比诺什那种纯正法国不同凡响的惊鸿一瞥的动人。

仅仅说它好听，未免太肤浅，对于我们中国人，永远无法弄明白《牧神的午后》中所说的半人半羊的牧神到底是怎么一回事，而它所迷惑的女妖又和我们《聊斋志异》里的狐狸精有什么区别，更会让我们莫衷一是。但我们会听得懂那种迷离的梦幻，那种诱惑的扑朔，是和现实与写实的世界不一样的，是和我们曾经声嘶力竭与背负沉重思想的音乐不一样的。特别是乐曲一开始时那长笛悠然而凄美地从天而落，飞珠跳玉般溅起木管和法国圆号的幽深莫测，还有那竖琴的几分清凉的弹拨，以及弦乐的加入后那种委婉飘忽和柔肠寸断，总是难以忘怀。好像是从遥远的天边飘来了一艘别样的游船招呼你上了去，风帆飘动，双桨划起，眼前的风光立刻变得迥异，两岸猿声啼不住，轻舟已过万重山。

好的音乐，有着永恒的魅力，时间不会在它身上落满尘埃，而只会帮它镀上金灿灿的光泽。对于已经流行了一个世纪的古典浪漫派音乐而言，《牧神的午后》是两个时代的分水岭，是新时代的启蒙。听完《牧神的午后》，我们会发现，历史其实也可以用声音来分割，一个时代有一个时代不同的声音。

对于《牧神的午后》的出现在音乐史上的重要意义，法国当代著名作曲家皮埃尔·布列兹（P.Boulez）曾经这样评价，我认为他说得最言简意赅："正像现代诗歌无疑扎根于波德莱尔的一些诗歌，现代音乐是被德彪西的《牧神的午后》唤醒的。"

德彪西厌恶瓦格纳式的膨胀而毫无节制的史诗大制作，也厌恶浪漫派卿卿我式的扇面小格局，他像绘画可以不讲透视等一切规范一样，不讲究音乐中以前曾经有过的结构等一切逻辑因素。他把声音变成缕缕青丝一样，在风的微微吹拂中婆娑摇曳，在织就的绸缎中如描如画；和声也不是为了规矩中的数学排列，而是为印象里瞬间的感觉和心目中色彩的变化，像是一个调皮的孩子故意打翻了手中的调色盘，把那纷繁的颜色一股脑地都泼洒在画布内外，自己站在一旁不动声色，静静地望着太阳眯起了眼睛。

在德彪西的时代，尽管有人反对，但这首被誉为印象派音乐的第一部作品，还是成了迄今为止在全世界范围的音乐会上法国作曲家管弦乐作品出现频率最多的景观。德彪西绝无仅有地做到了这一点，他所开创的印象派音乐的确拉开了现代音乐的新篇章。《牧神的午后》可以成为我们认识德彪西的入场券。

当时，圣桑、福莱、夏庞蒂埃是德彪西的对头，德彪西明确地反对夏庞蒂埃的写实歌剧《路易斯》是以廉价美感和愚蠢艺术来愉悦巴黎的世俗和喧嚣，鄙夷不屑地痛斥这种艺术是属于计程车司机的。这在我们现在看来简直难以想象，但在那个时代没人说他不尊重他的前辈（不要说他明确反对过的贝多芬、莫扎特和勃拉姆斯、瓦格纳是他前辈，就是同在法国的圣桑也比他大二十七岁、福莱比他大十七岁、夏庞蒂埃比他大两岁）。

但是，我们不要误以为德彪西真的就是不讲师承打倒一切的造反派。其实，他对肖邦就情有独钟。据和德彪西同时代的法国著名的钢琴家玛格丽特·朗（M.Long，1874—1966）说，德彪西对肖邦极感兴趣，"用肖邦的话说，在那首降 D 大调练习曲上，他把所有的手指都磨破了。"几乎当时所有音乐家的重要作品，都是由玛格丽特·朗第一个演奏的，但她不敢演奏德彪西的作品，德彪西曾经专门要她到自己的钢琴前为她讲述自己的作品。所以，她的话极具真实性，她特别强调德彪西的《24 首钢琴前奏曲集》和肖邦的关系："取法是肖邦的，这个集子好像是德彪西整个创作的浓缩。"

对于德彪西来说，这些钢琴曲都是他印象派音乐的延续，是往前迈出新的步幅所制作的小品，是练习、打磨和养精蓄锐。真正对他自己富有划时代意义的，是《牧神的午后》八年之后，1902年他一生唯一的一部歌剧《佩里亚斯和梅丽桑德》的问世。

早在 1892 年，德彪西在罗马留学，在意大利大道的书摊上发现了梅特林克刚刚出版的剧本《佩里亚斯和梅丽桑德》时，就立刻买了一本，一口气读完，爱不释手。这部戏剧演绎的是两位王子和一个漂亮的少女的悲剧故事，那种命运紧握个人生命的象征力量，那种以梦境织就情节的扑朔迷离，都暗合着德彪西的音乐理想，让他和这位与他同龄的比利时剧作家一见钟情，相见恨晚。自从《牧神的午后》之后，他一直在寻找着进一步实现自己音乐理想的突破口和接口，"梅特林克的剧本正是完美的转化因素，它梦境般的情节是这些动机与非功能和声的马赛克式交织与连接思路。"《牛津音乐史》这样关于"马赛克式交织与连接"的解释非常有意思。事实上，德彪西寻找这样连接的思路，一直是踌躇而艰难地行进着的，他一直写得很慢、很苦，他立志要把它谱写成一部歌剧。为此，他专程拜访过梅特林克，可惜梅特林克是个音盲，在听德彪西兴致勃勃为他演奏这部他倾注全部心血的《佩里亚斯和梅丽桑德》总谱的时候竟然睡着了，差点没把德彪西气疯。

这部《佩里亚斯和梅丽桑德》，让德彪西付出了十年的时间，他不止一次修改它。对比当时最为轰动的瓦格纳及其追随者的所谓音乐歌剧，它没有那样华丽的咏叹调结构和辉煌的交响音响效果；对比当时法国铺天盖地的轻歌剧、喜歌剧，它没有那样奢靡和轻佻讨好的旋律悠扬；对于前者，它不亦步亦趋做摇尾狗状；对于后者，它也不迎合做谄媚猫态。它有意弱化了乐队的和声，运用了纤细的配器，以新鲜的弦乐织体谱就了如梦如幻的境界，摈弃了外在涂抹的厚重的油彩，拒绝了一切虚张声势的浮华辞藻和貌似强大的音响狂欢，以真正的法兰西风格，使得法国歌剧在比才之后有了自己能够和瓦格纳相抗衡的新的品种。如果说瓦格纳的歌剧如同恣肆的火山熔岩的喷发，轻歌剧、喜歌剧如同缠绵的女性肌肤相亲，那么，德彪西的这部《佩里亚斯和梅丽桑德》如同注重感官享受和瞬间印象的自然的风景——是纯粹法兰西的自然风景，而不是舞台上、宫廷里或红磨坊中矫饰的风景，更不是瓦格纳式的铺排制造出来的人工风景。罗曼·罗兰曾经高度赞扬了他的这位法国同胞这部歌剧的成就，并指出了它的意义，他称《佩里亚斯和梅丽桑德》是对瓦格纳的造反宣言："德彪西的力量在于他拥有接近他（指格鲁克——一位18世纪的歌剧改革家）这种理想的方法……致使目前法国人只要一想起梅特林克在该剧中的某段话，就会在心中相应地同时响起德彪西的音乐。"这真是一种最由衷的赞美了，因为在一个民族中在想起某段话或某个情景时，就能够在心中响起音乐家的音乐来，这是已经将那音乐渗透进这个民族的血液之中了。《佩里亚斯和梅丽桑德》使得德彪西彻底摆脱瓦格纳对法国歌剧的奴役，让强大的瓦格纳在真正具有法兰西精神的歌剧面前雪崩。

德彪西以他革新的精神，创造了以往从来没有属于他自己的音乐语言。对于这样崭新的音乐语言，不仅让当时的听众也让百年之后的我们耳目一新。中央音乐学院毛宇宽教授这样说："德彪西是欧洲作曲家中使音乐语言的构成从古典调式调性体系这个不可动摇的创作基础中解放的第一人，他跨入了另一个新的音响——音乐之地；就这一点而言，20世纪的音乐帷幕确实是由他所开启。"这种崭新的音乐语言"那个无中生有的创作神奇幻境"，"以耳朵和心灵代替眼睛，把视觉形象，甚至光和影变成声音。不简单勾画其外形，而且表现它们内在的含义"。这样的评价，准确地说明了德彪西音乐语言的艺术特性与历史意义。

2011 年底

马勒是我一生的朋友

去年是马勒（G.Mahler，1860—1911）逝世百年，国家大剧院特意组织的马勒第一到第十交响曲的演出季，从七月到十一月，历时五个月，规模浩大。我听了其中第一、第四、第七和第十交响曲，连同在费城听过的第五交响曲，整整听了马勒交响曲的一半，心里很是宽慰和感动。

"我们从哪儿来？我们准备到哪儿去？难道真的像叔本华说的那样，我们在出世前注定要过这种生活？难道死亡才能最终揭示人生的意义？"

可以说，马勒一生都在不停地追问着自己这样的话。他到死也没弄明白这个对于他来说一直乌云笼罩的人生意义的难题。他便将所有的苦恼和困惑、迷茫和怀疑，甚至对这个世界的无可奈何的悲叹和绝望，都倾注在他的音乐之中。

从马勒的音乐中，无论从格局的庞大、气势的宏伟上，还是从配器的华丽、旋律的绚烂上，都可以明显感觉出来自他同时代瓦格纳和布鲁克纳过于蓬勃的气息和过于丰富的表情，以及来自他的前辈李斯特和贝多芬遗传的明显胎记。只要听过马勒的交响乐，会很容易找到他们的影子。比如马勒的第三交响乐，我们能听到布鲁克纳的脚步声，从马勒的第八千人交响乐，我们更容易轻而易举地听到贝多芬的声音。

在我看来，这个世界的古典音乐有这样三支，一支来源于贝多芬、瓦格纳，还可以上溯到亨德尔；一支则来源于巴赫、莫扎特，一直延续到门德尔松、肖邦乃至德沃夏克。我将前者说成是激情型的，后者是感情型的。而另一支则是属于内省型的，是以勃拉姆斯为代表的。其他的音乐家大概都是从这三支中衍化或派生出去的。显然，马勒是和第一支同宗同祖的。但是，马勒和他们毕竟不完全一样。不一样的根本一点，就在于马勒骨子里的悲观。因此，他可以有外表上和贝多芬相似的激情澎湃，却难以有贝多芬的乐观和对世界充满信心的向往；他也可以有外表上和瓦格纳相似的宏伟气势，却难有瓦格纳钢铁般的意志和对现实社会顽强的反抗。

这种渗透于骨子里的悲观，来源于对世界的隔膜、不认同和充满焦虑以及茫然的责问与质疑。马勒自己曾经说过："我是一个三度地无家可归……一个生活在奥地利的波希米亚人，一个生活在德国人中间的奥地利人，一个在全世界游荡的犹太人。无论在哪里都是一个闯入者，永远不受欢迎。"

马勒逝世之后，他的学生、指挥家布鲁诺·瓦尔特，在上世纪 30 年代开始进行马勒交响曲的挖掘和重新阐释演绎，马勒在欧洲的影响与日俱增，如今成为全世界的热门音乐家，其交响曲的地位堪比贝多芬。越来越多的人，感受到马勒不仅属于彼时的音乐家，也属于此时的音乐家。他对人生深邃的追寻，对世界充满悲剧意识的叩问，和今天的人们心里的困惑越来越接近。聆听并理解马勒的交响曲，便成了认识和走近马勒的必由之路。

我赞同这次参加我国马勒百年纪念演出的瑞士苏黎世市政厅管弦乐团指挥大卫·津曼的观点："对于马勒，先是他的声乐套曲，然后才是他的交响乐。"他录制过两套马勒的交响曲的全集，对马勒有过专门的研究。这是知音之见。和他见解相同的还有我国著名小提琴曲《梁祝》的作曲家陈钢，他说："歌曲是马勒交响曲的种子和草稿。"

这确实是走近马勒音乐的一条路径，也是打开马勒内心的一扇门。

马勒的十部交响曲，可以分为这样三部分，分别和他的声乐套曲彼此联系，互为镜像——

第一部分，第一交响曲到第四交响曲。应该和马勒的声乐套曲《少年魔角》与《流浪者之歌》一起来听。特别是"第一"，是马勒交响曲的序幕，马勒说自己的"第一"是"青年时期的习作"。比起以后特别是第五交响曲后，他的交响曲的庞大的构制，复杂的心绪，及浓郁的悲剧意识，"第一"的单纯，明快，乃至第三乐章的葬礼进行曲，幽哀的死亡，也被他们演奏得如怨如慕，带有了伤感的童话色彩。

勋伯格说得对："将要形成的马勒特性的任何东西，都已经显示在第一交响曲中了。这里，他的人生之歌已经奏鸣，以后不过是将它加以扩展和呈现到极致而已。"我理解勋伯格在这里说的马勒的特性，既指他的交响曲创作，也指他的人生命运的端倪。

这支乐曲，和几年前马勒二十五岁时创作的声乐套曲《流浪者之歌》，同样映现青春的心情和心境。其叙事性和歌唱性特征极为明显，这也是马勒交响曲与众不同特别是和浪漫派鼎盛时期古典交响乐不同的特点之一。其中歌唱性不仅表现在以后越来越多的独唱和大合唱，同时表现在他的旋律之中。

那种感世伤怀的叙事性，和旋律一起自如挥洒。第一乐章的大提琴，第二乐章的圆舞曲，第三乐章的小号和单簧管，特别是末乐章大钹敲响之后，铜管乐、木管乐、弦乐、打击乐，还有竖琴，交相辉映，此起彼伏，山呼海啸，错综复杂，音色辉煌，交响效果很好，显示了令人羡慕的青春活力。尤其是一段小提琴抒情连绵的演奏后，然后大提琴和整个弦乐的加入，几次往返反复和管乐的呼应，层次很丰富，舞台上如同扯起了袅袅飘舞的绸布，真的是风生水起，摇曳生姿。最后的高潮，八支法国号站起来，可以说是青春期马勒的一种象征。

第二部分，第五到第七交响曲。与之相对位的声乐套曲是《亡儿之歌》。从声乐套曲就可以感受到其悲剧意味已经显现。第六交响曲的别名就叫作"悲剧交响曲"。

特别值得一听的是第五交响曲。这部作品明显有贝多芬"命运"交响曲的影子。开头的独奏小号，和贝多芬"命运"开头的那种"命运动机"一样先声夺人。震弦乐随之而上，景色为之一变，小号后来的加入，一下子回环萦绕起来，阅尽春秋一般，演绎着属于马勒对于生死的悲痛与苍凉。和马勒前几部交响曲的意味大不相同。

有了这第一乐章的对比，第四乐章的到来，才显得风来雨从，气象万千。对比悲怆之后的甜美与温暖，才有了适得其所的价值，如同鸟儿有了落栖的枝头，这枝头让马勒谱写得花繁叶茂，芬芳迷人，而这鸟儿仿佛飞越过了暴风雨的天空，终于有了喘息和抬头望一眼并没有完全坍塌的世界的瞬间。有竖琴，有法国圆号，有小提琴中提琴和大提琴的此起彼伏，交相辉映，层次那样丰富，交响的效果那样浑然天成，熨帖得犹如天鹅绒一般轻柔的微风抚摸你的心头。

第三部分，第八到第十交响曲，包括《大地之歌》。其中第八因有两个混声合唱队和一个童声合唱队，还有八名独唱歌手，阵势空前，号称"千人交响曲"。与马勒的声乐歌曲的关系更为密切，使得声乐与器乐的结合，是贝多芬时代望尘莫及的，是马勒交响乐的辉煌巅峰。第九和第十浓重的悲剧意识，弥漫在马勒的心灵与音乐世界的整个空间，更是达到了一个前所未有的高度。

应该特别指出马勒交响曲的慢板中的弦乐，真的很少有人像马勒一样把它们处理得这样柔美抒情、丝丝入扣，又这样丰富得水阔天清，即使在浓重悲观情绪的笼罩下，马勒也要让它们出场抚慰一下苍凉的浮生万世，给我们一些安慰和希望。在谈论马勒的交响曲时，如今更多愿意说他思想的复杂性与悲观性，作曲方面对古典传统技法的发展变化，以及对未来世界的预言性，却忽略了马勒对传统的继承。在这一点上，马勒对慢板的处理，最显其独到之处。其实，他的老师布鲁克纳对慢板的处理，也是如此，那些动人的旋律，马勒得其精髓，可以看出彼此的传承。

我特别喜欢第五交响曲中有一段最动人的慢板，这与他的《吕克特诗歌谱曲五首》中的《我在世上已不存在》的关系密切。在这首歌中唱道："我仅仅生活在我的天堂里，生活在我的爱情和歌声里。"我们便可以触摸到马勒的心绪，即使在死亡垂临的威迫之下，他依然乐观的原因，他相信爱情和音乐。这也是马勒音乐的另一重具有现实意义的价值。

对于欣赏和了解19世纪末20世纪初后浪漫派音乐尾声，作为衔接新的时代面临变革的古典音乐代表的庞然大物交响曲，马勒的交响曲的历史与现实意义，无论对于乐者还是爱乐者，如今都显得越发醒目。

作为马勒的继承人勋伯格，曾经预言：马勒所创作的作品属于未来。这个预言在今天得到了验证。我以为，马勒的音乐属于未来的价值在于两方面：一是他的音乐的内容振聋发聩的精神重量，一是他的音乐新的语汇别出机杼的形式质量。在内容方面，马勒音乐对于当时流行的约翰·施特劳斯的注重享乐的唯美圆舞曲的批判性，马勒音乐对于生与死的悲悯情怀，对于底层人残酷命运并将其推向生与死的边缘上进行追索和探究以及体验和表现，呈现出了今天新时代悲剧矛盾的投影，确实具有不可思议的预言的前瞻性，成了今天人们对待现存世界心灵的一种精神资源和抗衡力量。

形式方面，曾经为马勒写过传记的英国音乐家德里克·库克（他亦是马勒未完成的第十交响曲总谱的整理者），有过详尽的分析："马勒对于瓦格纳的《特里斯坦》中调性和声的边缘崩溃，进一步朝勋伯格早期无调性音乐方向推进。更进一步来说，他的'固定变奏方法'展望着序列主义音乐；发生在第九交响曲中的Ronso-Burleake乐章中线性对位预示了欣德米特；音乐中尖锐、迅速地转调预示了普罗科菲耶夫。马勒是那个时代转折点上的人物：他加快了浪漫主义心理紧张的速度直到它探索进入'我们的新音乐'（科普兰语）的激烈形式。"

后浪漫主义时期的音乐，如果说保守派是以勃拉姆斯为代表的话，那么，激进派肯定是以布鲁克纳和马勒为代表。布鲁克纳以自己的谦恭引领桀骜不驯的马勒出场。作为后浪漫主义时期音乐的最后一人，马勒结束了一个时代，为现代音乐的新人物勋伯格的新时代的到来铺垫好了出场的红地毯。就像18世纪末19世纪初的贝多芬是通往浪漫主义的桥梁一样，马勒是通往20世纪音乐的桥梁。喜欢音乐的人，虽然热闹的马勒百年纪念过去了，但是，马勒的音乐并不是即时性的，非常值得常听，他是我一生的朋友。

2011 年 11 月

我们为什么特别喜爱老柴

　　再没有一个国家能够比得上我们对柴可夫斯基（P.I.Tchai-
kovsky, 1840—1893）充满感情的了。我们似乎都愿意称他为"老
柴"，亲切得好像在招呼我们自己家里的一位老哥。

　　我始终弄不明白，为什么我们对柴可夫斯基如此地一往情
深。或许是因为我们长期受到俄罗斯文学的影响，便近亲繁殖似
的，拔出了萝卜带出了泥，对柴可夫斯基有着一种传染般的热
爱？从骨子深处便有了一种认同感？或者是因为柴可夫斯基的音
乐里打通了宗教的音乐与世俗的民歌连接的渠道，有了一种抒情
的歌唱性，又混合了一种浓郁的东方因素，便容易和我们天然地
亲近？让我们在音乐的深处能够常常和他邂逅相逢而一见如故？

　　柴可夫斯基就这样能够轻而易举地和我们相亲相近。几乎每
一个喜欢音乐的中国人，特别是中国的知识分子，似乎都容易被
柴可夫斯基所感染，这在他们的书中都能够找到许多溢于言表的
证据。这大概是音乐史中一个特例，或者说是一个奇怪的现象，
令柴可夫斯基自己本人也会莫名其妙吧？

　　丰子恺先生在上世纪初期是这样解释这种现象的："柴可夫
斯基的音乐中的悲观色彩，并不是俄罗斯音乐的一般的特质，乃
柴氏一个人的特强的个性。他的音乐之所以著名于全世界，正是

其悲观的性质最能够表现在‘世纪病’的时代精神的一方面的‘忧郁’的缘故。"（《世界大音乐家与名曲》）

我不知道丰先生是不是说得准确，但他指出的柴可夫斯基的音乐迎合了所谓"世纪病"的时代精神一说，值得重视。而对于一直饱受痛苦，一直处于压抑状态，一直渴望一吐胸臆宣泄一番的中国人来说，柴可夫斯基确实是一贴有种微凉的慰藉感的伤湿止疼膏，对他的亲近和似曾相识是应该的。

作家王蒙在他的文章里曾经明确无误地说："柴可夫斯基好像一直生活在我的心里。他已经成为我的生命的一部分了。"他说他的作品："多了一层无奈的忧郁，美丽的痛苦，深邃的感叹。他的感伤，多情，潇洒，无与伦比。我总觉得他的沉重叹息之中有一种特别的妩媚与舒展，这种风格像是——我只找到了——苏东坡。他的乐曲——例如《第六交响曲》（《悲怆》），开初使我想起李商隐，苍茫而又缠绵，缛丽而又幽深，温柔而又风流……再听下去，特别是第二乐章听下去，还是得回到苏轼那里去。"（《行板如歌》）

另一位作家余华，在他专门谈音乐的新书《高潮》中有一篇文章则这样说："柴可夫斯基一点也不像屠格涅夫，鲍罗丁有点像屠格涅夫。我觉得柴可夫斯基倒是和陀思妥耶夫斯基很相近，因为他们都表达了19世纪末的绝望，那种深不见底的绝望，而且他们的民族性都是通过强烈的个性来表达的。在柴可夫斯基的音乐中，充满了他自己生命的声音。感伤的怀旧，纤弱的内心情感，强烈的与外在世界的冲突，病态的内心分裂，这些都表现得非常真诚，柴可夫斯基是一层一层地把自己穿的衣服全部脱光。他剥光自己的衣服，不是要你们看他的裸体，而是要你们看到他的灵魂。"（《重读柴可夫斯基》）

非常有意思的是，他们一个把柴可夫斯基比成了苏轼和李商隐，一个把柴可夫斯基比成了陀思妥耶夫斯基。也许，你会觉得将柴可夫斯基比成苏轼和李商隐，有些玄乎；而把柴可夫斯基比成了陀思妥耶夫斯基，又有些过分。但他们都是从文学中寻找到认同感和归宿感。（有意思的是，美国音乐史家朗格在他的《十九世纪西方音乐文化史》一书中，则把柴可夫斯基比成英国诗人弥尔顿，也是文学意义上的比拟。）这一点上和我们大多数人是相同的。也就是说，我们在听柴可夫斯基的时候，已经加进我们曾经读过的文学作品的元素，有了参照物，也有了我们自己的感情成分，柴可夫斯基进入中国，已经不再仅仅是他自己，柴可夫斯基不得不入乡随俗。我们在柴可夫斯基里能够听到自己心底里许多声音，也能够从我们的声音里（包括我们的文学和音乐）听到柴可夫斯基的声音。可以说，从来没有任何一位音乐家和我们能够有如此心同身感的互动。

　　我们对柴可夫斯基的感情，也许还在于他同梅克夫人那不同寻常的感情。当然，这也是世界所有热爱他的人都感兴趣的地方，并不能仅仅说是我们的专利。但是，对于他们长达十四年之久的感情，而且是超越一般男女世俗的情欲与肉欲的感情，保持得那样高尚而纯洁，是我们所向往的。在一个盛产《金瓶梅》和《肉蒲团》的国度里，泛滥着的色欲和意淫中，让人们对这种柏拉图式的感情更多了一份感慨。同时，在一个情感和情欲一直处于压抑的年代里，这种柏拉图的感情自然更会使知识分子多一份慰藉和憧憬，柴可夫斯基与梅克夫人的通讯集，早在上世纪40年代，我国就有了陈原先生的译本，直至现在再版不断。

　　我们知道，梅克夫人是在听了柴可夫斯基的《暴风雨》序曲之后格外兴奋而对他格外感兴趣的。在他们结识以后她曾经对柴可夫斯基坦白地说道："它给我的印象我简直无法对您言喻，有好几天我一直处于半疯癫状态。"她渴望能够和柴可夫斯基结识，但不希望和他见面。她说："我更喜欢在远处思念你，在你的音乐中听你谈话，并且通过音乐分享你的感情。"而柴可夫斯基在创作了献给梅克夫人的第四交响曲并对她说这是"我们的音乐"之后，也表达着和梅克夫人同样的心声："威力无边的爱情……唯有借助音乐才能表达。"（《柴可夫斯基书信选》）

也许，世界上再没有这样完全被音乐所融化的男女之情了吧？我反正是没听说过。关键是我们现在能够拥有如梅克夫人一样具有真正纯正的音乐素养的人太少——还不要说音乐才华。我们的音乐已经越来越被华而不实的晚会歌曲所包裹，只是发自功利，而不是发自内心，出发地和终点站都不一样，南辕北辙是不奇怪的。

梅克夫人非常有艺术天赋，这首先来自家传，她的父亲就是个小提琴手，她自己弹一手好钢琴。所以，他们是真正在心灵上的交流，真正在音乐中的相会，梅克夫人不是为了附庸风雅，凭着自己有钱而豢养着音乐家绕在自己的膝下；柴可夫斯基也不是为了傍上一个富婆（要知道柴可夫斯基每年从梅克夫人那里有六千卢布的赞助，这在当时是一笔不小的数目），使得自己尽快地脱贫致富好爬上中产阶级的软椅。他们才能在佛罗伦萨同住一所庄园里，本来可以有见面的机会时也要坚守诺言，梅克夫人要把自己出门散步的时间告诉柴可夫斯基，希望他能够回避，即使偶尔柴可夫斯基忘记而和她意外相遇，他们也只是擦肩而过从不说话。正因为对感情有如此超尘拔俗的追求和把握，他们才能够坚持了十四年之久的通信，柴可夫斯基才能向她毫无保留地倾吐了在别人那里从未说过的关于音乐创作的肺腑之言，梅克夫人也才能向他倾诉内心的一切包括一个女人最难说出口的隐私。他们把彼此当成了知己，联系着他们的心的不是世俗间床笫之间的男欢女爱，而是圣洁的音乐。如果不是后来在1890年梅克夫人知道了柴可夫斯基是同性恋，也许不会中断了与他的交往和通信。

从柴可夫斯基和梅克夫人的关系来看，我们可以看出他的真诚，从他的音乐中听出这份真诚来，应该是不错的了。同时，我们也可以看出柴可夫斯基长期被压抑的感情（梅克夫人毕竟比他大九岁，还有过一次红杏出墙和丈夫的秘书生下一个孩子，她的丈夫就是由此而丧生，她有过丰富的感情经历，还有十二个孩子，柴可夫斯基的感情生活却是贫瘠的，他只是为了掩饰自己的同性恋而有过草率而匆忙的婚姻），从他的音乐里能够听出感情有时宣泄有时煽情有时压抑有时扭曲，应该也是不错的。

说起柴可夫斯基的音乐，我们爱说其特点是"忧郁"，是"眼泪汪汪的感伤主义"。当然，仅仅说是"忧郁"和"眼泪汪汪的感伤主义"是不够的。柴可夫斯基的音乐是很丰富的。我们听得非常熟悉的他的第一钢琴协奏曲（1875），还有他的D大调小提琴协奏曲（1878）、第一弦乐四重奏中的"如歌的行板"（1871）、《罗密欧与朱丽叶》幻想序曲（1869）、《意大利随想曲》（1880）、《1812序曲》（1880），以及他有名的第四和第六交响曲（1877、1893），和他的好多部芭蕾舞剧的音乐，其中我们最熟悉不过的《天鹅湖》（1876）、《睡美人》（1890）和《胡桃夹子》（1892）……我们对于柴可夫斯基，真可以是如数家珍。但是，"忧郁"和"眼泪汪汪的感伤主义"，毕竟是感动我们的最主要部分，即使在上述的作品中，我们依然能够听到这样的感觉，春花秋月何时了，往事知多少；问君能有几多愁，恰似一江春水向东流；城上高楼接大荒，海天愁思正茫茫；青鸟不传云外信，丁香空结雨中愁……

我们能够从我们的古典诗词中信手拈来多少与老柴这些音乐链接，吻合跃动在同一个脉搏上。

柴可夫斯基的旋律，是一听就能够听得出来的。特别是在他的管弦乐中，他能够鬼斧神工般在其中运用得那样得心应手，逢山开山、遇水搭桥一般手到擒来，那些美妙的旋律仿佛是神话里藏在森林的怪物，可以随时被他调遣，为他呼风唤雨。在他的那些我们最能够接受的优美而缠绵、忧伤而敏感、忧郁而病态、委婉而女性化、细腻而神经质的旋律里，我们可以明显地感受到他的感情是那样地强烈，有火一样吞噬的魔力，有水一样浸透的力量，也有泥土一样厚重的质朴。那种浓郁的俄罗斯味道，是我们最熟悉也是我们最喜爱的原因了。

在这一点上，曾经尖锐批评过柴可夫斯基的朗格有过精彩的阐发："柴可夫斯基的俄罗斯性不在于他在他的作品中采用了许多俄国的主题和动机，而在于他艺术性格的不坚定性，在于他的精神状态与努力目标之间的犹豫不决。即使在他最成熟的作品中也具有这种特点。"（《十九世纪西方音乐文化史》）朗格所说的这种特点，恰恰是俄罗斯一代知识分子所具有的共同的特点。我们在托尔斯泰、契诃夫，特别是在屠格涅夫的文学作品中（比如屠格涅夫的小说《罗亭》），尤其能够感受到那一代知识分子在面对自己国家与民族命运时刻所奋斗所求索的性格，这种性格犹豫不决的不坚定性中蕴涵着那一代人极大的内心痛苦。

也许明白这一点，我们才能多少理解一些柴可夫斯基音乐中的俄罗斯性，也才会多少明白一些为什么在我们中国那么多的知识分子特别是老一代的知识分子（新生代对柴可夫斯基早已经不那么感兴趣了），对柴可夫斯基那样一往情深，一听就找到了息息相通的共鸣。因为在我们的政治动荡当中，我们的知识分子不也正是一样犹豫不决地摇摇晃晃，在指点江山激扬文字的意气中、在痛哭流涕的检讨中、在感恩戴德的平反中、在志得意满的怀旧中……一步步跌跌撞撞地走过来的吗？这是深藏在柴可夫斯基音乐里的俄罗斯气息，也是渗入我们骨髓里的民族性格。柴可夫斯基才不仅独属于俄罗斯的音乐，也和我们一拍即合。

我们就是这样迷恋上老柴的，或者说老柴就是这样轻车熟路地走入我们的家门，成为我们家人的。

值得记住的一点，并也值得研究的一点，是老柴开始步入我们家门的时候，在欧洲和美国，已经是包括老柴在内的古典主义和浪漫派音乐日渐式微的时候。为什么在这样历史的分界点，我们却对老柴一见如故，如获至宝？

英国学者雷金纳德·史密斯－布林德尔在他的《新音乐》一书中曾经指出：第二次世界大战之后，西欧电台播放的音乐内容发生了根本性的变化，首先播放的是"巴托克、斯特拉文斯基、欣德米特、贝尔格以及勋伯格那些被忽略的宝贵作品"。同时，他指出："这种新音乐所追求的不是甜美的旋律（哪怕是简短的），不是紧凑连贯的和声和清晰的曲式。事实上，当时，到底要追求什么样的声音人们并不明确，只知道要避免什么。"显然，那个时代，我们的上一辈慢了一拍，至少也慢了半拍。其实，我们同样经历了第二次世界大战，饱受的磨难应该是一样的，但在战后我们的选择却是不一样的。我们选择的还是甜美的旋律、紧凑连贯的和声和清晰的曲式。我们喜爱的还是老柴式的"忧郁"和"眼泪汪汪的感伤主义"，而且强烈地其一塌糊涂的共鸣。曾经赞赏过老柴的他的俄罗斯同胞斯特拉文斯基，当时却明确地说："音乐从本质上没有能力表现感情的任何东西——无论是感情还是思想态度，还是心理情绪。"他们都已经无情地抛弃了柴可夫斯基，而我们却把他重新拾回。我不知道该如何解释这一事实，也许，和那时我们正在革命的年代有关；或和我们的民主化进程有关；或和我们知识分子一直的软弱有关；或和我们的讲究言情言志的传统文化有关。我们只是知道，老柴确实影响了我们国家的两代人，这种影响不仅是感情，而且包括音乐在内的文艺创作的思维模式。

还是布林德尔，在分析第二次世界大战之后那个特定的时代的选择时说过："音乐历史中，以前的任何关键时期都有不得不'重新开始'的时候。"不仅仅是对于我们的老柴，我们似乎都应该有我们不得不重新开始的时候了。

维所卡的鸽子

德沃夏克（A.Dvorak，1841—1904）是个怀旧感很浓的人。尤其是听他的第五交响曲《自新大陆》第二乐章，浓郁而甜美醉人的乡愁，一种"无奈归心，暗随流水到天涯"的思乡之情，让每一个音符都牵动你的心，百听不厌，每一次听都会感动得想流泪。没有如此浓重而刻骨怀念故乡的感情，德沃夏克不会写出这样感人的乐章。有时，我会想，文字可以骗人，没有文字的音乐不会骗人。音乐是音乐家的灵魂。亚里士多德说："灵魂本身就可以是一支乐调。"这话说得没错。

真的，德沃夏克的《自新大陆》第二乐章动听迷人，是欣赏德沃夏克的首选。他师承的是勃拉姆斯那种古典主义的法则，又加上捷克民族浓郁的特色，特别是他的旋律总是那样地优美，光滑得如同没有一点皱褶的丝绸，轻轻地抚摸着你被岁月和世俗磨蚀得已经变得粗糙的心情，缠绕在你已经荆棘丛生的灵魂深处。这种发自内心深处的动人旋律，是内向而矜持的勃拉姆斯少有的，面对波希米亚的一切故人故情，学生比老师情不自禁地掘开了情感的堤坝，任它水漫金山湿润了每一棵树和每一株小草。

维也纳，当时是欧洲音乐的圣地和重地，所有音乐家都希望到维也纳去，就像我们现在几乎所有的音乐人都蜂拥至北京一样。

在那里，他的朋友、著名的音乐批评家汉斯立克劝说德沃夏克，必须写一部不要拘泥于波希米亚题材的而是德奥题材的歌剧，才能具有世界性的主题。他希望德沃夏克根据德文脚本写一部歌剧，才能征服挑剔的德国观众，也才能走向世界。他同时好心地建议德沃夏克最好不要总住在捷克，永久性地住在维也纳对他更为有利，维也纳是当时多少音乐家梦寐以求打破脑袋也要挤进来的地方。

无疑，这些都是对德沃夏克的一番好意，但他却因此非常痛苦不堪。也许是鱼翔浅底，鹰击长空，各有各的志向，各有各的道路。他无法接受好朋友的这些好意。就在汉斯立克好言相劝后不久，他在捷克南方靠近布勃拉姆的维所卡村子里买了一幢别墅，他没有居住到维也纳去，相反大多的时间住在了维所卡。捷克南方的景色和空气，比他的家乡尼拉霍柴维斯还要美丽、清新，他喜欢那里的森林、池塘、湖泊，还有他亲手饲养的鸽子。据说，他特别喜欢养鸽子，就像威尔第喜欢养马、罗西尼喜欢养牛似的。

你能说他局限吗？说他的脚步就是迈不出自己小小的一亩三分地？说他只是青蛙跳不出自家的池塘，而无法奔流到海不复还地跃入江海生长成一条蓝鲸？他就是这样无法离开他的波希米亚，他的每一个乐章、每一个旋律、每一个音符，都来自波希米亚，来自那里春天丁香浓郁的花香，来自夏天樱桃成熟的芬芳，来自秋天红了黄了的树叶的韵律，来自冬天冰雪覆盖的伏尔塔瓦河。

正是这种思想和心境的缘故，后来在德沃夏克已经取得世界性的声望之后，对故土的感情越发浓烈。他就像一个恋家的孩子，始终走不出家乡的怀抱，家乡屋顶上的袅袅炊烟总是缭绕在他的头顶。1892 年 9 月到 1895 年 4 月，他应邀到美国任纽约国立音乐学院的院长，离开维所卡村子的时候，他还特地写了一首有独唱、合唱和管弦乐队演出的《感恩歌》，依依惜别地献给了维所卡。

在美国短短的不到三年时间里，他带着妻子先后将六个孩子都接到了美国，并有一次整个夏天回国探望的假期，他依然像一条鱼无法离开水一样，实在忍受不了时空的煎熬。他频繁给国内的朋友写信，一次次不厌其烦地述说着他在异国他乡的举头望明月、低头思故乡的孤独落寞之情，述说着他对家乡尼拉霍柴维斯亲人的思念，对兹罗尼茨钟声的思念，对维所卡银矿的矿工的思念（他一直想以银矿矿工生活为背景写一部歌剧，可惜未能实现）、对幽静的池塘的思念（后来这池塘给他创作他最美丽的歌剧《水仙女》以灵感），还有他割舍不断的那一群洁白如雪的鸽子……

德沃夏克在美国其实只有不到三年的时间，但他就是忍受不了时间和距离对祖国和家乡的双重阻隔。他特别怀念维所卡的那些鸽子。在纽约离他居住不远的中央公园里，有一个很大的鸽子笼，他常常站在笼前痴痴相望而无法排遣浓郁乡愁，禁不住想起维所卡的洁白如雪的鸽子。无论是纽约中央公园的大鸽子笼，还是维所卡的鸽子，都是一幅色彩浓重、感人至深的画面。弥漫在德沃夏克心底的实在是一种动人的情怀，实在让人感动。

有这样炽烈情怀，我们就不难想象，在美国的聘期刚一结束，哪怕美国方面多么希望挽留他继续聘任，德沃夏克还是谢绝了。虽然留在纽约要比在布拉格当教授高出二十五倍的年薪，他还是迫不及待地带着妻儿老小，立刻启程回国了。"白日放歌须纵酒，青春作伴好还乡。即从巴峡穿巫峡，便下襄阳向洛阳。"

他这样讲过："每个人只有一个祖国，正如每个人只有一个母亲一样。"

在这里，我想特别说一下他的 B 小调大提琴协奏曲。这是德沃夏克自己非常钟爱的一部作品，在把它交给出版商的时候，他特意嘱咐不允许任何一位大提琴演奏家在演奏它时有一点修改。这是他旅居美国时写下的最后一部作品，怀乡的感情和《自新大陆》如出一辙。当他回到维所卡村，他立刻把那首 B 小调大提琴协奏曲的最后乐章修改了，让那乐章洋溢起重返故乡的欢欣，他要让自己这份心情尽情地释放出来。

这就是德沃夏克。有这样一份无可遏制的心情，有这样一份浓郁似酒的乡恋，才会有那样真挚无比甜美沁人的《自新大陆》第二乐章。

德沃夏克的维所卡村，让我想起了格里格的特罗尔豪根村。特罗尔豪根离格里格的家乡卑尔根五公里。格里格四十三岁时就在那里建造了他简朴的乡间房子，和德沃夏克一样，他把这里当成了他的家，一共住了二十二年。一直到去世，他也是在特罗尔豪根安详地闭上了眼睛。他去世之前，留下遗愿，一定要将自己的骨灰埋藏在特罗尔豪根的一个天然洞穴里，因为那里面对的是祖国的挪威海。祖国和归家永远是他音乐与人生的主题。

民族、祖国、家乡，美好而崇高的艺术可以超越它们，却永远无法离开它们；艺术家的声名可以如鸟一样飞得再高、艺术家自己也可以如鸟一样飞得再远，但作品的灵魂和韵律却是总要落在这片土地上。

当我听德沃夏克的《自新大陆》第二乐章，或是听他的 B 小调大提琴协奏曲的最后乐章时，总能闻得出维所卡村森林里散发的林木和泥土的气息，总能听得到德沃夏克和维所卡村银矿的工人一起饮酒的畅快的谈话声，总能看得见维所卡村德沃夏克亲手饲养的鸽子，驮着明晃晃的阳光，雨点似的落满他的肩头。

西贝柳斯的声音

西贝柳斯（J.Sibelius，1865—1957）是我非常喜欢的音乐家之一。他的音响有一种别人所不具有的独特的冷峻韵味和色彩，只要你一听准能听出来，是属于北欧风味的，是属于西贝柳斯的。

西贝柳斯对大自然有一种天生的敏感，特别能够从声音中细致入微地感觉出音乐所蕴涵着的色彩来，他一直认为世界上任何一种声音都有和它们相对应的自然色彩，音乐中的任何旋律都有和它们相呼唤的原始和声。他能够在麦田里感觉到泛音，在泛音中感受到色彩。在声音和色彩之间，他如同魔术师一样变幻多端，让色彩发出声音，让声音迸发色彩，很像我们现在所说的通感。他能够准确地指出每一个音调和色彩的关系，他曾经这样说过："A大调是蓝色的，C大调是红色的，F大调是绿色的，D大调是黄色的……"我是无法想象出调式中蕴涵着这样丰富的色彩，但不能不敬佩他如此的奇思妙想。

1875年，西贝柳斯十岁，写下了他的第一部作品，大提琴和小提琴的弹拨曲《雨滴》。那时，他还是一个孩子，无论他的心情还是眼前的世界乃至音乐，呈现给他的都是如同雨滴一样的透明的颜色。

1909年，西贝柳斯在英国伦敦完成了一首D小调弦乐四重奏，名字就叫作《亲切的声音》，表达了他对声音的情有独钟。那里抒发的是他内心的感伤，亲切的声音里流露出的色彩是什么呢？我感觉不出来，但西贝柳斯一定能够感觉得到，他才愿意用从细腻到恢宏的丰富声音给予他的弦乐以无穷的变化。那或许是阴霾之中被天光所映照下变化着的铅灰色，那种色彩正和他当时的心情相吻合，生活上经济的拮据，又刚刚做完了喉症的手术逼迫他必须要远离酒和雪茄烟；也和当时的时代相吻合，俄国沙皇在虎视眈眈地威胁着他的祖国芬兰，使得他的心情越发地郁闷；同时和英国那总是雾蒙蒙雨蒙蒙的鬼天气相吻合。

1914 年，西贝柳斯赴美国参加挪福克尔音乐节并演出他的交响诗《海洋女神》。第一次到那样遥远的国度去，过大西洋时，落日下澎湃的大海给了他全新的感受，伏在船舷上，他别出心裁地说海水是"酒色的"。这种色彩让我新奇也让我惊奇，因为我始终没有弄明白"酒色"到底是一种什么颜色，葡萄酒、朗姆酒和杜松子酒的颜色是一样的吗？也许，那"酒色"是西贝柳斯心中对大海的印象和幻想乃至错觉的一种综合体。

在西贝柳斯长达九十二年的一生中，色彩和声音就是这样藤缠树一般缠绕在一起的。在音乐家中，将声音和诗缠绕一起的不少，我们称他们为音乐诗人，称他们的作品为音诗，法国作曲家肖松（E.Chausson，1855—1899）就专门写过一首音诗，流传甚广；将声音和色彩如此敏感而着意地搅和在一起的不多，在我看来大概只有西贝柳斯和德彪西吧？我们可以把他们称为音乐画家。只是德彪西更多借鉴的是印象派画家的灵感，而西贝柳斯则更多来自传统浪漫派的画家对色彩的敏感。

在西贝柳斯浩繁的作品中，最值得一听的除了太有名的交响诗《芬兰颂》和后来被海菲兹演奏而名声大振的小提琴协奏曲之外，以我之见，再有就是他的《勒明基宁组曲》中的《图奥内拉的天鹅》，和他的第四、第五交响曲了。

第一次听到《图奥内拉的天鹅》时，我就被它吸引了。那时，我不知道是一支什么样的曲子这样好听，赶紧一查，是西贝柳斯的这支《图奥内拉的天鹅》。同时，在书中我知道了勒明基宁是芬兰的一位家喻户晓的英雄。早在西贝柳斯结婚度蜜月的时候，在乡间第一次从农民的嘴里听到关于他的古老的唱词，他就格外激动，那古老的旋律就深刻在他的心里，一直发酵着。也许，我们现在已经听不出来自遥远的英雄的呼吸和古老苍凉的旋律了，但我们仍然可以在弦乐的如丝似缕之中感受到图奥内拉河的水面泛起的涟漪，随风荡漾起的轻微的忧伤。柔弱如淅沥雨滴的鼓点，从浩瀚的天边传来，英国管吹出了让人心碎的幽幽鸣响，和大小提琴此起彼伏地呼应着。法国圆号吹响了，天鹅飞起来了，高贵的剪影伴随着明亮而深沉的号音（那加了弱音器的号音是天鹅的鸣叫吗？），渐渐地隐没在弦乐和竖琴织就的一派云雾缥缈的水天茫茫中。

《图奥内拉的天鹅》不是一首田园诗，不是一幅风情画。它是对古典情怀的一种缅怀，对英雄逝去的一声叹息。时过境迁之后，曾经鼓荡在西贝柳斯和当时听众心中音乐的意义，如今已经变得似是而非了。但它留给我们的音响是存在不变的，那音响是奇特的，能够渗透进人的心灵的。如果声音真的能够有色彩的话，西贝柳斯在这里给我们留下的是蒙蒙一片的湖蓝色中涂抹着一星惨淡的灰白。那一星灰白色，是天鹅，是圆号，是西贝柳斯颤抖的心音。

把第四和第五交响曲合在一起听，是不错的选择。西贝柳斯一生写下了七部交响曲，这两部是最值得一听的。一部是内心独白式的水滴石穿，一部是对外部世界宣泄得淋漓尽致，两部交响曲对比着也衔接着西贝柳斯的内心世界和音乐世界。

A小调第四交响曲因运用了不谐和音，在1910年首场演出时曾经遭到听众的嘘声（一直到了1930年托斯卡尼尼在美国指挥演奏了它，才多少改观了人们心中对它的成见），如今却被誉为西贝柳斯最伟大的作品，世事沧桑，有时就是这样颠倒着头脚，所谓此一时彼一时。在北欧一些弱小国家里，只有西贝柳斯对交响乐投入最多，也只有他最能够驾驭这种形式，而挪威的格里格就不如他，格里格只写过一部C小调交响曲，并不有名，有名的还是他的一些钢琴小品和《培尔·金特》组曲。丹麦的尼尔森（C.Nielsen，1865—1931）和格里格与西贝柳斯都是同时代人，一生创作了六部交响曲，我听过他的第四交响曲《不灭》（正好和西贝柳斯的第五交响曲在一张唱盘里面），但远不如西贝柳斯的好听。

西贝柳斯对交响曲的认识与众不同，据说他和马勒1907年曾经在赫尔辛基有过一次会晤，当时马勒已经是声名显赫，而西贝柳斯的第四第五交响曲还没有问世，站在下风头。马勒底气十足地说："交响乐就是一切，它必须容纳万物。"西贝柳斯却针锋相对地说："交响乐的魅力在于简练。"

第四交响曲的风格可以说就是简练，精练的配器，清淡的和声，简约的演奏，都极其适合西贝柳斯忧郁而无从诉说的心情。

除了简练，就是曾经有人批评他这部第四交响曲音响效果的"浑浊"。的确，在这部交响曲中少了阳光灿烂，而弥漫着晦暗，声音带来的不是明快，而是晦涩甚至确实是浑浊。装有弱音器的大提琴以切分音的方式笨重而沉重地一出场，就预示着阴郁的乌云在压抑着沉沉地四散飘来。铜管乐的阴森，也少了本来应有的阳光般的明亮，而多了金属般的尖利。单簧管和双簧管梦呓般的战栗，往返反复着和弦乐交织着，失去了美好的幻想，而是一种渗透心底的哀愁和无尽的冥想，如黄昏时分的潮汐一浪浪涌上沙滩，冰凉而带有鱼腥味儿地浸湿了你的双脚。

降 E 大调第五交响曲，是西贝柳斯自己最得意之作，曾经被他先后大改过三次，在他所有作品的创作中是绝无仅有的。他在最后定稿后说："整部作品由一个生气勃勃的高潮到底，是一部胜利的交响曲。"同阴郁的第四交响曲不同，明朗注定就是这部交响曲的色彩和性格。

第一乐章，他特别爱用的法国圆号和木管轻柔却明亮地先后出场，先把一种牧歌式的氛围清爽地演绎出来了，即使是慢板也传达出热情的声响来。当急促的弦乐响起来，立刻迸发出阳光般耀眼的光泽。在密如雨点的定音鼓的伴奏下，小号吹出愉快的声音，小提琴和弦乐摇曳着，间或是快速的木管声，如小鸟啁啾，是大自然明快色彩在乐队中的宣泄。

第二乐章，还是他爱用的木管和法国号，沉稳而柔弱，然后是轻轻地弦乐如露珠滚动般的弹拨，与同样轻柔的长笛的呼应，如同恋人之间彼此温馨的亲吻，纯朴动人。加进来的各种变奏，时缓时急，扑朔迷离的色彩一下子更是如万花筒一样丰富迷人。

最后一个乐章，先是中提琴，后是小提琴，然后是整个弦乐，最后是木管的加入，急促如山涧湍急的溪流，一路起伏动荡，那样飘忽不定，那样摇曳多姿，那样坚定不移。当溪流终于从林间山中流淌到开阔平坦的平地，摊开了腰身晒在阳光之下，在略带忧郁甜美的弦乐的衬托中，木管和大提琴演奏出唱诗般的灿烂的旋律，将乐曲推向了高潮，真是令人感怀不已，只觉得天高云淡，天风浩荡，天音弥漫。

将这部交响曲听完，我不大明白西贝柳斯为什么特别爱用法国号和木管，还爱用弱音器。或许，西贝柳斯不喜欢交响曲中那种众神欢呼的高亢交响效果，比如贝多芬那样，才特别加上了弱音器吧？而法国号和木管，总会容易让我们想起田园的自然，想起被阳光晒得暖融融的草垛、河流和田埂，那种淳朴与温暖，与北欧大海之滨矗立着的嶙峋礁石，呈明显的对比和对称的关系。如果这样来理解西贝柳斯这两部交响曲，我们可以把第四交响曲比作后者，即寒气凛冽的大海和礁石，在月光或风雪映衬下，所呈现的色彩一定是银灰色那种冷色调的。而第五交响曲则一定是阳光下铺展开放到了天边的向日葵，或成熟了正在秋风中沉醉荡漾着的田野，所呈现的色彩是金黄色的。

　　西贝柳斯的音乐，无论哪一部，都能够让我们清晰地感受到他为我们抒发的色彩，尽管这色彩带有我们主观的臆想，并不见得和西贝柳斯心中的色彩相同。但那又有什么关系呢？西贝柳斯自己在他的音乐里尽情涂抹的色彩不也很主观吗？关键是他的音乐为我们提供了调色盘，可以让我们去随意想象、随意挥洒。这就够了。因为并不是所有的音乐家都能够为我们布下这样想象的空间。

　　西贝柳斯，这名字音节有时给我的感觉就是阴郁的，是那种云彩掩映下的铅灰色。听这音调，总不如莫扎特或门德尔松那样明快，有很长一段时间只要听到西贝柳斯的名字，我总要忍不住想起他的那首《悲伤圆舞曲》，真是很奇怪。或许，每一个人的名字都带有命定般的色彩，那是你生命的底色。如果你是一个艺术家，注定着你艺术的风格；如果你只是一个普通人，那就注定着你的性格。

巴托克的启示

曾经有一位英国的学者论述巴托克时这样说他的音乐："拒绝为了美或放纵情感的利益而破坏其逻辑性。""如果有人坚持音乐必须是悦耳动听，那他就无法欣赏巴托克的音乐。"

巴托克（B.Bartok，1881—1945）的音乐到底是什么样子的呢？真的就不美不动听吗？这倒引起我对他的兴趣。

我买了一盘迪卡公司出品的巴托克作品集，布列兹指挥，美国芝加哥交响乐团演奏，里面包括巴托克最享有盛名的弦乐《交响协奏曲》，还有四首为管弦乐队作的小品。主要想听他的《交响协奏曲》。

实在地说，巴托克和他以前的古典和浪漫时期的音乐家的作品不尽相同，同他热爱的理查·施特劳斯、勃拉姆斯，也不尽相同，他们的作品还在一定的规矩方圆中舞蹈，古典和浪漫的内核还是包容在内容和形式之中的。巴托克是在想标新立异，他是想突破古典音乐尤其是新浪漫音乐的规矩，他便将两种现成的东西都置于自己的对立面：上溯历史的渊源，下数眼前的，他太想横扫千军如卷席，独树一帜。这在他早期的几首弦乐四重奏中就可以明显地看出来，在我买的这张唱盘中的四首小品也可以看出。他的音乐做法和音响效果都和以前不完全一样，他注重出奇制胜的效果，讲究一泻千里的气势，有点光怪陆离。但和勋伯格还是不一样，他并没有如勋伯格走得那样远，他没有完全抛弃调性。显然，他走的不是古典与浪漫派音乐相同的路，也不是勋伯格完全现代派的路，他走的到底是什么样的路呢？难道他能走成两者之间一条中间道路吗？

在听巴托克的音乐的时候，在捕捉巴托克的音乐品格和性格的时候，我的思想常常在开小差，飘移到巴托克的音乐之外。原因是我一边听一边总是忍不住在想，在巴托克所在20世纪的初期，不仅音乐是如此地活跃，出现了连同巴托克在内的不同流派不同追求却相同在努力探索的音乐家，如德彪西、马勒、勋伯格、理查·施特劳斯、斯特拉文斯基、艾弗斯……呈一种百花齐放的局面，是如此地缤纷热闹，如同此起彼伏的浪涛奔涌；是如此互相攻击着，又互相鼓励着；是你花开罢我花开，而不是我花开时百花杀。而且，在其他艺术和非艺术领域，一样都出现了如此美不胜收的烂漫似锦的场面：比如文学就有普鲁斯特的浩瀚长著《追忆似水年华》占据春光，心理学有弗洛伊德的《梦的解析》一鸣惊人，美学有克罗齐的《美学》问世，科学有爱因斯坦的《相对论》的诞生和莱特兄弟的人类第一架飞机上天……就是在我们的国家，也可以如数家珍一样，数得出许多各界的豪杰，如鲁迅、蔡元培、熊十力、马一浮……足以光耀后人。

为什么在一个世纪之前的20世纪初期，这个世界会出现如此欣欣向荣的局面？而英雄是如此辈出，大浪淘尽千古风流人物，新人层出不穷后浪推前浪，让我们后代仰慕如同仰望漫天的星辰是如此璀璨耀眼？如今，一个新的世纪又来到了，在21世纪的初期，我们还能看到这样的局面和场面，看到这样的星辰这样的天空吗？说实话，真让我背气。在一个世无英雄，遂使竖子成名的时代，城头频换大王旗，冠以著名的这家那家遍地都是，却是评定的高级职称在日益贬值一样，不过大多是荒草丛生罢了。

我们还是回过头来看看巴托克吧。他还能给我们一些安慰。

巴托克既没有走一条古典和浪漫派或新浪漫派的老路，也没有走现代派的新路，他一直在孜孜探索自己的路。他走的是民间的路。有音乐史专家说："巴托克全部创作的一根导线是熔民间音乐精髓与西方艺术音乐为一炉，技艺精湛，丰富多样。巴托克主要不搞革新，他像亨德尔那样兼收并蓄古今之精粹，雄辩地加以综合。"这话说得非常有见地，讲出了民间音乐和正统音乐、古典音乐和现代音乐、继承和创新、吸收和改造、东方和西方的诸多种关系。这些关系的处理方式和取决的态度，表现着音乐家的创作走向和性格轨迹。对于民间音乐，并非巴托克一个人情有独钟，许多音乐家都曾对民间音乐痴迷，勃拉姆斯就曾经改编过匈牙利舞曲，德沃夏克改编过斯拉夫舞曲，而西贝柳斯和格里格也曾经把芬兰和挪威本国的民间音乐元素移植到自己的音乐创作中来。但是，有像巴托克这样把自己音乐的根深扎在民间音乐之中的音乐家吗？

曾经在一本书中看过这样的一幅照片，是巴托克的老友也是匈牙利的音乐家柯达伊（Kodaly Zoltan）为他拍照的：巴托克在特兰西瓦尼亚山村，用一个旧式的圆筒录音机在录制当地的民间音乐，很像我们现在热门出版的一些老照片的书上的照片，上面的那些偏远山村的村民都笔直地立着，面容表情都有些呆滞，巴托克在认真地鼓捣着那台录音机。这幅照片让我感受到一个世纪之前的生命气息和艺术气息，那个时代人们对艺术的真诚和投入，执着得带有孩子似的天真，不惜踏遍千山万水也要寻求一种真理般的渴望，真是让我感动。我们现在还能出现这样的场面吗？我们的许多音乐翻录别人现成的带子（俗称"扒带子"）就马到成功了，谁还愿意那样千里迢迢地去采风？

据说，巴托克不满意自己早期简单模仿的作品，而他企图成立新匈牙利音乐学会也惨遭失败，他离开了大都市，离开了音乐的中心，而跑到了深山老林，带着他的老式圆筒录音机，就这样采风收集了两千多首民间乐曲，其中包括匈牙利本土，也包括罗马尼亚、南斯拉夫，还包括北非和东方。同时，巴托克还撰写了大量论述民间音乐的论著。不知道世界音乐史上还有没有如他一样的热情而如此众多采集民间乐曲的音乐家了？我猜想，如他一样热情的有，如他一样像蜜蜂一刻不停地采蜜般采集两千多首之多的少见了。巴托克惊异地发现，民间音乐尤其是匈牙利的民间音乐充沛的活力和新颖的生命力，并把它们带入他的音乐，拓宽了音乐本身的疆域。

巴托克对民间音乐的钟情和付出的努力代价，在音乐家中是少有的。早在他 1906 年二十五岁的时候，他有一次和神童小提琴家费伦茨·威切依到西班牙演出的机会（当时巴托克为其伴奏），演出结束回匈牙利前，他去了葡萄牙，然后去非洲，采集民歌。1913 年，他再次重游非洲采风，竟然很快地学会了当地的语言。他对那些非洲民间音乐爱不释手，他说那是埋藏在这些国家地下最珍贵的财富、最纯洁的宝藏。对于有人说民歌是粗俗的甚至是色情的，难登大雅之堂的，他说："最粗鄙的字眼就是这个'大雅之堂'，这个词叫我头疼。在出版美丽的民歌，特别是美丽的民歌歌词时，我吃够了它的苦头，这种民歌都是在精神和肉体亲切温存的情境中产生，或者在深切需要快乐和幽默以调剂一下单调生活时创造的。"

整日奔波在这些偏僻的山村，尤其是看到那些平日里沉默寡言的村民唱起民歌来忘记了羞怯，脸上呈现出的喜怒哀乐和歌曲中的感情完全融为一体的时候，他越发感受到什么才是他所需要的民间音乐。这些真正地道的民间音乐，彻底地改变了他和他的音乐。他像是一头关在城市里的动物，变成了一只飞出笼子的鸟，发现了一片无限自由的天空。那时他说过许多关于民间音乐的话，现在来听是很有意思的。比如，他曾经无情地批评过那些伪民歌："国内外以为是匈牙利音乐精神的东西，不是真正的匈牙利民歌，却是些没有根基的、拼拼凑凑的仿制品。加上吉卜赛乐队的雕琢风格。"他同时还说，"那些所谓的歌曲，一年又一年地大批生产，潮涌般地不断向人们灌输。你稍不戒备，就会失去免疫力，久而不闻其臭。每个历史时期都有这类弄虚作假的'天才'，信口雌黄，歌词从头到尾都是些陈词滥调，也只配上那些叫人恶心的音符——我才不把这种东西叫作音乐呢。"这样的话，对于我们今天仍然有着警醒的启示意义。

关键，那时巴托克不仅生活艰难，而且已经染上了不治之症——白血病。虽然，民间音乐并没有成为令他起死回生的一剂良药，但毕竟让他的生命充实，让他的音乐令人耳目一新。

都说巴托克的音乐不大悦耳，其实也是一种误解，只能说他的有些音乐不悦耳。这支弦乐的《交响协奏曲》的开头就很好听，不同乐器的渐渐加入，将乐曲的层次谱就得那样精致细微又色彩分明，整体的弦乐如同从湖面上掠过的一阵阵清风，带有花香，带有鸟鸣，也带有嘹亮的呼叫。巴托克自己称第一乐章为严峻，第二乐章为悲哀，末乐章为对生命的肯定。听第二乐章的感觉，一样很美，开头笼罩的哀婉情绪，在长笛和单簧管交错的呼应之下，显得格外迷人。竖琴的颤动，合着弦乐的摇摆起伏，间或弦乐和长笛的几声尖厉的鸣叫，如鹤唳长天，大多时候弦乐如银似水般荡漾，十分抒情，圆舞曲的旋律，回旋着曳地长裙，也回旋着天空中的袅袅白云，完全是古典主义的情致。末乐章里的民间音乐的元素最为明显，那种民间乐曲的粗犷，充满野性的张力，如山洪暴发般，一泻千里。说《交响协奏曲》是巴托克最为出色的作品，一点不为过。

如果我们知道这支《交响协奏曲》，是在巴托克逝世前两年1943年的作品，在此之前许多时候他是一直在贫困和白血病的双重重压下艰难地活着，精神处于极度的痛苦煎熬中，许多时候没有创作也不愿意创作，是他的好友、指挥家库塞维茨基的竭力约请，他才出山谱就了这支乐曲，我们就会对这支乐曲更充满敬意。如果我们知道了巴托克创作完这支乐曲，由库塞维茨基在波士顿指挥演奏成功，而巴托克的白血病也出奇地有了好转，有了回光返照的生命的最后两年，我们就会对这支乐曲更加充满感情。我不知道别人听说《交响协奏曲》有这样的背景之后会不会涌出这样的敬意和感情，我自己是这样对这支乐曲对巴托克多了一份感情的。

有人说："巴托克是活跃于1914年至1945年间并留下传世之作的四五位作曲家之一。"

这是很高的评价。这也是一个苛刻的评价。

这让我想起我在前面曾经提到过的问题，为什么在一个世纪之前的20世纪初期，这个世界会如此欣欣向荣、英雄辈出？这实在让我们后辈汗颜惭愧。其实，在那段时期，并非仅仅拥有传世之作的巴托克这样四五位作曲家，但我们只要面对巴托克一个人就可以了，我们可以从巴托克的身上学到一些对艺术追求的执着与真诚，对艺术之树重新返回民间在大地生根的一点精神的净化和意义的启迪。

走近肖斯塔科维奇

一

捷杰耶夫又来了。这一次来京的两场音乐会，他带来的是对于中国人而言久违的肖斯塔科维奇（D.Shostakovich，1906—1975）。这是我很期待的。

说是久违，因为以前对于我们中国人而言，听的、知道的更多的是民族乐派特别是柴可夫斯基，老柴以后，则是拉赫玛尼诺夫和斯特拉维斯基。关于肖斯塔科维奇的专场音乐会，是比较少的。

对于肖斯塔科维奇，以前，我曾经有过误解。因为他的"第七交响曲"太有名了，只要一提起肖斯塔科维奇，准要说他的这个"第七"，说在德国战火包围之中的列宁格勒，只剩下一名指挥和十五名乐手，仍然坚持演奏这支"第七"，极大地鼓舞了苏联人民反法西斯的士气，从而造成全世界的影响。这样的演出，确实具有传奇色彩，使得这支"第七"不同凡响。所以，"第七"又叫作"列宁格勒交响曲"，被称为"战争的史诗"。

对于所谓音乐的史诗，我一向都抱有警惕，因为我会觉得它们延续的是贝多芬、瓦格纳的一套旧路数，走的是宏大叙事的老路，音响效果多为轰轰烈烈。两年前，我到美国小住，闲来无事，在图书馆里借来一套肖氏的弦乐四重奏，共十五首，拿回来一听，和我想象的肖氏不同，音乐极其丰富，旋律富有感情，非常打动我，并非宏大叙事。遂对他刮目相看，一下子燃起我对他的兴趣，又借来他的好几盘交响曲，包括"第七"，仔细听了个够，方才发现自己的浅陋，也知道这个世界上充满了多少误解和隔膜。

坐在大剧院的音乐厅里，等待捷杰耶夫出场。这是我第一次在音乐厅里听肖氏。

我一直以为指挥家为音乐会选曲，最见其思想与艺术的造诣。每一次来北京，捷杰耶夫的选曲都不一样，可见其独到的功力。有意思的是，这一次，他没有选肖氏最著名的第七列宁格勒交响曲，而是选择了肖氏的其他四部交响曲和两部钢琴协奏曲。其中四部交响曲，第一是肖氏十八岁的作品，演绎着青春的心情，"第七"和"第八"是肖氏中期的作品，也是当时备受打击的作品，"第十五"是肖氏最后一部交响曲，这部交响曲之后四年，他便去世了。两个晚上，捷杰耶夫和马林斯基交响乐团，带我走遍了肖氏几乎坎坷的一生。这是一次难得的音乐会，特别是对我这样对肖氏音乐不甚了解的人来说，是最生动的补课。

两场音乐会，第二场来的人更多些，心里暗想，北京的乐迷还是有水平的。最值得一听的，是"第八"和"第九"。相比刚刚听完不久的日本 NHK 交响乐团演奏成四平八稳的老柴，马林斯基交响乐团在捷杰耶夫的指挥下，更多起伏跌宕的层次和情感，整个乐队配合得风来雨从一般浑然一体，特别是弦乐中管乐的加入，或两者的相反加入，那样地熨帖，不着痕迹，缝若天衣，又水乳交融，风生水起。

当然，除了捷杰耶夫的指挥，还要感谢肖氏音乐本身的非凡功力。虽然，肖氏崇拜马勒，但比起马勒来更具现代性，特别是其配器，还有短笛、小号、单簧管突兀尖锐声音的横空出世，实在具有石破天惊的感觉。它让我听到的，更多的是发自身心无以言说的痛苦，而不仅仅是表面的欢乐与悲伤。同他的前辈柴可夫斯基相比，更少了泪眼汪汪手帕浸湿的那种几乎滥情的感伤。

我尤其感动于"第八"，这是两天音乐会的压轴。第一乐章的弦乐，就让我震撼，那种揪动心弦的悲戚，不是揪着你的衣襟，执手相看泪眼的陈情诉说，而是"黄河捧土尚可塞，北风雨雪恨难裁"那般的深切，随着浪一样一阵阵涌过来的音乐，层层叠叠地压在心头，拂拭不去。最后，英国管的独白，其实也是肖氏自己的独白，无字诗一样摇曳，直至曲终天青，唯留下半江瑟瑟半江红。

第二乐章突兀出现的短笛，听得真让人惊心动魄，仿佛一道划过来的闪电，将你的心魂瞬间掠去。第三乐章，长号和大提琴，木管和小提琴，还有小号、巴松和定音鼓，包括三角铁的撞击，此起彼伏，汇聚成的音响，撩人又令人目不暇接。

第四乐章中那十一段的变奏，是我最期待的。弦乐，圆号，短笛，长笛，到最后单簧管的呻吟，此起彼伏，气息绵长不断。肖氏实在是太有才了，将各种乐器信手拈来于股掌之间，让它们各显其能，各尽其长，又彼此呼应，同气相投，相互辉映，交织成一天云锦霞光。

最后乐章，与"第十五"相似，也是在往返反复几次的铜管鼓钹之后渐渐地弱音收尾，所不同的是此前有一段大提琴如怨如慕吟唱般的倾诉，真的让人柔肠寸断，让人感到只有音乐才会拥有如此的穿透力，让你感受到来自心灵的痛苦，不是悲伤，不是眼泪，无法诉说时，进退无门时，还有音乐可以帮助我们救赎。

想起当年斯大林时代对"第八"的批判，扣上的帽子是反苏维埃和反革命的音乐。原因便是在辉煌的"第七"之后，肖氏为什么没有进一步唱响反法西斯胜利中对斯大林的赞歌，最好是出现颂歌式的独唱和大合唱，相反却要这样悲悲戚戚，最后选择渐渐消失的弱音而不是以胜利的锣鼓一般的高潮结尾。当时，批判的一条理由便是这样的悲戚，说肖氏"悲悲戚戚地站在了法西斯一边"。

音乐，在强权面前就是这样被肆意肢解和误读。曾经有人——至今在此次捷杰耶夫带来马林斯基交响乐团演出前的宣传，也是这样说，将肖氏的"第七""第八"和"第九"说成是"战争三部曲"。记得晚年的肖氏非常反感这种说法，他说："一切都归咎于战争，好像人们在战争期间才遭受折磨和杀害。"在谈到"第七"和"第八"时，他认为都属于自己的"安魂曲"。

这里牵扯到时代、政治和艺术的关系问题，但是，好多音乐总是可以超越时代和政治的，正如肖氏的交响乐，纵使我们对肖氏和他生存的那个时代一无所知，并不妨碍我们欣赏他的音乐，我们会非常清晰地听出那里流淌出来的绝对不是欢乐和喜庆，而是痛苦和悲伤。我们可以非常明确地从中听出痛苦的深沉无比和无处不在。因为这种人类共有的痛苦超越时空，是来自心灵的，而不是来自观念。好的音乐总是能够从心灵到心灵，让我们共鸣，让我们在音乐中相逢。

二

为什么把人们一直认为的反法西斯战歌与史诗的"第七"，说成是自己的"安魂曲"？这是一个非常有意思的话题。也就是说，尽管"第七"有强烈的音响效果，但那并不是冒着敌人的炮火，反抗的勇气和士气，而是另含机锋。那么，这另含的机锋是什么？

音乐不同于文字和绘画，它诉诸的是听觉，反馈的是心灵，看不见，摸不着，其多义性从来就存在。同样一首乐曲，不同人听有不同的反应和感受，更是普遍存在的现象。问题是，作曲家自己在音乐中倾注的感情到底是什么，是不是和我们的主观想法与传统固定的史论相违背，这是值得探讨的。如果完全是背道而驰，而且介了非艺术政治化的因素，则应该进行反思的是我们。因为是我们的主观意图强行嫁接在了作曲家的音乐上面，人家作曲家本意要在这棵树上结苹果的，我们非要人家结出西红柿来。

当年，小托尔斯泰曾经专门撰写文章，高度赞扬"第七"的战争史诗意义。小托尔斯泰是不是奉命而写，我不太清楚，但知道为写这篇文章，他请来好几位音乐学家到他的别墅，为他讲解他并不怎么懂的音乐初级知识。小托尔斯泰的这篇文章为"第七"定型与定性起到了重要的作用，猜想应该和我们那个时期姚文元或梁效的文章一样一言九鼎吧。

肖氏对小托尔斯泰非常不以为然。对于那个时代的作家，肖氏有自己的好恶，他欣赏的是左琴科和阿赫玛托娃。他最讨厌的是表里不一极尽谄媚之态的马雅可夫斯基，他斥之为"忠心耿耿伺候斯大林的走卒"，他认为马雅可夫斯基的最高道德标准是"权力"。因此，还在肖氏年轻的时候，在音乐厅的排练现场，第一次见到趾高气扬的马雅可夫斯基向自己伸出两个手指，他只伸出一个手指头回敬了这位当时正在沿着拍马逢迎的阶梯顺利往上爬的阶梯诗人。

这个小小的细节，很能说明肖氏的性格。他不是那种拍案而起、怒发冲冠的激愤之士，他自己说："我不是好斗的人。"但他的心里有一本明细账，好恶明显，忠实于自己的内心感受与良心底线。对待音乐，则越发体现了这样一点，甚至更突兀了这样一点。尽管当时，他也曾经为斯大林亲手抓的《攻克柏林》《难忘的1919》等多部电影配乐，并因此而多次获得过斯大林奖金。如此的名利双收，也让他颇受舆论的非议。他自己心里很清醒，他把这一类作品称为"不体面的作品"。但他又拉出契诃夫替自己辩解："契诃夫常说，除了揭发信以外，他什么都写，我和他的看法一样。我的观点很非贵族化。"

这非常体现了肖氏性格的双面性，在强权下，他的软弱与抗争曲折的心理谱线。晚年的肖氏对此自省，在谈到他的老师格拉祖诺夫和他自己同样具有的软弱时，他说："这是俄罗斯知识分子的通病，所有我们这些人的通病。"同时，他格外钦佩同处于那个时代的女钢琴家尤金娜，斯大林听了她演奏莫扎特的钢琴协奏曲后，派人送给她两万卢布，她给斯大林写了一封信："谢谢你，我将日夜为你祈祷，求主原谅你在人民共和国面前犯下的大罪，主是仁慈的，他一定会原谅你。我把钱给了我所参加的教会。"

肖氏是把这些电影配乐当成自己在现实生存妥协的手段，是把这些创作当成小品看待的。他更看重并投入的是他的交响乐。在世界范围内的音乐家，肖氏的交响乐，无论从质量还是数量都是极其厚重的。因此，对待几乎众口一词的"第七"，他是非常在意的，他不满对"第七"的误读，无论是官方还是民间，他几乎都难以容忍。这一点充分体现了他性格中刚性的一面。按一般人的逻辑说，特别是像肖氏战前就受到《真理报》的点名批判，说他的音乐是"混乱的""形式主义的"，几乎判定了死刑。战争救赎了他，阴差阳错让"第七"成了他自己命运的转折。很多人会高兴不迭地顺杆往上爬呢，他自己却坚决不要这样的不实之誉。他说："'第七'成了我最受欢迎的作品，但是，我感到悲哀的是，人们并非都理解它所表达的是什么。"

晚年，他明确地说："'第七'是战前设计的，所以，完全不能视为在希特勒进攻下的有感而发。"这样无可辩驳的话，对于认为"第七"是反法西斯的史诗，无疑是最有力的拨乱反正。

肖氏又说："侵犯的主题与希特勒的进攻无关。我在创作这个主题时，想到的是人类的另一些敌人。"那么，这另一些敌人指的是谁？这个主题是什么？他说，希特勒是罪犯，斯大林也是，他对那些战前田园诗的回忆很反感，他始终对那些"被折磨、被枪决或饿死的人感到痛苦"。他说："等待枪决是上一个折磨我一辈子的主题。"或许，今天听肖氏这样说，觉得有些危言耸听，但看到肖氏举出的一个事例，三百多名盲歌手参加官方组织的一次民歌歌手大会，只是因为没有唱斯大林的颂歌，而唱的是旧民歌，三百多名盲歌手全部被杀。我们就会明白残酷的现实更惊心动魄。

所以，肖氏直言不讳道："说'第七'的终曲是凯歌式的终曲，是荒唐话。"

所以，肖氏义正词严地说："我的交响曲多数是墓碑。"

在具体谈到"第七"的音乐创作动机时，肖氏更是毫不留情地推翻了很多人听了"第七"之后自以为是的政治共鸣，他说："我是被大卫的《诗篇》深深打动而开始写第七交响曲的。这首交响曲还表达了其他内容，但是《诗篇》是推动力。我开始写了，大卫对血有一些很精辟的议论，说上帝要为血而报仇，上帝没有忘记受害者的呼声。"这便越发明确了"第七"的音乐属性和政治属性，和法西斯并无关联，而是对斯大林高压统治下的那个残酷年代吟唱出的愤怒的哀曲。

重新来听"第七",最好是在听完"第七"和"第八","第十四"和"第十五"之后,再来听"第七",会多少听出一些"安魂曲"的味道。

"安魂曲",是安慰那些被害的人和自己的灵魂,而不是为领袖量身定做的赞美诗。肖氏曾经说过一句很有意思的话:"交响乐很少是为订货而写的。"这话对于今天依然有意义,因为不仅是交响乐,很多艺术作品是津津乐道地为订货而写,无论这订货渠道来自权力还是来自资本。总之,在乐此不疲。

三

在所有俄罗斯作家中,肖氏最喜欢的是契诃夫。他把契诃夫所有的小说和剧本,连同契诃夫的笔记本和书信都读了又读。他认为"契诃夫是位非常富有音乐感的作家"。肖氏晚年一直想把契诃夫的小说《黑衣僧》改编成一部歌剧。他说:"我一定要写歌剧《黑衣僧》。可以说,这个题材摩擦着我结满老茧的灵魂。"可惜的是,肖氏临终前未能完成这部歌剧。这也成了一个肖氏之谜。

《黑衣僧》(汝龙翻译为《黑修士》,似乎不如《黑衣僧》好,黑修士可以理解为修士的肤色黑,缺少了黑衣的特指,而在小说里这位僧人来无影去无踪的幻影,黑衣飘飘无疑是平添许多气氛的),是契诃夫 1873 年写作的一篇中篇小说。内容写一位叫柯甫陵的心理学硕士,到一位农艺学家乡间的园子里做客。在黑麦田里,忽然遇见了他曾经梦里见过的一千年前的黑衣僧。同时,他爱上了农艺学家的女儿达尼雅,并顺利地和她结婚住回城里。婚后柯甫陵却因见到黑衣僧而疯了,不久和达尼雅离婚。达尼雅返回乡间,迎接她的却是父亡园毁,气急之下给柯甫陵写了一封谴责和诅咒他的信。此时，柯甫陵正在大他两岁的女友照顾陪伴下到南方养病途中的旅馆里。看到并撕碎这封信后，柯甫陵倒地身亡，临死前想叫女友的名字救自己，呼喊出的却是达尼雅的名字。

可以看出，小说的情节并不复杂，但因为出现黑衣僧这样一个虚幻的角色，使得小说不完全属于写实，而增添了魔幻色彩。在谈论这部不太长的中篇小说时，契诃夫说这是一部"医学作品"，描写的是一个"患自大狂的青年人"。面对评论家蜂起的诸多评论，比如说主人公的崇高志向和现实的矛盾等，契诃夫表示：评论家们没有看懂他的小说。

那么，肖氏看懂了契诃夫的小说吗？他执着地想将小说改编成歌剧，要表达的是什么样的情感和思想？能够和契诃夫相契合吗？还是要借契诃夫浇自己胸中的块垒？

如今，因为没有《黑衣僧》的这部歌剧诞生，已经无法弄清楚肖氏的真实意图了。但是，我还是非常感兴趣，企图触摸到肖氏与契诃夫之间微妙的心理轨迹，以及音乐和文学之间的交织、交融和互为营养、互为镜像的蛛丝马迹。很多音乐家都曾经做过这样的工作，比如德彪西就曾经改编梅特林克的歌剧《佩里亚斯和梅丽桑德》，理查·施特劳斯曾经把塞万提斯的小说《堂·吉诃德》改编为管弦乐。文学从来都是音乐最好的朋友。肖氏一生，除了为他的学生弗莱施曼（过早地战死在二战战场上）根据契诃夫的小说《罗特希尔德的小提琴》改编的歌剧写过配器之外，没有写过一部或一支关于契诃夫的音乐作品，成为遗憾。

做这样力不从心的工作，我想从这样两方面入手：一是小说中黑衣僧的形象以及对柯甫陵的影响，也就是说，为什么黑衣僧导致柯甫陵最后疯掉。

小说中，黑衣僧主要出现了这样几次：第一次，是柯甫陵清早刚刚想起关于黑衣僧的传说，晚上便在黑麦田里遇见了黑衣僧。但仅仅照了一面，对他点点头，向他亲切而狡猾地笑笑，就脚不沾地如烟一般飞似的闪去。这一次黑衣僧的出现，带有神秘感，也带有喜悦感，就是这一次黑衣僧飘然而去之后，柯甫陵向达尼雅示爱。

第二次，还是夜间，黑衣僧出现在园林旁的一个松树后面。这一次，黑衣僧和柯甫陵有交谈，谈的是关于人的永生和真理的永恒的话题。对柯甫陵影响至深的，是黑衣僧对他说的这样的话："你的全部的生活，都带着神的、天堂的烙印，你把它们献给合理而美好的事业。"以及疯了是先知与诗人，健康是庸庸碌碌的凡夫俗子的议论。这是黑衣僧最重要的一次出现，因为这一次黑衣僧的高谈阔论，直接影响柯甫陵命运的发展，即日后的疯，以及最后的死。

第三次，是婚后的一天半夜，黑衣僧坐在为思想而蒙难的柯甫陵房间的圈椅上，继续和柯甫陵交谈。这一次，中心谈论的是幸福。醒来的达尼雅，看见柯甫陵在和一个空圈椅说话，发现他病了，疯了，开始带他看病。疯是幸福，健康却是庸庸碌碌，是上一次柯甫陵与黑衣僧见面谈话的延续和深入。

二是肖氏特别强调的契诃夫小说中关于波兰女作曲家巴达捷夫斯卡（1834—1861）的那首有名的《少女的祈祷》。肖氏自己说，他每次听到这支乐曲的时候，都会热泪盈眶。他设想：《少女的祈祷》一定也感动了契诃夫。否则他不会那样描写它，那样深邃地描写它。"

在小说中，关于这支《少女的祈祷》，契诃夫描写过两次。一次在开头，黑衣僧第一次出现在小说里之前，傍晚，一些客人来达尼雅家做客，和达尼雅唱起了这支小夜曲，其中，达尼雅唱女高音。就是这支曲子唱完，柯甫陵挽着达尼雅走到阳台上，对她讲起了黑衣僧的传说。这天夜里，他便在黑麦田里遇见了黑衣僧。

另一次，在小说的结尾。柯甫陵看完达尼雅那封诅咒的信后，撕碎信扔到窗外，信的碎片被风又吹回，落在窗台上。他走出房间，来到阳台上，忽然听见阳台下面一层有人在唱这支他非常熟悉的《少女的祈祷》。他觉得这支歌很神秘，是天神的和声，凡人听不懂，自己却忽然感到了早已忘却的欢乐。

这样的梳理，或许可以让我们多少接近一点肖氏对契诃夫这部小说钟情的原因和创作走向的思路。在我看来，第一方面，即黑衣僧的形象，透视了肖氏的思想。在专权统治的现实面前，对于肖氏音乐的误读，曾经是肖氏特别大的痛苦，他曾经说借助于文字来演绎自己的音乐，也许是不得已的法子。借助于契诃夫和契诃夫的黑衣僧这个完全虚幻的影子，来勾勒面对现实与真实却不能又不敢言说的思想和情境，便是肖氏选择黑衣僧的最好的最曲折的表达。在黑衣僧的对比下，让柯甫陵疯，让柯甫陵死，便具有极其残酷的悲剧性，是延续着肖氏自第四交响曲之后的特别是与晚年创作一样的脉络，呼应着一样悲天悯人的回声。同时，小说最后让达尼雅和她的父亲曾经那么美丽的园林毁掉，便和契诃夫的《樱桃园》里的樱桃园一样，具有了象征的意象。为思想而蒙难，疯；庸庸碌碌地活，健康。健康，凡夫俗子；疯了，乃至最后死了，幸福。如此充满悖论的反差与反讽，是只有经历过那种残酷的高压的政治年代，才会体味得到的。这便是经过自省之后晚年的肖氏要表达最痛苦的内心和最深沉的音乐。

肖氏自己透露过一点这样的信息。他说："我有一部作品以契诃夫的题材为基础，就是第十五交响曲。这不是《黑衣僧》的草稿，而是一个主题的变奏曲。'第十五'有许多地方与《黑衣僧》有关系。"在这部第十五交响曲中，即使我们找不到一点黑衣僧的影子，但我们总能够听得到一点自省和痛苦。那是属于契诃夫的，属于黑衣僧的，也是属于肖氏的。

我所说的第二方面，即《少女的祈祷》，关系着肖氏创作这部歌剧的音乐形象和旋律的基础乃至整部歌剧的走向。在谈这支乐曲的时候，契诃夫说它"有点神秘，充满优美的浪漫主义色彩"。肖氏说："我一定要在这部歌剧中用它。"他说自己边听这首歌边在脑海里清晰地映出了这部歌剧的样子。我猜想，一定是以这样的优美浪漫，映衬那几乎逼人致疯的痛苦；用这样的神秘深邃，映衬那黑衣僧的飘忽和肖氏内心的向往。

可惜，我们再也无法看到这部歌剧。我们只能从肖氏的第十五交响曲中隐约触摸到一点影子，就像隐约看见消逝在黑麦田中的幻影黑衣僧一样。

2012 年 9 月 18 日

我听沃恩·威廉斯

　　听英国音乐，特别是听英国的交响乐，一定要听沃恩·威廉斯（R.V.Willams，1872—1958）。威廉斯长寿，活了八十六岁，横跨了 20 世纪整个上半叶。那个时候正是英国交响乐辉煌的复兴期。在这个复兴期，威廉斯起着举足轻重的作用，无人可以企及。

　　听英国音乐，我最喜欢听的就是威廉斯和埃尔加（E.Elgar，1857—1934）。我买过一套双碟装的英国音乐精选，里面选的主要是他们两人的音乐，外加一个人是戴留斯（F.Delius，1862—1934），他们三人是英国晚期古典浪漫派音乐向现代音乐过渡时期的三剑客。其中威廉斯和埃尔加更胜一筹，他们的音乐确实非常动听，而且和双子星座有着相似之处，他们音乐中民间音乐的营养很丰富，如威廉斯的《绿袖》、埃尔加的《加沃特舞曲》，都是典型的英国民歌旋律；他们的音乐风格都是耽于幻想，特别是他们的弦乐是真正的弦乐化，美轮美奂，将现代弦乐发挥到极致。他们的音乐都不是叙事式的，他们不注重描绘，而注重感性，他们都是把自己的那种富于幻想的感情融入音乐，他们都是音乐的诗人。

　　所不同的是：比起埃尔加，威廉斯在交响乐的角色更为醒目和重要。从 1903 年创作出第一交响乐《大海》开始，到 1957 年完成最后一部交响曲 E 小调第九交响曲，以半个多世纪的漫长时间，为我们精雕细刻留下九部浩繁的交响乐，可以说在英国没有一个人能够赶得上威廉斯所做出这样非凡的贡献。埃尔加，让我们记住的是他的大提琴协奏曲（女大提琴演奏家杜普雷的演奏使得杜普雷和这部作品都成为经典）和他的《谜的变奏曲》。

我是先买了一盘他的第七《南极交响乐》，本来是想先听听试试，回家一听，不同凡响，非常喜欢，立刻又跑回了音像店，将他所有的交响乐一网打尽都买了回来。一共八盘唱片，包括了他的《大海交响乐》《伦敦交响乐》《田园交响乐》《F 小调第四交响乐》《D 大调第五交响乐》《E 小调第六交响乐》《南极交响乐》《D 小调第八交响乐》和《E 小调第九交响乐》，最后两盘唱片收录的是他的一部歌剧《约伯》和双钢琴协奏曲以及包括《绿袖》在内几乎所有的小品。伦敦爱乐乐团演奏，由多年来一直专门研究威廉斯的权威鲍尔特指挥，被企鹅评为三星保留一星，被美国 TAS 评为发烧名片，确实是不错的唱片。威廉斯几乎所有的音乐，都囊括在这八盘唱片里面了，半个多世纪的岁月，都浓缩在那天从夕阳西下到月落西天我家西窗旁的音响之中了。

那真是我听音乐最美好的经历了。我还从来没有一口气听了那么多的音乐，同一位音乐家在那样短的时间里，一起走过那样漫长的路程而顷刻变老。

也许是先入为主的原因吧，当我听完这八盘唱片之后，非常奇怪，还是觉得他的《南极交响乐》最好听，还是忍不住在以后的日子里拿出这盘《南极交响乐》来听，百听不厌。

奇怪的是，这部交响乐是威廉斯先为电影《南极的斯科特》配乐后发展而成的。为南极探险而献身的斯科特的英雄主题，电影戏剧性的叙事方式，都和威廉斯感性的音乐创作风格不尽相同。

特别奇怪的是，他自己在每个乐章前还特意加上了一段文字说明，更是与他的创作手法风马牛不相及。

无疑，在威廉斯的九部交响乐中，这部《南极交响乐》是他企图革新之作。他是如何将概念和材料化为他的音乐呢？探讨这样的话题，是非常有意思的，因为威廉斯师从布鲁赫（布鲁赫是一位被音乐史几乎湮没的大师，第一次听到他的《神之日》就非常难忘，一直到前年找到他的音乐作品全集，听后非常感动），热爱德彪西，而无论布鲁赫还是德彪西，都远离着概念的主题和生硬的材料，他们所重视的音乐的旋律和意象，都来自心灵的直感，而与概念无缘。南极为什么感动了威廉斯，然后又感动了我？并不是威廉斯有着化腐朽为神奇的本事，而是无论斯科特还是南极，在威廉斯的心中都删繁就简为遥远的意象，便都在他的音乐中点石成金为动人的旋律。他没有沿着电影为他铺设的戏剧化的舞台走得更远，而只顺着自己心灵的轨迹轻车熟路地渗透蔓延，水滴石穿。因此，可以说，斯科特和南极只是他播撒进他音乐里的新的种子，再寒冷的冰雪，在他的心中，也化为了温暖的溪流，流畅在他的旋律与音符之中。

没错，在这部交响乐的五个乐章中，斯科特和南极其实都并不存在，第一乐章响起来的时候，也许风雪声能够依稀感觉得到，大海的律动能够隐隐地感受得到，但那是你自己的感觉和想象，其实和威廉斯无关。当号角响起，不强烈，只是悠扬的回声，袅袅而清越地散失在寥廓的天空。女高音和合唱队此起彼伏犹如天籁之音，只在遥远的地方隐隐约约地缥缈着，伴随着梦魇般的风声器，仿佛进入一种阆苑仙境，让人产生咫尺心境和苍茫宇宙交织的幻景。低音提琴衬托着渐渐高扬的木管，和最后加入的撩拨的竖琴和丝丝入扣的弦乐，如雾如织，那种清澈柔软的音质，那种如梦如幻的气质，那种如海浪一般铺天盖地涌来的高贵品质，你会立刻感到那是属于威廉斯独有的。

第三乐章开始是纤弱的长笛和加弱音器的法国号，命悬一线般，细致入微，又有些阴森森的感觉，当然你也可以意念先行，感觉到是寒气逼人的南极，奔走在死亡线上的斯科特。但管风琴出现后，效果立刻不一样了，阳光般灿烂，回响着清澈的回音，长笛再演奏得是那样地明亮而辉煌，居然还有嘹亮壮丽的镲声，心境忧郁之中带有一种大自然飘曳而来的敬畏，最后回归于悠扬的弹拨乐中荡漾起的加弱音器的法国号上，回应着本乐章的开始乐思，然后过渡到下一个极其优美的乐章里，曾经被英国人认为是"天才之笔"。这个乐章不长，只有短短五分多钟，却让我觉得是最美的一个乐章了。小提琴的轻轻撩拨，双簧管简洁的乐句，很短，很抒情，回忆的色彩很浓，往返回复几次，如同鸟飞进飞出树林，然后被起伏摇曳的乐队所淹没，如短暂一瞬的美丽天光被云彩所遮掩，雁过夕阳，草迷烟渚，只留下无尽的向往。

我不大喜欢末乐章，太闹得慌，也许是追求过于壮丽的效果吧，有些剑拔弩张，不大像是威廉斯，倒有点像是贝多芬或马勒。那种曾在第一乐章出现过的女高音无词的歌唱和惟妙惟肖的风声器，最后又把我们带回到南极的风雪之中，余音袅袅，不绝如缕。这种不可为之强为之的描述，虽然并不是威廉斯的所长，却也是一种向世俗和传统靠拢的惯性而无奈的收尾。有意思的是，英国称赞威廉斯在交响乐形式上做出的最大贡献恰恰在结尾上。也许，是我根本没有听懂这部交响乐的尾声，也许至少在这无奈的一点上，和以往贝多芬或马勒式交响乐的结尾不一样，在闹腾之后归于冥想和沉思，又属于他威廉斯的了。或许，这矛盾的结尾，正是威廉斯自己矛盾心理在音乐中的透露，涉及主题先行和材料化解，对任何艺术家都是一道难题；奉命而作和心灵的驱使，毕竟是两种不同的创作方式，艺术从本质而言，是从心灵到心灵的流淌，而不是从物质到物质的覆盖。

威廉斯自己曾经说过这样的话："艺术，就像慈善仁爱一样，应该先从家中开始。"这是他自己的创作守则，也是我们理解他音乐的钥匙和进入一切艺术的不二法门。难道不是这样的吗？包括音乐的一切艺术不是从家里开始，而非得从遥远的南极出发吗？哪怕那南极再至善至美再辉煌无比再拥有着英雄斯科特飘散不尽的伟大魂灵。

还是先从家中开始吧。

艺术比死亡更有力量

　　并非说是同为意大利人，托斯卡尼尼（A.Toscanini，1867—1957）和普契尼（G.Puccini，1858—1924）就一定有着不解之缘。人海茫茫，本都是素不相识，一个人与另外一个人开始结识，并有着漫长时间的不解之缘，恐怕都是出于偶然的因素，总有些命定般的原因。如果从托斯卡尼尼最早指挥普契尼的歌剧《艺术家的生涯》开始算起，到普契尼逝世为止，他们之间的交往，起码有着二十八年的历史。二十八年，对于托斯卡尼尼也许不算太长，因为他活了整整九十岁；但对于活了六十六岁的普契尼来说，却不能算太短，占了他生命的近二分之一。

　　这不能不引起我对他们极大的兴趣。

　　让我对他们更感兴趣的，是他们之间存在的并不仅仅是友谊，也就是说，他们之间的矛盾、冲突，乃至不可调和的厮斗，常常如一块块突兀的礁石，阻挡着他们两条河的汇合和前进，使得他们生命和艺术之流激起浪花，溅湿彼此的衣襟。我便在听托斯卡尼尼指挥的音乐，尤其是指挥普契尼的歌剧录音磁带时，常想为什么他们之间会存在这样充满矛盾的友谊？音乐家之间，彼此结为美好而和谐友谊的人有不少，比如舒曼和勃拉姆斯、肖邦和李斯特，被称为强力集团的巴拉基列夫、莫索尔斯基、鲍罗丁和里姆斯基－科萨科夫……是什么原因使得托斯卡尼尼和普契尼的友谊像是一条起伏不平的小路，让他们总是磕磕绊绊？

应该说，托斯卡尼尼和普契尼最初的友谊是顺风顺水的。1896 年 2 月 1 日，对于他们两人都是极其重要的日子。这一天，由托斯卡尼尼指挥普契尼的歌剧《艺术家的生涯》在都灵首演。在这之前，他们两人都小有名气，公平地讲，托斯卡尼尼的名气更大些，他成功地指挥了瓦格纳的《汤豪舍》和威尔第的《法尔斯塔夫》，为他带来了声誉。而普契尼在此之前还只是一个二流的作曲家，他所作曲的第一部和第二部歌剧，全遭到失败，只有一部《曼侬·列斯科》获得好评。《艺术家的生涯》是普契尼的精心之作，是他下的赌注，关系到他是否能从二流泥潭中一跃而出。但是，一直到演出之前还有评论家说《艺术家的生涯》不过是昙花一现而不会成功。因此，普契尼一直把心提到嗓子眼儿，托斯卡尼尼每天排练这部歌剧的时候，普契尼都要到场，心里揣着惴惴不安；音乐评论界和出版商也很重视这部歌剧的首演，关注着演出是否成功。这让他两人的友谊出场显得气势不凡，而且有着坚实的基础。可以说托斯卡尼尼为普契尼带来了好运，他一丝不苟地排练和精彩绝伦地指挥，使得首场演出大获成功，好评如潮，一连演了二十三场，让观众叹为观止，让普契尼更为折服。这一年，普契尼三十八岁，托斯卡尼尼二十九岁。

为什么有着这样好的友谊基础，他们的友谊会出现矛盾、波折，甚至破裂？我不大明白，为什么在 1921 年，当时欧洲最著名的歌剧院斯卡拉剧院，计划演出普契尼的《艺术家的生涯》《托斯卡》和《蝴蝶夫人》三部歌剧时，托斯卡尼尼坚决拒绝出任指挥，而只是派他的助手出场？而普契尼在请人出面调和不成之后，为什么气急败坏地出言不逊大骂托斯卡尼尼是"充满恶意""没有艺术家的灵魂"？真的是后来托斯卡尼尼自己解释的那种原因"我不喜欢《蝴蝶夫人》"吗？未免太简单了吧？虽然，托斯卡尼尼是一个对艺术格外认真的人，对于他不喜欢的音乐，他是不会接受的。反正我是不能相信仅仅是这样一个原因，会导致托斯卡尼尼果断地做出这样一个伤害普契尼同时也伤害米兰观众的决定。因为，如果托斯卡尼尼真的不喜欢《蝴蝶夫人》的话，他完全还可以指挥另外两部歌剧，况且，《艺术家的生涯》和《托斯卡》这两部歌剧，他都曾经指挥过，并获得成功，这时候却撒手不管了，于情于理都有些说不过去。还有一点让我不解的是，普契尼写作《蝴蝶夫人》是早在1944年，当时托斯卡尼尼批评这部歌剧"长得令人生厌"，普契尼听说后立刻改写脚本，缩短乐谱，有不少章节重写，完全是按托斯卡尼尼的意见修改了的。

　　在一本介绍托斯卡尼尼的书中，我看到这样简单几句对托斯卡尼尼和普契尼的介绍，其中说他们两人之间友谊的裂痕出现在1914年，即对第一次世界大战的看法不同，政治的态度导致了艺术的矛盾。这我就想象得出，他们的友谊不可能不出现裂痕，即使普契尼再如何请人出面调和，也是无济于事的。想一想，第二次世界大战之后，托斯卡尼尼对曾经为法西斯垂首做过事情的富尔特温格勒和卡拉扬的态度，托斯卡尼尼拒绝和他们同台演出，以及他那句著名的话："在作为音乐家的富尔特温格勒面前，我愿意脱帽致敬；但是，在作为普通人的富尔特温格勒面前，我要戴上两顶帽子。"托斯卡尼尼对普契尼肯定不会原谅，便是很正常的事情了。

　　后来，在一本意大利人写的托斯卡尼尼的传记中，看到托斯卡尼尼和普契尼1914年的夏天在维亚雷焦海滨度假时，两人为刚刚爆发不久的第一次世界大战的看法不同而矛盾爆发。托斯卡尼尼是支持英美协约国的，而普契尼是支持德国的，两人因此争吵起来，托斯卡尼尼突然愤而起身，怒斥普契尼而后闭门不出，气得整整一个星期不上街。当有人劝他和普契尼讲和，他说："我坚决不和他讲和，相反，碰到他，还要打他几个耳光！"这和他对富尔特温格勒的态度是一样的，便不会奇怪了。

不过，我有时会想，如果没有发生第一次世界大战，或者虽然发生了第一次世界大战，但是普契尼没有对托斯卡尼尼说出自己真实的看法，而只是藏在心里，只谈艺术，不谈其他，他们两人之间的友谊会不会维持下去？就真的不至于出现后来1921年斯卡拉剧院演出矛盾的爆发了吗？

我看不见得。

性格所致，会使得看似平行的两条线越来越远。作为艺术家，有的会极端地表现在艺术之中，有的会极端地表现在艺术之外的为人处世里面，托斯卡尼尼的性格是毫无保留地表现在这两者之中。他是一个极其严谨的人，他不抽烟，不喝酒，每天排练四五个小时当中不吃饭，也不饿。同普契尼一贯的折中主义不同，他是一个开弓没有回头箭的人。他又是一个独断专行、极其固执己见的人，包括音乐在内的所有事情，他不会和别人商量，也不会听从别人的意见。他是鲁迅先生说的那种到死也不会宽容他人的人，更不会为自己的行为和思想做稍微地妥协。同时，他又是一个极其容易暴怒的人，这一点并不是后来他的名气越来越大的缘故，他从一开始走上指挥台就是这样，据说如果他听到乐队里有人没有全神贯注或吹错、弹错，他会立刻勃然大怒，毫不留情地大骂人家是"畜生"，是"杂种"，是"无耻"，毫无节制，没人敢上前制止或劝说他，这可以说他的修养实在有些难以恭维，也说明他其实是一个胸无城府的人。他就像一条笔直的线，不懂得有时是应该拐弯的，哪怕稍稍有些弧度和弹性。

曾经听说有关托斯卡尼尼这样一个小故事，说他有一次听一位指挥家的排练，听到这位指挥的节奏不对（其实很可能是不符合他自己心目中的节奏），他丝毫不知道忍耐，不知道该给同行一点面子，立刻容忍不下去了，拍起手掌，示意人家节奏应该是这样的。结果，乐队竟按照他顽强手掌的节奏进行演奏，把那位指挥晾到一边。

托斯卡尼尼就是这样一个性格坚硬且棱角过于峥嵘的人。一次排练，他尚且不容于他人，他怎么能容忍和自己政治观点相左的普契尼？不少人劝他和普契尼讲和，他的妻子也这样劝他，他都不为所动。所以，到了1921年斯卡拉剧院演出和普契尼的矛盾爆发，就是水到渠成的事情了。虽然第一次世界大战已经过去了七年，矛盾非但没有随时间淡化和消解，却是冰冻三尺非一日之寒，矛盾随日子而长大，结上一个解不开的死疙瘩。

即使没有这一矛盾的爆发，也还会有其他的矛盾爆发，便是很可以理解的事情，而且可以断定是必然的事情。这里除了托斯卡尼尼性格的因素，也有普契尼的性格在起着作用。普契尼是一个和托斯卡尼尼的毫不妥协性格完全不一样的人，他对于艺术和生活的折中主义，必定要和托斯卡尼尼发生矛盾。而普契尼对于托斯卡尼尼的嫉妒，也必然是产生矛盾的另一条导火索。因此，虽然托斯卡尼尼的性格并不因为他是一个大师就一定那么可爱，但是，普契尼的性格就更不可爱。两个这样性格的人偶尔相处，也许可能会迸发友谊美丽而夺目一闪的火花，长期相处，不爆发矛盾才怪，第一次世界大战，不过是给他们两人火上浇油。虽只是出于偶然，却含有必然的命定，在劫难逃。

说实在的，托斯卡尼尼和普契尼这样两位意大利19世纪末期、20世纪初期最有名并且照耀了整个世界乐坛的人物，他们之间的关系就这样淡然结束，真是让我惋惜甚至扫兴，或者说有些不甘心。我一直寻找他们最后的结尾，就像读一部小说，希望读到和自己期待的结尾一样，惊鸿一瞥，出乎意料，而心存一丝幻想。

幸亏不是幻想，他们的结尾多少让我感到一些安慰。虽然，他们的结尾没有在普契尼活着的时候出现（普契尼比托斯卡尼尼早死了三十三年），毕竟令人欣慰的结尾还是出现了。

这是在普契尼逝世两年之后。托斯卡尼尼突然出任普契尼的歌剧《图兰朵》的指挥。这是普契尼最后一部歌剧，是他呕心沥血之作，一直写到公主死去的时候，他自己也死去了。这场音乐会，据说全场鸦雀无声，人们听到并看到，在音乐声中，托斯卡尼尼和普契尼又走到一起。我想这大概不是托斯卡尼尼的妥协，或对死者的一种悲悯，而是对艺术的一种真诚，《图兰朵》确实是普契尼的精心之作。

托斯卡尼尼在指挥到公主死去的时候，指挥棒在空中突然停住了，整个乐队在他的指挥下戛然而止。托斯卡尼尼慢慢转过身来对观众们说了那句《图兰朵》在我国上演时被报纸不断引用的话："歌剧到此结束，普契尼写到这儿时，心脏停止了跳动。死亡比艺术更有力量。"

这话说得充满哲理，更充满感情。这话让我感动。

更让我感动的是 1946 年的春天，在普契尼的歌剧《艺术家的生涯》首演五十周年纪念日的那一天，托斯卡尼尼虽然人在美国，还是记起这样的日子，在电台指挥了普契尼的这部歌剧，并灌制了唱片。这一年，托斯卡尼尼已经是七十九岁高龄。

只有在美好的音乐之中，人们才能消弭芥蒂而相会相融。托斯卡尼尼说得不对，并不是死亡比艺术更有力量，而是艺术比死亡更有力量。

月光下的勋伯格

《月光下的彼埃罗》，是一个好听的名字，充满诗意和想象。彼埃罗，这三个音阶听起来很悦耳，就像我们听到玛丽娅或娜达莎这样的音阶能感觉出是美丽的姑娘一样，而月光下这三个字的组成作为人物出场的背景，又能让人荡漾起许多晶莹而温柔的想象。

但这只是望文生义出来的感觉和想象。听这支为诗朗诵配乐的乐曲，绝对涌不出这样的感觉和想象来。

《月光下的彼埃罗》是 1912 年勋伯格（A.Schoenberg，1874—1951）三十八岁时的作品，正是他玩无调性的高潮时期。不知当时人们听到这支乐曲时是一种什么样的反应？今天再听这支乐曲，反正我是听不出来一点那位比利时的诗人吉罗所写的以意大利的喜剧丑角彼埃罗为主人公发笑的意思了。当时彼埃罗这个丑角是非常有名的，据说，他经常恋爱失败，受到月光的引诱而发狂地胡思乱想，以致笑话百出。也许，当时他会像我们今天的赵本山或是黄宏一样令人笑口常开而爱不释手的。一个时代有一个时代的英雄，一个时代有一个时代的丑角。否则，勋伯格不会对他这样感兴趣，专门为这些诗（据说一共是二十一首诗）配乐的。

听《月光下的彼埃罗》，真是不如光看这支乐曲的名字。就像有些商店或餐馆的名字起得很甜美怡人，真正到那儿一看一品尝可能完全不是那么回事。

乐队一共八件乐器，时而合奏，时而独奏，很难听到悦耳的旋律，也听不到交响的效果，长笛似乎没有了往日的清爽，单簧管没有往日的悠扬，小提琴也没有了往日的婉转，像是高脚鹭鸶踩在了泥泞的沼泽地里，而钢琴似乎变成了笨重的大象，只在丛林中肆意折断树枝粗鲁地蹒跚……

金属般冷森森的音阶、刺耳怪异的和声、嘈杂混乱的音色，给人更多的不是悦耳优美，而是凄厉，是冷水惊风，寒鸦掠空。我想起的不是彼埃罗那位丑角在月光下可笑的样子，而是表现主义画家例如凯尔希纳那种色彩夸张、几何图形扭曲的画面。

说实话，我并不喜欢这支曲子。我宁愿听勋伯格早期的作品《升华之夜》。也许，是岁月拉开了历史人物与艺术氛围的隔膜，或是和现代派音乐有距离，是对无调性音乐的无知。在音乐史上，有人曾称赞勋伯格的音色是最富创造性的。勋伯格自己曾说："谐和音和不谐和音没有本质区别。"对于音乐的基本要素，勋伯格和他的同行与古典浪漫派的音乐，也与我们今天一般的欣赏习惯拉开了那样大的距离。我们也就不会奇怪了，在《月光下的彼埃罗》中，那种难以接受的杂乱的音色、尖利的和声，那些怪兽般张牙舞爪的乐器涌动，正是勋伯格要追求的效果。他就是要用这样的音响效果来配制诗朗诵的旁白，让人不适应，同时让人耳目一新。

听惯了和谐悠扬的音乐，听惯了为诗朗诵而作慷慨激昂或悦耳缠绵的配乐，听《月光下的彼埃罗》的感觉真是太不一样，得需要耐着心才能听完这支《月光下的彼埃罗》（在这张唱盘中还有另一支勋伯格晚年根据拜伦的诗改编创作的配乐曲《拿破仑颂歌》，一样的呕哑嘲哳难为听）。听完之后我在想，在勋伯格那个时期，古典主义盛行了那么多年，浪漫主义和新浪漫主义又主宰了那么多年，一直都是以有调性的创作手法，以优美的旋律、谐和的和声、完美的配器、优雅的交响为人们所喜爱的，便也习惯着将耳朵磨出了厚厚的老茧，将音乐的做法形成了一种约定俗成的规律。突然，有这样的一个勋伯格闯了出来，将一直奉为美丽至极的一匹闪闪发光的丝绸上，"刺啦"一声撕破了一角，也不再用它来缝制精致而光彩夺目、拖地摇曳的晚礼服，而是缝出一件露胳膊露腿的市井服装来，得需要多么大的勇气。从这一点意义上来说，说他是富于创造性的，一点不假。

勋伯格还有一支和《月光下的彼埃罗》《拿破仑颂歌》类似的乐曲，叫作《华沙幸存者》，作于1948年，是勋伯格逝世前三年的作品。这支乐曲揭露了第二次世界大战德国法西斯在集中营迫害犹太人的罪行。可惜，我没听过，但我想，那愤恨而充满激情的诗朗诵，配以这样刺耳尖利而凄厉冷峻甚至毛骨悚然的音乐，是最合适不过的了。勋伯格的这支《华沙幸存者》，让我想起毕加索那幅《格尔尼卡》，同样揭露法西斯的罪行，有异曲同工之妙。

同时，我也想起在北京音乐厅和中山公园音乐厅曾经举办过的唐诗朗诵会，专门请来作曲家为这些诗歌配乐，效果不错。为诗歌朗诵配乐，我不知道是否为勋伯格独创，但确实是将音乐和诗歌结合的一种不错的尝试。音乐流出自己的疆域，能够浇灌其他的土地滋润。况且，勋伯格寻求的更是将音乐自身发展，方才有勇气打破墨守的成规，不惜走向极端，向平衡挑战，向传统挑战，向甜腻腻挑战，向四平八稳挑战。

据说，现在有人否定勋伯格无调性音乐创作在20世纪音乐史上的价值和意义，在20世纪伟大音乐家的名单中，除去了勋伯格的名字。虽然，我并不喜欢勋伯格的这支《月光下的彼埃罗》，但我以为是不大公正的。

　　美国音乐史家格劳特和帕利斯卡在他们合著的《西方音乐史》中，这样形容这支《月光下的彼埃罗》："犹如一缕月光照进玻璃杯中，呈现许多造型和颜色。"他们说的是有道理的。虽然，那些造型是我们不习惯的，那些颜色是我们不喜欢的，但毕竟是属于勋伯格的创造。

辑
二

我和鲍勃·迪伦

一

鲍勃·迪伦（Bob Dylan）属于 20 世纪的 60 年代。

60 年代，他二十多岁，和美国一样年轻。

60 年代，他抱着一把木吉他，唱着沙哑粗糙的民谣，从明尼苏达的矿区走来，并不高大茁壮的身影渐渐地在美国的背景中清晰起来。

60 年代，虽然有西班牙王子胡安·卡洛斯和希腊公主的豪华婚礼，以及美国人诺曼·博劳克成功地培育出比原产量高三倍的高产小麦新品种，这样能够让人高兴的好消息。但 60 年代是整个世界动荡的年代，短暂的好消息不能如方糖一样，稀释掉云层密布整个 60 年代的灰暗而让它变甜。

60 年代，是一个饥饿的年代，非洲的大饥荒，我国连续三年的人祸与自然灾害，估计全世界有三分之一的人口肚子空空在挨饿，更有一笔因饥饿而死亡的天文数字。当时的美国总统肯尼迪和联合国秘书长吴丹一起号召全世界与饥饿做斗争。

60 年代，是一个战争的年代，苏联进行核试验，美国恢复了地下核试验。两个超级大国进行军备竞赛，因苏联要在古巴建立导弹基地的争执不断，核裁军的呼吁不灵，据统计：苏美两国拥有的核武器的爆炸力相当于世界人均三吨 TNT 的爆炸力。整个世界坐在随时可能爆炸的火山口上。

60 年代，是一个运动的年代，整个世界此起彼伏按下葫芦起了瓢，不仅中国搞了"文化大革命"运动，欧洲也是学潮不断，美国出现反种族歧视的示威运动，意大利出现工人罢工运动，拉美不少国家跟随卡斯特罗搞革命运动。大小骚乱更是野火烧不尽，春风吹又生。

60 年代，是一个暗杀的年代，肯尼迪在达拉斯被暗杀；没过多久，马丁·路德·金在孟菲斯被暗杀。

60 年代，是一个资本主义和社会主义意识形态矛盾冲突的年代。苏共二十二大召开后的非斯大林化。苏联武装占领布拉格。我们和苏联的珍宝岛战役。东西柏林之间的柏林墙迤逦建立……

鲍勃·迪伦的歌声就是响彻在这样的 60 年代。

鲍勃·迪伦就像是上帝专门为 60 年代而创造的歌手一样，敏锐地感知着 60 年代的每一根神经。鲍勃·迪伦的诞生，宣布了 50 年代的结束，宣告了垮掉的一代和忧郁的布鲁斯、乡间民谣的 50 年代的结束。

60 年代初，鲍勃·迪伦在进行他的巡回演出之前，特意到医院去看望他所崇拜的正在病危中的上一代的民谣大师伍迪·格思里（Woody Guthrie），然后踏上他自己新的旅程。这是新一代和老一代的告别仪式，意味着 50 年代真的无可奈何也义无反顾地结束了。

面对 60 年代所发生的这一切，鲍勃·迪伦用他嘶哑的嗓音，唱出了他对于这个世界理性批判的态度和情怀。他以那样简朴疏朗又易学易唱的旋律、意象明朗且入木三分的歌词、沙哑深沉而强烈愤恨的情绪，站在 60 年代领头羊的位置上，充当着人民代言人的角色。虽然，在 60 年代，他也唱过例如《来自北部乡村的女孩》那样的爱情歌曲，但他大部分唱的是那些激情洋溢的政治歌曲。听他那时的歌，总让我情不自禁地想起我们的《黄河大合唱》，他就像是站在那浩浩大合唱前面的慷慨激昂的领唱和领诵。

1961 年，他唱出了《答案在风中飘扬》和《大雨将至》，那是民权和反战的战歌。

1962 年，他唱出了《战争的主人》，那是针对古巴的导弹基地和核裁军的正义的发言。

1963 年，他唱出了《上帝在我们这一边》，那是一首反战的圣歌。

1965 年，他唱出了《像滚石一样》，那是在动荡的年代里漂泊无根、无家可归的一代人的命名……

在 60 年代，他还唱过一首叫作《他是我的一个朋友》的歌。我忘了他是在 60 年代的哪一年唱的了，只知道他是在芝加哥的街上，跟一个叫作艾瓦拉·格雷的盲人歌手学来的，他只是稍稍进行了改编，加上了简单的木吉他。那是一首原名叫作《矮子乔治》流行于美国南方监狱里的歌（这是一首有名的歌，以前曾经被传奇的老民谣歌手"铅腹"唱过，"铅腹"的另一首歌《昨晚你睡在哪儿》，后来曾经被"涅槃"乐队翻唱）。这首歌是为了纪念黑人乔治的，乔治仅仅因为偷了七十美元就被抓进监狱，在监狱里，他写了许多针砭时弊的书信，惹恼了当局，竟被看守活活打死。鲍勃·迪伦愤怒而深情地把这首歌唱出了新的意义，他曾经一次以简单的木吉他伴奏清唱这首歌，一次用女声合唱做背景重新演绎，两次唱得都是那样情深意长感人肺腑。在解释他为什么要这样唱这首歌时，他这样说："监狱看守实际是害怕乔治的，因为乔治太真实，他们被他凝重的感情所惊吓。"（重新听鲍勃·迪伦的这首歌，让我忍不住想起 2003 年年底，在哈尔滨曾经发生为了讨要工钱的五十八岁的农民工，钱没有讨回，被当场生生地砍断了手筋的事情。我相信如果鲍勃·迪伦知道了，会为他唱一首新歌的。）

他是以深切的同情和呼喊民主自由和平的姿态，抨击着弥漫于 60 年代的种种强权、战争、种族歧视所造成的黑暗和腐朽。

在 60 年代，他是一代年轻人的精神领袖，是那个逝去的年代难能可贵的理想主义的象征。

在 60 年代，鲍勃·迪伦和我们一样，就像是一个"愤青"。

对于如我这样也是和鲍勃·迪伦一样在 60 年代度过了整个青春期的人来说，听鲍勃·迪伦的歌没有什么隔膜，而是那样地亲切，水乳交融，肌肤相近。

60 年代，在饥饿的边缘上挣扎的世界三分之一的人口中，也有我们的一份，而我们却在一边饥肠辘辘时一边热血沸腾地写下这样的诗篇："要把克里姆林宫的红星重新点亮，要把世界上三分之二受苦受难的人民解放。"

60 年代，在反战的斗争中，我们也不止一次跑到天安门广场集合，伸出了愤怒的臂膀。呼喊着和鲍勃·迪伦一样的心声，只是没有如他一样唱出"上帝在我们这一边"，而是高喊着"正义在我们这一边！"

60 年代，在那些如火如荼的政治年代里，我们更是无比地投入，珍宝岛战役，就在我们插队的北大荒的乌苏里江上，离我近在咫尺，我们抱着随时上战场而决一死战的豪情壮志，聆听着那枪炮声的召唤。即使离得那样遥远的布拉格，我们站在北大荒的冰天雪地里，也愤怒谴责苏联的坦克车开进了布拉格的街头，并且蹲在白桦林的树墩旁写下诗的急就章。没有舞台和广场，就跑到村里食堂里，把吃饭的桌子椅子挪到一边，腾出空地来，站在那里慷慨激昂地朗诵。而在柏林墙建立的时候，我们正在挥舞铁锹，深挖洞，广积粮，大挖现在已经用来做商场和 KTV 包间的地下防空洞。

60 年代，在"文化大革命"的运动中，我们更是和鲍勃·迪伦一样地鱼翔浅底鹰击长空，冲锋陷阵在第一线，一样地粪土当年万户侯，一样地自以为是，激进冒失，根本听不进父母的话，而把他们当成挡路堵道的保守派和保皇派。只不过，我们把鲍勃·迪伦唱的歌词都更为直白昂扬地挥洒在大字报上去激扬文字……

我们和鲍勃·迪伦是多么地相似。我们当然听得懂鲍勃·迪伦那时唱的"来吧，两院的议员，请注意这个警告，不要站在门口，不要堵住走道……外面有场战斗，打得异常激烈，马上震动你的窗，让你的墙壁嘎嘎直响。因为时代在变。来吧，父亲和母亲，全国的父亲和母亲，不要去批评你们不理解的事情，你们的儿子和女儿对你们的命令已经不听，你们的老路子越来越不灵……因为时代在变。"（《时代在变》）我们也就对美国联邦调查局把鲍勃·迪伦列入红色共产党的黑名单不会奇怪。

60 年代的鲍勃·迪伦和我们是同一代人，是同一类人。

60 年代的鲍勃·迪伦相信音乐的力量，以为音乐可以救赎这个世界，就像是那时的我们以为可以解放世界上三分之二受苦受难的人民。

60 年代的鲍勃·迪伦出版他的专辑时，把专辑命名为《时代在变》。他相信时代在变，相信音乐能够使得时代改变。

我们重新再听鲍勃·迪伦 60 年代的歌，是在看一本发黄的黑白老相册，是在追忆似水年华，那是一代人逝去的壮丽的青春和梦想。

鲍勃·迪伦用他一如既往的喑哑的嗓音、朴素的木吉他，偶尔用他那天籁般的口琴，吟唱在我们的心中，回荡在逝去的风中。

二

90 年代的鲍勃·迪伦老了。

日子真是不扛混，岁月很快就催老了一代人。

90 年代的鲍勃·迪伦，已经不再用木吉他，而改用电吉他。其实，他早在 1965 年就用电吉他了，那时他遭到他的歌迷的反对和起哄，而现在人们早就已经习惯了他的电吉他。偶尔，他也会用"不插电"，也还用口琴伴奏，但那只是偶尔而已，如同雨季里偶尔打把伞出门，让雨滴在雨伞上敲响清脆的回音，唤回一点往昔湿漉漉的回忆。

如同退潮一样，潮水从沙滩上一点点消失，徒留下了青春的空贝壳和人去楼空的叹息。90 年代的鲍勃·迪伦变化非常大，他不再充当社会和人民代言人的角色，他不再做正义和理想的化身，他开始重新审视自己，开始歌唱个人化的感情，他把曾经从伍迪·格思里那里学习并加以彻底改造成膨胀为氢气球一样扶摇直上云天的民谣，重新改造回到了地上，开始了一个新的轮回，重新柔情荡漾起来。

他开始唱爱情，不过那爱情是回忆中的爱情："我不能等待，穿过午夜的街，周围都是人，空气在燃烧。我试图把事情想清楚，我不能再等待。我是你的男人，我试图重温过去甜蜜的爱……我想着你和所有我们可以漫步的地方。"（《不能等待》）

他一再把那种回忆中的爱情唱得格外凄婉，他似乎是生活在梦和永远不能忘记的回忆之中："星期天我去教堂,她正好从那里经过,我的爱需要那么久才能够消失。我在你身上找到了我的世界,但你的爱不能证明是真的,在冰冷的铁的界限里,我离城有二十英里,芝加哥的冷风把我撕裂。现实总有太多的头绪,有些事情比想象的持续得更长,而有些事情你永远不可能忘记。"(《冰冷的铁环》)

他变得多愁善感起来,他似乎将过去自己的叱咤风云遗忘了,偏偏总是记起感情的失落和回忆中柔软易碎的部分,对世界充满疑问和迷惑。他一下子脆弱起来,他捡起了芝麻丢了西瓜。他像是走到了世界末日似的,悲天悯人地唱了起来:"我顺着河流到达大海,我曾经到过这个充满谎言的底部,有时候我身上的负担似乎比我能够承受的还要多。天还没黑,但快了。我出生在这儿,还将死在这儿。我在移动,但我站在这儿没动。我身体的每一根神经那么苍白麻木。我想不起来到这儿来是想带走什么,甚至听不到祈祷者的呢喃。天还没黑,但快了……"(《天还没黑》)

既然天还没黑,为什么要这样忧心忡忡?我不知道他为什么变成了这样,和 60 年代的鲍勃·迪伦判然不同。我知道他的变化并不是始于 90 年代,早在 70 年代和 80 年代就已经有了这样变化的萌芽,他只是在 90 年代长成了这样枝叶婆娑的大树,而不再愿意成为坚硬的岩石和迎风飘扬的旗。

是因为 90 年代战争虽然还层出不穷但毕竟不像是 60 年代那样紧张了?还是因为饥饿已经不再困扰地球了?或是意识形态的矛盾已经随着苏联和整个东欧社会主义的解体而不再那样剑拔弩张了?或是网络时代的到来让人类的感情越发虚拟化也越发物化和个人化了?这样的背景之下,需要的是迈克尔·杰克逊那样的奢靡,和麦当娜那样的性感,或席琳·迪翁那样我心依旧式的信誓旦旦爱的虚幻？已经不再需要鲍勃·迪伦的正义和激情、理想和信仰了？真的是快乐的猪已经胜过了思考的芦苇了？一代有一代的青春，一代有一代的偶像，一代有一代的歌唱。

如果从鲍勃·迪伦本身来说，他出了一次车祸，差点要了他的命；离了一次婚，又差点要了他的命。会是这样的命运的跌宕变化，让他的音乐也随之颠簸起了动荡的曲线？

我不知道，我无法弄清究竟是什么原因，让90年代的鲍勃·迪伦以这样的变化面貌出现在我们的面前。

鲍勃·迪伦在接见《滚石》杂志的记者时这样说："当没有人把我当一回事时，正是我创作丰收的时候。你年纪大起来，将会变得更倾向家庭化……"

鲍勃·迪伦儿女情长起来了。

90年代，他真的唱了一首这样儿女情长的歌，是一首非常好听的歌，是唱给他的母亲的，名字叫作《百万英里》：

> 您带走了我真正怀念的一部分，
> 我一直问自己像这样还能维持多久。
> 您告诉我一个谎言，这没关系，妈妈。
> 我正试图离您近一点，
> 但我仍然离您有一百万英里远。
>
> 您带走了银您带走了金，
> 您把我一个人留在冰冷里。
> 我在那些无梦的睡眠里漂流，
> 把所有的记忆抛进深渊，
> 做了那么多根本不想做的事情。

我正试图离您近一点，

但我仍然离您有一百万英里远。

听这首歌，让我想起约翰·列侬那首同样唱妈妈的歌。同样对妈妈充满着一点怨恨，同样更充满着深深的爱和感人肺腑的回忆。更同样的是，他们两人竟是如出一辙从社会的批判和介入的宏大叙事中回归到母亲的身旁。也许，当他们老的时候才发现，母亲在这个变化多端而冷漠的世界上，对于他们是多么重要，因为在这个世界上，只有母亲才和他们拥有着唯一的血缘关系。

90 年代的鲍勃·迪伦，像 60 年代崇拜伍迪·格思里一样开始崇拜海明威。他曾经这样说："海明威不喜欢形容词，他不需要去形容定义要说的事情，只是直截了当地说出来。我现在还做不到这一点，但我想要达到这个目标。"这是一个新的目标，和 60 年代鲍勃·迪伦的目标显然不一样，重视的是语言的表达，而不是情绪和理想的宣泄。"一个男人要走多少路，才能被称为男人；一只白鸽要飞越多少海洋，才能够在沙漠入眠；炮弹还要发多少次，才会被永远禁止……"60 年代，像在《答案在风中飘扬》里唱过的这样发自思想深处的天问，似乎已经飘逝在遥远的风中，新的目标像风筝一样飘曳在新的风中。应该说，这个目标在《百万英里》这首歌里达到了。鲍勃·迪伦急流勇退了，从白浪滔天的大海回旋到了母亲环绕的清澈的小溪。

其实，我们在进入 90 年代后，和鲍勃·迪伦一样在变化着，只是我们自己不知不觉。岁月的轨迹刻在我们身上，不会像是树木那样留下年轮一样的清晰。残酷的政治运动已经没有了，再提起来下一代人会感到陌生，如今已经被体育运动所取代，疯狂的球迷已经替代了当年对政治运动的迷恋，手机短信息和"伊妹儿"

更是替代了当年的日记、情书里的悄悄话，以及大字报墨汁淋漓的揭发。饥饿是少数人的专利，高蛋白高脂肪高胆固醇和高三油甘酯，已经让减肥成了世界性流行趋势。为了一个信仰一个理想而献身，成了愚蠢和傻帽儿的代名词，唯利是图已经不再羞怯，假冒伪劣已经畅行无阻，笑贫不笑娼已经深入人心，就是连内裤和安全套都要浮华地讲究名牌，绝对不再相信经过了岁月的磨洗蚌壳里会含有珍珠，而是早就心浮气躁地打开蚌壳，就着掺了雪碧的红酒，吃里面的蚌肉了。实用主义和犬儒主义发霉的青苔爬满我们的周围，而我们自己以为是环绕的绿围巾，我们跌入了烂泥塘却以为是舒舒服服的席梦思软床，就实在是见多不怪了。

　　和 60 年代曾经青春年少意气风发的我们自己相比，我们已经变得面目全非，我们的心已经如同搓脚石一样千疮百孔。我们怎么可以要求同我们一起进入 90 年代的鲍勃·迪伦没有变化呢？鲍勃·迪伦是我们的一面镜子，照见了他，同时也就照见了我们自己。我们不是和他一样吗，忽然到这个时候渴望起真情来了，因为这个世界上真情已经越来越如恐龙一样地稀少，而欺骗如同鲜花盛开，姹紫嫣红地遍布世界，让我们呼吸着它的毒气而以为是享受着芬芳，所以那一份遥远的真情才被我们自己珍视起来。我们忽然梦想退缩在自己的躯壳里和母亲的怀抱里，自欺欺人以求抵挡用我们自己的手变坏和破坏了的世界。

　　我们和鲍勃·迪伦一样，可以改用电吉他，用电子和多媒体乃至龟缩在网络的虚拟中，来和这个世界抗衡，却再也无法重新拾起那把木吉他了。木吉他上和我们曾经读过的红宝书一起，已经是落满了厚重的灰尘。

　　我们和鲍勃·迪伦一样，不再像滚石一样了，不再重返 61 号公路了，我们只是站在午夜的街上，看霓虹灯不眠在闪烁，看人群熙熙攘攘，却过尽千帆皆不是，迷茫一片，找不到自己的一个亲人。

鲍勃·迪伦 1997 年出版了他的新专辑，取名叫作《时光不在心中》(Time Out of Mind)，这让我想起了他在 1963 年出版的那张名字叫作《时代在变》(The Times They Are A-Changing) 的专辑。同样是 Time 这个词，他已经把它赋予了不同的含义，60 年代的鲍勃·迪伦把它称为"时代"，90 年代的鲍勃·迪伦把它叫作"时光"了。

90 年代的鲍勃·迪伦说："我从来没有写过一首政治歌曲，音乐救不了世界。"

90 年代的世界，柏林墙倒下了。

三

如今每次听鲍勃·迪伦，常常不时地让我想起二十多年前的一件往事。那年春天，我在德国住了将近一个月的时间，一天闲来无事，一家中国餐馆的老板开车带我到郊外一家非常大的超市，那里的东西很便宜。那天，超市里正卖处理的各种 CD 唱盘，只有几个马克一张。真是便宜得几乎等于白给，因为在唱片店里，一张 CD 最少也卖上百马克。我忍不住便宜的诱惑，随手买了几张。那时，我还没有现在的音响，但那时我正想买一个音响，而且我想在德国待的这一个月里省下的钱，大概可以买一个不错的音响了。因此，虽然那时我对音乐特别是摇滚乐一无所知，那些英文和德文也不大认识，但就像是挑水果看模样俊俏一样，只管看着封套印得好看就买下了。像是还没有房子，就先忙着结婚了，有点超前。

没有想到，那里面竟有一张是鲍勃·迪伦的《鲍勃·迪伦的档案》（《Documents of Bob Dylan》）。一共有七首歌，其中第一首就是《大雨将至》（A Hard Rain's A-Gonna Fall）。

绿色的底色中，年轻的鲍勃·迪伦抱着木吉他对着麦克在唱歌。它跟随我十多年，常常在听，却是在十年前才知道他就是鲍勃·迪伦。

也许，我和鲍勃·迪伦有点缘分。

不知道是鲍勃·迪伦的时候，听这张唱盘，尤其是听《大雨将至》，也许是望文生义，总让我想起下雨的日子，你淋着雨，他走了过来，不是为了递给你一把遮雨的伞，而是和你一起淋在雨中，弹着吉他，喃喃自语，和你一样淋湿了头发和衣服，雨水打湿了他的吉他和他的歌，他就那么陪伴你唱着。

知道了就是鲍勃·迪伦以后，依然是这种感觉。总觉得鲍勃·迪伦不居高临下，而是很亲切，很平易近人，就像是蹲在地铁出站口拉着二胡的老人，或像是站在过街天桥上旁若无人唱着歌的盲人，有点衣衫褴褛的样子，有点世事沧桑的意思，有点看破春秋的眼神。也许，这种感觉有些奇怪，和鲍勃·迪伦本人完全不搭界。但那种感觉是那样地真实，那样地和鲍勃·迪伦合二为一。

有时，想起他次第出现在格莱美、金球奖和奥斯卡奖颁奖晚会上的样子，当听到他的名字，所有到场的观众欢腾的情景，让我感到有些奇怪，因为并不是所有的摇滚歌手都能够赢得如此值得骄傲的荣誉，他得到了。难道他不应该得到吗？约翰·列侬去世了，世界上只剩下他一人，从上世纪60年代，坚持唱到上一个世纪之末，又接着唱到新世纪的到来（2001年，他出版了专辑《爱与偷》），然后，又马不停蹄地一直唱到现在（2012年，他又出版了新专辑《Tempest》），他已经是七十一岁高龄爷爷级的歌手，全世界绝无仅有。

本来 2010 年，他的全球巡演可以来中国的，可恶的演出公司的中介，唯利是图的天价演出费，阻挡了他来中国，让中国的歌迷们丧失了现场聆听他的机会。只要想一想，他和摇滚一起跨越了一个世纪；想一想七十岁高龄的鲍勃·迪伦却依然坚持现场演唱，世界上哪一个歌手能够赶得上他？他让我相信，他的脸如核桃皮一样坚硬而皱纹纵横，里面的仁儿肯定是软的，是香的。

有的歌手只是和你萍水相逢，他的歌只是一杯酒，喝掉了也就喝掉了，消失在助兴的气氛里和你脸上暂时涌起的酡颜上。有的歌手是你走到哪儿，他都会跟你到哪儿的，他是你一生的朋友，从青春陪伴你到苍老。他的歌声就是你随时迸发的感情，说着你想说的话，走着你正在走着的路。

鲍勃·迪伦就是这样的歌手。

四

2011 年 4 月 6 日，鲍勃·迪伦终于在北京演出了。因我常买一些演出的门票，手机短信的购票信息早就传来，但我没有去现场，那一天，我正在医院的病房，陪着病重的弟弟。那一刻，我的心情颓唐，真的感到自己已经老了，没有了年轻时的热情。翻看新一期的《三联生活周刊》，几乎半本杂志在介绍他，我觉得鲍勃·迪伦更多的已经成了一种时髦，连篇累牍的他，带有了丝丝商业的色彩。

这么说，也许都不对，并不是我缺少了热情，而是一脸褶子的鲍勃·迪伦已经变化了，虽然依旧那么值得尊敬，但毕竟和 60

年代他刚出道时激情洋溢地唱着《答案在风中飘扬》和《像滚石一样》不一样了。

演唱会已经结束好多天了。听说，现场远不如想象得热烈。这是预料中的事情。很多事情，其实只存在想象中。而且，那天的演唱会，鲍勃·迪伦也没有唱那首最有名的《答案在风中飘扬》。无论在舞台上，还是在风中，如今都没有了答案。

五

2016 年 10 月 13 日，《南方都市报》的一位记者来电话，告诉我鲍勃·迪伦获得今年的诺贝尔文学奖。这个消息，让人意外，却让我很有些兴奋。诺贝尔文学评奖，有时候像体育比赛，都在意料之中，也没什么意思。这个奖给鲍勃·迪伦，比给美国的菲利普·罗斯，多少有些遗憾，比给日本的村上春树却要热闹而值得。

一脸褶子的鲍勃·迪伦，已经获奖无数，但诺贝尔文学奖，却是破天荒第一次给了一位摇滚歌手。起码，让我们对于文学与音乐的关系，应该有一个新的认识。没有文学的介入，好音乐难以诞生；同样，没有音乐更早对于文学的启迪，文学不会出现复调和多声部。世界上的摇滚歌手多如过江之鲫，鲍勃·迪伦绝无仅有，不仅在于获奖词"诗意的表达"，而在于从上世纪 60 年代起，他便和美国的历史融合在一起，和人民的心声合辙押韵。

这个世界上，还有一个鲍勃·迪伦，尽管他不可能再像滚石一样重返 61 号公路了。毕竟还有一个鲍勃·迪伦，还在向我们唱着苦苦寻找着人生和世界很多答案的歌。如今，谁还能陪一个老炮儿玩？诺贝尔文学奖想起了他，愿意和他一起玩。即使算不上一件多么有意义的事，但总是一件有意思的事。

永远的草莓园

正如诗人梦想成为歌手，哪怕是著名的诗人，也只是梦想而已。比如金斯伯格，正经练过一段摇滚并组织乐队公开演唱过，但到底还是没有成为一名歌手。一般的歌手要想成为一名诗人，可以说更是痴人说梦。毕竟这是两个不同的行当，因为在我看来如果说歌是地上跑的白羊的话，那么诗就是天上飘的白云，能够将歌升华为诗，需要的不仅是才华，还要靠神助才能长上飞翔的翅膀。

但是，约翰·列侬（John Lennon）却是摇滚歌手中百里挑一的难得的诗人。所以，我听列侬在唱歌的时候，总觉得是在听一位诗人在吟唱。这和听别的歌手唱歌绝对不一样。

我爱听列侬的歌，不仅在于他在摇滚史上绝无仅有的地位，也不仅仅在于他那尖锐而撕心裂肺般的嗓音。我喜欢他那种对于世界的关注，不是那种社论式的大气磅礴，而是他独特的诗人式的关注，完全跳出一般流行歌手的范畴。我们的一般流行歌手有时也唱些这样宏观的歌曲，只是把它们当作公益歌曲或晚会歌曲来唱唱罢了，那种别人替他们编好的词和曲调总是那样千人一面般地相似，连他们自己都不大相信。你看得出他们的嘴巴甚至事先设计好的肢体在动，却看不出他们的心在动。列侬不是这样的，他总是能及时而准确地把握住时代的脉搏，唱出他自己的那一份感情，来对这个世界做出他自己的发言。

我很难忘记第一次听列侬唱《圣诞快乐》的情景。不是圣诞，是初春的季节，回黄转绿，风柔柔地吹，仿佛在为他的歌伴奏，是那种恰如其分的伴奏，歌声和天气一样让我感动。同样的圣诞歌曲，列侬没有唱教堂的钟声和雪地上铃儿响叮当。那一年，是越战终于结束的时刻，他唱道："现在是圣诞了，你在今年做了一些什么？又一年过去了，新的一年要来临了。现在的圣诞，我希望你能找到快乐。我身边的亲爱的人，无论是老人还是年轻人，这是一个非常快乐的圣诞，我希望再没有任何恐惧，因为战争已经结束了……"真的，我真是非常地感动，这是一个歌手更是一个诗人的歌。听这样的歌，我想起那张有名的照片：听到第二次世界大战刚刚结束的消息时，一个美国水兵在街头情不自禁地与一个女郎拥吻。我相信列侬与那个美国兵与那个女郎的心情是一样的，只是他的歌中充满激动背后更深的是感情期待，才在那一年的圣诞夜唱得这样平易却深切动人。

列侬还有一首非常有名的政治歌曲叫作《想象》（这也是他一盘磁带专辑的名字），同样是他对世界的发言，但那绝对是诗的发言，虽然有些浪漫和乌托邦，但他对世界和平统一的向往，让你无法不感动，感动他的真诚的同时，感慨我们有些歌手的浅薄和贫乏。你会感到列侬一步就迈过了那种浅薄却装点得豪华如同游泳场里的蘑菇池而走向那样宽阔的水域，立刻有一种"潮平两岸阔，风正一帆悬"的感觉。那一连串的排比是他对你我这样普通百姓的直抒胸臆："想象这里没有天堂，这很简单，如果你想试试的话。我们的下面也没有地狱，我们的上面是天空。想象所有的人民，只为今天的和平生活；想象没有国家，想象没有杀戮，想象没有牺牲，想象没有宗教，这一切并不难做到。想象没有占有没有贪婪没有饥饿四海之内皆兄弟……你可以说我是做梦的人，但我不是唯一的一个，我希望有一天你能加入进来，那么世界就能变成一个。"

他的另一首《工人阶级英雄》，同样对普通百姓做着这样关于他顽固的世界梦想的真诚提示和蛊惑："在你死时，你应该知道什么是微笑。你不应该成为墙上的照片，如果你想成为英雄，那么你跟着我。"这首歌让列侬唱得极其委婉，倾诉感很强，听起来非常像俄罗斯的民歌，尤其能让我们接受，仿佛列侬在向我们掏心窝子，一下子和我们很近，活要活出个人样儿来，要有自尊，别只做墙上的照片，即使戴着大红花再怎样风光，毕竟只是墙上的照片。

很多的时候，作为歌手列侬愿意成为诗人，愿意成为人民的代言人，像广播喇叭一样，大声发言，用我们现在的话说是主旋律。对于这个时代对于这个世界，他不回避主旋律；站在摇滚歌坛上，列侬愿意是一个大写的我。可以说，在这一点上，整个世界摇滚歌坛上，无人可以与他比肩。

如果仅仅这样，列侬只是马雅可夫斯基似的诗人。可贵的是，列侬在很多的时候毫不隐讳地将自己个人的生活融入他的歌里。这使得他不仅有能力把握宏观叙事，而且得心应手地用歌声抒发自己的微观生活。这使得他伸手可摘天上星辰、俯首可触海底珊瑚，成为横跨阴阳两界的人物，处处都能让他点化为诗行。他便和那些一般只会吟唱男欢女爱的流行歌手，拉开了无法逾越的距离。

列侬唱自己的生活，同猫王普莱斯利不同，猫王只是唱自己的爱情。可以说，在摇滚史上，是列侬第一次将个人生活中的亲情和友情，那样真挚动人又别致亲切地融化在他的歌词和旋律里。无疑，最有名的是那首《妈妈》。那确实是一首无比动听的歌，前奏中钟声的频频响起，他歌声中每一句尾音如丝似缕地颤抖，让人心碎。在破碎的家庭中，列侬从小是在姨妈的抚养下长大，十八岁时妈妈在车祸中丧生，他对母亲的感情是非常复杂的，他对亲情的体味才会比我们一般人深刻。在这首歌中，他将他这种复杂而一往情深的感情唱得肝胆俱裂：

> 妈妈，你从来拥有我，
> 我却从来没有拥有你。
> 我需要你，你却不需要我，
> 所以我只能和你说再见。

> 爸爸，你离开了我，
> 我却从来没有离开过你。
> 我需要你，你却不需要我，
> 所以我只能和你说再见。

> 孩子们，
> 不要做我所做过的事，
> 我不会走，但却也想跑，
> 所以我只能和你说再见。

然后，他反复唱着："妈妈没有离开，爸爸回家了……"每一次的反复，都有一种让人要哭的感觉，仿佛妈妈和爸爸就站在家的门外，一开门就能见到并能让我们扑入他们的怀中。没有一个人能唱出这样对妈妈的深厚而复杂的感情。

最好的歌手无疑应该是这样的，他和时代不脱节，他又能袒露自己的心扉。他是妈妈的孩子，又同时是时代之子。

列侬的无可替代，在我看来除了他的音乐天赋，还得益于他这种得天独厚的诗人气质。正如有人写了一辈子的诗，只是将散文分行罢了，有人唱了一辈子的歌，还是一嘴大楂子味，不会有一点诗味。

列侬在一首歌中唱过这样的话："出生时是渺小的，当你感到疼痛的时候，你长大了。"我以为这是理解列侬走近列侬的一道门槛。问题是我们不少歌手学会的只是摇滚的形式，并没有迈进这道门槛。原因很简单，他娇生惯养长大，从来没有感到过疼。

2006年3月初春，从芝加哥乘飞机，不到两个小时，就到了纽约，比北京到广州的距离还近。下了飞机，先奔向中央公园，为了是寻找那里的草莓园。

约翰·列侬死后，他的妻子大野洋子请求纽约市政府能够在这里设立草莓园，列侬死前住的72街达克塔公寓，就在中央公园旁边，推开他的窗户，大野洋子希望就能够看到这片草莓园，列侬便也就一样能够看见了。

纽约市政府同意了她的请求，出资一百万美元修建了这座草莓园。远远地看，像一滴垂落在那里的泪珠。

每年列侬的祭辰，无数的歌迷都会到这里来，点燃蜡烛，弹着吉他，唱着他的歌，日夜怀念他。草莓园声名在全世界大振。三个多月前，是列侬逝世二十五周年的日子，这里从早到晚围满了人，夜晚的蜡烛让星星都黯然失色。可惜我没能看到那样的壮观。

这么多年过去了，列侬的歌，还是那样地常听常新。

草莓园很好找，不仅因为有很醒目的路标，还因为所有的外国或者外地的游客到中央公园来，大多都是来看草莓园的，只要顺着人流走就可以了，那里仿佛有塞壬用歌声在诱惑着人们的脚步。

我找到那里，那里已经围了好多的人，不同的肤色，不同的年龄，都在向一位歌手致敬。草莓园，其实就是一个直径有三米多的圆圈，彩砖铺地，一条条放射线铺展开来，很有些动感。很多人围绕着圆圈，像是围绕着正在唱歌的列侬，轻声说着来自世界各地的语言，表达着对他的情感。这一天，多了我的一种中国语言。圆圈的四周放着许多鲜花，圆心中写着 IMAGINE，这就是约翰·列侬那首著名歌曲《想象》的名字。

禁不住又想起列侬的这首歌，心里充满着感慨。"想象所有的人民，只为今天的和平生活；想象没有国家，想象没有杀戮，想象没有牺牲……"

如今谁来为我们重唱这样动人的歌？

草莓园紧挨着公园出口，从这里抬头向公园出口望去，就可以望到达克塔公寓的高楼，正对着公园的那扇窗口，列侬曾经常常站在那里眺望，可惜现在他再也无法站到窗前望一眼这里的草莓园了。

草莓园，曾经是列侬家乡利物浦的一个童年之地，有他儿时难忘的记忆，那一年，姨妈带着他到那里看演出，是他看到的第一次演唱会。正是那块草莓园让他迷上了音乐，成立了第一支乐队。1967 年，他唱了一首自己创作的《永恒的草莓园》。

如今，草莓园，真的成了一种永恒。

2010 年 10 月底写毕于北京

地上掉着一块旧丝绒

据说，他们这支乐队最初组建的时候，偶然发现地下室的地上掉着一块旧丝绒，随手就给自己的乐队起了这个名字。没想到这个名字日后一下子成了经典。

当然，这只是传说而已，明显带有演绎的色彩。不过，"地下丝绒"，这个名字确实很好听，很容易引起人们的想象和联想，而且是歧义的想象和联想。有人说是唯美，有人说是性感……不管怎么说，和乐队风马牛不相及。

"地下丝绒"乐队，应该感谢安迪·沃霍尔（Andy Warhol）。这位上世纪中叶影响了一代人的波普艺术大师，既是一位画家，又是一位电影导演，多才多艺。他所发明的丝网印刷术，将照相的照片印在画布上，出现极其意外的效果。在上世纪的 60 年代，沃霍尔创作了一系列的水果、可乐瓶，以及玛丽莲·梦露、伊丽莎白·泰勒等明星的图像作品。这是一种新型的美术创作，它们以十分浓艳夸张的色彩，对当时乏味平庸的文化进行了波普式的批评，这叫作以子之矛攻子之盾。这些作品因为别具一格而又符合世俗的心态，在当时非常流行。沃霍尔主张流行，他有句名言："每个人都有机会流行十五分钟。"这句话，和我们中国的"各领风骚两三年"，有着异曲同工之妙，表达了他对流行文化的态度和他对流行文化与群众关系的认识（沃霍尔的名气和地位在当时和以后都非常显赫，他死后，1994年以他的名字命名的沃霍尔博物馆，在他的家乡匹兹堡开放）。

1966年，后来成了"地下丝绒"的两位主将鲁·里德（Lou Reed）和约翰·凯尔（John Cale），在纽约的Bizarre咖啡馆里和这位大师意外相遇。

当时，鲁·里德是一位古钢琴家，约翰·凯尔是一位小提琴手兼古典理论的作曲家，他获得了当时有名的伯恩斯坦奖学金，从英国威尔士专门来到美国学古典音乐作曲的。也就是说，他们两人起初都是古典音乐的追随者，如果不是和沃霍尔相遇，他们大概很难走进流行音乐的领域。当然，从另一个侧面来说，也说明流行和古典并不是那样水火不容般对峙，摇滚乐起步时文化的含量不低，做摇滚的是一批有音乐素养和思想力量的人，并不只是有个哑嗓会弹个吉他知道个三和弦就可以做摇滚，更不是后来只是靠粗话和吸毒来诠释摇滚。

鲁·里德和约翰·凯尔那时因音乐而结识有两年时间，那时他们二十来岁正年轻，两人常常到咖啡馆演唱，一来排遣心绪，二来挣点零花钱。偏偏，他们被沃霍尔碰见了。沃霍尔的眼毒，非常欣赏他们两人的才华，立刻推荐他们参加了纽约这一年的一场大型演出，把他们从地下引到地上，推到广阔的舞台，并对他们正儿八经地上了一堂关于流行与古典的认识教育课。沃霍尔告诉他们，艺术不应该以曲高和寡为幌子脱离大众，古典不应该以贵族自居而鄙夷流行，商业化也不是十恶不赦的恶魔。相反，通过商业化的途径，可以使更多的人欣赏到艺术的美妙，这样做不会贬低你们心中艺术的神圣价值。

老谋深算的沃霍尔的这一堂课没白上，他影响了他们两人，尤其是鲁·里德。因为以后"地下丝绒"的主要音乐包括作曲作词，都是出自鲁·里德之手。如果说是沃霍尔的春风化雨使得"地下丝绒"破土而生，并不为过。事实上，也是沃霍尔的鼎力支持，自己出任"地下丝绒"第一张唱片的制作人，力荐当时女性偶像歌星——来自德国的尼可（Nico），加盟"地下丝绒"当主唱，第一张唱片的名字就叫作《地下丝绒和尼可》，并且把自己的那张流行很广的丝网照片香蕉印在唱片的封套上，黄黄的，很醒目。

沃霍尔一手炮制的"地下丝绒"，就这样出笼了。

沃霍尔预言："地下丝绒"将会比披头士更有成就。

不过，当时人们没有理会沃霍尔的话。因为，他们用的乐器也好，录音的设备也好，实在是太简陋了，太廉价了，而他们所做的音乐也实在太简单了，不过就是4/4的拍子，几个小小的和弦，就算完事，连梳妆打扮都不再仔细了，一支曲子就敢往外招呼了。同时，他们的歌词也太大白话了，现实生活的照搬而已。总之，除了沃霍尔看好"地下丝绒"，似乎没有什么人正眼瞅瞅"地下丝绒"。人们只是把丝绒当成了一块抹布。

说到底，是"地下丝绒"出生太早，是个生不逢时又其貌不扬的早产儿。

"地下丝绒"被世人所重视，起码是二十年之后的事情了。时间证明了沃霍尔的预见，证明了"地下丝绒"的价值。因为在二十年中，美国的摇滚几乎没有不跟随"地下丝绒"的脚印留下来，那印在摇滚歌坛上大脚的深深指纹是那样地相似。人们才恍然大悟般意识到在朋克远未出现的二十年前，"地下丝绒"就如此前瞻性地天才般具有了朋克的特点。他们对后工业时代的冷漠和无序无力感的痛苦地发问，对社会现实泛滥的种种，如吸毒、性泛滥、享乐主义、犬儒主义等进行的无情地批判，即使到现在依然充满活力。

人们对摇滚乐才有了一个新的认识，哦，原来摇滚并不只是单纯的另类音乐，摇滚原来是充满着批判、内省和呼吁的音乐。只不过，它的形式发生了革命性的变化，它少了古典音乐的和谐与优美，却多了古典音乐中不可能有的近距离的现实感，这种现实感也许很嘈杂，很冷峻，但很真实。如果说古典音乐可以滋润、陶冶人的心灵；摇滚乐则是人心的一面残酷却真实的凹凸镜。如果说古典音乐是将来自天国的晶莹的圣水接到我们的心灵里面，让我们的心灵得以净化；摇滚则是把我们的心中郁积的污水倾泻出来，让我们的心别被沤烂。如果说古典音乐将人类世界美好的一面展示给我们看；摇滚乐则是把那阴暗丑陋的一面揭示给我们看，让我们更为立体而真实，别光记着往一面抹润肤霜，而忽略了还要往另一面抹开塞露。进入了现代，音乐就是这样一分为二，互补着我们的生活。

鲁·里德说："生活被摇滚所拯救。"

这话说得似乎有点儿大。但是现在谁也不会否定摇滚以及"地下丝绒"乐队的价值和作用了。

现在，人们说，当初听"地下丝绒"的人很少，但当初听过"地下丝绒"的人，后来都拿起了吉他去成功地做了摇滚。

当然，同前面说的那块掉在地下室地上的丝绒一样，这也只是一个传说而已。

几十年之后，我找到了这张封套上印着安迪·沃霍尔那支黑了皮却依然鲜艳的香蕉图片的《地下丝绒和尼可》的唱片，有一种恍若隔世之感，时光不仅流逝着一个传说，更流逝着渐渐被人们遗忘的真理。几十年前他们所批判的诸如吸毒、性泛滥、享乐主义、犬儒主义……不是轮回般地又出现在我们的社会里，就在我们的身边不远处而一点也不过时吗？

只是在这几十年之中，尼可和吉他手莫里森两位女摇滚都先后去世，"地下丝绒"只会如标本一样存在于这张唱片里了。

我听这张唱片，忽然涌出一种奇异的想法。这张唱片诞生的1966年，正是我们的"文化大革命"爆发的那一年，同样作为年轻人，我们和他们在干着两种不同的事情。当初，我们和他们肯定都认为是有意义的事情。那么多年那么容易就过去了，我们的有意义变成了没意义，而他们的有意义成了永恒的意义。一代人的青春之河，就这样沿着不同的两个方向流逝而去。

现在再来听"地下丝绒"，会觉得他们雪藏了那么多年似的，新鲜的味道依然清凉如昨。哪怕他们的音乐是加入了噪音的先锋性的实验，还是歌词中对现实生活的锋芒毕露的批判，都让我觉得他们先知般在历史的那一端朝着我们讪笑。我不得不回过头看沃霍尔曾经说过的那句话而重新认识这句话的意义："地下丝绒"将会比披头士更有成就。"地下丝绒"，过去和现在都没有披头士出版过那样多的唱片，拥有过那样多的听众，但"地下丝绒"在我看来却是摇滚的教父，虽然当初谁也不认他们。他们却实在是一部摇滚的启示录，抒写着一代人直指混沌末世和世相人心的现代警世恒言。

老艺摇批判

我一直以为上世纪 70 年代是摇滚最辉煌的时期。如果说 50 年代和 60 年代因有埃尔维斯·普莱斯利和披头士的出现，使得摇滚成为刚刚萌发的童年；70 年代便是它紧跟披头士后面的大队人马纷至沓来而涌现出的蓬勃发展的青春期，一夜恨不得高千尺地飞速长大。

摇滚传入我国已经是 80 年代的事情，我们错过了那个辉煌的时期，我们也缺少摇滚生长的文化背景，因为我们在 60 年代和 70 年代投身的所谓"文化大革命"，企图颠覆一个旧世界的时候，遍地唱响唱红的是不古不洋的样板戏，和摇滚所呼喊的颠覆性的革命以及同样遍地唱响唱红的披头士，无论是皮是瓤实在都是南辕而北辙，音乐真是一段历史有声音的注脚。如今，我们只能找到那时的唱盘或磁带来听来想象 70 年代的摇滚风起云涌的样子了。但由于时过境迁很可能只是雾里看花，也可能是因距离和想象产生异样的感觉或错觉。

70 年代，是摇滚各种流派纷呈的时代，城头频换大王旗，多得如过江之鲫的各种摇滚乐队，不甘落后地纷纷亮出自己标新立异甚至是光怪陆离的招牌，现在看来也许很滑稽，比如"董事长"乐队、"乱蹦乱跳"乐队、"四月葡萄酒"乐队、"五层楼梯"乐队、"看玻璃"乐队、"蓝牡蛎崇拜"乐队……五花八门，此起彼伏，不一而足。我猜想那情景一定如我们"文化大革命"中成立的多如牛毛的战斗队一样热闹。我们的"大喊大叫"战斗队、"红八月"战斗队、"忠于红太阳"战斗队和"乱蹦乱跳""四月葡萄酒""蓝牡蛎崇拜"有着异曲同工之妙，简直像是对仗的上下联。最近读了加拿大人菲尔·德里奥和斯考特·伍兹写的一本专门谈70年代欧美摇滚的书《激情岁月》，里面光是涉及的乐队和歌手的名字就不下上千个，螃蟹的脚牵着脚一样，拉出一长串，又能够带出另一长串，真是乱花渐欲迷人眼。

艺术摇滚（art rock）就是其中最具有代表性的一种流派。在70年代尤其是70年代中期，艺术摇滚在整个欧洲的流行超出我们的想象。据说，那时所有的电台主要播放的都是艺术摇滚，多像是我们"文化大革命"中所有的电台里到处响着的样板戏。当然，它们的本质是不一样的，但从某种程度上它们对世界的颠覆和同构的作用是一样的。它们都如同一把巨大无比的刷子，一夜之间就能够把所有的墙和所有人的脸都刷成一种颜色。

如今，听艺术摇滚的被认为是老土了，艺术摇滚如出土文物一样被称为"老艺摇"，早已经是隔夜的凉菜了，昔日的辉煌斑驳脱落，有点儿老珠黄的感觉。在前面我提到的那本《激情岁月》里，两个加拿大人专门拿出一章的篇幅谈艺术摇滚，对它的历史赞赏有加，但也不无伤感地说："在超过二十年的时间里，艺术摇滚经受了评论界的奚落和公众的嘲笑而撑过来了。"

不过，我是爱听老艺摇的，心里便总是为它如此的遭遇愤愤不平。怎么有点像是对待退位的老干部的味道呢？昔日的辉煌毕竟留下了勋章和伤疤，怎么人一走，茶就凉了呢？我不大懂摇滚其中的深奥秘密，只是极其浅显而直觉地觉得它挺好听的，从

"平克·弗洛伊德"（Pink Floyd）到"是"（Yes）到"橙色梦幻"（Tangerine Dream），哪个不好听呢？它们确实好听，即使二十多年过去了，它们依然好听，依然像是新摘下的草莓一样明亮清新，时间没有在它们的身上落下一点灰尘。

难道不是吗？老艺摇在70年代初期诞生和70年代中期鼎盛的时候，难道不是如新鲜的草莓一样明亮清新而被不少人摘下来口味不错地吃过吗？难道不是也充满着革命的朝气，不满足于摇滚歌坛上充斥着简单的对披头士的模仿、小调式单薄的吟唱和吉他架子鼓贝斯老三样单调的伴奏吗？没错，那时艺术摇滚的异军突起，曾经是被称为激进摇滚（Progressive Rock），它的革命性和先锋性是不容置疑的。有时候，历史很容易被淡忘，见异思迁的人们最容易忘恩负义。

现在，回过头再来看看艺术摇滚生机勃勃的发端，会发现它是以保守的姿态以守为攻，大踏步地后退，是为了大举向现实进攻。在我看来，它对于摇滚的贡献起码有这样两点：一是它运用了合成器，将摇滚音乐原来只是木吉他等原声乐器，发展到了电子乐器的一种新天地，扩大、丰富了摇滚乐声源。这本身就具有实验的先锋性的意义，一下子将这种1968年才开始发明、为时不久、尚未被更多人认识的电子键盘乐器的能量，发挥得淋漓尽致，合成器可以任人摆布，上天入地，呼风唤雨，模拟一切，无所不能。合成器是成全它的主要武器，合成器是它心目中了不起的英雄。（后来"橙色梦幻"出版自己的《半人马座阿尔法星》专辑时，特意在封底上标明"录制此张大碟时没有使用任何原声乐器"，就如同今天在食品的包装上印着"不添加任何添加剂"似的，以此突出合成器英雄纯洁和重要的位置。）因此，它增加了摇滚新的音乐织体，使得摇滚有了多种发展的可能性。

二是它有意识地移植了古典音乐的元素，打破了流行与古典壁垒森严的隔膜，使得摇滚更具有开放性和包容性，不仅可以从爵士、民谣吸收营养，也可以将古典为我所用。它使得摇滚进入了一个新的可塑性的领域，如同逐渐吸收了来自不同方向不同水质的水珠而使自己成为一块丰富而湿润的海绵。那段时间里，不少艺术摇滚乐队喜欢制作概念专辑，讲究叙述完整的史诗性故事，无形中加重了摇滚的分量和容量。很像是如今我们文坛上的作家愿意把短篇小说制作成长篇小说，我们可以说这长篇小说是人为拉长的，并不怎么样，但毕竟扩大了它的疆域，改变了它原来窄小零碎的格局。

都说艺术摇滚的发端，是从"披头士"1967年的《佩帕军士孤寂之心俱乐部》，和"弗克兰·扎帕和发明之母"乐队（Frank Zappa & The Mother of Invention）1966年的《药瘾症状》开始的。我想之所以这样说，大概是说这两张唱片是摇滚史上最早的概念专辑，同时也是说艺术摇滚最早产生的那种英国迷幻音乐的背景的重要性。但我更想说的是这两张专辑出版的时候，Sun Myung Moog发明的合成器还没有出现，是合成器把艺术摇滚集合在其麾下而渐渐地壮大起来的。合成器的出现，对于艺术摇滚的出现起了卤水点豆腐一样重要的作用。没有合成器，便不会将那种迷幻发挥得魔鬼般地如醉如仙，更不会出现艺术摇滚以后的模拟世界乃至交响效果。因此，我更愿意说是"平克·弗洛伊德"乐队，首先完美地创造了艺术摇滚这一崭新的形式，他们在1973年出版的《干涉》和《月球的阴暗面》，那里面模拟咚咚的心跳、收款机收款的声音、直升机起飞的轰鸣、鬣狗刺耳的叫声……还有那里面乐队全体人员站在大峡谷中呼唤的回声……听了让人身临其境，气势磅礴，别有一番感触，是"披头士"和"弗克兰·扎帕和发明之母"所没有的。

不过，说起摇滚音乐，英国的确是一个了不起的地方，其他任何的地方都无法与之比拟。"披头士"和"弗克兰·扎帕和发明之母"，对于艺术摇滚是起了启蒙作用的。此外，只要看看在那个时候，不要说其他风格的摇滚，仅仅是艺术摇滚，在英国就涌现出多少支乐队，多如星斗，而且一颗比一颗光芒灿烂。就如同在英国出现那样多的诗人拜伦、济慈、雪莱、彭斯、叶芝、休斯、布莱克和华兹华斯，星光璀璨直晃我们的眼睛一样。英国确实是一个艺术富有而多产的地方，不出现那么多的艺术摇滚倒是奇怪的事情了，看看那些诸如"软机器"（Soft Machine）、"杰索娄·图尔"（Jethro Tull）、"精妙"（The Nice）、"忧郁的布鲁斯"（The Moody Bluse）、"Yes""E·L·P"乐队，或者艺术生命如"平克·弗洛伊德"一样久长的"创世纪"（Genesis）乐队，真是数不胜数，在英伦三岛上此起彼伏地荡漾着回响着。居然有那样多的乐队崇尚艺术摇滚，难道不能说明在那个时候艺术摇滚确实正风光一时吗？

对于我来说，简单得很，它确实好听。当然，好听不是衡量音乐尤其是摇滚音乐的唯一标准，吸引我兴趣的更是它对于古典和流行的态度，那么多的乐队千方百计想将古典和流行捏合在一起，用他们的努力证明古典和摇滚并不是天生水火不容的敌人，为什么它们两者就不能有远距离交配的迷离的鱼水之欢？为什么它们两者就不能交叉火力一样迸发出更猛烈的火花纷飞？我特别赞赏他们不惜走向极端，不仅借鉴了古典交响的元素，甚至把古典音乐的活化石——交响乐团请过来，和他们一起重新演绎古典和摇滚，让来自不同方向和水域的水流淌到一起来，碰撞出飞珠跳玉一般的水花。不要说"克里姆森国王"（King Crimson）乐队那种对古典主义绝对地服从，或者说被称为老艺摇里最出色的"电光管弦乐团"（ELO）所推崇的那种密不透风的交响乐的织体。还有的乐队甚至大段大段演奏纯钢琴独奏，把吉他冷落在一旁。他们对于古典和流行融合的这些执着乃至偏颇的实验和实践，让我叹服他们的勇气。

仅仅从最早的"忧郁的布鲁斯"乐队来看，他们与伦敦节日交响乐团合作演奏《未来时光已逝》，到后来的"YES"乐队在其经纪人布莱恩·莱恩的大力推动下走得更远，采用了巴洛克时代唱诗班的法子复古式演唱（他们都是受过英国皇家音乐学院正统古典训练的），还不解气，索性直接拿来勃拉姆斯的第四交响乐中的一段痛快淋漓地演奏一番，让古典和流行联欢；而"精妙"乐队则热衷于另一位古典音乐大师德沃夏克，在他们的《德沃夏克的理念》专辑里，又不失时机地加上了一段巴赫的《勃兰登堡协奏曲》，让巴赫和德沃夏克一起搅和搅和。到了"E·L·P"和"橙红色的梦"（"橙红色的梦"是德国乐队）那里，他们不约而同都对穆索尔斯基的《展览会上的图画》感上了兴趣（奇怪得很，许多摇滚乐队都对穆索尔斯基感兴趣，他们感兴趣的古典音乐家还有拉赫玛尼诺夫和科普兰，也许，他们不安分的音乐里和摇滚暗暗合拍，也说明古典音乐和摇滚不是非得有一条不可逾越的冥河）。"橙红色的梦"在他们专辑里第一支曲子就用电子乐将《展览会上的图画》的序曲兴致勃勃自娱自乐地作为自己的开场白；"E·L·P"则干脆把《展览会上的图画》用摇滚的方式从头到尾不厌其烦完整地演奏了一遍，不知是让穆索尔斯基兴奋呢还是不解还是气愤？用现在北京音乐电台上的一个栏目的名称，叫作"让古典也流行"吧。

也许，任何事物的发展都有一个度，老艺摇有点儿像是车子飞奔在下坡的山道上，越开越快，越是刹不住闸，甚至踩坏了车闸，又没有装安全气囊，危险的到来是可想而知的了。他们如此大踏步地倒退，从古典直接寻求援兵救赎的姿态，可能早就让一批年轻人不满，以为那不过是戴上了假头套峨冠博带起来自以为是，又拉灭了现代的电灯和霓虹灯故意点上了尘埋网封的烛台去蒙事，这是摇滚该干的事情吗？他们在悄悄地酝酿着对他们的颠覆，这是肯定的了。艺术摇滚大概在这时候就已经开始老了而自己浑然不知。

美国著名的乐评人莱斯特·邦说："摇滚乐是终极的民粹主义的艺术形式，是落在实处的民主。摇滚乐又可以说并非是一种艺术形式，而是从灵魂最深处发出的朴素的呼喊。"而这一切，确实是与老艺摇背离的。当然，得有人站出来不耐烦地发出朴素的呼喊了，冲着他们呼喊着赶他们下台。

第一个向老艺摇发出这样呼喊的是"性手枪"乐队（The sex pistols）。摇滚史上新的篇章揭开了，朋克时代到来了，朋克时代取代了老艺摇时代。老艺摇您再有怎样的辉煌的历史资历和权势乃至好不容易垒建起曾被多少人朝拜过的骄傲的码头，也不行了，再怎样不心甘情愿，您也得打辞呈，要乖乖地下台了。

1977年，"性手枪"登上了舞台，用当年艺术摇滚初次登台时同样的原始爆发力呼喊着，在他们的背心上赫然醒目地写着："我恨平克·弗洛伊德！"

他们的这一举动，让我想起在上世纪的60年代，"披头士"登上舞台疯狂演出的时候，有人打出的横幅醒目地写着："猫王已死，披头士万岁！"历史真是有着惊人的相似，以一代人无情的死去、一代人无可奈何的老去和一代人的蓬勃新生，呼喊着如狂风掠过，突然而残酷地掀开了新的一页。

1977 年，猫王埃尔维斯·普莱斯利真的死去的时候，"性手枪"的主唱约翰尼·罗顿（Johnny Rotten）说："好了，终于摆脱那个臭垃圾了！"这位专门受过古典音乐训练的长笛手，不仅把猫王当成臭垃圾，更是把"平克·弗洛伊德"和所有老艺摇也当成臭垃圾，他和他的同伴鄙夷并抛弃了自己曾经学过的娴熟的古典音乐，而是用朋克最不讲究技巧的简单的三和弦，取代了当年艺术摇滚强调的演奏技巧和合成器效果；他们用最粗鲁甚至淫秽的歌词，代替了艺术摇滚当年从巴赫、亨德尔，从艾略特、布莱克借来的高雅与古典，他们以更加极端的方式，认为艺术摇滚是在用所谓高雅古典掩盖并回避着当时社会的萧瑟和糜烂，不过是隔江犹唱后庭花。而他们自己哪怕是赤身裸体从污腥的烂泥塘里走出来，也不愿意故作姿态从洒满香水铺着绣花缎被的席梦思软床上，披着睡衣袅袅婷婷地跳下来。

　　如果从理论上来讲，我当然理解老艺摇寿终正寝而朋克兴起的历史原因。但我的心里还是喜欢老艺摇的。也许，我真的老了，像老艺摇一样地老了。我当然知道摇滚天生是保守的敌人，摇滚从本质上也不是为了怀旧，它更注重对现在进行时态的现实的批判和介入，"性手枪"出现的朋克运动，是对老艺摇的批判的前进和革命的必要和充满活力的象征。不过，我怎么也难以从心里服气，后者让我总是隐隐地在意，对于老艺摇来说，朋克音乐也实在太简单太粗糙了吧？在那个朋克兴起的时代当时就有人说："你只要选好一个和弦，拨弦，就搞出音乐来了。"不是我理解错了，就是他说错了，这样的感觉怎么都让我觉得有点像是我们的小靳庄的诗歌，是个人只要弄出个四六句再会押韵，就可以成为诗人了一样，是个乐队就可以搞成朋克了。要不就是他对朋克的意义缺乏足够的理解，要不就是我对老艺摇依恋过重。对于我来说，我顽固地认为，为了脱离在50年代和60年代摇滚那个少年时期而走得更远，艺术摇滚大踏步地后退，以电子音乐为器，把摇滚和古典主义焊接成一把双刃剑，而挥舞得矫枉过正，但不管怎么说都是有创造力的表现。是他们将那些仅仅是街头杂耍和酒吧里简单吟唱的摇滚变得丰富而开阔起来，可以说，正是有了他们这样一段青春期的成长，摇滚才渐渐地成熟了起来。

我也知道70年代是一个摇滚蓬勃发展的辉煌年代，也是一个鱼龙混杂的年代，不少追寻古典的乐队不过是为了附庸风雅，所以才繁花容易纷纷落。以后重金属乐队中的"蝎子"（Scorpions）与柏林爱乐乐队合作、"金属"（Metallica）与伦敦交响乐团合作，更是一种商业行为，就像前几年将普契尼的《图兰朵》放在太庙里演出一样，图个新奇和热闹。在任何艺术之中，都不乏机会主义者。但不管怎么说，当年老艺摇把古典和摇滚结合起来，还是有勇气的，是富于创造力的。他们借古典的天河之水，以"大江东去浪淘尽，千古风流人物"的水势，将摇滚那一段水域开阔也回环起来。

无论怎么说，我还是爱听"平克·弗洛伊德"，甚过听"性手枪"。

即使将近三十年的时间过去到了新的世纪，"平克·弗洛伊德"的活力不减当年还在不断出唱片。他们的专辑《墙》不仅成了70年代结束的象征，也随着他们的柏林墙慈善演唱会，成了告别上个世纪的象征。进入新的世纪，2001年，他们还出了两张《世纪回响》的专辑。

"平克·弗洛伊德"是不朽的。老艺摇也是不朽的。

门旁凋谢的恶之花

——关于莫里森的笔记

一

那天傍晚，朋友敲我家门时，我正在听"大门"乐队（The Door）莫里森（Jim Morrison）的歌。音响里的莫里森把我家唱得震天地响。朋友进门就问谁的歌这么好听？我告诉他们是"大门"的莫里森的歌。他们感慨道："三十年前的歌，一点也不显得旧，还是这样有现代感，还是这样好听！"

没错，时过三十多年，再来听"大门"，听莫里森，一点不显得陈旧，料峭的风依然清新扑面，尖利而阴冷。好像时间停滞了，依然能够感受得到西海岸热辣辣的阳光和阳光一样热辣辣的情绪，像海浪粗犷的呼吸一样节奏强烈地在汹涌澎湃。

也许，和我听的唱片有关，不是"大门"早期的歌，是莫里森最后的一盘作品《洛杉矶的女人》，已经不再是那样无节制的疯狂，布鲁斯的味道很浓，音乐的旋律性加强，曼扎莱克的键盘敲打得有些古典的味道，嗓音变得有些粗粝的莫里森唱得很好听，衬托着清风朗月，有几分灯红酒绿的意思，甚至很有点时尚消闲的意思，很对我们中国人的口味。

其实，我们现在已经很难听出莫里森当年真正的味道了，虽然，唱片依然是当年1971年的出品，高保真的声音也清晰如昨，并没有长出发霉的青苔。但是，正是在这一年，1971年，莫里森在巴黎去世。他才二十七岁，生命凋谢得早了些。

我们确实已经很难听出莫里森当年的真正味道了。1965年，他和曼扎莱克、伯比、约翰三个朋友在洛杉矶成立了"大门"这个乐队时，我们正迫不及待跌倒在一场疯狂的大革命边缘；1967年，他们出版第一张唱片《大门》的时候，我们正在忙不迭地披挂上阵搞那场轰轰烈烈的"文化大革命"。上世纪的60年代，对于我们和他们这样同为一代人，所呈现出来的竟然是如此两种完全不同色彩和内容的画面。如果我们非要寻找其中的契合点，在于面对的都是世界的动荡和荒诞，区别只是我们以自己的行动制造着动荡和荒诞，而他们是用自己的歌来反抗着动荡和荒诞。

上世纪的60年代，对于这个世界确实是一个动荡和荒诞甚至血腥的年代。我们对于我们的60年代也许记忆犹新，对于美国人的60年代也许并不那么清晰，隔岸观火的我们那时正要拯救他们于水深火热之中。我们并不真的了解60年代越战、麦卡锡主义、暗杀、游行、经济的大萧条所给社会和人心带来的动荡不安，我们并不真的理解为什么会在那个年代涌现颓废派的文学和与它一脉相传的摇滚，我们也就很难真的明白出身将门之后"富二代"的莫里森，为什么放着好好的日子不过，偏偏对他那位海军上将的父亲那样恨之入骨，弑父情结不仅宣泄在他的第一首成名歌《结束》中，而且要在他即将告别歌坛甚至世界的时候也要吼起喉咙再唱一曲，反叛得那样彻头彻尾、直言不讳："我们正在被平静的海军上将引向屠杀，那些肥胖的、迟钝的将军们，用年轻的鲜血保持淫荡。"（《美国祈祷者》）而在那个我们和他们共同拥有的60年代里，我们正在高呼着那幅赫赫有名血统论的对联：老子英雄儿好汉，老子反动儿混蛋。而且，特别愿意用父辈的顶戴花翎装点自己的帽徽，以为唯有自己身上流淌的光荣前辈的高贵的血液鲜红永远 O 型不变。

60 年代！只要一提起那个 60 年代，我们该涌起多少感慨。或许，我们永远听不懂莫里森在那个年代所唱的歌。我们会对他身穿紧身皮衣的形象感到陌生（其实那是他们那个年代的时髦装束，就好像我们那个年代腰扎武装带的绿军装），会对他吸毒、酗酒、廉价的政治波普、一次次和女歌迷的性丑闻、一场场愈演愈烈的性感表演、整场演出竟将自己的阳具暴露在外，乃至最后导致他死后官司也未了结的迈阿密裸体演出事件……我们无法想象和理解。但只要我们想一想那个我们曾经共同拥有过的 60 年代，我们就多少能够明白一点，其实我们和莫里森殊途同归，是那样地相似，我们一样尽情地毫无节制一点不懂得珍惜地挥洒着我们最可宝贵的青春。所不同的是：我们把所有作为精神寄托的供品，撒在了所谓的"革命"的祭坛上，而莫里森把自己的寄托化为了他疯狂的摇滚。

再一点不同的是：莫里森用他的摇滚唱出了那个时代但丁式地狱的黑暗和阴森，我们则把那个时代天真地唱成天堂般的狂欢。

在看奥利弗·斯通导演的电影《大门》里，看到瓦尔·基尔默扮演的莫里森时，这种感觉就越发强烈，不过是表现的形式不一样罢了，那种放浪形骸，大把大把青春疯狂地挥洒，乃至于不顾生命的蹉跎和荒废，只有在时过境迁之后才能够看得清楚和明白一些，却是此情可待成追忆，只是当时已惘然。

当然，诗、性和大麻，都成了莫里森摇滚中成功的元素，也成了莫里森摇滚中不可避免的杂音。莫里森一副青春漂亮的面容，连同他的摇滚成全了他，最后也无情地毁灭了他。

不过，说起毁灭，我们这一代不也一样自己在毁灭着自己的青春吗？我们没有大麻，却有和大麻一样的解放世界三分之二受苦受难人民的疯狂和膨胀的思想，同样蛇一样咬噬着那个时代和我们自己的心；我们没有性的泛滥，性却压抑在整个的青春期，连一个最简单的吻，都只能够晦暗地潜藏在被视为毒草的旧小说和阿尔巴尼亚的电影里；我们也有诗，却只是那些空洞的千篇一律的大字报和标语口号。我们和莫里森一样也拥有青春漂亮的面容，却徒将这一副青春漂亮的面容残留在我们发黄的相册里，如今需要戴上老花镜才能够看清照片里似是而非的面容。

也许，从这一点意义上讲，莫里森去世这三十多年来，他的唱片依然以每年一百万张的数字畅销，我们也多少明白一些后来的人们依然怀念他喜欢他的一点点原因了。我们再看看美国本土对"大门"和莫里森的评论："听过'大门'的歌，你和父母共进晚餐的感觉将不再和过去一样。""在'大门'震撼人心的音乐里，莫里森竖起了属于他也属于一个时代的纯洁的墓碑。"多少会产生一些遥远的共鸣，而"墓碑"一词，会多少让我有些惊悚，那是青春的墓碑。或许，我们青春的墓碑和他的一样纯洁，只是我们缺少了他那样的意义，而使得纯洁显得空洞而苍白。

二

我在听莫里森的时候，常常忍不住将他和帕蒂·史密斯做着对比。

这样的对比，不是没有道理的。从本质上讲，莫里森和帕蒂·史密斯都是诗人。在摇滚歌手里，属于诗人的并不多。但他们两个人无疑是诗人，而且是相当不错的诗人。可以说，从一开始，莫里森就是想当一名诗人的。在圣地亚哥大学里读书时，他就迷上了波德莱尔和兰波的诗（帕蒂·史密斯也喜欢兰波的诗）。即使他后来唱起了摇滚，他依然迷恋着诗，他常常和别人谈话的时候，突然想起了好的诗句，就要随手赶快在小本子上记下来。在外出的日子里，他也要把写好的诗，通过长途电话念给他的女朋友帕米拉听。在这一点上，莫里森和帕蒂·史密斯一样，诗成为他们的生命，摇滚只是他们诗歌存在的另一种形式。

不大一样的是：诗，就像一只只鸽子，随时都会飞翔在莫里森的身上身下，或者说莫里森愿意把诗放飞成一只只雪白的鸽子，展现在他和我们共同的面前；对于帕蒂·史密斯来说，诗只是一只猫，蜷缩在她密室的床头，只独自伸出舌头舔着她自己的手心或头发。

还有不大一样的，莫里森唱歌时，性感表现得要比帕蒂·史密斯强烈得多，这是莫里森的资本，他是远远要比帕蒂·史密斯漂亮得多，性感得多，他明显走的是猫王普莱斯利的路子。他也比帕蒂·史密斯疯狂怪异得多，在疯狂和怪异之中，他比帕蒂·史密斯多一些自恋般迷醉的想象和浪漫，而帕蒂·史密斯则比他多几分阴郁和恍惚。如果说莫里森像是烈日炎炎的天空，帕蒂·史密斯则像是没有一颗星星的沉沉的夜空。听莫里森，让我有时发热，听帕蒂·史密斯则常常让我感到有些冷。

莫里森总如火山口上疯狂劲舞的精灵，帕蒂·史密斯则是冷雨淋湿的河流。

莫里森如一具裸体的大卫雕像，帕蒂·史密斯则是一身黑衣的女巫。

如果他们确实都属于诗人的话，帕蒂·史密斯是属于颓废的诗人那一种，莫里森则是地地道道的堕落诗人的典型。

帕蒂·史密斯是里尔克笔下"四肢紧张的静寂"的豹子，莫里森则是波德莱尔诗中的那朵"恶之花"。

除此之外，他们在摇滚和诗歌中拥有着共同的颓废和绝望。只不过，莫里森的颓废像是燃烧的火，将他自己和一切烧成灰烬；帕蒂·史密斯的颓废像是一潭泥塘，慢慢地将我们陷进去，一点点浸透我们的衣衫和骨髓。莫里森的绝望是唱出来的，不甘心的声音绝望地飘向云天，撕心裂肺，袅袅不散；帕蒂·史密斯的绝望却是表现在歌词飘散之后，荡漾在静默而枯寂的空气里。就像莫里森唱歌时尽情地扭动着身体，如同灵蛇四动喷射着火焰般的芯子，而帕蒂·史密斯没有那么多的肢体语言，她唱歌时几乎双手垂落，细高的身子一根葱似的笔直地站着，只是偶尔神经质地挥动着枯枝般的手臂，蚯蚓似的青筋历历可见。

面对同一个颓废动荡的时代，帕蒂·史密斯的歌和她的内心深处是乐观的，她说"60年代死了许多的人，人们应该冷静地坐下来了"；她说"我主要的秉性可能是乐观的"。她是相信天堂的存在的。莫里森不相信天堂的存在，他顽固地认为地狱才是唯一的彼岸。悲观是他摇滚和他生命的核心，他不止一次地将这种悲观的痛苦和死亡做比较。他说"较之死亡，生命的痛苦更深。只有死亡到来，痛苦才能结束。我猜想，死亡就像一个朋友"。他同时还说"死亡让我们都成为天使"。我想，大概正因为如此，科波拉在导演他的那部《现代启示录》时，在电影充满死亡恐怖的战争屠杀场面中才选用了他的歌《结束》吧？

《结束》确实是一个属于60年代的形象。

《点亮我的火》也是一个属于60年代的形象。

所以，我说莫里森是那个时代摇滚歌手中少有的诗人。一般歌手和诗人的区别，就在于歌手只会唱风花雪月的后庭之花，而诗人却能够唱出那个时代最动心和最恸心之处。

三

明白了这一点，我们也就明白了为什么正在莫里森摇滚生涯的鼎盛时期，他会毅然决然地离开了摇滚离开了美国，带着他的女友帕米拉来到了巴黎。他厌倦并毫不犹豫地远离了那些在别人看来格外羡慕的名誉、地位和金钱。谁能够像他这样做得到？浅薄的歌手为了多出一盘盒带多登台几次亮亮相，不惜拜倒在石榴裙下或投入大款的怀抱；伪诗人更可以在刚刚写完告密信后立刻写效忠的诗，或在刚刚手淫之后立刻写出纯真无比的爱情诗。功成名就的摇滚名家赚了大把大把的钱，即使不再唱了，也会买辆高级轿车，在郊区再买幢豪宅，或是投资商业，办个自己的公司，顶不济也要开家咖啡馆……这样的例子随手可以举出许多，艺术和商业就是这样迅速地完成了从猿到人的转化，已经成为一种值得骄傲的时髦。

莫里森看透了这一切，他视这一切如浮云粪土。他来到了巴黎。他在巴黎一间并不大也不豪华的公寓写诗。在他写的那些诗里有一首诗，他这样愤世嫉俗地说："我要在所有的美国音乐上面，尽情小便。"

莫里森抛弃了浮华热闹的一切，来到巴黎，不是为了别的，而是为了写诗，能够在一个他认为富于艺术气息的地方安安静静地写诗。

现在还有这样的诗人吗？

仅仅这一点，就足以让我原谅了他以往的酗酒、乱性和一切寻欢作乐的放荡不羁等斑斑劣迹。

诗和他的堕落，是莫里森的正反两面。他往昔那种将麦克和酒瓶齐飞、大麻共乱性一色的失控与疯狂，正是他对诗追求而不可得的放纵的自残，是诗韵乱了阵脚而散落一地，长成满眼的荆棘。

他来到了巴黎，就是要把这些散落的诗韵重新捡回来。他自己说过："我们原来是在山脚下疯狂起舞的精灵，如今变成了在黑暗中凝视前方的眼睛。"

据说，他在巴黎疯狂地坐在打字机前写诗。不住地写，写，直抵地狱之门。

1971年7月3日，心脏病突发，他死在自家的浴缸里。有人形容他头耷拉在浴缸旁的样子，像是大卫画的那幅名画《马拉之死》。如果有画家为他也画一幅画，名字应该叫作《诗人之死》。

他是一个真正的诗人。

他被埋在巴黎的拉雪兹墓地。那里埋有他学生时代就喜爱的诗人波德莱尔。他可以和他并肩长眠在那里，那里肯定有无数的诗和青草鲜花一起开放在他们的周围。

在他窄小的墓地里，那块灰白色的墓碑上只简洁地写着："詹姆斯·道格拉斯·莫里森（1943—1971）：诗人、歌手、作曲家"。

将"诗人"这个称谓写在最前面，是对的。莫里森确实是一个诗人。

十年之后，1981年的7月3日，"大门"乐队的其余三个人：曼扎莱克、伯比和约翰相聚在拉雪兹墓地莫里森的墓前，面对歌迷一首首唱起莫里森生前唱过的歌。虽然，在莫里森在世时由于莫里森的放纵和癫狂，他们曾不无责怪地说自己简直是他的保姆，不住地替他擦屁股，而对他怨恨不止。但是，只有他们才理解莫里森。毕竟他们和他是同一时代的人。在墓地，他们三人喝光了带来的一瓶红葡萄酒。那情景，想想都会让我感动。

明年是莫里森死去整整四十年。不知拉雪兹墓地前还会不会有他们三人，还会不会有那些没有遗忘他的众多的歌迷。

就让他安静地躺在那里吧。"当音乐结束时，请将灯光也一并熄灭。"——这是他在歌中唱过的。

2002 年初

我是你的一面镜子

——关于尼可

现在看尼可（Nico）年轻时的照片，已经分不清她是否真的漂亮。并不是岁月已经把漂亮洗刷殆尽，我所看到的有关她的照片都有些模糊不清，只能隐隐看见她那一头金发好像曾经飘逸过，也曾经被人温柔地抚摩过。也许，是她的身材漂亮，她毕竟在巴黎做过一段时间的时装模特。或许，一切都并不重要，重要的是那时她非常年轻，青春就是一张最漂亮的通行证。她和"地下丝绒"乐队合作那盘著名的《地下丝绒和尼可》唱盘时才二十二岁，正是花样的最好年华。

要不"地下丝绒"的鲁·里德和约翰·凯尔不会都那样喜欢她。以至于因为她而闹得"地下丝绒"乐队分裂。

一个年轻的姑娘如果仅仅有才华，或者仅仅漂亮，都会是幸事。但一个年轻的姑娘既有才华又漂亮，不见得就一定是幸事。因为这非常有可能一半毁在世俗的手里一半毁在超越世俗的艺术手里，一半毁在男人的手里一半毁在女人自己的手里。

尼可命中注定不会一帆风顺。

这位我们现在看来是哥特摇滚的创始人，在60年代初期不到二十岁的年龄的时候，却是寂寂无名，她独自一人离开家乡德国柏林。其实柏林也不是她的家乡，只不过她后来加入了德国国籍而已。她出生在匈牙利，父母分别是西班牙人和南斯拉夫人，注定了漂泊就是她一生的命运。她先是跑到意大利，然后又跑到法国，跑到美国，早早地开始了她漂泊无羁的生涯。当我看到她这一颠簸的经历，忽然想到现在我们许多年轻人，不是也和她一样在年轻而美好的年华时，离开家乡和祖国，跑到遥远的国外，开始了和她一样的漂泊生涯，为了什么呢？还不是和她一样用青春做一盘赌注，期待着只有一次的最可宝贵的青春，能够出现梦想中的奇迹，体现出最大的价值来吗？年轻的时候，梦带他们到远方，谁都会像长了翅膀的鸟一样，可劲地往外飞，外面不可知的地方，往往最具有诱惑力。他们不会想到那些地方可能是你起飞的弹跳板，也可能是美丽而温柔的陷阱。

从某种角度说，尼可应该是这些出国淘金梦的幸运者。凭着漂亮和才华这样两个条件，她以为可以所向无敌。她的确在开始的时候并不像有的人撞得头破血流才撞开了世界的一扇扇大门。她在巴黎竞争那样激烈的地方当上了时装模特，在意大利当时颇负盛名的导演费里尼的电影《甜蜜的生活》里担任过角色。而后又凭着能说七国语言的天赋，带着她不到二十岁时和阿兰·德龙生下的儿子的照片，像带着胎记或名片一样，她来到了美国，没头苍蝇似的乱撞，先是遇见了安迪·沃霍尔，在沃霍尔的电影《切尔西女郎》里出演一个并不重要的角色；然后又尝鲜般地去唱歌，在她刚过二十岁的时候录制了一首单曲《最后里程》，也并不成功，却也无所谓，照样还是在闯荡。青春就是在这样一次次的跌撞之中，褪去了一层层青春痘而磨起了老茧。

1966 年，尼可二十二岁的时候，由安迪·沃霍尔的推荐参加了"地下丝绒"乐队。这一步对于她至关重要，可能连她自己当时都没有想到，这一步等于揭开了她人生新的一幕。在模特、演员、歌手等多枚棋子的乱碰之后，她的终身事业演唱生涯莫名其妙地正式开始了，她的名气也悄悄地开始了，而不再仅仅是跟在费里尼和安迪·沃霍尔的后面，笼罩在他们身后的影子里了。

其实，尼可和"地下丝绒"合作的那盘经典唱片里，一共十一首歌中，尼可只唱了两首歌：《所有明天的聚会》和《我是你的一面镜子》。就是这两首歌，成全了尼可的一生。

但也过早地结束了她的一生。

两首歌中，《我是你的一面镜子》是鲁·里德特意为她谱写的，是献给她的一首爱之歌。但爱情对于一个拥有才华和漂亮两种财富的女人来说，有时可以是一道让人艳羡的变色口红，有时却也可以是一枚好看不好吃而且难以消化的无花果。我不知道最终鲁·里德和尼可为何没有将这一首爱之歌唱到底，我只知道并不止鲁·里德一个人和尼可有染，约翰·凯尔、杰克逊·布朗、吉姆·莫里森、伊基·波普、鲍勃·迪伦……很多当时鼎鼎有名的歌手和她的关系都非同一般。当然，不能说是这些人害了她，其实是这些人帮助了她，他们其中不少人专门为她以后出版的专辑写过歌，没有他们的帮助，不会有她日后的成功。但是爱有时就是这样呈相反的方向带着人不由自主地走，爱得越多越大，加速度就越猛，便如滑下坡的滚石一样无法遏止。况且，如此轮盘赌一般大面积不停旋转的爱，到底是不是真正意义上的爱，就是连她自己恐怕还很值得怀疑。

从三十岁到四十岁这十年中，尼可在这样的山坡上，做这样的滚石运动。她身不由己，又乐此不疲。一般女人也是在这样的年龄阶段容易被爱包围或迷惑，弄得心旌摇荡、精神疲惫，而将一生的日子预支，失去了平衡。只不过一般女人，靠性靠梦或眼泪或混乱放荡，来维持这已经倾斜的心和日子，而尼可在这段时间里是靠更为可怕的毒品来维持的。

毒品让死亡更加接近了尼可。

在那次著名的欧洲巡演的现场，尼可对观众们说："我是为你们的死而来演唱的。"她刺激她的观众，其实，也是事先留给自己的谶语。

除了《地下丝绒和尼可》之外，60年代，尼可还曾出版了《切尔西女郎》；70年代，她出版了《大理石目录》《戈壁滩》两盘专辑；80年代出版了《行动或死去》《流放剧》两盘专辑；1991年，在她死后的第三年，出版了《空中花园》，其中有她死前最后一些珍贵的录音，并有她重新演唱鲁·里德和大卫·鲍伊的一些歌曲。在整个90年代，出版了各种版本她的精选。在这些或成功或不成功的唱片中，人们听不出她在这二十年来的真实心情，找不清她的脉络轨迹，只能听见她二十年来一如既往的冷漠和悲凉，镜中花、水中月一样，似是而非，迷蒙一片。她把自己所有的心情和感情都隐藏在她这样的歌声中了，她大概以为这样才更加符合自己和这个世界。摇滚为她遮挡起隔绝世界和我们的一道厚厚的墙。

尼可曾经这样解释自己的歌："我不是为观众演唱，我尽可能保持独处，不和任何人接触。我喜欢那些悲伤的歌，我喜欢即兴演唱，把当时的感情抒发出去。"

一般音乐界评论尼可的歌是晦涩阴暗、鬼气森森。不知为什么，我听她的歌却听不出这种感觉，在听她在《地下丝绒和尼可》中演唱的那两首歌时，冰冷确实是冰冷，冷漠确实是冷漠，但在冰冷和冷漠之中却有一种寥廓霜天清净浩渺的感觉，她那浑厚得听不出一点女性化的嗓音，在不动声色之中变化着渗透出一种神秘感。有时候，我会觉得她像是一个阅尽春秋的老人，在街头卖艺时那种凄凉卖唱而毫无表情的样子；有时我又会觉得她像是一个未谙世事的孩子，在教堂里唱圣歌那种纯净的样子。如果说她的歌如冰一样地冷，确实是有那么一点冷，却也冷得如冰一样地清澈洁净甚至透明。她那种在寒冷浑浊中洁净透明的感觉，实在像是开放在污泥中抖动在秋末寒风里洁白的枯荷残莲。她是飞翔在黑暗中的白鸽子，而不是蝙蝠。我很为自己突然感受到这种感觉而奇怪。

当然，这只是我自己的感觉而已。

1988年，尼可四十四岁。这一年，她一直孤独一人生活在西班牙一个叫作伊维萨的小岛上。一天，她上街买东西，忽然一个跟头倒了下去，便再也没有起来。脑溢血，她就那样孤零零地倒在街上，让血在别人看不见的脑袋里，突然之间奔流破裂，戛然而止。过往的行人那么多，却没有一个人认识她。毕竟在这个世界上听摇滚的人不多，听哥特式摇滚的人就更不多。谁也不会想起或知道她就是那个曾经和"地下丝绒"一起唱过《所有明天的聚会》和《我是你的一面镜子》的人，她只是一个四十四岁被毒品弄得有些苍老的老女人。

她突然一个跟头倒地的情景，总是像电影里不断重放的慢镜头一样，浮现在我的眼前。这篇文章写到这里，我到台湾去了一个月，在台湾的日子里，奇怪得很，尼可的影子总是不时并不清晰地掠过我的脑海，便让我想起临离开北京时匆忙写下的这篇文章，不能就这样结尾呀。在那些个远离家的日子里，也许多少能够体会一些尼可短短四十四年漂泊的生涯。她一辈子是在孤独漂泊中度过的，一辈子没有找到自己的国和自己家的感觉，只是最后的几年时间里生活在曼彻斯特和伊维萨岛，想图个清静，谁想伊维萨岛竟成了她生命的归宿。

可以说，尼可是这个世界上第一个多媒体时代的明星，和她同时代的玛丽莲·梦露也是明星，但只是电影明星，不是多媒体明星。只有她是，在三维的屏幕上，在服装模特走的T型台上，在演出的舞台上，她都是明星。但是，她生得有些不合时宜，她所开创的哥特摇滚风格，在她死后的后朋克时代才红火起来，她也才像出土文物一样被重新提起。比她后起的"治疗"和"西克苏女妖"乐队生正逢时，享受了本该她享受的荣誉。她像一个遥远的先知一般，在后朋克时代到来之前突然死去，有点像我以前看过的电影《中锋在黎明前死去》，那些迟到的鲜花，只好摆放在她的墓前和再版的唱片里，或者送到了别人的怀中。

不过，既然她是一个先知，她生前就并不在意这一切，她像是早就看透了这一切似的，逃遁在这一切世界之外，跑到了伊维萨小岛，以为那里是她的世外桃源。她就像是一个交通四通八达地方的隐居者。她成了现在资讯疯狂发达的时代却连自己的出生地都不能确定的一团模糊的影子，淡出阳光灿烂的云天。

我有时想，她也算不上是一个先知。她只是一个女人，只是比一般女人多出了漂亮和才华两样东西。这两样东西使得在她的身上出现许多悖论，比如引领她成名的她那特殊的嗓音，这沙哑低沉的嗓音，明显像是男人的声音，而牺牲着自己女性的特征。她是这样先天无意识地向男人靠拢着，并且事实证明她的这种靠拢，暂时得到了这个以男人为主宰的世界的承认。那种承认，只是男人在听完她的歌后喝口酒抿抿嘴点点头而已，就像和她上完床之后拍拍她的肩膀或屁股一样。她的这种投怀送抱的靠拢，最终并没有得到这个男性的强权世界的爱护和认同。男人的世界在运用了她、利用了她之后，最终是拒绝她、抛弃她，甚至背叛她。

难道不是这样吗？和她交往的人，无论鲁·里德也好，约翰·凯尔也好，鲍勃·迪伦也好，安迪·沃霍尔也好，或者是导演费里尼和菲力浦·卡雷尔也好，或者是在她仅仅二十岁就和她生了一个儿子的阿兰·德龙也好，都是我们所说的大腕儿。可以说，她没有向他们任何人索取过什么，她不像有些女明星，利用这些大腕儿为自己的前程铺平道路，起码可以不那么孤独地死去而一时无人知晓那样凄惨。她是一个天生害羞的人，即使陌生人和她讲话，她都要回过头去，不好意思看人。可以说，都是这些大腕儿向她索取，都想在帮助她的同时得到她的一些什么，不要说阿兰·德龙和她生了儿子后再不去理她了，就是这个儿子，不也是后来用她的命运写了一本关于她的书来赚钱吗？更不要说她的朋友，在她去世之后拿走了她生前最后的录音出版唱片去赚钱。和她有过一段感情的法国导演菲力浦·卡雷尔，在她死后用这段感情拍了一部电影《余声不再》，菲力浦·卡雷尔甚至对那个饰演她的女演员提都没有提起过她这么个人，以致到拍片结束后这个女演员买到她的唱片，才知道她，看到了她的照片，听到了她的声音。他们在她生前用她的肉体和感情满足自己的需要，在她死后用她的名字来图名谋利，他们更是如蚂蟥一样，一直在吸吮着她的感情，她的才华和她的血。

我有时在猜想，也许正是她看透了这残酷的一切，才背叛了这个世界。这个无情的世界便也残酷地背叛了她。

离尼可 1988 年去世已经二十余年过去了。现在再来听她的歌，冰冷如冰一样的歌，黑暗如夜一样的歌，心里真不知是一种什么样的感觉。如今，约翰·凯尔、杰克逊·布朗、吉姆·莫里森、伊基·波普、鲍勃·迪伦……其中大都还健在，不知他们会是什么样的感觉。鲁·里德也还健在，他还会在偶尔之中听听他曾经特意为她谱写的那首《我是你的一面镜子》吗？那飘逝在过去岁月里的音符还会保鲜到今天吗？

邂逅帕蒂·史密斯

　　到辛辛那提，正好赶上帕蒂·史密斯展在这里展出。这是一个规模极小又小众的展览，心想去的人不会太多，谁想去了一看，竟然有这么多和我同好，一样兴致浓郁与这位女摇滚歌手有这样一次难得的邂逅。

　　展览在辛辛那提当代艺术中心，就在市中心，是一个玻璃墙造型很现代的展览馆。但在馆外面没有什么关于帕蒂·史密斯的信息，以为找错地方。四周走了一圈，才在玻璃墙最下面一角发现一张广告，纯白的纸上，只有下方写着一行黑色英文字母小字：帕蒂·史密斯，再下面是一行更小的黑字：珊瑚海，这是帕蒂·史密斯1996年出版的一本诗集的名字，也是这次展览的主题。黑白相间，倒也符合帕蒂·史密斯的风格。想起她的第一张专辑《马群》封套上的照片，便是上穿白衬衫，一件黑外衣搭在肩膀上，同样选择的是黑白色。

　　我对帕蒂·史密斯的兴趣，始自十多年前第一次听她唱的《因为这个夜晚》，便喜欢她的歌，从1975年出版的第一张唱片《马群》，买到她几乎所有的唱片，觉得她嗓音独特又敏感，情感细腻又奔放不羁，如雷雨前扯动那千疮百孔的风帆猎猎。帕蒂·史密斯的出现，颇有横空出世的感觉，她以女性的视角和女性的意识以及女性的生命体验，为传统的摇滚注入了新鲜的血液，人们才开始从摇滚中听到了再不仅仅是男人的声音，而终于有了女人对这个世界的发言，是那样地超尘拔俗，石破天惊。

我喜欢帕蒂·史密斯的另一个重要原因，在于她与众不同的文学素养，同时她还是一个天才画家，早在年轻时就举办过她的素描展。就文学方面，在摇滚歌手里，我以为除了鲍勃·迪伦，再无人能和她比肩。但若论到绘画方面，鲍勃·迪伦也只能甘拜下风。1977 年，三十岁时出版了她的第一部诗集《通天塔》；1999年，出版了自己的文集，里面收集了她所写的歌词、笔记和思考录。这一年，她还上了《时代周刊》的封面。三年前来美国，尽管根本看不懂，还是出于敬意买了她刚刚出版的自传《只是孩子》（*Just Kids*）英文版。当时觉得这个书名起得真是好，和我们爱说的"赤子之心"的意思相近，却更为平易而真实。可以说，那里有她和她的青春期的恋人、早逝的摄影家罗伯特·梅普尔索普的青春记忆，那时纯真的他们都只是孩子，小轩愁入丁香结，幽径春生豆蔻梢，出入在布鲁克林的小巷陋室，追求着他们孩子一般的梦想。

就在这一年，2010 年的年底，她的这本自传获得美国国家图书奖非小说类大奖。虽然如今艺人出书，几近泛滥，但是，在摇滚歌手里，帕蒂·史密斯是一位绝无仅有的真正作家，绝非玩票，比好多自称纯文学作家的书更值得一读。

走进展览大厅，一楼空荡荡的，只有一面墙上顶天立地画着帕蒂·史密斯大半身像，包围电梯间的三面墙上也画着她的像，都是鲜红的色彩作底，黑色木刻作像，让我以为看见了"文化大革命"中我们的宣传画，真的有些触目惊心，和外面那简洁的黑白风格大相径庭，看不懂是什么意思。倒是电梯间墙上方帕蒂·史密斯像旁有她手写体的一句话：不要相信时髦。或是给予我们的醒目警示？

展览在二楼，幽暗的空间，只有展柜和墙上的照片前有射灯闪烁，其余都是黑色，一下子和一楼拉开了距离，仿佛又回到帕蒂·史密斯《马群》的岁月里。色彩的反差，让人涌出上穷碧落下黄泉坐过山车的感觉。展览很小，展品不多，一面墙上，是一组房间里床之类的静物照片，不知道是不是罗伯特照的。另一面墙上，则是帕蒂·史密斯诗集《珊瑚海》的手稿，其中有她在诗稿旁边随手画的海的速写，逸笔草草，云淡风轻。在墙的尽头，是一幅帕蒂·史密斯手持花朵的黑白半身像，在《只是孩子》的书中见过，是罗伯特为她拍摄的。她写这一组《珊瑚海》诗的时候，他已经去世了七年。

仅仅两个玻璃展柜里，展出了她各种唱盘和诗集，包括她的自传等书籍。最惹人注目的是帕蒂·史密斯小时候的一组照片，一张青春恋人的照片，这张照片在《只是孩子》的书中见过，是罗伯特二十四岁的证件照，摄于纽约42街。从照片看，比帕蒂·史密斯长得英俊潇洒。还有那封帕蒂·史密斯自巴黎写给他的信，在书中也曾见过。只是那一双大码的黑鞋，和她的小山一样积满烟灰缸里的烟灰，未曾见过，显得格外突兀。灰白色的烟灰，如燃烧过的生命和走过的岁月之后的一个隐喻，又像她已经苍老的头发的颜色，不甘心呈最后彻底的苍白。

大厅的中间，摆放着一张破旧的单人床，白色的床单已经变得灰蒙蒙，觉得沉甸甸的样子。我以前看过她专辑里的照片，她就趴在这张破床上写歌写诗看书。记得她曾经说过这样的话："我不认为写作是一种安静壁橱式的行为，我认为写作是真正的体力活儿。当我在家里写东西时，我会疯狂，我会像猴子一样不停地动，全身的汗水会把自己弄湿。"那时候，实在想象不出她在床上写东西时像猴子一样不停地动是什么样子，看到这张单人床时，仿佛看到了她的那种样子，心里涌出酸楚，还有感动。

不过，这种痛苦也带给她快乐，这是我在她的歌和诗中体味不出来的。她喜欢兰波、金斯伯格和威廉姆·巴勒斯。她不是那种拿文学来装点门面的人，她是将诗和音乐当成自己生命的人，她说过，在生活中除了音乐就是写诗能给她快乐了。诗和音乐，在她那里被豁然打开，水一样横竖相通，载她泛舟、覆舟，也载她轻舟过万重山。

在展厅的一角，用透明黑纱围成的一座帐篷式的空间，从外面可以看见里面朦朦胧胧的光影闪动。走进去看，墙上挂着一道幕布，地上躺着一道幕布，一侧有凳子，坐在那里，眼前和脚下的水一起在动。是黑白电影或录像，是大海的波浪一波波地滚来又滚去。配有画外音，是帕蒂·史密斯的声音，她在用低沉的嗓音读她的诗集《珊瑚海》里的诗。那声音融合着波浪声，给人一种天低云暗雷声隐隐的感觉。那声音，和我时下在电视比赛中听多听滥的各种"好声音"，是那样地不同。那是一种只有真正经历过痛苦和艰苦的世事沧桑之后才能够发出的声音。想起在她自传里写过她年轻时和一个大学教授生下了私生子忍痛送人；中年时，丈夫、弟弟、青春恋人，先后去世……她经历了真正悲凉的生离死别，在唱她的歌读她的诗时，才会拥有发自心底的声音，而非虚情假意。她说过："痛苦流过我的血液，它们将会被找到。"她所说的"找到"，是在她的歌她的诗里找到的，那里有她记忆和生命的回声。

走出展览馆，阳光灿烂，没心没肺地照耀，肆意地在辛辛那提的街头流淌。压抑的感觉一扫而空。市中心的广场上，喷泉女神双手指缝间水花如天花一般从天而落，溅起一片欢乐声。工作人员正在布置广场，今晚将在这里举办露天音乐会。不知道帕蒂·史密斯会不会来，为我们一展歌喉，或和我们擦肩而过？

2013 年 8 月 26 日于辛辛那提

整个故事的一个开头

——关于凯特·布什

凯特·布什（Kate Bush）是那种一听就会立刻喜欢的歌手。她的歌声有一种命定般的磁力，一定能够让人别无选择。起码对我是这样。

凯特·布什出的磁带有许多种，我听的只是其中的两种：1986 年的《整个故事》和 1993 年的《红舞鞋》。就是这两盘磁带，也足以让我领略她歌声的力量和魅力。虽然，很遗憾我没有听到她在 1978 年刚刚出道时出品的第一张带子《内省》和第二张带子《勇士》。曾经在书里看到过《勇士》的封面，上面是她很前卫的一张照片：金发披肩，赤身裸体，做一头狮子扬鬃怒吼状，颇具有象征的意味。她曾经被称为"狮女"，她就是这样以奇思妙想不同凡俗而惊艳于世的。不过，即便《整个故事》和《红舞鞋》这两盘磁带，也很能够代表她的音乐风格和水平。前者让她在第十六届英国 BRIT 大奖中获得了最佳女艺人奖，后者让她首次挤进美国排行榜的前三十名。

况且，《整个故事》是她 1978 年到 1986 年八年之间作品的精选，"一网打尽"她的好歌十二首，其中有她十七岁就开始演唱、1978 年她二十岁青春最美好季节正式推出的第一首成名之作《呼啸山庄》。这盘磁带里的《呼啸山庄》，是她1986年二十八岁时的重新录制，八年的光阴似乎没有改变她什么，倒是把她的歌声磨炼得越发精粹而耐人寻味。听她八年之后依然一遍遍在高声呼唤着她的同胞艾米莉·勃朗特的小说《呼啸山庄》里的主人公的名字："希斯克利夫，是我——凯西，我回来了；我是这么地冷，让我进入你的窗户……"那疾如密雨的音速，那尖利如同刀刃划过透明玻璃的嗓音，细弱丝弦，时时有迸裂的危险，却时时在高空乌云与雷电间的精灵一般盘桓，实在让人听了柔肠寸断，撕心裂肺。

据说，是凯特·布什当年看了根据小说改编的电影《呼啸山庄》，电影的结尾是女主人公凯西死了，但她化为了灵魂穿越茫茫荒野回到了呼啸山庄，希望重新获得她的恋人希斯克利夫。这个结尾很让凯特·布什感动，她认为表现出了人类当得不到自己想要的东西时应该如何对待这个冷酷的现实，她觉得凯西是一个被命运折磨的女英雄。在谈到这首她最有名的歌时，她说："我要站在凯西的角度上写这首歌，凯西想要得到希斯克利夫的灵魂，那么即使死了她也不会孤独，在那个精神的世界里，她和希斯克利夫也能够生活在一起。"凯特·布什站在摇滚的角度上看待凯西，才会把凯西当成主角，更把凯西当成女英雄。想起是她十七岁时创作的这首歌，一个十七岁的小姑娘竟能够冒出对爱恨情仇和生死命运这样奇特的想法，实在让人叹为观止。这是和我们只会唱一些打情骂俏或晚会歌曲的年轻女歌手，不可同日而语的，是生存在不同的纬度的。再想起她的名字本来不叫作凯特·布什，原来就叫作凯西，和小说的女主人公的名字竟然那样巧合地雷同，便不得不相信冥冥之中的确是一定存在着命运这个东西的，要不她为什么和小说中的凯西一样为了所爱的人和所爱的艺术不惜赴汤蹈火，精卫填海一样，如此轰轰烈烈，让后人即使看不到她的面容只是听到她的声音，也要为之惊异，为之肃穆。

在这两盘磁带里，其他的歌也都是那样地美丽动人，出神入化，那纯净得没有一点杂音的歌声，透彻得如同深山里清澈的瀑布，高悬天外，飞流而下，虽有几分孤独而冷冽，却那样地爽然，玉洁冰清又奋不顾身跌落下山，不惜粉身碎骨也要迸发个飞珠跳玉，让那激越的回声响彻旷远的山谷，余音袅袅，丝丝不绝，那种震撼之后幽幽清寂的感觉，是在世俗世界里少有的。尤其是那高亢入云、缥缈云天般的嗓音，云雀般地撩拨得人心忍不住随她一起轻盈地往上在飞，在飞，一直飞到望不见影子为止，仿佛能够立刻随她的歌声羽化而成仙，让人觉得一下子就远离了喧嚣的万丈红尘之外，有种冷艳的意味，有种孤绝的气息，有种世外桃源的感觉。

听她的歌，总让我想起在新疆过天山果子沟时见到的那耸入云天的冷杉。那种笔直，那种苍绿，那种迎风不动声色的呼啸，那种枝叶兵士排阵般枝枝昂首向上的凛然，那种树冠辉映着积雪和阳光晶莹剔透无言自威的鬼魅神光……真的，都是那么地像她的歌声，是她嘴中飞溢缥缈出来的歌声在冰雪世界的结晶体。如果，歌声在这个世界上也有属于自己对应的造型的话，这种在雪线上的冷杉就是凯特·布什。其他的歌声也很动听，但也许只是雪线之下那些树木花草了。自然也是缤纷多彩的，芬芳万千的，但都不会有冷杉那样不同凡响冷冽的绰约风姿。

作为70年代出道的女摇滚歌手，在歌坛上以自己的特色风靡了三十余年，一直到2012年伦敦奥运会的闭幕式上，还有她的歌声出现，凯特·布什的开始和存在，都是具有开创意义的，她是女子摇滚中醒目的坐标。像她一样所有词曲都是她自己一人创作，集演唱表演舞蹈于一身的女歌手，并不多见。听她的这两盘磁带，我常想起这位出生在英国肯特郡乡村的女歌手，最初的音乐天分真的就表现在家乡稻谷仓里那一架破旧的老风琴上吗？据说，她总是爱跑进稻谷仓里，去弹那架老风琴，那弥漫着英格兰乡村风味的琴声，伴随她的歌声，是否就已经在那时无可避免地烙下了她风格的印记，就如同血液一样流淌在她的脉管里，才会让她的歌喉如同乡间田野上空自由而高渺的流云一样狂放无羁了吗？一个歌手天生的歌喉，真的就早早地和她童年的梦想，和她故土的水土，胶粘在一起，在那遥远的以前就庇护着她、成全着她了吗？

同时，我也常想起当年她刚出道时，《滚石》杂志对她那鄙夷不屑的评论，说她的磁带最好不用买。时过境迁之后，这样的话显得是多么地不公平，又是多么地可笑。而今，谁还敢这样说？多少女歌手要坦白甚至骄傲地承认汲取了凯特·布什的营养，自己的歌声里有凯特·布什剥离不掉的影子。

于是，我便想到这样的一个问题：在一个本来由男性主宰的硬性摇滚歌坛里，女子摇滚歌手的出现并梦想取得成功，该是多么地艰难。比起女作家、女画家、女导演来说，女摇滚歌手的确更艰难些。因为无论女作家也好，还是女画家女导演也好，她们本人都可以躲在自己所创作的作品背后，用文字或用色彩或用影像来曲折迂回，即使我们能够看到她们印在书上本人的玉照，也只是她们化过妆的，甚至是多年以前年轻一些时候的，有了有意或无意的遮掩，让人们看着似是而非。即使是那些标榜用身体或用隐私写作的作家，人们看到的也只是她们由文字编织的虚幻的天地，而非她们的真人活体再现。只有女摇滚歌手不再是间接地出现在我们的面前，而是最为直接地将她们的性别和面貌昭然若揭，自然，她们的压力就会更大。作为女摇滚歌手，她们除了要用自己的身体在舞台上和男摇滚歌手去做一番殊死的搏斗之外，再有的便是用自己与男子不同的声音了。

可以说，从某种程度上，她们是以自己的声音来抗争着这个男性霸占已久的摇滚歌坛的，以自己的声音来塑造自己的艺术生命和形象的，撑起自己眼前一片天空的。

于是，我回想在半个多世纪的摇滚历史中涌现出来的那些个卓尔不群的女歌手，并自作主张地从声音上给她们分了这样几类——

一类我把她们叫作天籁之声。无疑，凯特·布什是这类天籁之声早期的先驱，她把女性最美好也是最特长的嗓音发挥到了极致。以后由4AD公司先后推出的"双生鸟"乐队的弗雷泽、"腹腔"乐队的唐莉、"能者善舞"乐队的莉萨，以及90年代出名的托里·阿莫斯，无一不能追溯出来自凯特·布什的渊源。

二类我把她们叫作浑浊之声。她们本身的嗓音就具有男性化的特点，又特别有意向男性靠拢或掺杂了男性的特征，而将女性的阴柔淡化或重新处理，在阴性的水中注入了棱角分明而呈阳性的冰块或泥沙，使得透明的水变了一种新的色彩和样子。早期参加"地下丝绒"乐队有杰出表现却不幸早夭的尼可，应该是这类浑浊之声的代表和领衔人物。她之后的帕蒂·史密斯、P.J.哈维和戴·格拉斯，都是尼可的变种或延长线。

三类我把她们叫作寓言之声。很显然，这类的代表属冰岛的女歌手比约克当仁不让。她是真正女子摇滚的异类，以独特的嗓音跳出了男女二元对立的事端，跃入了机器人和网络时代的非人化的世界，给人以寒彻肌骨的冰冷物化的感觉，那是一种异化的感觉。物是人非之后，再听那种非人化的声音，觉得真正是后工业寓言式的歌声。

如果我俗一下，将这三类的声音拿花做一番比较，第一类应该是莲花或梅花，出淤泥而不染，迎飞雪而独艳，特立独行，馨香别致。第二类应该是仙人掌上开的花或铁树上开的花，是属于那种借助于高大粗壮的铁树和仙人掌为依托，让硕大无比的花醒人眼目。第三类则应该是属于梦笔生花或网络上用特制的文件制作出来的花，惊世骇俗，与众不同，色彩浓丽，却不再以传统的芬芳来袭人邀宠。

如果真的男人是泥、女人是水，那就拿水来将这三类声音再做一番比较的话，第一类应该是清澈而清冽的山泉，是那种出自没有人烟的莽莽大山里的泉水，没有一丝污染，纯净得如同露水和泪珠；第二类应该是酒，即使不是烈性的烧酒，也该是色泽浓郁的葡萄酒，即使不是如火般滚过喉咙，也是灼热得腾起血花如注；第三类则大概属于特别调制出来的鸡尾酒，五彩斑斓，味道异常，起码也该是那种威士忌朗姆咖啡之类的饮料，是水，是咖啡，又已经有了别样的状态和意思，让你能够想入非非，也能够让你沉醉于迷离之夜。

在这三类女子摇滚歌手中，最能够代表女性特质的，无疑是第一类，而凯特·布什起到了无可取代的先锋作用。后两类怎么说也是在有意无意向强权的男性靠拢、折腰和融合。现在来听凯特·布什，有时会觉得她的歌声摇滚的味道显得并不那么足，但想一想她在《呼啸山庄》中那女子高腔鬼魅一样的嗓音，在吉他的伴奏下大珠小珠落玉盘般清澈地呼唤出"希斯克利夫，是我——凯西，我回来了……"那本身就带有原创性的意义，这意义在我看来，她是那样得天独厚先天的注定，又是那样极其丰富地发挥了女性自身的潜质，使之赫赫醒目地孑然独立于男性独霸的世界中。她的意义不仅影响在女子摇滚绵延的承继的脉络里，而且在流行乐中也明显地吸收了她的特点，比如现在流行的莎拉·布莱曼和恩雅，那种清澈如水和高腔入云，都可以轻而易举地找到凯特·布什的影子。只不过，莎拉·布莱曼是将美声唱法带入了流行，恩雅是将民歌化为了流行，而凯特·布什依然坚守在摇滚之中，不那么愿意走流行的路子罢了。

据说，看舞台上凯特·布什演唱，她魔鬼般疯狂，和听她的磁带的感觉不大一样，听的感觉是那样地娴静。我没有看过她演唱的录像带，但从心里不大喜欢那种疯狂，便一直保留着听的感觉，其实也是一种想象的感觉，仿佛面对的始终还是一个纯情的少女，尽管其实早已经物是人非。今天，听凯特·布什几十年前的《呼啸山庄》那样纯粹的歌，感觉还是那样新鲜，那样纯净，时光似乎停滞了一样。仿佛只有遥远的以前的天空，才是那样地蔚蓝，圣水洗礼了一般，而没有什么污染，那样地白云缥缈，婴儿的屁股蛋儿一般，没有一点渣滓。她的那种扑朔迷离又狂野激荡的高腔，实在是只有在原始的山野里，在雪落得厚厚没膝沉静的月夜下的森林里，才适合她这样歌声回荡的背景。她那种惊天地、泣鬼神的高拔云天的嗓音，即使听不懂一句歌词，也会让人震撼，并觉得是那样地久违。凯特·布什实在是个天才。如果用她的磁带的名字《整个故事》来做一个引申，她在摇滚的历史中所处的地位和所起的作用，她是所有女摇滚歌手整个故事发展的一个精彩的开头。

现在来看待这样的一点意义，重新审视凯特·布什，很有点像如今回过头来看我们的才女李清照在我国诗歌界的开创性意义，在一直是男性骄傲地雄峙的唐诗宋词之中，是李清照以一个女儿之身的独树一帜让唐诗宋词为之一震，别开生面，而使得李清照的名字和苏轼、陆游、辛弃疾分庭抗礼、并驾齐驱。现在想一想，只会感慨如李清照、凯特·布什这样的女艺术家太少或远遁于我们，而大量的女性艺术家越发向这个男性的强权世界卑躬屈膝，误以为女性的魅力和力量就是展示自己的身体，甚至不惜出卖自己一点最后的隐私和色相，迅速地滑出了可怜的底线。云中谁寄锦书来，雁字回时，月满西楼。李清照的词成了我们今天的疑惑，"是我——凯西，我回来了"，凯特·布什的歌，仿佛是对李清照的回答，却只有让我们心中徒生一片无力的茫然。

谈起自己的音乐，凯特·布什对评论界和听众很宽容地这样讲："如果人们不能够如我希望的一样理解我的歌，那也没关系。当然，如果人们能够如我希望的那样理解我的歌，那也很好。"

虽然，至 1993 年《红舞鞋》之后，凯特·布什再没有新的唱片出版，但越来越多她的各种精选专辑的出版，让我相信越来越多的人理解她的歌，并越来越深刻地认识她的存在对于摇滚的价值和意义。凯特·布什的确是个罕见的才女，当年的独行女侠，在男性摇滚的天地里闯出一条血路。她是一个成功的典范，让众人瞩目，而不像尼可，徒有别样的歌喉，却没有爱没有钱甚至没有自己的一幢房子自己的家，脑溢血，一个跟头跌倒在大街上，和那些死在街头的许多中年女人一样孤独无助地死去，没有人管，没有人问，一直到她的儿子到街上去找，才将她那双大眼睛最后合上。同样作为摇滚女歌手，对比尼可的悲剧，凯特·布什是幸运的。我不该再为她感到抱怨。

还应该记录下和凯特·布什有关的这样一段经历，是有一年的夏天，我和儿子到昆明，特意去云南大学对面的"一二一"大街上，找一个叫作"重金属"的商店，听说那里专门卖摇滚唱片、书籍和服饰之类的。顶着高原上热辣辣的太阳找了半天，最后找到的是一家很小的小店，大概生意不怎么好，里面空落落的，没有什么东西。一排旧磁带七零八落地摆在架子上，落满尘土，很久没人动了。我们翻了翻，大多是价值不大的磁带，儿子称之为"糟汏"。但我们忽然惊喜地有了意外的发现，是一盘凯特·布什的《恋爱癖》，这是她 1985 年的出品，里面有她挤入英国单曲排行榜第四名的《跑上那座山》，非常有名，我一直没有听过。我们像得了宝一样，老板却连看都不带看一眼的，只花了五块钱就买了下来。想不到深山藏宝，凯特·布什竟跑上了这座山，藏在了偏远的昆明。不管怎么说，意外的相逢，和凯特·布什总是一种难得的缘分吧。

可惜，那盘凯特·布什是坏的，怎么修也修不好，一直到现在也没有听到那首歌。

汤姆·韦茨之梦

一

第一次见到汤姆·韦茨（Tom Waits），是在美国大导演科波拉导演的电影《棉花俱乐部》里。那是一部老片子，汤姆·韦茨在里面演一个并不怎么重要的角色，是个不起眼的小人物，但很有个性和光彩。那时，不知道他居然还能唱那样好听的歌。他不仅能演能唱，还能作曲，科波拉的好几部电影都是他配的乐。他为电影《从心而来》配制的音乐还曾获得奥斯卡提名奖。

其实，他出道很早，早在上世纪 60 年代末就开始了他的演唱生涯，1972 年出版第一张虽然销量不佳而不堪回首的专辑《打烊时间》，但在美国摇滚乐坛中，他也算是一棵常青树了，一直唱到现在，宝刀不老，依然拥有着自己的歌迷。如此的辉煌，大概只有比他大八岁的鲍勃·迪伦等少数的几人能和他相比。

汤姆·韦茨出生于 1949 年，算一算，他实在是够老的了，但想一想今年格莱美奖最佳蓝调获得者 B.B.King 今年都七十六岁了，他还老什么呢？据他自己说，他是生在加利福尼亚一辆出租汽车的后座上的，而且出生的那一天正巧是珍珠港事件爆发的那一天，便以讹传讹传开了。我是不大相信的，他对记者采访每次所说的细节都会变化，只是出生在出租汽车上这一点不变，我想这不过是他自己编造的传说，增加一些故事性和传奇的色彩。当然，汤姆·韦茨本人确实经历不凡，他给比萨店里送过外卖，当过夜总会的看门人，生活在底层社会的黑暗和动荡中。那时他能够阅读的东西只有菜单和杂志，那时他最大的梦想是拥有一个小餐馆，音乐尚在遥远的天国之外。这样的一个人出生在出租汽车里，很适合汤姆·韦茨，像是一部电影里人物的出场，呱呱落地，为的是引起人们的注意。

我是非常喜欢汤姆·韦茨的歌声的。第一次听到，就立刻被吸引。音乐像是黏合剂，让你的心不由自主地向它靠拢，在那一刻，人和音乐像光影重合一般融合在一起。那是一个冬天的夜晚，窗外正飘飞着纷纷扬扬的雪花，汤姆·韦茨的歌声响了。那是一种格外低沉而粗犷的歌声，粗犷得像是沙漠风中翻飞的石砾，低沉得像是没有一颗星星的夜。但你会感到他那粗犷低沉的歌声中所包含的心是脆弱柔软的，就像窗外那铺满一地的白绒绒的雪花。

不知怎么搞的，他的歌声让我的心里涌出一种悲伤和感动，那种悲伤和感动是遥远的，是在我的记忆深处的，是不愿意轻易示人的，铁锚似的早已经沉入海底。但被他的歌声打捞了上来，水淋淋的在月光下闪着以往岁月锈迹斑斑的回响。他的歌声有一种浓重的怀旧味道，听他的歌，像是搭乘上一艘虽赶不上泰坦尼克那样豪华的客轮，却是一只船头雕刻着古旧的花纹、白帆上飘荡着往昔风雨的双桅船，沿时光隧道回溯到以前即使并不那么美好但现在看来却水清岸阔的回忆之中。

汤姆·韦茨的歌，真的很适合我。我确实喜欢他。他的歌声总给我夜色中蓊郁而林涛澎湃的黑森林，和黄昏夕阳辉映下浑浊而缓缓流动的河流的感觉。在他的歌声中，总有平民的声音，有底层的呼吸，和他多愁善感的心跳。那种刻骨铭心的悲伤和重压下撕扯的呻吟，让我仿佛看到那饱经风霜的皱纹、卷发和油腻腻的手指甲中黑乎乎的油垢。总能感到有一种《汤姆叔叔的小屋》中飘来的音乐，有一种《老人河》里荡漾的音乐灵魂钻进你的心里，让你不由自主地想起黑人的蓝调，那种萨克斯吹奏的布鲁斯，是在灯光昏暗的下层酒吧或咖啡馆，烟雾腾腾，喧哗嘈杂，蒸腾着醉醺醺的热汗和劣质烟草的味道，混杂着女人的体香和刺鼻的香水气味，和他的歌声一起搅成一杯杯味道独具的鸡尾酒。

起初，我真的以为他是一个黑人歌手。不是，他的音乐只是从黑人的布鲁斯和爵士乐中吸取了精华，他同时从金斯伯格的诗和杰克·克罗克的小说中获取过营养。所以，他的歌才会如此丰厚，不是像我们有些歌手只会唱些时令的流行小调，时过境迁之后，便如潮水过后甩在沙滩上的石子一样被人迅速地遗忘。他的歌几乎都是他自己作词作曲（其中一些是和他妻子的合作），这更和我们的有些歌手包括现在走红的大牌歌星拉开了无法逾越的距离，因为这些人只永远唱着别人为他们编的歌，就像嘴里永远叼着旁人递上来的奶嘴而无法长大，他们只是起着一个麦克的作用，他们的歌只是一种机器的声音，而汤姆·韦茨则是从心里发出的歌声。

我听的这盘磁带《弗兰克的疯狂年代》，是1986年出品的，距离他首张唱片已有十四年多的历史，想想他的首张唱片是以惨败而告终，他实在应该感谢"老鹰"乐队和蒂姆·巴克利，还有赫伯·柯恩，前者翻唱了他的歌，帮他打开了名声；后者是当时著名的"弗兰克·扎帕和'发明之母'"乐队的经纪人，是他发现了汤姆·韦茨的潜质而与之签约出版唱片。他的成功还要归功于他自己的努力和坚持。以他那样出身贫困的人，没有这样的努力和坚持，他走不到今天。年轻时是从邻居家的钢琴自学出来的音乐，是在床铺底下准备好纸，半夜里睡不着忽然想起了好的乐句，就爬起来在纸上记下来练出的功夫。当然，更主要靠的是他聪明的天分。据说，他对音乐的兴趣来自他在夜总会当看门人时，一次听到酒鬼一边喝酒一边对话，他随手记了下来，他忽然觉得这里面隐藏着音乐。他说："我真是开始相信，酒鬼身上有一些有意思而精彩的美国的特性，所以我告诉自己要把这些写出来。"能从酒鬼的对话中感受到并谱写出音乐来，确实不是一般人能有的天才悟性。

早期的汤姆·韦茨音乐，是和他本身就是酒鬼的形象一起出名的。其实，这是对汤姆·韦茨的误解，潦倒的酒鬼只是底层带有极致而夸张的一种缩写。汤姆·韦茨的歌，唱出底层人的辛酸、痛苦、悲伤和呻吟的同时，也唱出他们对生活的渴望和从未泯灭的希望。

汤姆·韦茨的歌中出现最多的词是"Dream"——梦。就在这盘《弗兰克的疯狂年代》里，他在《火车之歌》中唱道："我喝光了我每次借来的所有的钱……现在夜晚的黑色就像乌鸦，一列火车要带我离开这里，却不能再带我回家。那些使我梦想成空的东西，正在火车站上彷徨……"在《我将要离开》中他这样唱道："早晨我将要离开，我将带走每一个正在呼吸的梦……"在《诱惑》中他这样唱道："白兰地生锈在钻石杯里，所有的东西都是梦做的，时间是由蜜做的，缓慢而甘甜，只有傻瓜知道它代表什么……"而在《弗兰克主题曲》中他用排比句式唱出一连串他的Dream："梦幻中你的眼泪消失，梦幻中你的悲伤不再，梦幻中不再有离别，在梦幻中度过明天……"

所以，我说听他的歌，在低沉而粗犷之中总能感受到一些脆弱而柔软的东西，这东西就是他的梦。想一想，所有的东西都是梦做的，而且每一个梦都正在呼吸着，那该是什么样的感觉？那该是怎样的脆弱柔软而多情？所以，他总是不厌其烦地唱着他的Dream。

也许，包括音乐在内的所有艺术，都应该包含着梦和来自底层生活这样两个方面，后者是艺术得以生长的根基，前者是艺术能够飞翔的翅膀。汤姆·韦茨的歌恰恰具备了这两个方面，所以，他的歌唱得年头长久，从60年代末一直唱到现在，从二十来岁一直唱到五十来岁。而且，他的歌没有什么商业的热点和包装，他也从来不进行有些歌星热衷的实际为了进行商业宣传的巡回演唱，这更是难能可贵。要说人心是尺，人眼是秤，难能可贵的包括他的歌迷。1996年，他在旧金山进行一次慈善演唱，不到四十五分钟，所有的票便被一抢而空。正在他演唱时，一位他的老歌迷站起来对他说："嗨，汤姆，最近你到哪儿去了？"他立刻亲切而风趣地反问："最近你到哪儿去了？还在机场工作吗？"他和他的歌迷、他的歌和底层氛围的那种亲近的融合，一直也是汤姆·韦茨的梦。不是所有的歌手都拥有这样的梦的。

二

要说真是太巧了，冥冥之中真的有什么东西让我和汤姆·韦茨一线相连，紧紧地，不愿扯开。刚刚写完上面一段，想休息休息看了张DVD的电影，吉姆·贾木许导演的《地球之夜》，是部老片子。电影一开始，人物还没出场，图像还没有，只是字幕时，便响起了片头曲，苍凉而嘶哑的歌声，真像汤姆·韦茨。但我不敢断定真的就一定是他，一直看到完，片尾曲又响了起来，还是那样的苍凉而嘶哑。一直到字幕打出来，不是真像，就是他，是汤姆·韦茨！片头片尾曲是他唱的，整部电影的音乐都是他作的。

汤姆·韦茨！不愿意离开我的耳朵，或者说我们实在是有缘分，他的音乐确实渗入我的心里，很长一段时间，他那苍凉而嘶哑、低沉而粗粝的歌声在我的心里回荡，风中总像是飘来他的旋律。

像他这样有才华的歌手实在是不多。歌手涉足电影界的，也有不少，麦当娜、斯汀、比约克、惠特尼·休斯顿，都曾在电影中又演又唱。但能够像汤姆·韦茨一样不仅能演能唱，而且还能作曲，不是一支单曲，而是整部电影的配乐，实在是少见的。这样的人，即使把他的骨头碾碎了，大概也是碎了的音符吧？

《地球之夜》里的音乐，和汤姆·韦茨其他的音乐一样好听，尤其是他唱的片头片尾曲，更是动听至极。那旋律和味道，让我想起他的《火车之歌》，其中的情感有几分相通，那种漂泊无根，那种冷漠，那种凄怆，苍迈又心不甘，嘶喊而哭泣。他让你的心跟随他的歌声紧紧地揪成一团，刺猬一样扎得慌。

我总以为汤姆·韦茨最大的特色，是他的声音。他不是那种保罗·罗伯逊的男低音，与保罗相比，他没有那样气冲丹田的共鸣和厚重的回声。区别于他人的，是他嗓音粗粝之中的嘶哑，那种嘶哑像是钝锯拼命地撕扯着声带，锯未断，声声锯，藕断丝连，杜鹃啼血。重要的是他将他的声音和感情那样好地融为了一体，这一体成了一种歌声的象征，只象征着底层人，绝不是贵族或小布尔乔亚似的假贵族。我们的歌，晚会的堂皇度身制作，辉煌而艳丽的音响效果，却少了真正的感情，只是纸扎的花，太多；或是虚情假意、顾影自怜、自己胳肢自己的腰眼、眼里洒满眼药水当晶莹泪花的，太多。

听汤姆·韦茨的歌，总能让你一下子就想起河边沙滩上的纤夫、矿井上黑汗淋漓的煤黑子、风浪过后站在船头的水手，或者低级肮脏酒馆灯光昏暗中醉意朦胧的醉汉。在一盘题为《汤姆·韦茨回顾展》的磁带的说明书上，写着这样的话，向我们描述着他："在好莱坞的卓比坎那旅馆、公爵咖啡店的楼上，你总能看到他。那里的每一个房间，或者被油腻腻的舞池所环绕，或者刚好可以俯视公园的景色。这些地方成了他生命的栖所，让他更觉得像自己的家一样……汤姆·韦茨走进破旧凋零的酒吧，他想要实践他所有的想法……"描述得很像我想象中的他。他的歌，和电影中的他，和生活中的他，常常就是这样混为一谈，交错地出现，模糊了界限，让你只能去使劲地想象。

有这样三件事，一直在我的想象中，但是怎么使劲地想象，我实在也想象不出它们的样子。

一件是1972年他的第一张唱片《打烊时间》发行之后，卖得不好，他再上台演出时听众开始起哄，弄得他很尴尬。这时候，他离开了舞台，离开了美国，去了欧洲，后来到英国伦敦一住好长时间，用我的话说是进行了认真的反思，认真写了好多歌。四年之后，在他的第二盘磁带《小小改变》中，我知道这些歌成全了他，他改变了他最初的那些乡村音乐和民歌的混合而自己的风格特点不足的唱法，而向黑人音乐尤其是蓝调和爵士学习，同时他的嗓音也刻意发生了改变，渐渐变得像现在我听的这样，而和别人有了那样明显的区别。但是，我想象不出那失意的四年，他是怎样度过的，为什么非要去国离家，跑到异邦去卧薪尝胆。难道只有伦敦才能给他灵感？

另一件是据说有一段时间他曾和有名的乡村歌手斯特尔·盖尔合作，专门演唱不少爱情歌曲。据说，唱得温柔至极。我没有听过这样的唱片或磁带，想象不出他那样粗粝嘶哑的嗓子如何能唱得温柔至极。莫非苍凉的沙漠也能小桥流水细雨江南？他的歌很少唱爱情，只听过一首《我希望我没有爱上你》，也没有听出温柔至极，依然是那种苍凉和沧桑，那歌词很有意思："我希望我没有爱上你，因为爱上你使我变得忧郁……我希望我没有爱上你，房间里挤满了人，我在想着我是否给你留一个位置……"虽然唱着爱情，冷静，还有一点冷漠，似乎和爱情离得很远。

第三件是据说他现在正在频繁和人打官司。原因是现在他的嗓音和风格被越来越多人看好，模仿他唱他的歌的人也多了起来，他在和别人打版权的官司。演唱他创作的歌要付费，这是没的说的，但作为音乐的风格和演唱的嗓子，版权如何保护汤姆·韦茨？我实在想象不出。因为我们眼前的模仿实在太多，明目张胆地扒带子攫为己有，有人调侃已经到了后扒带子时代，克隆现象已经是见多不怪了。我同时也想象不出和别人打官司的汤姆·韦茨是一种什么样子，还是用他唱歌时那种粗粝而嘶哑的嗓音吗？或许，这独特而魅力无穷的嗓音正好打动了法官的心？

汤姆·韦茨！

上一代的保罗·西蒙

我几次让孩子在买磁带的时候替我买几盘保罗·西蒙（Paul Simon）的带子，他都没有买，而且对我说："有什么听的？"对于保罗·西蒙和鲍勃·迪伦，他态度是那样地截然不同，他一直以为虽然他们是同时代人（他们同样出生于 1941 年），又同是民谣的唱法，但保罗·西蒙远远赶不上鲍勃·迪伦，他的音乐变化不大，唱年轻人爱情青春的歌词又太腻太浅，是无法和博大精深的鲍勃·迪伦相比的。

或许，这就是如孩子这样的年轻一代和我们这样上一代的距离和区别吧？

或许，保罗·西蒙就是属于上一代的歌手。

一代代就这样拉开了明显的距离，给人以逝者如斯的感觉。保罗·西蒙真的是老了，和我一样地老了，无可奈何。但我确实是喜欢保罗·西蒙的歌，这样一想，让我忽然更加感到和保罗·西蒙竟然有一种同"命"相连的意思，逝去的一切日子都显得苍凉而尘埋网封起来。真的是这样吗？保罗·西蒙的歌，只是我自己顾影自怜珍藏的一张老照片而已。

不过，提起 60 年代的摇滚，能够不说保罗·西蒙吗？就像不说鲍勃·迪伦一样是不可能的。那时候，他的歌，《忧愁河上的金桥》《寂静之声》《斯镇之歌》《星期三凌晨三点》……一首首都是那样地好听，哪一首不让人引起属于那个时代的回忆？

其实，我知道保罗·西蒙要晚得多，大概是在 80 年代，或者比这还要晚，整整比保罗·西蒙出道要晚了二十年。不过，他歌中流露出那种青春的情绪，是不受岁月阻隔而能够相通的。那时，我虽然是在大学里读书，因为隔着一场"文化大革命"，青春已经过去了，但心理上依然还顽固地固守在青春的痴想与梦幻中。也许，正是这样年龄和心理上的落差，让我选择了保罗·西蒙，而没有选择当时正热门的邓丽君。

保罗·西蒙在他还在大学里读书时唱过一首歌，这首歌没有出名，以后他也没有再怎么唱过，他当时却是青春洋溢又不乏伤感地这样唱的："你读着你的艾米莉、狄更斯，我读我的罗博特、福斯特，我们用书签寻找自己失落的地方。仿佛是蹩脚的诗，我们是失韵的词。失韵的词句，在音节的切分处，在悠闲的谈话中，肤浅的叹息在我们周围。"这首歌唱得有些文绉绉，却很像当时我们在大学里读书的情景，我和保罗·西蒙便没有了不息息相通的可能性，即使只是一些"肤浅的叹息"，也一下子一拍即合。在青春刚刚逝去又那样地不甘心逝去拼命想抓住它的尾巴那段特殊的日子里，不管什么样"肤浅的叹息"也是美丽的。

在孩子对保罗·西蒙的批判中，我知道他和鲍勃·迪伦的差距，但干吗非要让他也成为鲍勃·迪伦呢？就让深刻存在，也让肤浅同时存在吧；就让一条汹涌的大河存在，也让一湾清浅的小溪水也存在吧。他也知道自己的所长所短，他曾经说过："我的声音不是那种穿透力和震撼力的声音，我的声音听起来很软。"所以，他说他喜欢 Samcooke 的歌并受他的影响很大。我没有听过Samcooke，我就是喜欢他那清浅甜美而松弛的歌喉，喜欢他那通俗易懂像大白话一样的歌词。他不造作，不故作高深，不玩假深沉，也不虚情假意，我们有些歌手似乎只会唱些千篇一律假大空的晚会歌曲，更不像有的歌手口不对心一边慷慨激昂地唱着主旋律，一边开着土大款送的豪华车赶去和土大款上床睡觉。

能够想象得出他抱着一把吉他边弹边唱的样子。最好是他最初用的那把木吉他。阳光挥洒着他，或是月光辉映着他，风吹乱他的头发和衣襟，迷倒众人那和加芬克尔风雨相随的合唱……那样子总是能够浮现在我的面前，是那种很平易很随意的样子，是那种很青春很清纯的样子。我看过一张他的唱盘封套上画着一条女人修长而性感的大腿弯曲下，站着头戴博士帽身穿一身黑衣的保罗·西蒙，不应该是这样子的。这样子和我的想象大相径庭。我想象中的保罗·西蒙应该总是抱着他那把木吉他，歌声和他的眼睛一样清澈如秋水长空。

以后，保罗·西蒙跟着鲍勃·迪伦也用上了电吉他，再以后他的音乐里出现了钢琴和管弦乐，乃至跑到南非学了好多黑人音乐，虽然在商业上获得了成功，我都以为无法赶得上他早期的歌声。那时是充满着真挚感情的歌声，是洋溢着青春生命的歌声。那些歌声如他的木吉他一样淳朴无华，却感人至深。在音乐中，是可以分辨出真假来的，真情是可以听得出来的，人可以造假，音乐不能，我原来曾经说过："音乐和人一样透明"，其实，我错了，应该说："音乐比人透明"。保罗·西蒙早期的那些动人的歌声，就是这样透明的音乐。

《寂静之声》已经唱了三十年，保罗·西蒙还在唱。这首当年为电影《毕业生》谱写的插曲，和电影获得奥斯卡一起走红。"你好，黑暗——我的朋友，让我们再来交谈，有个幻想在我的梦中缓缓爬行，无声无息地深深地植入我的心田，我的脑海，回荡着那寂静之声。在无尽无休的梦魇中，我独自走在狭窄的鹅卵石的街道，在昏暗的街灯下，我勒紧衣领躲避风寒。当霓虹灯光突然划破夜空刺伤我的双眼，我触摸到了那寂静之声……"寂静之声，是属于那个青春季节里的一种梦幻，一种臆想，虽然我们明知被四周的喧哗所包围，但我们还是在这样一次次地痴人说梦。难道我不是也这样吗？一直到大学毕业，真正走向社会，一直到耳膜被锻炼成刀枪不入，与一派天籁的寂静之声彻底绝缘。

《我是一块岩石》中唱的："我是一块岩石，我是一座岛屿。岩石没有痛苦，岛屿不会哭泣。"直白浅显，像是中学生的作文中爱引用的格言。但是，我不是一样在那段日子里相信这样的格言，并极其天真而可笑地抄过不少这样类似的格言警句吗？

《这些年后仍然疯狂》中唱的："昨晚在街上碰到我以前的情人，她似乎很高兴地见到我。我也报以微笑，我们谈起许多往事，灌了不少啤酒，岁月流逝，疯狂依旧。"那一份真情邂逅的激动与疯狂，实在是让人感动。

还有那首有名的《忧愁河上的金桥》，每一次听都会感动。"当你疲惫无助，当你眼含泪水，我会为你擦干。我与你站在一起，当你举步维艰，举目无亲，我愿倒下，用身体为你架起忧愁河上的金桥……"

同样有名的那首《斯镇之歌》："你是否要去斯镇，请代我向一位姑娘问好，她曾是我挚爱的恋人。""告诉她为我做一件亚麻衬衣，不必真的穿针引线，她又会成为我挚爱的恋人。""告诉她为我寻一方土地，在海水和沙滩之间，她又会成为我挚爱的恋人。""告诉她用皮镰刀收割，把石楠花扎成一束，她又会成为我挚爱的恋人。"四段歌词的副歌都是用一连串的意象"芜菁、鼠尾巴草、迷迭香和百里香"一唱三叹，反复吟唱，让我想起罗大佑的那首

《鹿港小镇》，太相像了，完全可以看出保罗·西蒙对罗大佑的影响。如今，这首歌被改编成各种形式的音乐，足见时间对音乐筛选的力量，也可以说是音乐对世界的魅力。

我最喜欢的是他的那首叫作《归途》的歌。那是保罗·西蒙自己真实的写照，也是我们所有人真实的写照，我们谁不是行色匆匆地奔走在离家又渴望归家的路途之中的呢？归途是我们一生心情和行为的象征。保罗·西蒙深情地唱道："我手握车票坐在火车站上，即将奔赴又一个目的地，旅行箱将陪伴我这一整夜，还有手中紧握的吉他。每一个小站，都在孤独的诗人和乐手美妙的计划中。归途，我的希望，归途，故乡是我的思念……"那一声声归途唱得人心紧蹙。

保罗·西蒙就是这样把我们平常人青春时节的爱与恨、感动与激情、希望与梦想，用一种平易的方式，一种挚切的感情和吟唱的民谣之风，娓娓道来，蒙蒙细雨一般，渗透进我们的心田。这种方式，也许真的是属于上一代了。即使作为先锋的摇滚，也似乎落伍，显得不那么前卫。这种吟唱，也许更真的是属于上一代的音乐形式了，让年轻人觉得有些磨磨唧唧。也许，保罗·西蒙的歌只能让我们怀旧，保罗·西蒙只是一枚上一个时代的标本，陈列在岁月的风尘中和我们对逝去青春的怀想和怅惘中。

关于老鹰

老鹰（Eagles）是美国一支老牌的摇滚乐队。上世纪70年代，在美国，他们曾经风光一时。最有名的《加州旅店》一张专辑就卖出了一千一百万张，一支老鹰乐队，短短几年光景，就为美国卖出四亿美元，让同行望洋兴叹，酸掉下巴，是摇滚乐绝无仅有的奇迹。1979年，乐队解散，乐手们漂流各方，直到1994年不知出于什么原因，他们心血来潮，重新复出，而且进行了他们的全球巡回演出，推出他们的新唱盘《地狱解冻》，居然宝刀不老，梅开二度，一下子卖出五百万张，让那么多歌迷依然痴迷而不能释怀。真是匪夷所思，据说现场演唱会最贵门票一张要一百一十五美元，是少有的高价（那也没有我们在故宫午门前的三大男高音的演唱会的票价高），二十五万张门票短短几个小时被一抢而空。歌迷同球迷一样，有时是最无法理喻的一群。

我找到了一张《加州旅店》的DVD来听。重新走到一起的那五只老鹰，已经老了，头发都白了，一脸的沧桑，歌声中也透着几分苍凉。现场的歌迷疯狂得让我有些吃惊，好多人岁数已经不小了，却个个像是吃了伟哥似的年轻而亢奋起来，我不知道他们为什么那样激情洋溢而不可遏止。我真的没听出能让我激动的什么来，我就像一个局外人一样，站在海边，任他们那样汹涌澎湃，沾不湿我身上一点飞溅过来的浪花。

一身牛仔的他们唱得不错，放松得很，潇洒得很，喃喃自语一般，倾诉感极强。优美的和声不错，音响的效果也不错，尤其是几把吉他、一个架子鼓，配合着幽雅的弦乐乐队和清如雨珠滴落飞进的钢琴，此起彼伏，摇曳多姿，音乐本身显得很浑厚悠扬，做得精致而认真。但是，我只能说是不错，看他们五人鬓发斑白的样子，再怎么敞着怀，胸脯松弛的赘肉已经显现出来。再看他们年轻时的照片，觉得有点似是而非，甚至有点滑稽的感觉。严格地讲，他们也算不上是真正意义上的摇滚，只是乡村民谣略加以改造的摇滚，很司空见惯的东西，开始会让你以为是约翰·丹佛的翻版。我实在听不出那些歌迷为之疯狂的旋律。也许，每一个音符的意义因地域不同而不同吧，就像橘易地而成枳。

每一个时代会有一个时代的音乐，这个时代的音乐就成了这一代人的精神饮品，在当时和以后回忆口渴时饮用。便也成了这一代人心头烙印上的钙化点或疤痕，成为这一代人抹不去的记忆里一种带有声音图案的标本，注释着那一段属于他们的历史。就像一枚海星、海葵或夜光荧螺，虽然已经离开大海甚至沙滩，却依然回响着海的潮起潮涌的呼啸。

想到这一点，便也就理解了为什么有那么多的人为老鹰的这盘新唱盘而疯狂。

1971 年，当鼓手唐·亨利从得克萨斯州的一个小镇、吉他手格伦·弗雷从底特律、贝斯手兰迪·迈斯特从内布拉斯加，无所事事地在洛杉矶走到了一起，他们有种一见如故的感觉，胸中涌出的想法，让他们相见恨晚而一拍即合。后来加入的伯尼·利顿和唐·菲尔德，原来都是给别人的演唱当伴奏，一样寂寂无名而渴望出名，一样囊中羞涩而渴望富有。那时，他们都是二十三四岁的年轻人，住在廉价的公寓里，坐上音乐这辆并不新颖的大篷车，开始了向他们梦想的成名之路进发。

那时的美国和苏联的关系正紧张，越战打得人心越来越乱，在国内引起激烈的争论。老鹰成员会师洛杉矶的那一年，美国的经济很不景气，有四百六十万人失业，逃避与颓废的风气正在年轻人的心头弥漫。就在这时，他们给自己的乐队起名叫作"老鹰"，用了美国的国鸟来比喻自己，说明他们的正儿八经，不是在玩闹。1973 年，他们推出了第一张专辑，名字就叫作《老鹰》。他们唱的主题是神秘的英雄、逃亡者和孤独的独行人。他们给自己提出的要求是尊重、名誉和金钱。他们的音乐和他们的目标，都是和美国的那个年代那样地吻合，有那么多的人爱听他们的歌，以致那么多年过去了，只要一听到他们的歌，依然会想到那个逝去的岁月，就一点也不奇怪。

比如说那首到现在依然是主打歌曲的《加州旅店》，亨利唱的是一个驾车行驶在高速公路上的人，被引到加州旅店，他不知道那其实是一家黑店，他在里面尽情地跳舞饮酒，最后发现自己已无法脱身。亨利最后唱道："你任何时候都可以付账，但你永远无法离去。"这家加州旅店，是象征？是写实？如果不是那一代和美国 70 年代历史息息相关的人，便很难理解这些空洞乏味而显得颓废的歌词，居然也能够使他们如此疯狂。就像我们现在的假货盛行、房价飞涨，下一代很难理解一样，只可惜我们没有这样类似《加州旅店》的歌流行。

《加州旅店》也好，或者《浪费时间》也好，《昨天的女孩》也好，《一排美女》也好，《特奎拉日出》也好，《没关系》也好……他们那些歌，是那个年代遗留下来的老照片，在我们看来颜色已退，面目凋零，但对于和那段历史荣辱与共的一代人来说，却是踩上尾巴头就会动的啊。老鹰的重新复出，用他们这些熟悉的在我们听来似乎是有些老掉牙的老歌，给美国这一代人端起了怀旧的最好的酒杯。

这种情景，很像如今我们的歌迷听邓丽君、听罗大佑、听蔡琴时，那种我们中国特有的怀旧感情和感觉。时过境迁之后，歌词都只是次要的，即使忘记都没有什么关系，只要那熟悉的旋律蓦然间响起，就能够听得出来那过去了的生活，再遥远也立刻近在咫尺；或者说一想起那过去的生活，耳边便总能不由自主地响起与之对应的那熟悉的旋律，一下子把许多想说的话都在音乐中淋漓尽致地体现出来了。音乐成了那段历史的一个别致的饰物，即使许久未见，只要又看见它，立刻他乡遇故知一样，引起无限青春岁月的回忆。音乐的引子只要一响起，便如泄洪堤坝拉开闸门一样，无法遏止，开了头，就没了个头。音乐的作用有时就是这样地奇特。

我对老鹰乐队最感兴趣的，是他们的年龄，因为这五个人中除了弗雷是 1948 年出生，其余四人都和我一样是 1947 年生人。应该说我们是地地道道的一代人。在 70 年代初他们出道杀出一条血路，在整个 70 年代他们红透美利坚的时候，我正在干什么？

1971 年，我在北大荒插队，在那一年的秋天割豆子，一人一条垄，一条垄八里长，从清早一直割到天黑，结了霜带着冰碴儿的豆荚，把戴着手套的手割破，一片齐刷刷的豆子前赴后继还在前面站着。这样的日子就像长长的田垄一样没有尽头，希望消失在夜雾笼罩的冰冷的豆地里。

1973 年，也就是老鹰出版他们第一张唱盘的时候，父亲突然去世，家中只剩下老母一人，我星夜赶回北京，料理完丧事，开始了和母亲相依为命在北京待业的生涯。

我现在在想，那时属于我们的音乐是什么？无论在北大荒漫无边际霜冻的豆地里，还是在北京城到处流浪求生觅食的日子里，什么样的音乐如同老鹰的歌一样伴随着我呢？

我仔细想了想，有这样三部分的音乐在那时伴随着我和我们这样一代人：一是在知青中流传的自己编的歌，一是苏联那些老歌，再有便是样板戏。真是这样，在收工后的无边的田野里，在冬夜漫长的炕头上，在松花江黑龙江畔开江时潮湿的晨风里，在白桦林柞树林的树林里，在达紫香和野百合开花的田野里……有多少时候就是那样情不自禁地唱起了这些歌，有时唱得那样豪放，有时唱得那样悲伤，有时唱得那样凄凉。记得有一次到完达山的老林子里伐木，住在帐篷里的人在一天的夜里齐声唱起了苏联的老歌，一首接一首，唱着唱着，竟然全帐篷里的人没来由地都哭了起来，哭声越来越大，以致响彻了整个黑夜。

在有人类的历史中，没有文字时就先有了音乐，音乐是历史的一块活化石，是即使我们说不出也道不明的历史的最为生动的表情或潜台词。明白了这一点，也就明白了，前些天北京的舞台上，上演了一出由浩亮、刘长瑜、袁世海等原班人马出演的现代京戏《红灯记》时，为什么那么多人为之兴奋雀跃，竟然和老鹰复出一般遥相呼应，不分中外地雷同。熟悉的旋律，熟悉的戏词，乃至熟悉的一招一式，都会唤起那一代人共同的集体回忆。《红灯记》的内容已不是主要的了，样板戏和我们知青自己编的歌，以及那些苏联的老歌所起的作用，在这时是一样的，只是作为一种象征，作为载我们溯流回到以往岁月的一条船。它们能够让时光重现，让逝去的一切尤其是青春的岁月复活，童话般重新绽开缤纷的花朵。不知道别人听到它时想到什么，听到它时我就会忍不住想起那时的待业和割豆子，在特殊的音乐的荡漾中荡漾起一代人那无情逝去的青春泡沫。

有时候，音乐就是这样的一种青春致幻剂。

2000 年底

天堂兄弟

　　一个人，一把吉他，就那样简单得不能再简单地吟唱。单纯的歌声，单纯的吉他，没有什么杂音，没有什么杂念，有些慵懒，甚至有些信马由缰、散漫无章，一任水从罐子里淌出，流湿了一地，甚至濡湿了自己的脚，还是那样唱着，弹着。歌声有些单调，反复着一种至死不变的旋律；吉他有些醉意似的，晃晃悠悠的声音，炊烟一样袅袅飘荡在空中；眼睛望着远方，焦点却不知散落在哪里，一片迷茫，如同眼前的草地里的草在风中和阳光中疯长，摇曳的草叶间翻转着一闪即逝的微弱的光斑。

　　"天堂兄弟"，一个好听的名字，容易让人遐想。十多年前买这盘磁带时，对它一无所知，就是看到了"天堂兄弟"（Palace Brothers）这个名字，忍不住把它买下了。当时想，还有什么比天堂和兄弟这两个词更美好的组合吗？说"天堂父子"好听吗？说"天堂姊妹"好听吗？说"天堂情人"好听吗？或者说"天堂哥们"好听吗？不是太俗，太硬，就是透着假，都赶不上"天堂兄弟"动听。"天堂兄弟"，确实能够让你遐想悠悠，想起一种比亲情更加美好的人世间的关系，想起遥远的一个你从来没有去过的地方，纯净得没有一点污染。

　　我相信每一个人的心里都会有属于自己的音乐，在一个特定的时刻和音乐家的演奏或演唱他乡遇故知一般地相契合。这是与生俱来的，从这点意义上说，每一个人都是音乐家。做画家，还需要懂得色彩和造型；做文学家，还需要会编造故事。音乐不需要那么多外在的东西，只要你的心中想到了它，它就一定能够在你的心中回荡起来，即使一时没有回荡起来，必定有一种旋律在远方等待着你，和你心中的向往遥相呼应，就像树上的叶子，有远方的微风吹来，即使你还没有感到叶子在动，其实叶子已经感受到风的气息了。

"天堂兄弟"，就是我向往的那种远方的微风，轻轻地拂来，带来远方雨的湿润和草的芬芳，以及地平线上地气氤氲的蠢蠢欲动。

我真的很喜欢"天堂兄弟"，它只是一个人的乐队，独行侠一样行走在摇滚乐坛之上，来无影，去无风，人们很难知道他个人经历稍微细致一点的讯息。他有点神秘，缥缈如抓不着的影子。只知道他的名字叫作威尔·奥尔德哈姆（Will Oldham），他的名字虽然还很陌生，但他的音乐很早就回旋在另类摇滚乐坛上了。只是他不愿意抛头露面，一直躲在幕后，为别人写歌作词，将自己的名字融化在音乐里去自得其乐。一直到1993年才独自一人出山，在 Drag City 唱片公司出版了第一张自己的专辑《没有一个人要关心你》。即使专辑出版了，里面也没有他自己的任何介绍，甚至连一句歌词都没有印上。有人说得对："在这个人挤人、资讯快转的焦虑时代，他像是位隐士。"

就男子摇滚中如"天堂兄弟"这样的唱法而言，大概有这样类似的两类，一类如"红房子画家"（Red House Painters）和"低"（Low），很舒缓的旋律，很慢的节奏，很内省的音乐，低迷、凄婉，强调个人的经历和私密性的感受，弥漫着烟火之气，却也相对格局狭窄一些。一类如尼克·凯夫（Nick Cave），虽然也很感伤，凄迷，但由于受迷幻之声的影响，更加唯美，又由于尼克·凯夫本人的文学修养好，音乐的内容就更加丰富。

显然，"天堂兄弟"属于前者的路子，借鉴的更多的是自拉自唱自说自话的民谣小调，音乐的形式简单，歌词的内容单一，只是个人的生活记录和喃喃自语式的吟唱。尽管狭窄了一些、自闭了一些，甚至有那么一点顾影自怜和自怨自艾，但"天堂兄弟"的音乐还是让我喜欢。毕竟离我更近些，散漫慵懒，疲惫不堪，风尘仆仆，饮食男女，家长里短，歌哭鬼唱，一律都和我那样地近，那样地息息相通，真的如同你隔壁邻居家的孩子，或是你自己的兄弟。

去年夏天的一个傍晚，一连多日的闷热不雨，天气很燥热，我在离家不远的街上散步，看见两个年轻的小伙子，坐在街头一家早就下班关了门的公司前的台阶上，四周围着好多乘凉的人，他们一人弹着一把木吉他，边弹边唱，唱着完全是自己随意的即兴小调，旁若无人，很投入，很忘情的样子，尽管四周的人那样热汗淋淋，一点热汗都没有在他们的脸上显现，傍晚昏暗的天光辉映在他们的身上，糅合进他们很忧郁却也很清凉的歌声中，让我想"天堂兄弟"的歌声大概就是这样子的吧。

听"天堂兄弟"，有时，我会想我们的音乐里以前并不缺少这样的民谣小调，周璇唱的《四季歌》等那些歌，刘天华拉的《二泉映月》那样的二胡曲，应该都属于那样的小调，至于陕北信天游里的酸曲，内蒙古的长调短调，还有青海的花儿，其中不少都是这样的小调。只是一到我们的主流音乐里，这样的民间小调就很难找到了。我们可以随手数出鱼甩子一样多歌手的名字，他们频繁地在我们的电视的娱乐节目和报纸的娱乐版上出现，涂脂抹粉地和我们逗着闷子，以此来增加他们的上镜率和知名度，但我们真是很难找到他们其中谁是如"天堂兄弟"一样唱民间小调的。一个都没有。我们的电视屏幕上制作了一批又一批的晚会歌曲，我们的唱片公司孵化了更多的那种千篇一律的爱情歌曲，不是愿意走宏大叙事的路子邀宠媚上，就是愿意吃着别人嚼过的馍，透着几分虚假和造作，屈膝于市场和时尚。

　　我们缺少这样自我吟唱式的小调，是因为我们已经缺少了这样朴素的表达方式。从历史的原因来说，是因为和我们社会曾经长期处于的假大空有着明里暗里的关系，或是无奈的藕断丝连，或惯性的轻车熟路。从现实的原因来看，是因为数字化时代的到来，让我们的个人情感的表达可以轻而易举地被程序化和模式化，我们可以随心所欲地从电脑软盘里找到为我们设计好的所有的文件，也可以手到擒来从各种漂亮精美的贺卡中找到我们所要的标准化词汇，复制出我们所要表达的所有的感情，用快递公司去派送。我们同时也受到流行文化和消费文化致命到骨髓的影响，因此我们更愿意九百九十九朵玫瑰式的和爱你一千年一万年不变的感情奢靡和空泛的抒发。朴素的表达方式便这样理所当然地就被抛弃，真诚便这样轻而易举地就被阉割，而本属于私人化的感情，当然更方便地就被当成卫生巾一样最频繁地亮相在广告中去轻歌曼舞。

　　有人说，"天堂兄弟"的威尔·奥尔德哈姆的嗓音有些像尼尔·扬（Neil Young），其实，威尔·奥尔德哈姆的嗓音无论和尼尔·扬，还是和"红房子画家"的马克·科兹里克（Mak Kozelek）来比较，确实都有那么几分相似，但他比起他们来说都更显得纤细而柔弱，有一阵微风吹来，就可以把他的歌声吹得游丝散尽。他那份呜咽幽怨也是独有的，是化解在那把简单的吉他和他自己淡薄的嗓音里的。而他那种远遁于世"隐士"般的态度，更是别人不具有的，确是和他简单得甚至有些单调重复的音乐吻合得天衣无缝。他的歌有些像是风中飘曳的蒲公英，轻若羽毛，翩翩飞舞，有阳光辉映的时候闪着迷惑的金色的柔光，飘在阴影里的时候一身迷途难返的迷茫。

听"天堂兄弟"，总会有一种征鸿过尽，万千心事难寄；连天衰草，望断归来路的苦涩和无奈。

听"天堂兄弟"，总会有千里暮烟愁，一川秋草恨弥漫满身的感伤，也总会有红了樱桃，绿了芭蕉的一闪一亮。

听"天堂兄弟"，总会涌出断肠人在天涯的共鸣。

听"天堂兄弟"，让我想起诺贝尔文学奖得主、爱尔兰的诗人西默斯·希尼的诗——

　　　　你就像一个有钱人听到一滴雨声，
　　　　便进了天堂。现在再听。

当然，这和有钱没钱无关，只和音乐有关。

前两天的晚上，孩子从美国打来电话，告诉我说：我看见你最喜欢的"天堂兄弟"了！他是从网上看到"天堂兄弟"要来芝加哥演出的消息，说是芝加哥，他开车开到芝加哥郊外很远的一个地方，但全场爆满，所有人都站着听完他的演唱。放下电话，找出他的唱盘，重新听了一遍，歌声荡漾，昔日重现。

不要在地铁里睡觉

1995 年的彼得·莫菲（Peter Murphy）和 1979 年的彼得·莫菲不一样，和 1983 年的彼得·莫菲也不一样。他没有了在《平地》和《天旋地转》或《内部燃烧》中的低沉和黑暗，伴奏音乐似乎也少了一些喧嚣和阴冷，显得动听而且丰富了许多。不知为什么，听起来，彼得·莫菲的声音更浑厚迷人了。如果把背景音乐去掉，会越发动听，流畅得很，他似乎从原来的一条夜色里浑浊的河水，在自己不住地流淌中变成了一道阳光下清澈的瀑布，毫无遮拦地倾泻下来，水花四溢，让人感到清凉了许多，湿润了许多，惬意了许多。

不知为什么他会有如此的变化，也许，只是我听时感觉的变化，彼得·莫菲还是彼得·莫菲，并未真的洗心革面。不过，听音乐，还是要相信自己的感觉，哪怕很主观，却一定很准确。彼得·莫菲的嗓音确实变化了，变得动听得多了。就像岁月能够将一株树木或变得绿叶葱茏枝干挺拔或变得树皮老皱枝叶凋零而改变得面目全非，当然也会把一个人的嗓子改变了样子，就像一株树慢慢地长大。

彼得·莫菲的嗓音本来就很有魔力，弹性十足，如今变得更成熟，更富于男人味。比起 1979 年他和伙伴成立包豪斯（Bauhaus）

乐队时和 1983 年解散了咆嚎嘶时，彼得·莫菲确实显得成熟了，我明显感到他的嗓音的变化，从嗓音确实能够看出一个男人的成熟。如果说以前像是萋萋野草，虽曾经尽情地摇曳在蓝天骄阳之下和畅快淋漓的长风之中，现在已经长成了一株粗壮的树，年轮不动声色地刻进了自己的木纹之中，也渗进自己的嗓音里。那是一种从小伙子变成了一个男人的味道，也许更能够被我所接受。是那种嘴唇很厚、胡须扎人、胸腔宽阔、目光如炬的那种男人，绝不奶油，也不是那种西服革履上衣袋口特意插一朵花或喷洒了香水的手帕的男人，更不是那种一身囊膪皮带只能系在肚脐眼下面的男人。

在英国摇滚音乐史上，咆嚎嘶是 80 年代一支重要的乐队，他们注重音乐的效果，将歌剧、戏剧、芭蕾、电影里的恐怖片的效果统统结合起来进行实验的音乐，实在是迷倒了一批人。作为咆嚎嘶的主唱，彼得·莫菲一直是整个乐队的主宰和灵魂。他的生命力是那样野草丛生一般地旺盛，解散咆嚎嘶后，他单飞至今依然魅力不减，而且在不断变换着自己的风格，这样的音乐轨迹，并不是每一个歌手都能够划得出来的。

不过，对比咆嚎嘶而言，我更喜欢今天的彼得·莫菲，他不再那样地冷漠，他的感情色彩变成暖色调了，明显地表现在他的歌声和音乐里。当然，并不是浓艳的那种感情，而是有节制，有点看破春秋演绎的劲头。在我看来，日子已经沉淀下了许多以往的黑暗阴沉和喧嚣，让水流呈现出一些少见的透明和蔚蓝。

当然，也可以这样说，他似乎更向流行靠近，失去了原来摇滚的色彩和力度。有时候听着听着会觉得忽然有那么一点约翰·丹佛的味道，这感觉很奇怪，也许只是一时的错觉。但明显民谣的特点，是不会错的。说彼得·莫菲向现实靠拢，向抒情投降，也不会错。听他的有些歌，那样地昂扬向上，一种透明的心态，一种戴着太阳镜驾驶着敞篷汽车开足了马力飞奔在高速公路上的感觉，快速的风和路旁的树一起水流一般从身旁兜过，心里和歌里明亮的感觉一并犹如头顶上的天空。只有在高音区上，才泄露了彼得·莫菲的本色，到底没有约翰·丹佛的那种高遏云天的特有明亮，显得多少有些浑浊。

我听的这盘磁带是 1995 年的出品，名字叫作《小瀑布》。我非常喜欢听他在里面唱的一首叫作《地铁》的歌，他唱得格外温情脉脉的那种样子，一开始就那样缓缓低飞如同飞机要平稳安全着陆到家的感觉，充满着他歌中少有的温馨，让我觉得不认识他一样，不敢相信他居然也能唱这样温情的歌。他反复地唱道："不要在地铁里睡觉，不要在倾盆大雨里睡吧。"真的让我感动，像是很少听到的一种叮咛，尤其是在冷漠如冰的今天，在熙熙攘攘人流如潮的拥挤中，在擦肩而过的匆忙的地铁里，这种叮咛是那样感人而清新。他接着这样唱道："恨是一种罪恶，这条道很窄，像冰一样地薄，我们却可以在这里的某一个地方遇到。"

我确实得佩服彼得·莫菲，他能够准确地捕捉到生活中微妙的瞬间，让我们在某一个地方和他不期而遇，听他为你唱出那难得的温情和叮咛、宽容和期待。他不是那样大而化之，没有我们的歌中常常听得到的只是色彩艳丽的名词和形容词累加的空洞，而是浓缩到最能够打动人心的一点上，让他的歌声飞溅出魅力四射的水珠，湿润着我们麻木而干涸的心。

听这首《地铁》，总让我想起的无论是东京还是在巴黎还是我们北京的地铁里，见到的那些司空见惯的在摇摇晃晃的车厢里的人们，也总让我想起吕克·贝松导演的那部叫作《地铁》的电影，那些镜头里的奔忙如鲫的人流，冷漠如木偶的面孔，和那震耳欲聋的地铁的穿梭不停对生活的回避，对现实的逃离，孤独的流浪，漂泊无根的无奈，还有那里面的一支摇滚乐队……便总会叠印着彼得·莫菲的影子，情不自禁地跳跃进彼得·莫菲的这首歌中来。那种日子对人生的重压，一天的繁忙对人心的蚕食，地铁车轮撞击铁轨的隆隆单调声响，正是对人疲惫麻木和昏昏欲睡的最好伴奏。仿佛他就在电影里，就在地铁西直门或东直门站的哪一个角落里，抱着他的吉他，悄悄在唱着这首歌，告诉你："不要在地铁里睡觉，不要在倾盆大雨里睡着……"

在这盘磁带里，还有一首歌，叫作《宽恕的雨》。在这首歌里，他唱着和《地铁》同样的主题和旋律："你愿不愿意和我一起散步，如果我跑开时，你会不会原谅我？你会不会从河的那边游过来？让我们成为在宽恕雨中跑来的人，当我害怕穿越河的时候，请当我的桥。"宽恕和宽容、原谅和理解、关爱和呼唤，竟变成了他的歌的主旋律。

这盘磁带的最后一首歌是《希望》，他唱的还是这样的主旋律。他用类似裴多菲一连串排比式的语言，将希望唱得非常朴素、迷人而感人，让人听着是那样亲切自然："我希望这是春天，我希望这是你的房间。我邀请在你的篱笆外徘徊的乞丐。我希望我是你的树，我希望我是向你鞠躬致意的一缕烟。我希望我们穿上快乐的大衣，我希望我们在海滨有海风吹拂，我希望我是你的镜子，给你我的魔杖。我希望我是你的镜子，是你美好的阳光。我希望是一个流浪汉，住在你的土地上。我希望我是一个爱尔兰的修鞋匠，从你的手中接过玫瑰汁的芬芳。我希望我是一个乞丐，等待在你的门槛上……"

听着他这样的歌，会很自然地想起裴多菲的那首名篇《我愿意是急流》："我愿意是急流……只要我的爱人是一条小鱼，在我的浪花中快乐地游来游去……"或者想起我国青海的民歌："我愿做一只小羊，跟在她身旁，我愿每天她拿着皮鞭，不断轻轻打在我身上……"无论哪个国度，人们表达自己感情的方式连同习惯用语竟然都是如此地雷同，就像水流一样，不管是从遥远的哪里流来，都能够迅速地找到汇合点流到一起来。音乐无疑是最快捷的沟通方式之一，歌声便是连接起我们相互走近的桥。可以清晰地看出，彼得·莫菲向民间靠近的姿态，他确实像是一缕弯腰鞠躬的烟。这是一个贴切的比喻，是彼得·莫菲的一幅写意的素描。

还有一首《野鸟群向我靠近》，我也很喜欢。在这首歌里，他唱得有些奇怪："一个有蓝眼睛的孤独的男孩，头发滑到了地上，从文字中读出了语气，从一个他自己的国度里，所有的嘴唇都像一个波浪……你是羔羊，你是国王，你是太阳，你为什么要躲藏？你像画挂在墙上，没有人看见你的光亮。你只在我的视野里，你年轻的泉水，像火焰里诞生的飞蛾，带着我们穿过屋顶到蓝天上……"然后，他最后莫名其妙地唱道，"野鸟群向我靠近，为了伙伴而高唱着摇滚。"

他好像从现实的《地铁》中，一下子飞到野鸟群靠近的漫天飞翔的幻想之中。你弄不清他的野鸟群到底象征着什么，为什么要向他靠近。但无论现实也好，幻想也好，野鸟群也好，飞蛾也好，抑或是在歌中多次出现的地铁、桥、雨、刀子、小瀑布……一个紧接着一个的意象（不知为什么在这盘磁带里出现了这样多的意象），彼得·莫菲和原来的样子确实不大一样，我能够感觉到他的心并不因不再年轻磨出厚厚的老茧而油盐不进，却更为平实平易，而且还没有失去幻想和向往，在他的心中一下子放飞出这样多缤纷的意象，像是放飞出一只只洁白的鸽子。一个唱了二十年的歌手，能够做到这样算是很不容易了。

也许是年龄的关系，我更能接受现在的彼得·莫菲。在这盘磁带中，音乐做得也不错。特别是背景里的回声，非常漂亮。在以前咆嚎嘶时代，也曾经出现过回声，比如在《天旋地转》里就有回声，但现在的回声变化很大，而且富有感情色彩和音乐本身的丰富的色调。或高或低，或远或近，或迟或缓，或扬或抑，回声此起彼伏，和他的歌声呼应得异常和谐，让你觉得他的歌声忽然像是在回声中荡漾的船只，那些回声像是远航归来的船帆前迎来了漫天飞翔的海鸥，透明的翅膀上驮着清凉的晚风温暖的晚霞，一起辉映在船头和水手的身上。在那激越的鼓声和电子合成器制作出的浑厚的效果中，显得格外出色和明亮。那种感觉是一路平安的归来，是风荡漾起海浪一层层雪白的浪花亲吻在港湾的堤坝前，化为一湾波平浪静。

在这盘磁带的封套里有一页满满地印着一张一个小男孩的照片，而彼得·莫菲和伙伴的合影只占着偏僻的一角，可以看出他对这张照片的重视。金发小男孩笔直地站在刻有红十字的门前，身穿白衣黑短裤，胸前背着一条宽宽的绶带，双手合十，明亮的大眼睛望着前方。不知道这个男孩子是不是《野鸟群向我靠近》里的那个蓝眼睛的孤独男孩子，是不是那个能够从每一个嘴唇看到一个海浪的男孩子。不管是不是，这种虔诚纯洁的感觉，正是彼得·莫菲心中的向往和渴望。他有意用这张照片为他的歌声做了形象的表达。

真的，无论什么时候，只要一听到"不要在地铁里睡觉"，不要说是歌声，哪怕只是一句轻轻地诉说，也足以让人感动的了。现实的生活里，除了自己的父母，谁还会在意这样一句"不要在地铁里睡觉"的嘱咐和叮咛？就是自己的亲兄弟姊妹也都在各自的奔波之中，人们变得越来越自私越来越现实，就像罗大佑在歌里唱的那样："人们变得越来越有礼貌，可见面的机会却越来越少。"客气的礼貌，并不是真正的关心和爱，生日的豪华蛋糕和九百九十九朵玫瑰，代替了日常琐碎一点一滴的关照。温馨和温情，已经被挤压得如同人们品尝咖啡时壶底的碎末或嘴里含过的干话梅核，可以随手扔掉。谁还在乎这样一句话？

而彼得·莫菲却在经历了人生沧桑之后，抱着一把吉他，站在喧嚣拥挤的地铁的角落里，轻轻地为你唱着："不要在地铁里睡觉，不要在倾盆大雨里睡着……"我们应该为他而感动，值得停下脚步听一听他的歌唱。

黑色也是一种彩色

在摇滚音乐里，噪音是其组成的重要元素，而且，还可以细致地分为工业噪音、电子噪音、金属噪音等并不科学却极为流行的多种形状。白色噪音就是其中的一种，虽然到现在我也不明白为什么要称之为白色噪音，难道还有黑色噪音和它对应吗？难道它不是电子器乐所制造的噪音吗？它和电子噪音有什么区别吗？也许，提出这样的问题，就是十足的外行。噪音就是这样自然而然、理所当然地出现在摇滚音乐里，分类只是人为的好事而已。

在古典音乐里，是没有噪音的。因为古典音乐崇尚的是谐和、平衡、高雅、持久、匀称，源于古罗马拉丁语古典 classic 一词，在拉丁语里就是这些含义，噪音显然是被摒弃在外的。尽管现代音乐的创始人勋伯格（Arnold Schoenberg）曾经将噪音尝试地运用在古典音乐里，但终究没有成为古典音乐的主流，而是被认为有些离经叛道。另一位现代音乐家拉赫玛尼诺夫（Sergei Rachmaninov）在 19 世纪末曾经敏感地预言：噪音在下个世纪将成为重要的组成部分，但下个世纪真正到来的时候，噪音始终也没有能够成为古典音乐的组成部分。

命中注定，使噪音成为音乐重要组成部分的，不可能是古典音乐，而只能是摇滚音乐。从这一点意义来说，说明古典音乐的局限性，也说明摇滚音乐的开创性，所谓尺有所短，寸有所长。背负着悠长历史岁月和高贵而骄傲的古典音乐，便也背负着沉重的包袱，靠自身是不能打破自己的局限的。运用古典音乐制作的模式，可以虚拟和再造出 17 世纪古典音乐天空的辉煌，但星光灿烂辉映出的已经不再是巴赫和莫扎特生活的 17 世纪的天空了。新的天空毕竟要出现新的星辰。

可以说，将噪音制造成音乐的人，是和创作古典音乐并排的人。

它拓宽了音乐自身的疆域，并创造出了新的音乐美学标准。

因此，与其说它使得音乐变化了内容和另一种可能存在的形态，不如说它是在用新的方式对现实世界的情景进行描述和诠释。对于他们来说，秦时明月汉时关，只属于古典时代，绝对不再属于现代，现实的情景中也绝对不复再现。

生活在古典音乐时期的人们，追求的是人性善良美好的一面和自我的心理平衡，向往的是梦与现实混淆的境界，而回避和规避着一些现实。而生活在摇滚音乐时期的年轻一代，表现的则是人性扭曲和压抑的一面，彰显的是现实不合理的丑陋甚至残酷的一面。梦是灰色的，现实则是如同头顶上污染的天空一样，雨后很难再见到彩虹。

也许，对于我们这样一代，如丝似缕的小提琴和清亮透明的钢琴以及荡气回肠的交响乐最适合我们，让我们哪怕是枯涩的回忆，也发酵变得美好而诗化起来。对于年轻的一代，噪音则是他们赖以生存的这个躁动不安充满着战争、骚乱、尔虞我诈、欲望膨胀的背景，是他们由此激发的感情外化和生存状态的一种形式。不用说，回荡在他们生命之中的尽是这样的噪音，就是回忆里的诗也散乱了韵脚而成了浑浊的杂音。

我猜想，噪音在最适合淋漓尽致地表现年轻一代情感的摇滚音乐之中，大概就是这样应运而生。

　　我不知道是什么时候噪音开始出现在摇滚音乐里的。据说，早期的布鲁斯时期，就有摇滚歌手不满足做一个仅仅对社会负责任的行吟诗人了，他们就开始大胆妄为地做古典音乐不能做的事情，将噪音引入摇滚世界。在欧洲曾经涌现出的浮士德运动中，便有工业噪音在摇滚音乐中生机勃勃地躁动，认为自古希腊歌剧中和教堂圣咏中的美妙人声，已经变得不那么重要和主要，而拎起了人们从来难以接受的噪音，残酷而真实地表现后工业时代的冷漠。即使到了摇滚的新古典主义时期，以4AD公司出品的一系列唱片，不食人间烟火，逃避现实，唯美主义盛行，如凯特·布什等依然也出现了白色噪音。到目前为止，噪音在摇滚中几乎比比皆是，见怪不怪了。就好像水果中的榴梿，最初吃起来会觉得有股子怪味甚至臭味而不习惯，吃习惯了会觉得是一种特殊的香味呢。

　　就我个人而言，不是什么噪音都可以接受，比如重金属，总觉得太闹得慌，过于嘈杂而沉重。但白色噪音是能够接受的。我不知道它源于何处何时何人，以我听摇滚有限的经验和知识来看，似乎不是最早也是较早的60年代出现在"地下丝绒"乐队（The velvet underground）；而后被80年代初期的"耶稣和玛利亚锁链"乐队（The Jesus and Mary Chain）学得了奥秘；80年代末出道的"我的血腥的情人节"乐队（My bloody valentine），则是明显地受益于这两支乐队的影响。我很喜欢"我的血腥的情人节"这支乐队的演唱，他们让我对噪音有了全新的认识，对白色噪音有了感性的了解。它和我以前的想象完全不一样。

　　也是，以前，对噪音有的只是固有的印象和无知的误解。

1984 年，以天才的凯文·希尔兹为首，作着音乐、弹着吉他，和鼓手科·奥索尔伊格、歌手戴夫·康伟、键盘手蒂娜，一起组建了"我的血腥的情人节"乐队。这名字有些古怪而匪夷所思，据说乐队的名字来自一部恐怖电影。他们一共只出过两张唱片：《非物》（1988 年）和《无爱》（1991 年），但数量少并不妨碍他们的出色。据说他们在演出时只是静静地站在舞台上，只顾自弹自唱，并不和听众交流，被人称为"自赏派"，也算是我行我素，自成一格，花开花落两由之。

我喜欢听它的音乐，他们所制造出的白色噪音，不似重金属那样震天动地，满耳轰鸣，他们似乎将那噪音别有用心地拉成了一条条丝线，织成了一缕缕亚麻的布帘，密密麻麻地飘荡在我们的面前，不停地晃动着，晃得我们有些眼花缭乱。吉他声很难听到，只能听到噪音制作出的短促的音符在不断地重复着，就像电影片子卡住了，总是来回重复放映着同一个片段。但节奏很明显而清楚，这样有节奏的噪音循环往复，有一种大弦嘈嘈如急雨的效果，那情景不像是在机器轰鸣的车间，而像是在黄梅天披着雨衣或撑着伞走在车水马龙的大街上，地面上积的雨水在哗哗打着旋涡往地沟里流着，身旁经过的是脚步急匆匆而面孔冷漠的人们，眼前是灰蒙蒙的雨雾一片，什么也看不大清，只有雨水不断线地在下着，香烟一支接着一支在抽，酒一瓶接着一瓶在喝，脚下的浑浊而厚重的雨水哗哗地在流。

这种白色噪音制作出的噪音墙，隔住了什么，却也在隔住的空间当中让人感到了一种与世隔绝般的自己的天地。那种由此产生的孤独，多的不是愤世嫉俗，而是有些凄婉和隐约的美。那种美不会让人感伤或震惊，却有一种隐隐的痛让人无法言说。没有那种重金属噪音所宣泄出的声嘶力竭、撕心裂肺的疯狂，不是那种痛不欲生、呼天抢地的发泄，而是一种压抑却不想迸发的情感、慵散而有些颓废的情绪，以及无所事事，脑子一片空白，却依然存有一丝梦幻的灰烬残存地闪烁，雨蒙蒙中带有几分瑟瑟的凉意，一起随音乐袭来。有点像戴望舒的《雨巷》，只是在巷子里没有丁香，多了一些隐隐约约的噪音。

我听《无爱》这盘唱盘时，窗外正下着淅淅沥沥的冬雨，这种感觉就越发地明显，密密的雨丝和密密的噪音墙，一起飘忽在了眼前，不知是音乐在为冬雨伴奏，还是冬雨在为音乐伴奏，两者的形象那样相似，一种空虚而孤独无助的气氛袅袅地弥散开来。音乐里散发出的噪音，仿佛通过了弱音器，进入了一个魔盒子似的，再出来变成了另外一种装束。间或主唱并不明显而是有些含混不清的声音，絮语般地和噪音此起彼伏，像是把噪音当成一只只雨中淋湿了的鸟在逗着玩。噪音便不像是平常日子里分贝数字吓人的杀手，而像是一位天才的雕塑师，为我们雕塑起了另一种音乐的形象。

"我的血腥的情人节"中绝大多数的音乐出自凯文·希尔兹之手，他杰出的音乐天赋，确实为我们展示出噪音的想象力和创造力。

想起画家马蒂说过的一句话："黑色也是一种彩色。"噪音确实也可以化腐朽为神奇而成为一种音乐。

为何我唱布鲁斯

民间音乐的生命力，旺盛得有时让我吃惊。它们就像一条从遥远的历史中游来的鱼，既可以存活在出土的古老陶罐的图案里，想象在遥远的岁月里；也可以出现在现实的时间里，振鳍掉尾活灵活现在我们的面前。它们活在两个时空中，游刃有余，呈对称的两极，辉映在音乐之流中。

美国的蓝调音乐即布鲁斯，大概是美国也是全世界最富有生命力的民间音乐之一了。

听到美国的布鲁斯，我会很自然、很感性地想起密西西比河上的天空、得克萨斯州的田野、路易斯安那的林区……那里是蓝调音乐的发源地，就像肥沃的土壤一定会生长茁壮的森林和牛羊一样，那里生长着绵延至今的蓝调，蓝调是那里盛开的忧郁的勿忘我似的不败的蓝色花朵。

听到美国的布鲁斯，我也会想起电影《飘》和《汤姆叔叔的小屋》，那里面黑人奴隶们在南方炎热的土地上痛苦劳作时的歌唱，那种或是独自忧伤的呻吟，或是群体低沉的合唱，实在是有种比哭泣更让人撕心裂肺的感觉，那种音乐飘荡在空中像是云一样无所不在的流浪，始终笼罩在我们的头顶，飘落下便像是水能够无所不能地渗透进土里石缝里一样，一点一滴地渗透进我们的心里，然后烈酒一样发酵在我们的心里。除非我们的心是一个大漏勺，我们不会不为它湿润为它盈满感动的浑浊泪滴。

记得刚上中学时，我背诵并在学校里朗诵过一首叫作《在密西西比河，有一个黑人的孩子被杀死了》的诗。我想，那飘浮在密西西比河上空被残暴害死的黑孩子不屈和不死的灵魂，该就是布鲁斯的旋律吧？

即使时间过去了那么久，只要一听到布鲁斯，我的脑子里总还是立刻就想起那个死在密西西比河里的黑孩子。我相信许多人听到布鲁斯即使没有想起那个黑孩子，也一定会想到美国的黑人，想到美国的南方，就像一听到《紫竹调》和《茉莉花》，立刻就会想到我们杏花春雨的南方一样。民间的音乐即使不和民族的记忆联系在一起，也是这样和自己的土地紧密地联系在一起。

那种挥洒在美国南方热辣辣的种植园里的汗水和音符搅拌在一起，那种淤积在一代代奴隶心头的愤怒和旋律搅拌在一起，那种收工在夕阳西下时分的火烧云下的尽情地宣泄和节奏搅拌在一起，或者在夜晚昏暗的酒馆里，或燃烧的篝火旁，那一醉方休的饮酒和疯狂的跳舞踢踏得泥土飞扬的节拍搅拌在一起……我猜想，布鲁斯应该就是在这时诞生的吧？布鲁斯的诞生，不是为了高雅或高贵，布鲁斯首先是和悲伤是和痛苦和沉重的劳作联系在一起的。它不是那种必须要身穿晚礼服喷洒着香水环佩叮当珠光宝气去欣赏的音乐，它只是那种赤着脚光着胸膛在烈日下热汗流淌的奴隶们的音乐。是那种喷涌着酒气和劣等烟草的烟味以及南方伐木林区和种植园泥土和腐殖质的气息混杂在一起的音乐。是那种砍刀和锄头碰撞、汗珠和血滴相涌、内心呼喊和口中宣泄交织，所一并发出尖利如同荒野上号叫的狼一般的音乐。布鲁斯的音乐从来打上的都应该是下里巴人的印记，如果打上了假贵族或伪诗人的徽章，就一定不再是真正的布鲁斯。

那些从非洲移民来到南方这块土地上的黑人奴隶们，把开垦和收获连同辛酸和音乐一起带到了这里，播撒进泥土里开放出布鲁斯这朵勿忘我的蓝色花朵来。那种班卓琴、曼陀林和小提琴的交融，尤其是吉他的加入（如今不少是钢琴的伴奏），布鲁斯才犹如一个姑娘恰逢其时的成熟，有了经血一般有了气韵有了养殖的生命力，将曲线流溢的身段和丰满的情致，荡漾在我们的面前，并繁衍了无数美丽的布鲁斯的歌曲，星星一样多得首先遍布在密西西比三角洲。

我所了解的布鲁斯的知识很少，小时候，说起布鲁斯，我只知道保罗·罗伯逊，他也许算不上真正的布鲁斯，不过那纯粹男低音的歌唱，即使几十年过去依然清晰在耳，而且是以后再也没有听到过的男低音，更重要的他是一个黑人，我便不由得把他和布鲁斯联系在一起而自认为是我第一次听到的布鲁斯了。后来，渐渐地长大以后，我知道了 W.C. 汉迪，知道了他那有名的《孟菲斯布鲁斯》和《圣路易斯布鲁斯》；知道了 J. 布兰德，那首动听而深情的明尼苏达州的州歌《带我回到老弗吉尼亚》，就是他的杰作。

再后来，我知道了 B.B. 金。

说实话，我对 B.B. 金一无所知，只是在今年的格莱美奖的获奖名单中看到了 B.B. 金。我不知道其实早在 1987 年格莱美就给他一个终身成就奖。我问儿子，他说："你问 B.B. 金呀，'老炮儿'啦！"我才知道，这位出生在密西西比的布鲁斯大王今年已经七十六岁了，是够老的了。在老一茬的蓝调歌手中，他几乎成了硕果仅存的一位，说他是布鲁斯的一块活化石，大概不为过。从 40 年代一直唱到现在，横跨了半个多世纪，从一个比尔大街的布鲁斯男孩（因为比尔和布鲁斯的英文单词 Beal、Blues 开头各有一个 B，所以后来简称为 B.B.金），到如今白发苍苍，还没有一个摇滚歌手能够像他宝刀不老唱得如此长的岁月（鲍勃·迪伦算是摇滚的常青树了，也赶不上他的时间长），唱的歌声和时间一并如雪斑白锁定在布鲁斯的歌声中，不是活化石是什么？

那天，我去买磁带，说起 B.B.金。卖磁带的小伙子几乎惊奇地问："您买 B.B.金？"再一问，才知道现在听 B.B.金的人已经很少了。新的蓝调大王在频频出现，谁还在乎一个老头子？

不过，小伙子很热情地对我说："我这儿还真给您准备着两盘 B.B.金的磁带。"

一盘 B.B.金的专辑，一盘 B.B.金在库克郡监狱的现场演唱会。

我请教小伙子，请他为我推荐其中的一盘。他想了想，把那盘在监狱的现场演唱会的磁带递给我："您还是听这盘吧，布鲁斯的演唱，即兴的成分很强，听现场更有味道些。"

小伙子说得很行家，即兴性和民间性，是布鲁斯的双飞翼。听布鲁斯，当然是现场更见水平，现场的气氛有助于歌手的发挥，布鲁斯的音乐本身就有着这样发挥的成分，一把抱在怀里的吉他就像是一个不安分的女人，时时被他撩拨得如蛇扭动，生龙活虎，风情万种，随着他的歌喉一起交欢，云起风动，出神入化。

这盘现场演唱会的磁带，是 B.B.金 1980 年的制作，那一年，他五十五岁，正值壮年。他的嗓音非常洪亮，嘶哑的号叫都是那么底气充沛，和沸腾的听众对唱得此起彼伏，气氛很是热烈，让人想起布鲁斯发蒙时期，那种歌声呼应的幽幽韵律和从心底发出的激情。

在这盘磁带里，B.B.金唱了 50 年代和 60 年代曾经风靡一时的歌曲，比如《亲爱的你知道我爱你》（1952年）、《每天我都有布鲁斯》（1955年）、《请接受我的爱》（1958年）、《甜蜜的16岁》（1960年）、《你能有多忧郁》（1964年）……看来虽然是在监狱里给犯人演唱，他还是很认真地精选了他自己得意的作品，不愿意对付他们。

50年代和60年代，正是B.B.金鼎盛的黄金时期，他上足了发条似的一年有三百天在现场演唱，这实在是一个惊人的数字，另外的时间在录音棚里录音。这也就是说，除了睡觉，他把时间都交给了他钟爱的音乐，他身体里的每一个细胞似乎都燃烧在他的布鲁斯里，或者说他的布鲁斯再造了他的生命。他才会具有如此旺盛的生命力，同他唱的蓝调一样喷发着火山般的热力，并奇迹般地将这座火山持久地喷发一直保持到如今七十六岁的年纪。

这位童年在颠沛流离的生活中成长起来的布鲁斯大王，得益于他的前辈布鲁斯大师博恩·沃克（T-B.Walker）的指引，并受益于民间的布鲁斯艺人布卡·怀特（Bukka White），后者发现了他的天才，亲自指点他演奏吉他的非凡技巧，而画龙点睛使得唱念作打样样技艺超群。只是在我听来，对比那种狂野的布鲁斯，B.B.金显得软了一些，少了一些原始布鲁斯的号叫和呻吟，多了一些舒缓和抒情，远离了黑人当年移民初期时背井离乡的荒凉和悲伤，以及在南方的种植园里当奴隶时的痛苦和苍凉。也许，是布鲁斯在时代的变迁中已经发展成多种分支，我是不大懂，也分不清，布鲁斯在这样的发展中生长了一些新的东西，也可能失去了一些东西。

或许，这就是B.B.金。和我想象中的B.B.金不大一样，和我想象的布鲁斯也不大一样。

不过，我忽然想起同样为民间音乐，我们的《紫竹调》《茉莉花》，和这些布鲁斯真是大不一样。漫长的封建社会，我们的农民所经受的一切不比黑人奴隶痛苦吗？怎么我们的音乐删繁就简只剩下了轻柔缠绵和小花小草般的玲珑剔透？我们为什么就缺少了布鲁斯那样的粗犷？那种对痛苦的不平的号叫，对忧伤本能的呻吟，以及那合唱般山动地摇的你呼我应？即使是同样表现痛苦的山西民间小调《走西口》，也只是一唱三叹的哀婉，缺少那种内心与外在共有的震撼。也许，是民族的性格特点不尽相同，我们更讲究的是阴柔含蓄和制怒于心里不要外露的中庸。也许，从我们的西北的花儿和信天游的酸曲或蒙古族的长调中，能够多少听出这样一些粗犷和呼号，但多的大概是一唱三叹，还是少了些如沙漠戈壁本性和本能的粗粝、荒凉和尖锐。我闹不大清，同时闹不清的是，在美国出于民间音乐的布鲁斯，在日后的发展中成了摇滚乐的一支劲旅，而我们的民间音乐只演绎出一台管弦丝竹的演奏或民族唱法的演唱，在我们的流行音乐和摇滚歌坛里，只有舶来的现兑现卖，恰恰没有什么我们自己民间音乐的成分。

1969 年，B.B. 金曾经唱过一首叫作《为何我唱布鲁斯》的歌，但反响一般，和他的那些脍炙人口的歌相比，这首《为何我唱布鲁斯》为人所知甚少。我没有听过这首歌，但我很感兴趣，不知道他是如何自唱自答的。这是一个重要的问题，因为只有回答这个问题：为何我唱布鲁斯？才能够明白历史中诞生在密西西比、得克萨斯、路易斯安那的林区和种植园里，诞生在黑人奴隶痛苦的汗水眼泪和愤怒的拳头中的布鲁斯，绵延至今的意义和价值。

据说，一部音乐纪录片《布鲁斯（蓝调）》，即将拍摄。这部记录布鲁斯发展历史的电影，将由拍过《直到世界的尽头》和《百万美元酒店谋杀案》的著名导演威姆·文德斯、拍过《007 之黑日危机》的著名导演迈克尔·艾普特等人联手导演，阵容强大，肯定是部好看的片子。在这部电影里，将有包括 B.B. 金在内的一批布鲁斯大师出现。也许，到那时，他们会告诉我们"为何我唱布鲁斯"这个问题。

乱星的吟唱

总想象着这样一种情景：一个放学后的下午，坐在教室的窗台上读书，四月的阳光碎金子般地洒在你的书上和身上。忽然，走过来一个人，陌生的人，招呼着你，说来吧，跟我们一起唱歌去吧。于是，你就跳下了窗台，跟着走了，跟着他背着一把木吉他走了，把教室、同学、老师和那四月春日的阳光都抛在身后。

也许，我确实老了，如果是我，我不会跟着他走，去舍弃正要考大学的宝贵时光。跟着一个陌生的人，背着木吉他走？那个陌生人，你了解吗？会不会是大灰狼，专拣妈妈不在家的时候来敲门？而吉他能够是我一生安身立命之本吗？

但我还是感动那个跟着陌生人走的年轻人。背着木吉他，再旧再破，是自己喜欢的，哪怕未来的路一片迷茫，毕竟有了那么一次的奋不顾身。也许，只有年轻，才会有这样的唐突与随心所欲，抽刀断水的决绝、梦想和想当然。从窗台上跳下来，那动作便是那样地年轻，充满着弹性，淬火般地迸溅出青春的火花。

跟着陌生人走的叫作霍普·桑多瓦尔（Hope Sandoval）。她当时正在读高中。她就那样不计后果地抛弃了大学，自己选择了前程：那便是摇滚。她的单纯与青春，梦想和轻信，还有那一头披肩的棕色长发和一双迷人的蓝眼睛，去和未可知的摇滚相逢。她就像是一头梅花小鹿，一起步就跑得很快，蹦蹦跳跳跑向远方，她一定以为前面有为她准备好的透明的池塘，水面上覆盖着一片蓝天白云和落花点点。

陌生人叫作戴维·罗巴克（David Roback）。他是一个成熟的男人，为他引见桑多瓦尔的，是他"猫眼石"乐队（Opal）的女歌手兼贝斯手肯德拉·史密斯（Kendra Smith），她是桑多瓦尔的老朋友。有意思的是，在一次巡回演出中，史密斯和罗巴克不欢而散后离开乐队独自出走了。不知是什么原因，会是因为桑多瓦尔？反正是小个子的桑多瓦尔正好顶替了史密斯的位置，和罗巴克一起把乐队的名字改成了"乱星"（Mazzy Star）。桑多瓦尔的歌喉，罗巴克的木吉他，相得益彰，高山流水一样，配合得那样谐和，你唱我弹，真有点"小红唱歌我吹箫"的意思。

一年之后，1990年，他们合作出版了第一张专辑《她辉煌的自缢》（台湾的翻译比这个名字优美，叫作《明月高曝悬》）。他们迅速地走红，惊艳撩人。

想想，这实在有点像是三角关系的青春剧，背景渲染着美轮美奂的迷幻音乐，身后是英格兰平铺天边的青青草原。而且是跨国之恋，因为罗巴克是美国人，桑多瓦尔是英国人。有点儿像韦唯和她的白头发的老公迈克尔，只是罗巴克没有迈克尔那样老。桑多瓦尔便一定比纳博科夫笔下的洛丽塔要美丽。

这么一说，他们的音乐有点脂粉气。其实，对于他们两人之间的关系，坊间猜测得热闹，他们却是讳莫如深，他们拒绝关于他们的一切采访，包括音乐在内，因为他们的音乐都在他们的木吉他和歌声里了，留给人们的只是想象的空白。

他们的作品不多，十年的光景，一共出版了三张专辑，除了《明月高曝悬》，还有《今晚我才了解》（1993年）和《天鹅》

（1996 年），却是款款动听。他们的唱片的封套都印得很古典，不做另类花哨的那种。《明月高曝悬》，是蓝色调子的旋转楼梯的一角，可以看到古典式的壁炉。《今晚我才了解》，是玫瑰色的老式花环图案。《天鹅》，更简单，一帧白色天鹅的剪纸，无奈地垂着头，凄婉地耷着翅膀，有点圣桑那曲《天鹅》的意思。

十来年过去了，高中生的桑多瓦尔早已经长大，只是她的声音还是那样显得很小的样子，还像是高中生，甚至更小，似乎没有长开。那种稚气未脱的清纯，鼻音有点浓重的沉郁，舒缓的调子，轻松的韵律，甘甜也有些干涩的嗓子，有些感伤，也有些懒散，像是刚刚起床，就那样赤着脚、穿着睡衣，依在窗台旁或院子的树旁，随意地唱着，像是对着树上的小鸟喃喃自语，像是对着地上的蚂蚁率真地诉说，有时也像是对着一地花儿催眠般地轻轻吟唱。有几分可笑的童话般的天真，也有几分莫名其妙的低迷，能够让你吃了迷幻药似的昏昏欲睡，也能够让你随她梦游星光璀璨的太空。

她的歌声总让我觉得像她身上穿着的亚麻布的裙子，虽然我根本不知道她穿的是什么衣服，但我觉得对于她，亚麻布一定要比其他的比如丝绸或者法兰绒都要合适。亚麻布没有丝绸或法兰绒那样厚重高贵、平滑细腻，却轻盈飘逸，还有那种独有的粗粗扎手的手感，以及本来就具有的草地里的清新和被阳光晒暖过的气息。

音乐作得极妙，配合她的歌声，就像是配她赤脚下湿漉漉的草地，配她喃喃自语时头顶蔚蓝的天空，配撩起她亚麻布裙裙摆的早晨温柔的习习轻风。木吉他单调地响着，如同寂寞无着的相思，间或的滑弦，惊鸿一瞥似的，打破水面的涟漪立刻又恢复了平静。弦乐如密密雨雾一样，在远处弥漫着，细雨迷蒙，沾衣欲湿，那种黄梅天黏糊糊的感觉，恰到好处地显示了如醉如仙的优雅和浪漫，配她那冷美人一样的歌声，是那样合适，一样地凄美哀绝，有点一地相思，满腔无奈的感觉。口琴声吹得那样让人伤感，最是一年春好处，子规声里雨如烟。突然出现的钟铃声，清脆得像是启明星升起在鱼肚白色的晨曦里，——是那样地美不胜收。

桑多瓦尔应该感谢罗巴克的音乐，最大能量地发挥了她的潜质。这位来自美国 80 年代新迷幻音乐的先驱人物，对女性歌手有着一种天然的敏感力和创造力，他就像是一个经验丰富的养蜂人，从他蜂箱里放飞出的蜜蜂都是蜜的使者。他让她们的歌声蜜一般甜而为人所倾倒，他同时让后朋克的刚烈激愤中多了一抹阴柔的平衡。与他合作的"猫眼石"乐队的肯德拉·史密斯，"手镯"乐队（Bangles）的苏珊娜·霍夫斯（Susanna Hoffs），都是成功的女歌手。桑多瓦尔是他放飞的又一只甜美的蜜蜂，可能更精心也更用心。没有罗巴克为她度身量衣的贴身式音乐制作，也许，桑多瓦尔还只是一个矮矮个子漂亮的高中生。

我那年到台湾去的时候，发现那里喜欢"乱星"，喜欢桑多瓦尔和罗巴克的合作。因为是在去之前刚刚听了"乱星"，所以格外留意对他们的评价。他们的第一张专辑《明月高曝悬》在台湾首发时，写着这样的一则侧标："这是一张令人联想到雷奈电影《去年在马伦巴》的作品。"他们的《天鹅》在台湾首发时，又写着这样的一则侧标："非主流、非另类的，且自成一格的前卫组合。"对他们极尽称赞之意。那一阵子，台湾正在"大选"，闹腾腾的，他们的音乐显得那样不协调，但还是有那么一批人喜欢他们的音乐，以此平衡着尘世的喧嚣。

回到北京，重新拾起"乱星"，又听到桑多瓦尔的歌声，又听到罗巴克的木吉他，心里总忍不住想，我们这里谁喜欢他们呢？而他们又是站在闹市哪一个街口的拐弯处，唱着朴素沉郁的歌、弹着凄美伤感的木吉他，在等着我们呢？

听恩雅

一位爱乐之友从美国回来告诉我：现在国外人很爱听一种叫作 New Age 的音乐。这种音乐借助于电子乐声，但更多地造成神秘旷远的感觉，向辽阔清静的大自然回归，和一般的流行音乐尤其是摇滚拉开了明显的距离，非常动人。

我不知道他这样的解释是否准确，但一听是电子音乐，先入为主我就有些反感。电子进入音乐，使得音乐不那么纯粹，以假乱真而有些像假冒的人造毛皮或腈纶纺织品的感觉，很难再找到音乐那种丝绸爽滑细腻与肌肤亲切一体的质感了。以前曾听过一次喜多郎的《丝绸之路》，没有足够的耐心听完。

恩雅（Enya），是我第一次听到的 New Age。这是一盘叫作《树的回忆》（*The memory of trees*）的磁带，据说很有名〔恩雅还有一盘很有名的《牧羊人之月》（*Shepherd Moons*），曾经获得过第三十五届格莱美大奖，可惜我未能听到〕，确实非常动人，矫正了我对电子音乐的偏见。恩雅，这位爱尔兰人让我认识了另一种流行音乐。这是和时髦的流行音乐相抗衡的音乐。眼下的流行音乐，以我来看最致命的毛病是旋律的造作和歌词的虚伪。几乎千篇一律因因相袭的旋律，让人觉得处处似曾相识，款款人尽可夫；为赋新词强说愁的歌词加上声嘶力竭的吼唱，唱得再惊天动地，也让人觉得句句是嘴对不上心。如果说这样的音乐是把音乐从天国拉到了地上，拉到了醉生梦死酒绿灯红的现实，拉到了实际实惠实用的世俗世界；那么恩雅的音乐，会让人感到诸神归位，让音乐回归到原有的位置，音乐本来就在天国之中，在心灵之中，在梦想之中。正如恩雅在《曾经金光四射》（*Once you had gold*）中唱到的："No-one can promise a dream come true, time gave both darkness and dreams to you……"没错，没有一人能保证让梦变为现实，即使时光带给我们夜晚的黑暗，但同时也带给我们夜晚的梦想。

其实，听恩雅不必听她的歌词。罗玛·莱恩（Roma Ryan）为她作的歌词并不精彩，恩雅自己美妙的歌唱早就把歌词淹没了，就像是融融的月光把无边的夜色淹没，清清的溪水把茵茵的草地淹没一样，让我们只沐浴在明媚的月光中，只浸润在湿漉漉的溪水里，而将夜色和草地都融化其中了。孤帆远影碧空尽，唯见长江天际流。听恩雅，就是这样的感觉，歌词已经淡去，唯剩下美妙的音乐。音乐本来就不属于歌词，而属于旋律，再好的歌词也只是音乐的累赘。语言是地上生长的草，而旋律是天上飘飞的云。好的音乐，无须搅拌歌词添加剂，将一池透明的好水搅浑。恩雅好就好在以她的感情她的感觉她的心灵她的梦想，将音乐演绎得澄清透明，让我们忽略了或遗忘了原本的歌词。恩雅的音乐，确实是一种清纯得有些令人悲伤得要落泪的梦境。梦能说出来吗？能说出来的都不是梦。但梦可以用音乐表现出来。恩雅的音乐就是这样的音乐。

恩雅的音乐还能让人想起自然，让我们能与自然共舞，并能和它一起呼吸到那一份天籁般的清新。不过那种自然不是都市里制造的人工景观，当然也不是能够上溯到远古的原始森林，而是远避尘嚣的现代中的自然，拥有一份可以找到的天籁。是在爱尔兰岛空旷的山谷，在爱尔兰海寂静的海边，面对山风猎猎，面对海浪苍苍，让我们能感受到水雾的弥漫，清冽而湿润；让我们能感受到轻风的絮语，绵绵而深切。恩雅的音乐能让我们被各种膨胀的欲望炙烤的心，稍稍平静下一些，如一袭绿荫遮盖一下骄阳的辐射，让我们冒出的虚汗稍稍清静下来一些。

听《树的回忆》《平安经》《上天之父》，那反复吟唱的歌声像是平原的落日风紧紧追随着你，有几分温暖，几分离开家很久就要到家时，那种能撩拨内心深处的感动和激动的感觉；那眼泪一样清澈的旋律像是海天相连起伏的弧线，让你的身心柔软和它起伏的弧线一样韵律自如，带着你荡漾到地平线之外；还有那轻轻敲打的打击乐，密密的吻密密的雨点一样不停地打在你的心弦上，震撼着你的心灵，如影相随，仿佛要催促着你快长上透明的翅膀，到蓝天碧野到久违的山野中的树林（不是城里人工栽下的树林，不是街道旁被污染的街树）去悠悠飞翔。

《树的回忆》这盘磁带，《回家路上》和《四处皆然》有着过多过重的打击乐和过于明快的节奏，太热闹，欢快得像是中学生放学回家，我不太喜欢。除此之外，其他每支乐曲可听。尤其是《曾经金光四射》，有一种在现在流行音乐里难得觅到的神圣和庄严，有几分教堂音乐的感觉。听这支音乐，让我忽然想起那一年在德国科隆的大教堂里，那一次正好赶上复活节，除了我们几个中国人站着之外，那么多虔诚的教徒都跪拜在神像和蜡烛面前，跪拜在红衣主教的脚下，阳光从教堂高高的彩色玻璃间洒下，四周静寂如夜，只有音乐在空旷的教堂里发出浑厚的回声，让你觉得生命和岁月在凝固，心灵和思绪在洗礼……恩雅的这支音乐，让我拥有那时的感觉，让我感到站在那么多虔诚教徒之外的浑身不自在，让我感到一种被同化被净化的力量，像是踩在一朵洁白的云彩上面，不由自主地飞升。

恩雅的音乐不属于古典，但她找到了从古典到现代相连接的一种或是一丝薄薄的纽带。她的音乐更多的是民谣之风，但她有意识地过滤出民谣清纯的一面，并且有意识地摈弃了现代流行音乐很容易做到的躁动喧嚣和对神圣庄严的解构与嘲笑，而是浇灌着她汲取的民谣纯净之水，种植下了古典浪漫的种子。她让它发芽，即使未长成大树，却让它散发出一丝丝清新与神圣的气息，让我们多少能垂下头懂得沉思，仰起头来懂得望一望头顶的天空中还有着明亮而高贵的日月星辰。

恩雅的音乐很少能让我们感到温馨，温馨的音乐太多了，神圣而庄严的音乐却太少了。温馨已经缠裹得我们滋生小市民的青苔，装进蜗牛的盔壳，而只能在广场的方砖上或大街的柏油路上蹒跚而得意地散步。神圣和庄严，像先哲一样已经悄然离我们远去。虽然只有这样一点点，恩雅毕竟给了我们一些安慰。恩雅恰如其分地运用了电子乐声，让它们来表现出这一点，让我们听得到听得出那种电子乐声独有的效果，那种空旷辽远的回声，那种笼罩神秘色彩的隐隐呼唤，那种伴随着她歌声的喃喃自语和轻轻叹息。

听恩雅，最好一个人听，最好夜晚在自己的家里听。听恩雅，不适合在旅途中听，也不能在酒吧或咖啡馆听。它怕嘈杂，怕燥热。它难以融进再好的美酒或咖啡里，但它能融进月光和夜色之中。月光和夜色，是恩雅音乐最好的底色和背景，是恩雅音乐的来路和归途。

黄昏的曼托瓦尼

可以毫不遮掩并毫不夸张地讲，在当今世界我所听过的轻音乐乐队中，曼托瓦尼（A.P.Mantovani）是最出色的。起码在我的心目中，谁也无法和他比肩。我曾经向不少人推荐过曼托瓦尼，并将我买的磁带送给他们，他们听了之后一样也喜欢他，以致我原来保存的曼托瓦尼的磁带越来越少，不得不重新购买。

二十多年前，我在北京灯市口的一家音像商店里买了第一盘曼托瓦尼的磁带（《Mantovani Magic》，DECCAG 公司出品）。那时，我对世界流行轻音乐乐队一无所知，连听都没听说过有这么一个曼托瓦尼，随手买下它，与其说是冥冥中的缘分，不如说是瞎猫碰死耗子，纯粹瞎蒙的，只是看封套上的曼托瓦尼有些像我稍微熟悉的海菲兹。其实，在我们中国人看来，外国人大都长得有点相像。

带子里的第一支曲子，就一下子抓住了我的心似的，紧紧地吸引了我。弦乐轻轻地荡漾着，仿佛从遥远的天边隐隐地传来，忽然在管乐的撩拨下掀起了弦乐一起在最高音区飞翔，柔曼而婉转，弥漫在整个眼前的世界，仿佛有一只神奇的大手轻轻一抚摸，大地上所有的花立刻同时绽开了芬芳的花瓣。然后是在大提琴微微弹拨衬托下小提琴的一段独奏，色彩温柔，朦胧而带有一点回忆和忧伤，真是柔肠寸断，至情至爱，美丽至极，让人涌出一种如梦如幻和此曲只应天上有的感觉。

这支曲子叫作《Misty》，不知别人怎样翻译，我将它叫作《薄雾蒙蒙》。这名字很适合曲子的氛围和我听后的心境。在我听来，所有曼托瓦尼的乐曲中，它是最出色的几首之一。

其实，听曼托瓦尼，完全可以不必看它们的曲名。虽然，它们的曲名都很动听，比如《星尘》《秋叶》《鸳鸯茶》《蒙娜丽莎》《小青苹果》《爱情是多姿多彩的》《烟雾迷住你的眼睛》《漫步在黑森林》《献给忧郁女人的红玫瑰》……不过，这些都只是它们的代号，曼托瓦尼一般并不在意它们浓郁的名字，或看重它们表面跳跃的情致。曼托瓦尼演绎的是自己的情感，那种情感，在曼托瓦尼所有的演奏中，几乎是万变不离其宗的，即是对逝去的古典情怀的一种追忆，只不过在他的追忆中，有他自己的沙里淘金，有他自己的精雕细刻，有他的执着和痴情，有他对古典精神的理解和诠释，有他对当今尘世中失衡与失落的珍贵的东西的温情地反抗和执意地打捞。

当然，这里的曲名许多并不是曼托瓦尼主观所为，而是来自他对民歌的选择，便也带上民歌原本名字质朴的气息，比如典型的《鸳鸯茶》《月亮河》《伦敦德里小调》《一路平安》，都让曼托瓦尼染上了他自己强烈的色彩，让这些民歌传遍世界许多地方。曼托瓦尼对民歌的钟爱，对民歌的重新改造和挖掘，是他对音乐的一种态度。他不仅仅将古典圈于那些伟大的音乐家的身上，而是将其扩展到经久不衰的民歌领域。将民间清澈的溪水引进来，与这些古典音乐家的河流交汇相融，使得河床扩宽加深。这是曼托瓦尼的旋律不仅动听，而且朴素平易根深叶茂的一个原因。

曼托瓦尼自己创作的乐曲并不太多（只有《Cara Mia》等为

数有限的乐曲），一般都是他对古典音乐家作品的改造和演绎，尽管在一些乐曲中有属于他自己改造，比如加入拉丁和爵士的一些音乐元素，但总有其自己明显恒定的风格。听多了，或许会感到他有些为我所用得太厉害，经过他的指挥棒一挥和他特有的弦乐的轻揉慢搓，就像把所有音乐家的作品都煮在他特制的大锅里，文火慢炖煮熟之后全浸泡出一种味道，过于缠绵悱恻了些。其实，并不完全是这样的，曼托瓦尼只不过太热爱他的弦乐，尤其是他那占满乐队大多数的小提琴，便极其容易将那些古典乐章都请到他的弓弦上比试一番，就像一位武林高手总愿意让人和他比试拳脚，或一位高超的棋手爱让你和他在纹枰上对阵一样。或许，这和他的父亲老曼托瓦尼就是一位技艺高超的小提琴手有关，而曼托瓦尼自己很小就开始了他的小提琴演奏生涯，他对小提琴实在是太情有独钟。

曼托瓦尼对古典音乐家和作品的选择和改造，有他的美学标准。他不是那种深刻的音乐家，他便不想将其乐队演奏得过于阳春白雪，只是少数人的知音。他不是将自己和乐队向那些古典大师靠拢，而是将那些大师向自己向现代人靠拢。他也不是让音乐侵入理性，而是让感性弥漫音乐。正是这种姿态，他将那些大师头上几个世纪的假头套摘去，将身上笔挺的燕尾服脱去，将程序和规范复杂的起承转合剥去，而轻松洒脱地走下台来和大家握手言欢。他拉着这些古典大师的手，让他们一步就走到了现代，他让他们变得年轻。在将古典音乐从高深莫测的殿堂中请下来，可能做了过多的减法，会使得古典音乐失去了一些什么，但使其变得通俗易懂而为更广大的听众接受，曼托瓦尼做出了他的努力。

曼托瓦尼改造和演绎古典大师作品的方法、标准及其效果，同当代其他轻音乐队是极其不同的。与曼托瓦尼并驾齐驱号称当今世界三大轻音乐队的另外两支，即詹姆斯·拉斯特（James Last）和保罗·莫里亚（Paul Mauriat）相比，后两者也都有古典音乐大师作品的专辑，曼托瓦尼和他们的绝不相同，不仅在于后两者多了许多打击乐（大概因为詹姆斯·拉斯特最早是演奏铜管乐的，保罗·莫里亚以前是弹奏钢琴的，而曼托瓦尼则是一位小提琴家），让古典重新镀了金漆一样，洋溢得更加节奏明亮、辉煌灿烂和热闹非凡，重点在于曼托瓦尼注重古典典雅的意境，将那一份美好和温馨更加细化，作细致入微的处理，打磨得更加玲珑剔透，蓝水晶一般透明，紫丝绒一般熨帖，细腻非常，珍贵无限。就像打开一瓶陈年老酒，詹姆斯·拉斯特和保罗·莫里亚是要把酒倒进现代的磨花透明的高脚杯中，他不，他要把酒装进古老的木制的碗里，让酒和碗虽然淳朴却一起弥漫着古典的气质和气息。因此，他的古典演绎更具有浓重的怀旧色彩，让你觉得似乎时光倒流，忍不住旧梦重温；让你总觉得似乎如此美好在与你失之交臂而充满恍惚惘然无比珍惜之感。

在曼托瓦尼的古典音乐专辑中，有一盘题为《歌剧中的著名旋律》（*Great melodies from the operas*）的 CD，是 DECCA 公司根据 1978 年曼托瓦尼还在世时的录音，1984 年出版的版本。这是一盘非常好听的 CD，听曼托瓦尼演奏弗洛托的《玛尔塔》、威尔第的《阿依达》、普契尼的《托斯卡》、比才的《卡门》，以及瓦格纳的《汤豪舍》，会有与听歌剧里这些唱段不一样的感受。曼托瓦尼像是专门从中挑出最缠绵打动人心的旋律，就如同攀登上最高的山崖，钻进深深的山洞，将清冽而甘甜的泉水从泉眼里为我们打了出来，让我们一饮而尽，实在是畅快无比，美味无比。

曼托瓦尼乐队最拿手的是他的弦乐，尤其是庞大的小提琴队伍。曼托瓦尼将小提琴队伍发挥到了极致。虽然，他也偶尔运用木管乐器、小号、钢琴和手风琴，但他只是让它们作为陪衬，他绝不会让它们作为主角。他总是让小提琴出尽风头，他总是让小提琴在高音区和低音区上穷碧落下黄泉一般尽情表现，在百转千回的对比中，显得那样地明澈，那样地飘逸，那样地绕指柔肠而绵延不绝。他让他的小提琴织就的弦乐，溪水般四处流淌，浪潮般此起彼伏，瀑布般叠加而落，花开花落般缤纷满地，细雨潇潇般迷蒙满天，撩起你的内心最为温情的一角，昆虫的薄翼微微颤动着，和着他的旋律一起共鸣。当世界变得越来越嘈杂，情感越来越粗糙，心越来越疲惫，能够感受一些温馨，是人们普遍的欠缺和渴望，抒情便成了曼托瓦尼乐队最大的特点，小提琴就是他心中的诗。

与其说曼托瓦尼把握住了世态人心，不如说是他的天性使然，他无可选择地将自己内心和小提琴所蕴含的抒情特性发挥得淋漓尽致。可以这样说，在这些所有美妙的曲子里，都可以听到他的小提琴声，他的每一把小提琴都像是伸出了一只轻柔无比的小手，紧紧攥着你的心，随那美妙的旋律款款飞舞。像铺开一天云锦，曼托瓦尼让那一把把小提琴变成了一把把梭子，织就他的弦乐那样灿烂而妩媚丰腴，让你的心里总涌起一种碧海青天、梦里关山的感觉，让你的心和眼睛一起湿润，手禁不住伸出去，在漠漠的夜空中想要握住他那遥远的手。

我确实非常喜欢曼托瓦尼，有一次我看到两张一套纪念曼托瓦尼逝世十周年的螺纹胶木唱片，因为听这种唱片比较麻烦，当时没有买，后来非常后悔，跑去买再也没有买到。那是曼托瓦尼在世时的现场录音，非常珍贵。除了这一次，十年来，凡是见到的曼托瓦尼的磁带和 CD，我都买回了家。曼托瓦尼是这十年来陪伴我最多的流行乐队了。每一次听，都会让你新鲜，让你的心变软，让你忘却眼前许多的烦恼，让你充满逝去温馨的回忆。许多事情，过去了就过去了，不可能重现，唯有音乐尤其曼托瓦尼的音乐，能够有让往事重现的魔力。买他的每一张唱片，都不会让你后悔。

前些年，DECCA 公司又一次新出版曼托瓦尼的唱片，一款两张套，是曼托瓦尼的精选版，录音从 1958 年到曼托瓦尼逝世的 1980 年（那年 5 月他逝世的第二天，在 CBS 早间新闻中高度评价了他，说他"曾使成千上万的人愉快，他将被人们怀念"。）历经二十二年，一共精选三十八支绝妙的乐曲（第一支曲子就是他最为著名的《Charmaine》，第八支曲子就是我第一次听到的那支《Misty》），播放的总时间有两个小时零八分钟。实在是物有所值，不可多得。说这样的话，好像我拿了 DECCA 公司的什么好处，或是曼托瓦尼的"托儿"。但是，这确实是实实在在的。想想曼托瓦尼在 20 世纪 30 年代最开始组织乐队闯天下时，只能在马戏团里演出，艰辛之状可以想象。而后来他的唱片《Charmaine》在 1955 年一下子就发行到一百万张，最后他的唱片总发行量达到三千五百万张，他指挥的曼托瓦尼乐队演奏的乐曲，几乎传遍了世界的每一个角落。他的辉煌是靠他的音乐，靠时间的淘洗，群众的眼睛真是雪亮雪亮的，世上爱乐者的心里都有一个精密的筛子，知道该筛下什么，该留下什么。

曼托瓦尼最辉煌的时刻，是在 20 世纪 60 年代和 70 年代。想想那个时代，我们听惯的只是样板戏和语录歌的旋律，却自以为是在北大荒插队时大唱特唱，傻不傻？哪里会知道这个世界的另一面居然还有这样美妙而动人的曼托瓦尼，真是无以言说。而时过境迁，几十年过后，样板戏的旋律虽然还在苟延残喘，只是作为一种标本的存在了；语录歌的旋律是彻底被人们遗忘了。但是，曼托瓦尼的旋律却是经久不衰，他的唱片被 DECCA 公司一版再版，层出不穷，常出常新。

前几年，曼托瓦尼乐队曾经来中国演出，对于中国乐迷，是件值得期待的大事。但是，实际听过之后，只有失望，乐队仿佛临时拼凑起来的一样。此曼托瓦尼已经非彼曼托瓦尼乐队。自曼托瓦尼去世之后，乐队虽然还打着他的牌子，却已经是江河日下，颇像我们的有些老字号卖的东西，味道早已经不是那么一回事了。

真的是相见不如怀念，如今，听曼托瓦尼，只有去听他的唱盘了。无疑，这套双盘精选版的唱盘，是听曼托瓦尼的最佳选择。

它的名字叫作《醉人的黄昏》(*Some enchanted evening*)，封套上印着淡淡棕红色的海滨景色，暮色朦胧，细雨蒙蒙，有鸽子飞起飞落，翅膀上驮着迷离的黄昏，有终于相会的情人在踮着脚尖拥抱，有尚在等待的情人在眺望苍茫的大海。封套制作得情调氤氲，想想倒也有些符合曼托瓦尼。曼托瓦尼极其适合这迷离的黄昏和霏霏的细雨，适合等待、遥望和冥想。脸颊上拂来湿漉漉的雨丝，远方有朦胧的天光在闪动，云层里有星星和月亮正在袅袅升起，这时，一丝轻柔的弦乐悠悠地飘来，荡漾在你的心中，最是恰逢其时，动人心扉，让你细雨梦回……

这一定得是曼托瓦尼。

辑

三

崔健的意义

崔健的意义，不仅囿于中国的流行歌坛，而且波及文学乃至整个艺术界。可以说，还没有一个流行歌手能和他是站在同一个等量级的位置上较量。虽然，对他的沉默、议论、批评乃至否定，一直没有停息。

三十多年了，当他第一次从胸腔中迸发出那悠悠一曲《一无所有》的时候，确实如一道醒目的闪电，哪怕后来他再也不唱什么歌，也奠定了他无可争议的地位。在我看来，他当时的地位起码是和星星画展、朦胧派诗，以及以刘心武《班主任》为代表的伤痕派小说等量齐观。他唱出了一个时代的声音，是一个旧的时代的结束一个新的时代的来临那种交替和交织的声音。是那个几乎将我们民族葬送在濒临崩溃的边缘时代，让我们从物质到精神都一无所有；是那个百废待兴的新时代，让我们和着崔健的节拍一起在心里吟唱"我曾经问个不休，你何时跟我走？""我要抓起你的双手，你这就跟我走；这时你的手在颤抖，这时你的泪在流。"我相信，绝不是我一个人，拥有着在三十年前的春风秋月中突然听到这首歌时荡漾在心中清澈的共鸣。

音乐史在评价约翰·列侬和甲壳虫这样的摇滚音乐时说他们使人们的脑子重新组装。崔健的音乐，一开始就有着这样强悍的力量。仅一首《一无所有》便概括了那个时代一代人的精神特征，以叛逆的精神和先锋的姿态唱出了我们心中渴望的共有。

崔健的意义，可贵在于他三十年来一直保持着这种精神和姿态。在一个始乱终弃为时髦和价值取向的流行中，在许多歌星永远只会唱着别人的歌的歌坛上，崔健的音乐坚持近三十年的固守，是一种品德良知更是艺术的操守。崔健的意义，我以为首先在于他对时代出乎一种本能的敏感和高度的艺术概括力，迄今无人可以比拟和匹敌。在他的早期音乐中除了《一无所有》的概括；"我的病就是没感觉"；"我要人们都看到我，却不知道我是谁"；"不是我不明白，这世界变化快"……一直到近些年他所唱的"情况太复杂了，现实太残酷了"；"钱儿要是挣多了事情自然就会变了……不知不觉挣钱挣晕了把什么都忘了"；"快乐的标准降低，杂念开始出现，忘记了灵魂的存在，生活如此鲜艳"……无一不打上崔健音乐品格的印记，体现崔健对从政治社会到经济社会过渡时期细至末梢又深入骨髓的触动。

他不是那种故作哲学状的思考，或摆弄洋枪洋炮的舶来货唬人，而是用嘶哑的嗓子，带有几分玩世不恭的发泄，却一下子就捅到时代和我们生活的腰眼儿上。几乎每一首这样的歌都拥有一个宏大的主题，都可以演绎出一篇小说和一出戏剧。实际上，我们在不同时期都能找到这样的小说和戏剧，和他的音乐相对应，异曲同工，不谋而合，实在是文学史上和音乐史上难得的巧合。这恰恰是崔健音乐的不同凡响之处，便和他一直痛恨的败坏人胃口的"酸歌蜜曲"拉开无法逾越的距离。他是棵枝叶茂盛的大树，当然可以傲视低矮倒伏的小草。

崔健的意义，不在于他仅仅只是一种发泄，他的叛逆姿态中融有批判的同时，更有难得的追求。他在唱"一无所有"的时候，他同时在唱"你何时跟我走";他在唱"我的病就是没感觉"的时候，同时在唱"让我在雪地上撒点儿野";他在唱"我要人人都看到我，却不知道我是谁"的时候，同时在唱"我要从南走到北，我还要从白走到黑";在他唱着"你带我走进你的花房，我无法逃脱花的迷香"的时候，同时在唱"你要我留在老地方，你要我和他们一样，我看着你默默地说：不能这样。"……这不是说他一定有多么深刻的思想，而是他有真诚，面对内心与艺术的真诚，反复诉述着人生的悖论、困惑和忧愁，挣扎与抗争，那是最让人感动的地方。

崔健再版他的歌带《新长征路上的摇滚》之后（其实早在前两年他的《无能的力量》出版后），就有人开始批评崔健，说他旋律差了，说他节奏乱了，说他廉颇老矣、激情不在，说他最好的歌还是《一无所有》那些早期的作品。这些都是对崔健的误解。对于我国年轻的摇滚乐，我们确实充满太多的误解。

其实，崔健早以他的敏感，用他的音乐去努力把握这个"其实心中我早就明白，你我同在90年代"这个和他共生共存已不是激情的年代，改用崔健的《一无所有》中的一句歌词，是"这时你的手已不再颤抖，这时你的泪已不再流。"而我们还顽固地渴望激情和抒情乃至爱情和温情，并要求崔健将这些统统再唱给我们听，要求崔健的手和泪依然如以前一样颤抖和流淌。

其实，是我们自己在寻找着虚脱的依靠，是我们自己在迅速地变老，得需要一支依赖的龙头拐杖。渴望回到从前，希冀保持一种恒定的状态，便和一直前行者拉开了双倍的距离，因为参照物已经大不相同。我们早已经不再是一无所有，而在物质上丰富了许多，拥在怀中得到了许多，只是我们依然一事无成，却偏偏还要渴望重返一无所有的背景下从头再来的童话，实在是一种带有浓重怀旧色彩的软弱。我们潜意识里还是无可救药地希望恢复传统规范的秩序，所以才会面对崔健那种无节奏而产生无法容忍乃至恐惧之情。崔健早看到这问题，他不是在偷偷地笑，而是在《时代的晚上》以他一贯的敏锐和自我批判唱道："我的心在疼痛，像童年的委屈，却不是那么简单容易。请摸住我的手我温柔的姑娘，是不是我越软弱越像你的情人？"他依然保持着他先锋批判的锐气，向前走了好远的路，我们却还只是留在了老地方。崔健只好用他的歌再一次轻轻地对我们说："不能这样。"

对崔健的音乐的发展，我是这样来划分阶段的，《新长征路上的摇滚》为前期，《红旗下的蛋》和《解决》为过渡，《无能的力量》为后期。无论哪一时期，崔健都是和时代和现实胶粘一起，可以说，崔健和他的音乐都是时代之子。虽然，他从来没有在我们电视晚会或 MTV 中频频亮相，混个脸儿熟和钱包鼓胀，但他却是我国流行歌坛尤其是摇滚歌坛中当之无愧的一面旗帜，从来没有淡出潮流，从来和我们这个时代和我们的生活紧密相关。

在我看来，崔健的问题不是出现在激情的减退，而是他对现实的把握逐渐不如以往那样准确，表达得有些过于直白。前者，表现着他的痛苦，是面对现实和内心的带有些许神经质的茫然和矛盾的痛苦。他在不止一首歌中唱出他的这种痛苦："语言已经不够准确，生活中有各种感觉"（《九十年代》）；"天空太黑，灯光太鲜艳，我已经摸不着北"（《无能的力量》）。他的新歌《新鲜摇滚》最能代表他这种矛盾和痛苦："你还是不敢彻底地跟她说，因为你这个人还是太软弱。你曾经迅速地得到了她，你说这就是什么摇滚 Rock'n'roll。可是现在你的激情已经过去，你已经不是那么单纯。"后者，也许崔健自身并不满足以前《一无所有》《一块红布》《花房姑娘》《让我在雪地上撒点儿野》等那种过于比兴和暗喻的方式，觉得这样的直白是一种变化，而且正适合如今赤裸裸比直白更实际实惠实用的时代，这便是他内心也是他音乐的一种选择方式。但我总觉得艺术还是有自身的规律，像《混子》唱的"反正不愁吃，我也反正不愁穿，反正实在没地住就和我父母一起住，白天出门忙活，晚上出门转悠，碰见熟人打招呼'怎么样？''咳，凑合！'"虽然还保持着崔健对时代和生活的敏感，多的却是表象的捕捉，已经缺少了崔健以前的概括力和张力。这一点，恰恰是崔健常常皱眉头的地方。

大约几年前，忽然在中央电视台的旅游卫视频道看到崔健音乐会长达一个多小时的转播，有些意外。这大概是崔健第一次如此规模在电视上亮相。也许，会有许多人并不怎么留意，但它的意义，在宏大叙事的晚会歌曲和各种模仿秀大赛充斥电视台的今天，不同寻常。可惜，这不过是惊鸿一瞥，好几年过去了，我再没有在电视上看到崔健的影子。

如今，这么多年过去了，在中国摇滚歌坛上，崔健这样的地位与意义，依然没有动摇，也没有人可以超越。

对于中国摇滚现状，崔健曾经做出他自己的一次次努力。但是，无论是丽江雪山还是宁夏贺兰山，或是在沈阳等地举办的摇滚节，可以说都是失败而归。那天，我碰见一位当年的摇滚歌手，他对我说，崔健虽然还要维持每场演出二十万元的演出费，但是，都是热爱他的人在组织他的演出，其实大多都是赔钱的。

我想这种状况，崔健一定是知道的，因为那天我参加北京一个建筑论坛，他也参加了，并发言道：如今中国有三个最弱：一是中国足球，一是中国建筑，一是中国摇滚。可见，他是极其清醒的。这么多年过去了，并没有出现新的歌手超越他，他依然宝刀不老，顽强地挺立在摇滚歌坛上，足见他的寂寞、不甘和无奈。

如今，真正的摇滚还是在民间，流行在场面上的，比如年轻的花儿乐队，商业色彩越来越重。

不过，以为中国摇滚不行了，大概是崔健绝对不能接受的。事实上，新的摇滚歌手如左小诅咒等，还在顽强却也艰难地生存着，并拥有着执着的歌迷。因此，当不止一次有人批评或误解他自己和中国摇滚的时候，他总是以犀利的语言给予回击的。他曾经说过一段很有意思的话："因为你本身是蹲着的，但摇滚乐已经站起来了，尽管摇摇晃晃，它已经站起来，试图站起来，你只能蹲在角落里看着跟你平行的缺点。"这是对那些对自己对中国摇滚误解乃至批评者毫不留情的回击。他说得很准确形象，一如他的歌。

尽管好几年过去了，总还会想起在电视中看到他出现的情景，那么多的观众站着，和着他音乐的节拍，和他一起吟唱，那火爆热烈的情景，让我想起大约十来年前，在北京一个叫作"火山"的酒吧里，也是那么多人站着，听他一口气演唱了十几支曲子。在唱那支熟悉的《花房姑娘》，唱到"我就要回到老地方，我就要走在老路上，我明知我已离不开你，哦——"的时候，本来应该唱"哦——姑娘！"他指着周围这些可爱的大学生临时改为："哦——学生！"当他反复再唱到"只是我再也离不开你，哦——"时，学生们一起高喊："崔健！"那情景真是和今天一样，让人感动而难忘。

如今，世事变迁非常大，那座"火山"酒吧已经没有了，那群大学生已经老了。但是，崔健的歌声还在，只不过多了些风霜和时光沉淀的沧桑感。

青春罗大佑

在华语歌坛中，罗大佑是一棵常青树，或者说是一个异数。三十多年前，自从我买了他的一盘《青春舞曲》之后，我听过他的每一盘唱盘。前几年出版的《美丽岛》，是他沉默十年来出版的最新专辑。和有些如鱼甩子似的频繁出唱盘的歌手不一样，罗大佑珍惜自己的音乐，他的《恋曲 2000》和《恋曲 1990》，也是相隔了六年。当然，同有些如嚼别人吃过的馍一样只会唱别人的歌的歌手更不一样，罗大佑音乐的原创力，永远让他们汗颜。特别是在当今流行老歌翻唱的年月里（比如刀郎和零点乐队的新唱盘《风雷动》），罗大佑更是让口味趋同的他们望尘莫及。

罗大佑出道的歌曲《乡愁四韵》，是 1974 年创作的。一开始，他便没有让自己的脚跟落入脂粉和温柔乡中，而是将乡愁这一带有永恒主题尤其是台湾人心头极为敏感深刻的情结，首先带进他的音乐之中。出手不凡，一下子他便高人一筹。可能刚刚起步，他觉得自己的实力还不大够，他借助了台湾著名诗人余光中先生的诗，自己为其谱曲。那诗本来就是一唱三叹，余音袅袅，充满韵味，再让他谱上略带忧郁的曲调，确实让人冥想感怀。他在开始的时候，似乎就懂得艺术其实是应该极其朴素的，朴素得就像我们自己的身体。而许多流行歌曲已经二八月乱穿衣，以为穿得越花哨越好，偏偏将自己最为真实的身体遮掩干净了。或许，他们本身的身体就不那么漂亮，只好去借助外在的力量。罗大佑却用最为简单的旋律，而且四段所唱的四韵都是一样，反复重复吟唱，只是在结尾处的唱法上略做小小的处理。好的音乐，就是这样地简单，那旋律一下子能让人记住，像水渗入泥土之中，而不是像貌似耀眼的珍珠在精致的盘中只作矫揉作态的滚动状。

三十多年前，我第一次听《乡愁四韵》，一下子就记住了它的旋律，马上就会唱了。而且那么多年过去了，现在依然能记住那旋律，即使余光中的歌词忘记了，但那旋律没有忘记。这真是奇怪的事情，说明好的音乐确实比好的诗还要让人铭记心扉。这就是音乐自己独特的魅力。如果说好诗是一杯好酒，那么好的音乐则是围绕在我们身旁好的、没有被污染的空气。空气看不见摸不着，却是时时在我们的身旁，天籁般默默地滋润着我们；而即使再好的酒，也只是制造出来的，而且不会时时出现，只能在宴会上供我们品尝，越是好酒越需要这样的场合和机会，便怎么也有些人为的痕迹。

罗大佑早期的歌曲，据说现在有些人觉得他有些幼稚，开始不大喜欢了。我不知道罗大佑自己对它们是什么样的态度，是否有些悔其少作？我却很喜欢他这时期的音乐，借助一点现代的摇滚，但不那么肆意，那么刻意，而且很随意，很自然。他后期的音乐有的有些造作，让人感到他是在有意改变自己，以显示自己是在不断前进不断创新。其实，不断变化是一种追求，固守自己坚持一种保守主义的方式，同样也是一种艺术的追求，就怕在这两者之间徘徊，像一条发情又饥饿的狗在两根骨头间奔跑。

这个时期的歌曲，《童年》《鹿港小镇》《光阴的故事》，确实不错。《童年》的明快带有少年的心绪，《光阴的故事》的跳跃带有青春的情怀，说明着他对待生活的态度，这态度让人感到温暖而温馨。"流水它带走光阴的故事改变了我们，就在那多愁善感而初次回忆的青春。"他的歌词和他的旋律极其吻合。《鹿港小镇》唱得略有哀婉却很动情。它是一首怀乡之作，又是一首流浪之作，它有情有景，有人有物，而绝非常见的那种大而无当的音乐，那歌词可以像换衣裳一样随意更换，那旋律像卖笑女一样人尽可夫。"假如你先生来自鹿港小镇，请问你是否看见我的爹娘，我家就住在妈祖庙的后面，卖着香火的那家小杂货店。假如你先生来自鹿港小镇，请问你是否看见我的爱人，想当年我离家时她已十八，有一颗善良的心和一卷长发……"在这几句低吟唱完之后，接着是节奏明显变快的发问般的旋律："台北不是我的家，我的家乡没有霓虹灯……"水银泻地，一气呵成。他那种被人们称为"词曲咬合"带有说唱结合的独特的音乐风格（倾诉感极强，但多少有些絮叨），让他显得有些少年老成，似乎饱经沧桑，游历了天涯海角，看遍了春秋演义。这一点点内核，这一点点韵味，恰恰是许多年轻歌手没有也学不来的，甚至也是罗大佑后来的演唱再也找不回来的。

上面说的这三首歌不仅曲子是罗大佑自己谱的，词也都是罗大佑自己写出来的。他再不需要拐棍，即使是再大的诗人也不需要。在我听到他以后的歌曲，几乎全部都是他自己写作歌词。这在大陆包括港台的歌手之内，是绝无仅有的。这一点上，罗大佑和那些只会唱别人为其写的歌词而且许多是陈词滥调虚假空洞得要命的歌词的歌的歌手们，再一次拉开了距离。

罗大佑的歌词写得并不篇篇精彩，从诗的角度看，他大多的歌词写得比较直白。但他的歌词的最大特点恰恰是用这类似大白话的词语，来诉说着他对现实尤其是现代化都市介入批判的态度，表达着一位艺术家可贵的思想和良心。这和那些浅薄的歌手实在不一样，没有良心的歌手也许只是少数，但没有思想的歌手却是可以大把大把地抓，哪怕他们唱得再动听，也只是衣裳架子缺少血肉。比如罗大佑在一首歌中这样唱道："眼看着高楼越盖越高，可是人们见面的机会却越来越少；苹果的价钱卖得比以前高，味道却不见得比以前的好；彩色电视机越来越花哨，能辨别黑白的人却越来越少……"确实写得不错，写出商业社会中人们的得到与失去、物质与精神的反差、心灵的干涸与渴求，写得平易却让人感喟，让人能面对一些东西，思索一些东西，而不只是被流行淹没或在流行之中找不着自己。

因此，罗大佑是值得期待的。一个歌手，就是这样坚韧而坚持地走过了三十年。

听他的这盘新专辑《美丽岛》，第一首歌《伴侣》，以前曾经熟悉的旋律是那样亲切，以为恍惚又回到十多年前。心里暗暗地替罗大佑担心，如果都是这样的歌，罗大佑真的是有些廉颇老矣，轻车熟路地走回到老路上了。幸亏从第二首开始，发生了变化。好的歌手总是要用音乐来说话的，罗大佑的这盘《美丽岛》，首先是音乐的丰富，和许多流行歌手拉开了距离。其中《美丽岛》的摇滚色彩，《舞女》的圆舞曲调式中的爵士味道，《初恋的少年家》的民谣风格，《真的假的》的 Rap 的词曲咬合，《时光在慢慢的消失》，则更多地借助于电声效果，以及《啊，停不住的爱人》的抒情、《网络》的调侃、《往事2000》的忧郁、《倾城之雨》的一唱三叹……都能够随手触摸到罗大佑仔细而小心的努力和变化。从心中流淌出来的音乐，和嘴里讲出来的话，是不一样的，特别是和电视秀场里矫揉造作或装腔作势的讲话更不一样。音乐最难骗人。

《美丽岛》，传承了罗大佑以往一贯地对现实世界的介入态度。他宁肯做出形而下的低姿态，而不愿意贵族化，或贴胸毛剪胸毛那样假模假式。《伴侣》对逝去不久那年春天 SARS 的反思，《倾城之雨》对白小燕案件的关切，《绿色恐怖分子》和《阿辉饲了一只狗》对台湾政治的抨击，表现出他一贯旺盛的政治情结；以及对网络时代所带来隐患的担忧（《网络》），对台湾岛一往情深的忧虑与乡愁（《美丽岛》），都可以看到一个音乐家入世的姿态，而不是躲在象牙塔里，或避在桃花源里，或爬在中产阶级的软椅里、文化官员的主席台上，拍另一张名人照去顾影自怜。

　　《美丽岛》的歌词，同以往一样张扬着罗大佑的风格。这是罗大佑的长项。这里有罗大佑的文学功底，更有他对人生的态度。他不是靠男欢女爱的那一口酸曲小调，也不是靠贺卡或短信上格式化的名言警句，来吸引涉世未深的年轻人，诱骗误入歧途的歌迷。罗大佑的长处就是以直白得近似大白话的方式，直率地将世相人情戳开并非花边点缀的大窟窿，让我们心有所动而恍然共鸣。

　　在旋转不停的人生舞台上，"舞者的难处是没人会期待你张口把话说出来"，"舞者的缘分是上台时的拥抱总不是你人生伴侣"（《舞女》），一丝苍凉的人生况味，写得真的是不错。"青春年少承诺时的勇气，比不上回心转意担当住的珍惜，胜利让给英雄们去轮替，真情要靠我们凡人自己努力"（《啊，停不住的爱人》），虽不深奥，却也会让我们点头称诺。"子时丑时到寅时，悲欢离合都化为流转的舞池，辰时亥时总有时，醉生梦死快变成无常的历史。"文字游戏之中，却含有无奈的感慨，让我们回想起以前他的那首《之乎者也》。至于"风吹的 Evening，久违的 2000"（《往事 2000》），那种新世纪到来之际罗大佑式的聪明；"这个世界都生病了，因为太多太多人都想当医生"（《真的假的》），那种自己当过医生的罗大佑式的讽刺；"不论能不能，心软的总是骨头硬"（《往事 2000》），那种罗大佑式的大味必淡；都可以让我们听到他内心的吟唱，而这种吟唱的可贵之处是保持了以往的真诚。

一盘唱盘，能够给我们这么多的好处，他的短处也就让我们可以忽略不计了。只不过，在这盘《美丽岛》里，除了能够听到罗大佑对现实过于急切而直白的表达，我们能够听到罗大佑上了年纪之后反倒有的矛盾和彷徨，减少了《恋曲 1990》中的那种开朗与自信，以及对爱情的惘然和茫然，以致有几分宿命地唱道："爱是一个难赦的罪行"，再没有了以前"生命终究难舍蓝蓝的白云天"。在《时光在慢慢消失》中所吟唱出的对未可知的过去与未来的茫然，《宁静温泉》中所流露出的对无常的佛旨禅意的向往，以及在《真的假的》中所表现出的对网络虚拟世界"君不君来臣不臣，花不香来鸟不语"的悲观，都道出了他的迷茫。

难得的是他没有教父一般故作超尘拔俗的深沉状，用一种防晒霜或油彩遮掩或覆盖这种迷茫，而是真诚袒露出这种迷茫。于是，他才一遍遍地自己问自己："体力不支的盛世，该皈依巫师还是找一个牧师；流浪人海的游泳池，该忘记往事还是念一段宋词？"

这种迷茫，何尝不是我们心中的呢？我们也曾经是这样一次次地自己问自己。只不过，他再一次替我们唱了出来。

中年听蔡琴

柳絮飘飞、乱红摇落的流行音乐中，也有相当不错的。蔡琴是一个，她的名声比不上她的有些同行，其实她出道比他们都早，他们当中有不少已经落花流水春去也，她还在唱。谁唱到最后，谁最好；而不是谁最走红，谁最好。

蔡琴的嗓子中音最好，我说她有"三郁"（三块宝玉）：沉郁、忧郁、浓郁。这里的浓郁，不是指那种五彩斑斓，而是说她的声音里充满着感情和底气，但她不太好动声色，只是恰到好处地将声音悠扬地旋转拐一下弯儿，而且一般不向高音区上拔，把声音吹拂成袅袅的云；是往低音区拐，如同沉入深深的海底，将声音化作深藏不露却美丽动人的海底珊瑚，或饱经岁月生锈的千年沉船。

蔡琴的歌带有浓重的怀旧情绪。她的歌让我们怀念过去的一切美好，让我们在心织如网的今天忽然回首难忘的过去，不禁抖搂一些时光积下的纷纷尘埃，而让心轻松、湿润一下，当然，也会有溢出一些无可奈何的伤感和惘然。她这样唱："心里分明是常挂念，我有话要说一遍；只怕说出来也惘然，只能把话儿咽……"这是只有经历过一些沧桑的心，才能有的这种无奈和刻骨的惘然。蔡琴把"惘然"两个字唱得格外深情动人。"此情可待成追忆，只是当时已惘然。"她把唐诗的滋味咀嚼、体味、诠释得韵味悠长。那"惘然"便有些秦时明月汉时关的"惘然",有点三秦旧事、六朝烟雨的意思。

怀旧是一张网,企图打捞起过去失去的岁月。其实,我们什么也不会打捞到,失去的一切早已经从网眼里流走。回忆,更是一种温柔的欺骗,因为回忆中的美好,和当时真实的样子已经不大一样,岁月和我们自己的心绪将回忆镀一层美丽自慰的光泽。

蔡琴却反复吟唱着这种怀旧感极强的温柔回忆。怀旧在音乐中化为了艺术,如同将陈年的老木制作成古朴的根雕、将坍塌的废墟开辟成历史的遗迹。蔡琴的歌有这种本事。她极善于将怀旧中转瞬即逝的感情一闪,捕捉进自己的歌声中,像是把我们常常忽略或遗忘的从树上落下的黄叶,夹进书中成为一枚美丽的书签。

"我是那样的盼望,盼望有一个晚上,倾诉着我的衷肠,让你添一点惆怅。惆怅是今晚的波浪,也是情感的桥梁……"她将惆怅诉说得如此美好,将惆怅比喻成波浪,吞没了倾诉、吞没了夜色,也吞没了自己。

"你为我留下一篇春的诗,却叫我年年寂寞度春时;直到我做新娘的日子,才开始不提你的名字……"她唱得那样忧伤委婉,无情有恨、落花流水,唱得含蓄却钻入人心的深处。我是听来的歌,不知那歌词里到底是春的诗,还是唇的诗或是纯的诗,但不管是哪个的诗,都一样让人惆怅感怀。

"放开手才知天长地久多么不容易,即使我流尽一生的泪也难续。何不让回忆留些美感在心里,就算叹息也美丽……"这是一种无奈也达观的泪和心,她唱得如丝如缕,将那美丽的叹息融入美丽的旋律。

蔡琴的歌,算不上多么新鲜,更算不上深刻,她只是将一个经历了一些风霜有一些故事的女人的心情和感怀，质朴而自然地唱出来，没有搔首弄姿，卖弄风情，也没有故作姿态，打扮成青春状。

蔡琴的歌，算不上是陈年的老酒，她还没有那种老酒的醇香，但她绝不是啤酒或香槟，更不是街头罐装饮料机出售的可乐，只有瞬间涌起即刻消失的泡沫。

蔡琴的歌，最适合中年人听。中年人才懂得叹息也美丽是多么不容易；中年人才明白直到做了新娘的时候才开始不提你的名字是多么地刻骨铭心；中年人才拥有"新感情旧回忆，把我紧紧塞在夹缝里"是多么地尴尬和痛苦的人生滋味。

听蔡琴的歌，最好在夜晚，她的歌就是今晚的波浪、情感的桥梁。

听蔡琴的歌，最好一个人，不要品茶或啜饮咖啡，她的歌就是一杯略带苦味的咖啡、漂浮着绿意的清茶。

听蔡琴的歌，最好一个人驾驶着车，驰在漫漫的归途中，她的歌就是家的温暖的炊烟、爱的温馨的灯光。

都是月亮惹的祸

——听张宇

　　我是第一次听张宇，在颠簸的汽车里，录音机里放出他的歌。儿子告诉我：这是张宇。

　　开始听，嗓音有点像罗大佑，马上便听出来，是那一点点沙哑像，显得年龄很大，风雨沧桑一般。实际上，他比罗大佑要年轻得多，而且比罗大佑更多许多悲伤，从歌声中，更是从心底里流溢蔓延。

　　我对儿子说：他一定是专门唱失恋的歌手。这话说得很武断，因为这只是我第一次听张宇，而且听的这第一支歌叫什么名字都不知道，歌词唱的什么也没听清楚。但听歌的人有时就是这样一下子被歌中的某一点所打动，就像漫天飞过了无数的蒲公英，你伸手抓住了其中的一朵，以为这一朵正是你要的那一朵。听音乐，有时就是这样带有强烈的主观性。况且，音乐最不会骗人。

　　我请儿子找来张宇的两盘磁带，一盘是《太阳月亮》，一盘是《单恋》。两盘带子听罢证明我的判断没有错。我很高兴，为张宇，为自己，也为失恋——他将失恋唱得悲伤却很美。

　　"都说要忘了他，曲曲折折后各走天涯，谁不知道你割舍不了，还是苦苦地恋着他。"（《单恋一枝花》）

"最亲密的人，最大的牵绊……到底什么地方靠近天堂，一点点音乐，一点点孤单，抚慰着我心灵不再彷徨。"(《走路有风》)

"已经对坐了一夜，恐怕天色就要亮了。我开始有点明白，我们的爱也要散了。"(《一个人的地老天荒》)

"那些爱在我的心里流过，短得像一场梦，我一个人满街走，没有地方停留。"(《只想遇到一个人》)

"你怎么会是我的幸福，我竟苦苦追逐。所有和你有关的错误，我从现在开始背负。"(《回心转意》)

"整个八月，身边的人都爱流泪。好好的恋情一件一件进行着伤心的破碎，不能挽回。"(《整个八月》)……

还可以举出更多首歌作例证。在我听过的这两盘带子中，除了《缘散缘聚》这样一首歌唱"把你的名字念上一千遍，就会念成轮回一千年的诺言，度过风吹雨打的考验。把你的容颜看上一千遍，就会看成最永恒的预言。有一天，我们终将改变，变成唯一的传说。"歌唱了爱情的成功和永恒，大多时候的张宇用他那特有沙哑的嗓子在唱着失恋，反反复复，一唱三叹。

当然，好的音乐，即使不靠明明白白的歌词，也能明明白白地听得出里面所蕴含的情感。在音乐中最有权利发言的，并不是歌词之类的语言，而是旋律，如果是歌唱的话，还要靠歌手的演唱潜力和表现力的发挥。在音乐中，白纸黑字有时会相形见绌，甚至最苍白无力。但是，张宇的歌，大部分歌词和旋律比较贴切融和，像是乒乓球的双打选手配合得默契，用张宇自己的歌中唱的一样："早就合二为一。"

好的歌手是可以听得出来的。在当今流行歌坛中，不少歌手涂满猩红的嘴唇，摇动性感的臀部和单薄的低胸，用一种伪装的感情将爱情唱得地动山摇，或用一种过来人的感觉将爱情唱得俗气无奈，将爱情唱得皱巴巴或很脏。张宇大部分唱得很有真情，而且唱得非常投入，将一份伤感的感情唱得让人惘然，让人觉得一种美好的逝去从而使得人回忆起一些属于自己的东西，确实让人感动。他的嗓音也恰到好处地帮助了他，一种渗透骨髓的悲伤，总能时时撩拨起你心弦，像风吹动秋天经霜的树叶在飒飒抖动，有几缕橙红色的晚霞在叶子上面闪动着迷离的光斑。

我们的歌曲唱爱情的有许多，但不是单摆浮搁仅仅一首或几首，而是专门集中唱失恋的很少。我不知道在这个世界上，到底是热恋的多还是失恋的多，但我知道失恋从某种程度讲，比初恋、热恋更具有复杂性和动人性。将其作为一种歌唱的选择，我猜想这是张宇的艺术特点，也许是张宇的感情深处一角的秘密。可贵的是，他把握得不错，他并不是过分渲染失恋的痛苦或无奈，总是翻开旧照片咏唱"落叶躲不开枯黄的季节"一类的大众货色，而是尽可能表现出自己感受到某一点突兀之处。他唱失恋痛彻心扉的感觉是"像自己和自己分离"（《一言难尽》），"爱是真的，所以想起来会心疼"（《爱是真的》），实在有一种剥骨蚀心的感觉，很让人心疼。特别是"像自己和自己分离"，我还真没有听别人唱过或说过失恋有这样的感觉，这样的感觉，很别致。同时，可贵的是在不止一首歌中，他唱道："不敢勉强你，只好为难自己。"（《一言难尽》），依然强调的是"自己"，自己去承受失恋之后的痛苦。"你要为我幸福地活着，全心全意爱爱你的人，只有你快乐，我才有我的人生。"（《永远的恋人》）唱的是"你"，对应的依然是"自己"，自己的人生态度与价值的落点。

这是一种大度而美好的态度。虽然，有的歌他唱得花间派，有些缠绵有些酸，比如："我宁愿看着你，睡得如此沉静，胜过你醒时决裂般无情。"但不少歌不那么小气，而是渴望"回忆在沉淀的时候，会看见永恒"。这实在是失恋之后一种美好的境界。

张宇唱出失恋的痛苦的同时，确实更唱出了美好，就像他唱的："将泪水凝结成冰点，开出一朵水仙。"这是张宇最富有特色的一点，也是最不容易的一点。他能捕捉到失恋中最为微妙的部分，让人感受到艺术和情感的双重细腻。

我举下面三首歌为例，在《月亮惹的祸》中，他唱道："我承认都是月亮惹的祸，那样的月色太美你太温柔，才会在刹那之间只想和你一起到白头。"在《情有独钟》中，他唱道："在你的门前，我看到另一双鞋，猜测你跟谁在狂潮之后的夜，你是否流泪哭诉和我的决裂，在他面前轻易赢得安慰。"在《永远的恋人》中，他唱道："那双更温柔的手，你要好好地握，既然走他的路，不要再等谁回头。从今后若还能相逢，请安静从身边走过，你只要低头，别叫住我，给我个背影就够。"他将在月色中火花碰撞的相恋时的冲动和心愿、失恋后的委屈和埋怨，以及冷静之后的克制和祝福，唱得那样有层次、有档次，妥帖、熨帖。而且，他将这微妙的情感不是直白平叙，而是通过温柔的月色、门前的另一双鞋、想象中的再次相逢，使得歌有了画面的感觉，情景交融，多了一点诗意的意象。

难得的是在这两盘磁带中有一首唯一和失恋和爱情无关的歌《蛋佬的棉袄》，非常动听。他唱的是一个卖鸡蛋的蛋佬，年轻时不理解母亲，靠着母亲给他的一件棉袄里藏着的金条卖蛋度日，懂事后攒钱要给母亲富贵终老，但母亲已经去世了。"蛋佬恨自己没能回报，夜夜狂啸，成了午夜凄厉的调……他那件棉袄，四季都不肯脱掉。"唱得一往情深，让我鼻酸，让我禁不住想起小时候住过的大杂院里有一对靠卖油条为生的驼背老夫妇，有两个不争气的儿子，老夫妇先后死去，在老妇人的破棉袄已经油渍渍的棉花套子里藏着的是一张张人民币的票子。世上的事就是有着这样多的巧合，听这首歌，让我想起我们大杂院里的那一对老夫妇和老妇人身上的那件油棉袄，能不感慨唏嘘？能够用一种真情关注底层普通人，让我相信张宇唱的那些失恋情感的真诚，毕竟他不是仅仅看到了曾经的女友门前的另一双鞋，也看到了蛋佬母亲的破棉袄。

同时应该说的是，后期张宇的歌有许多旋律和节奏的重复，尤其是开头的抒情柔板、中间加快速度一大段长句子的一气呵成的快板，用得太多。但客观地说，这两盘歌的作曲和配器大多做得不错，《一个人万岁》中吉他的撩拨，《写错歌了》中口哨的清亮，《回心转意》中小提琴的千曲百回的呜咽，《消息》中弦乐交响的效果……都让人感到音乐制作的精心，当然，也能看到灵气。如果说音乐是一棵树，作曲就是树根，配器则是树枝上开的花朵，根深方能叶茂，花朵的缤纷才能显示树的仪态万方。

儿子告诉我：张宇大部分的歌词是由一个叫作十一郎的女人写的，曲子则是张宇自己谱就，据说，十一郎和张宇从小青梅竹马，只是十一郎长得丑。当然，这只是传说。如果真是这样，真是天作之合。听歌时有几首我不喜欢的，比如《我没有感觉》《爱一个人好可怕》……一查，都不是十一郎写的词。而像我最喜欢的《月亮惹的祸》《情有独钟》《蛋佬的棉袄》……首首出自十一郎之手。张宇的成功，融有十一郎的功劳。在流行歌曲创作中，词曲剥离的比比皆是，那曲就像一件戏装，可以穿在任何一首歌词的上面；那词就像妓女一样，可以陪伴任何一支曲子上床。难得如张宇的歌将词曲配合得不错，这是一种水乳交融的默契，既是艺术上的，也是情感上的。前面我说了这就像是乒乓球的双打，现在应该进一步说：这种双打是男女混合双打。

如果还将一首歌比喻成一棵树，曲是支撑树生长的枝干，词就是树上长满的郁郁葱葱的树叶，而歌手则是飞来的鸟落在枝叶间或衔走一片沾着露水珠的叶子飞上蓝天白云间。这样机械的划分，张宇好听的歌，十一郎占了三分之一的才气，张宇占了三分之二的天分。

这么拙劣地划分，都是我听完这两盘带子之后的主观感觉。也许，完全不是这么一回事，好的音乐是上苍的赐予，对于张宇和十一郎，没准都是月亮惹的祸呢。

我站在原地踏步向前

——听何勇

　　何勇是一位出道比较早的摇滚歌手，但他的歌并不太多，在一代又一代风起云涌的歌手之中，他几乎被下一代的歌迷们所遗忘。1994 年，滚石公司出版了他的 CD 唱盘《垃圾场》，无疑对他是一个最好的总结。但对新一代的歌迷来说，已经有点隔膜，颇似天宝往事一般，唱的是上一代的老歌。

　　现在说起何勇，还得说他的《垃圾场》。他是以这首歌出的名，在 80 年代，曾经唱响过一段时辰。与其说这歌的旋律吸引人，不如说是这首歌的歌词对当时的人们有一定的刺激。他是这样唱的："我们生活的地方，就像一个垃圾场，人们就像虫子一样，在这里你争我抢，吃的良心，拉的思想。你们能看到紫禁城闪着金光，还有一堵特别长的墙，有着绿树还能闻着花香，他们全长在这个垃圾场上。"我们现在可以说它有些过于偏颇，但摇滚本身就是以极端的姿态出现而要引人注目的，这不该是他的什么错。关键是何勇一开始出现就是着色于这样政治波普、强烈直白的油彩，便命中注定他不会走得有多远。

　　这种政治波普在当时的先锋艺术中比如美术、诗歌和戏剧，都能找到它的对应物。这是一种激情的宣泄物，注重和关心的是浅层表象浮泛的泡沫，比的是胆子和夸张的色彩与声音，一开始便与艺术拉开了距离，短命是势在必行的。初次听何勇的《垃圾场》，首先让我想起苏联在 60 年代刚刚解冻时期演出的一台话剧，其中有这样令人瞠目而轰动的一个场面，剧中人故意将原本十分神圣的列宁的著作掉在了地上的灰尘中。这是一种象征，其实也是太表面化的动作了，就像现在我们在电视剧里经常看到的，人物一激动，准保会把手中的茶杯"砰"的一声掉在地上摔碎。

政治波普的发展很能轻而易举地走到玩世不恭的日常生活的吟唱之中，这是政治波普的火焰燃烧后剩下的灰烬，被风一吹，飞起了与自己初衷背道而驰的黑蝴蝶。何勇走的基本上就是这样一条路。

在他日后的《姑娘，漂亮》中，他是这样唱着："姑娘姑娘，你漂亮漂亮；警察警察，你拿着手枪。你说要汽车，你说要洋房，我不能偷，也不能抢，我只有一张吱吱嘎嘎响的床，我骑着单车带你去看夕阳……"

在《头上的包》中，他这样唱着："头上的包，有大也有小；有的是人敲，有的是自找……"

在《聊天》中，他这样唱着："公园里真神气，老大妈当模特，特别特别的美丽。骑着摩托车我到处走，谁也找不到。为了真理为了正义，哥们义气不能少。喝茅台抽中华，全聚德里有好吃的烤鸭，您就像我的爸爸，您说话，我回家……"

很明显，何勇显示出他的聪明，但只是些小聪明；他也显示出他捕捉生活的能力，可惜捕捉到的只是表象。何勇已经很顺利地滑入琐碎无聊的日常生活而自我咀嚼不已。当然，日常生活本来有时就是这样琐碎和无聊，吟唱它们，就像说 Rap 一样，本来就是摇滚的一项重要内容，无可厚非。关键是能透过这些琐碎无聊的日常生活有一份自己的发现，而不只是一些日常生活流水账账单的罗列。这便是一个出色歌手和一般歌手的分水岭，同样可以柔软无比，草坪和泥塘的感觉毕竟不一样。

何勇的旋律的雷同和单调，在这些琐碎的日常生活中日益加重。在政治与生活之间，他似乎还没有找到适合自己的路数。因此，旋律和思想的浅显、单薄，便水落石出一般日渐显现出来。他后来的《冬眠》《非洲梦》，就没有什么灵气和朝气了。

这样来评价何勇，也许有些低调。但是，即使这样评价何勇，也不可否定他的存在和他存在的意义。在我国历史短暂而显得势单力薄的摇滚音乐发展过程中，何勇毕竟在最开始的时候有属于他自己的声音，同时他选择了这样一条路坚持在走，只是由于才情和思想，他没有和他最开始的那些摇滚朋友走得稳、走得好、走得远。近二十年的光景在歌声中转瞬即逝，有的人已经走远，何勇自己却像是他在《踏步》中唱到的那样："山真高，浪真险，我站在原地踏步向前。"这歌似乎是何勇自己的谶语。

在我看来，何勇最好的一支歌应该算是《钟鼓楼》。在这支歌中，他没有采取故作高深的思考状或愤世嫉俗的发泄状，虽然是采取由浅入深的平和姿态，咏叹着他所熟悉的日常生活，但这日常生活是经过他的提炼而非罗列，这种提炼更难得有些诗意的滋润，便使得这日常生活让我们感到既熟悉又感慨，这种感慨是我们早就意会却一直没有道出来，让何勇替我们道出来了："我的家就在二环路的里边，这里的人们有着那么多的时间。他们正在说着谁家的三长两短，他们正在看着你掏出什么牌子的烟……单车踏着落叶看着夕阳不见，银锭桥再也望不清望不清那西山。水中的荷花，它的叶子已残；倒影中的月亮，在和路灯谈判。说着明儿早晨是谁生火做饭，说着明儿早晨是吃油条饼干……"

尤其是那一句"这里的人们有着那么多的时间……"真是让我充满感慨，在我们以前的日子里，在曾经有过的一段岁月里，我们确实曾经有着那么多的时间，在那些富余的空荡荡的时间里，我们都做了些什么？我们又都在等待着什么？这实在让我充满生命无端流逝的感慨，由这种感慨再来听何勇所唱的钟鼓楼周围的一切，会对我们自己庸常而一去不复返的生活与生命有些新的感悟。

但我不喜欢何勇在这支歌中指着钟鼓楼最后的吼唱："你的声音我听不见，这太吵太乱。你已经看了这么长的时间，你怎么还不发言？是谁出的题这么难，到处都是正确答案！"这种歌词和唱法，和前面并不协调，他将已经唱出的意象滑入理念的直白里，便轻而易举地又回到了《垃圾场》的轻车熟路里了。

没办法，最容易做的就是："我还是站在原地踏步向前。"

那天，偶然翻出几盒老式的盒带，是当年众多中国摇滚歌手的集锦，这里面也有何勇。如今已经很难找到这样的老带子了。重新听来，让我想起往昔的岁月，真是过得飞快，转眼间，三十余年的岁月过去了。那些个一长串当时曾经红火一时的摇滚乐队和歌手，如今竟然再也听不到他们的歌声，甚至连他们的名字都陌生了。实在是让我感慨中国摇滚的路，最初的辉煌，竟然只是惊鸿一瞥，只能回望。何勇唱的"我还是站在原地踏步向前"，便成了一种有些颓然的象征。

谁能把一支恋歌唱得依然动听

——听老狼

　　无疑，老狼唱得最好的歌，应该算是《同桌的你》和《睡在我上铺的兄弟》。在我看来，这是老狼的歌中的两个意象，听这两支歌，两个青春洋溢的形象，总会美好又有些忧郁地浮现在眼前：前者是校园中清纯的女孩子，和我们曾经同桌；后者是校园坚强的男同学，就睡在我们宿舍的上铺。这两个意象非常动人，那样对称，青春坐标上遥遥的两极。

　　老狼的歌唱的就是这样的女孩子和男孩子，是那种读高中或刚刚考上大学的女孩子和男孩子。女孩子个个如鲜亮的花，男孩子个个像蹦跳的球。青春的女孩子和男孩子，即使有种种的不如意甚至苦恼忧愁，让老狼唱得也分外美丽。

　　客观地讲，老狼的嗓音并不十分出色，是属于那种很大众化的，他不是那种另类的歌手，注定朴素是他参禅入定的不二法门。难能可贵的是，他有着自知之明，唱的并不像有些歌手那样造作矫情，哗众取宠，故意装扮成偶像状或刻意的反叛状，也不像有的歌手凭借着青春唱得那样搔首弄姿有意地卖弄。他唱得比较老实，比较安静，除了少数歌如《模范情书》唱到"我像每个恋爱中的孩子一样，在大街上寂寞地成长"时，有点撕破了嗓子似的在高音区里不可为之而为之，绷得过紧的弦，大多数歌他唱得都极其平稳、平实，一般都是在中音区里自由自在地徘徊，并不有意到中流击水或九天揽月；即使偶尔飘飞到高音区，也只是意到而已，点到而已，并不真吊起嗓子去比试。这让他的歌听起来比较平易温和，符合他的歌词，像一个校园的歌手在清晨的树荫下或夜晚的月光里抱着一把吉他自弹自唱。

老狼的歌唱得倾诉感很强，这也很符合他的歌中的意象，有些孤独，有些忧郁，有些少年初知愁滋味，为赋新词强说愁。这种倾诉感使他在歌中身兼倾诉者和倾听者两种角色，既有些躁动地站起来倾诉青春季节带来纷繁的烦恼和欢乐，恨不得"把所有的心情都摊开来体会，把所有的话都说给你听"（《蓝色理想》）。又安静地坐下来倾听伙伴藏在心里对父母都不会讲的秘密，注视着你注视我的眼睛，知心地去做"你闲坐窗前的一棵小树，你初次流泪时手边的书"（《模范情书》）。倾诉如银，倾听如金，这两种角色不断转换，正是青春时节心理和生理特点心电图的显示：渴望有人来倾听自己，自己又渴望向别人倾诉；渴望和别人交往，打开自己珍藏的日记，又向往离群独处，一人咀嚼自己的秘密；幻想着把栏杆拍遍、把吴钩看了，又害怕雕弓拉满、心事太重……就是这样自我矛盾着，又自我调解着的青春谱线，在每个孩子的身上跳跃着、变化着。老狼把握得极好极有分寸，将青春这一律动唱得惟妙惟肖，细致动听。

老狼的歌得益于作词作曲都很不错，使得他唱的歌如小船有了一副轻快的双桨，插上了透明的风帆，有了一种孤帆远影碧空尽，唯见长江天际流的空明澄净的感觉。这感觉很纯净，在乱花迷眼、浅草没蹄的流行歌坛里，实属不易，就像在一堆放有许多添加剂和染色剂的甜腻腻果子露中，找到一瓶清凉的矿泉水一样。

这些歌的曲子作得相对单纯，旋律并不复杂，带有民谣的风味。虽然这民谣并不完全是中国的，明显带有美洲的色彩，但化得很开很好，让曲子带有青春跳跃的节奏，像摇动半江瑟瑟半江红，是一幅美丽的画面的感觉；同时又分外明快，犹如春天的清晨迎面吹来清新的风，夹杂着刚刚开花的清香。

歌词作得更好。"任凭这夜越来越深，你在我心中越来越沉，压的我不能翻身作自己的主人。"（《来自我心》）"在没有镜子的世界里，会不会忘了自己的模样？"（《音乐虫子》）写得或太实或有些造作，有失水准，但幸好只是个别。许多歌词写得很朴实动人，在一种平易之中寻求青春的悸动，便铅华洗尽，越发感人。"相爱的人，在黄昏像童话一样别离。"（《爱已成歌》）"在那个寒冷的季节，所有的人都逃避风霜，只有你陪我一起唱歌。"（《只有你陪我一起唱歌》）"相信爱的年纪，没能唱给你的歌曲，让我一生中常常追忆。"（《恋恋风尘》）"明天你是否会想起昨天你写的日记，明天你是否还惦记曾经最爱哭的你？"（《同桌的你》）……总是能从细微处入手，选择一种富有色彩和画面感的场景，让校园温情地出现在我们的面前。而且，总是从现在出发逆流航行到昨天，回忆的心情浓得有些化不开，便总有一种此情可待成追忆，只是当时已惘然的惆怅。即使像我这样青春早已逝去的人听来，也能追忆遥远的过去，和老狼一起感叹校园里"总是不断重演我们的事"（《青春无悔》）。青春当时可能杂乱无章，时过境迁之后才会水落石出，老狼沙里淘金、剥茧抽丝，将校园这些浮出水面的青春故事唱得格外清晰动人。这种站在今天的岸边眺望昨天流动河流的感伤，也许有些少不更事的脆弱，但这正是青春固有的特性，怎么能让孩子们一下子就变得像我们一样地苍老和世故？

好在老狼没有这样的苍老和世故，爱已成歌、往事凋零之后，他还天真地唱道："我只能给你一间小小的阁楼，一扇朝北的窗，让你望见星斗。"(《爱已成歌》)这就足够了，足以让人感动。这是只有青春才会具有的梦幻，阁楼可能会单薄，甚至摇摇欲坠，却是青春的宫殿。人们已经越来越重视把房间装修得豪华，宁愿把赝品的画装上精致的框，以为是最美的风景，谁还会在意望一望夜空中的星斗？

最好的歌词是《睡在我上铺的兄弟》，我非常喜欢。"睡在我上铺的兄弟，睡在我寂寞的回忆；你曾经问我的那些问题，如今再没人问起。分给我烟抽的兄弟，分给我快乐的往昔；你总是猜不对我手里的硬币，摇摇头说这太神秘……你说你现在有很多的朋友，却再也不为那些事忧愁。你问我几时能一起回去，看看我们的宿舍我们的过去。你刻在墙上的字依然清晰，从那时候起就没有人能擦去……"每逢听到这支歌，我总要呆呆地坐在那里，心里充满莫名的感伤和感动。岁月如流，人生如流，友谊却是那样地忠贞可靠，是那样地值得留恋……真情总是能打动人的。它不仅让我回忆起我们都曾经拥有过的校园的过去，更重要的是，老狼歌唱的那种清纯而美好逝去而难再的友谊，对于越发物化到处讲究关系和利益的现在，显得是多么可贵。它让我感叹青春和这个已经太老的世界。

老狼的歌，好在他更多唱的不是爱情，因为这爱情已经让人唱烂，而是友谊（他唱的许多朦朦胧胧似乎是爱情的歌，其实是真挚的友谊）。学生时代美好的友谊，纯净如泪，是人一生最好的回忆和营养，是人一生最动听的歌。

我们大陆的校园歌曲并不多，真正全心全意用专辑来歌唱校园的，老狼是最好的。虽然，他唱得浅显些，面狭窄些，也感伤些，但他毕竟唱出校园清新美好的一角，他为我们掘开一股透明洁净的清泉，淙淙地流淌在校园里。他用他的歌湿润着我们已经变得越发枯燥的日子，年轻着我们已经长出越来越多老年斑的情感。

"谁能把一支恋歌唱得依然动听？"（《爱已成歌》）

可惜，许久没听到老狼的校园新歌。真的时不时还有些惦记着同桌的你和睡在上铺的兄弟，以及那张我们这座城市孤独的地图，是否能找到现在你等我的地方。

花儿开在粪土之上

——听苏阳

那天半夜，孩子在星光剧场听歌的现场给我打来电话，告诉我他回家要晚些，正在听苏阳唱歌，非常地棒。

那是我第一次听到苏阳的名字。是什么样的力量，吸引孩子大半夜的不回家？

孩子一再向我推荐苏阳。毕竟年龄大了，对于新一代的摇滚歌手，本来就陌生，这个苏阳就越发地陌生。

暑假过后，孩子回美国读书去了，发来电子邮件，还在锲而不舍地向我力荐苏阳，并将载有苏阳的歌的网站网址写上，让我链接可以直接听听。

我听了两首，果然不错。民谣的风格，典型宁夏花儿小调，浅吟低唱中，融入了摇滚的色彩，便像在一杯清凉的井水中又加上了棱角分明的冰块，越发地透心凉的感觉，清冽，而爽朗，犹如西北辽阔田野上空那一直能够连接着地平线的莽莽长天。

我们有多么美妙的民间小调呀，可是，我们现在已经不怎么能够听得见了。我想起惯常见到的电视上、晚会上的那些歌曲，也想起刚刚结束的央视青年歌手大赛上的那些所谓民族唱法的歌曲，已经几乎找不到它们的影子了。我们似乎羞于见到它们，起码是淡忘了它们，我们想起它们，更多的时候是愿意将它们当成点缀，把它们打扮一新，描眉画鬓一番，方才可以出门示人。我们有些嫌它们简单，嫌它们粗俗，嫌它们难登大雅之堂。化了妆的民谣小调，其实是伪民歌，只是貌似光鲜的衣裳架子，没有生命的喘息，没有弹性的皮肤，没有了汗味鼻息和心跳，可以让我们亲近地想去触摸，甚至拥抱。

苏阳的民谣，也已经不是原来土生土长的民谣，它也经过了改造，也给它们洗了洗脸，填充进一些新的材料，不再只是老牛老破车在泥土地上一个劲儿地尥蹶。但是，苏阳没有伤了它们的筋骨，他握住了它们的命根子，张扬着勃勃的活力，而没有把它们阉割成不伦不类的变性人，徒剩下一脸浓重的油彩。

听《贤良》中的那鼓声，听《劳动与爱情》中那板胡，虽然只是点缀，真的听得让人心动，有种想哭的感觉。是的，这是只有西北才有的音乐元素，苍凉，粗放，随意，漫不经心，赤裸着脊梁，晒黑了脸庞，云一样四处流浪，风一样无遮无拦，草一样无拘无束，紫外线一样，刺青一般暗暗地刺进你的肤色之中。

我只听了这两首歌，就一下子喜欢上了。曲风是相近的，歌词却不大一样，虽然都直接借鉴了民间说唱的样式，却一为暗讽，比兴和比喻一锅烩；一为直白，调侃的意思，洒脱的自娱自乐。

《劳动与爱情》，歌名宏大，故意敞开了衣襟的样子，露出的并不是那么肌肉饱满的块儿，而是瘦筋筋排骨一样的肋巴条。这是首唱农民工的歌："太阳出来照街上，街上走着一个吊儿郎，卷起铺盖我盖起这楼，楼高十层我住在地上。东到平罗麦子香，西到银川花儿漂亮，人说那蜜蜂最勤劳，我比那蜜蜂更繁忙……"特别是那句"卷起铺盖我盖起这楼，楼高十层我住在地上"听得让我感动，虽然只是楼和人浅显的对比，无奈的辛酸，残酷的现实，唱得那样地朴素而真切，起码是晚会歌曲中没有听到过的，是那些唱烂了的城里人的酸文假醋一般的恋曲中没有的。

《贤良》，歌词作得更好，唱的是三娘教子一类事，却将传统的唱法反串成现实的寓言，将如今道德和价值观念的失衡与坍塌，勾勒得活灵活现。贤良，显然是指民间的那种传统美德，这里用的是反讽的意思，在不露声色中弹讥现实。

歌里唱的姨娘教女："一学那贤良的王二姐，二学那开磨坊的李三娘。王二姐月光下站街旁，李三娘开的是个红磨坊，两块布子做的是花衣裳。"很显然，这个三娘教子，再不是当年的三娘断机织布，教子学业成才成人，而是让孩子去站街叫卖皮肉生涯。

歌里唱的姨爹教子："张二哥的本事真正的强，满院子的牵牛花上了二房，满院子的牵牛一软掉在地上。李大爷的学习真正的强，上了一个大学上中专，中专里面学的是蹦，擦，擦！"很显然，歌中触及的是包二奶，以及知识贬值享乐主义至上等社会现象。

每段后面都有一段副歌，唱的是"你是那世上的奇女（男）子呀，我就是那地上的拉拉缨。我说要给你那新鲜的花儿，你让我闻到了刺骨的香味儿。"当然，如此刺鼻刺骨，我们和他们的理解是不一样的，我们以为的"堕落"，而他们的父母却被表面的荣光所蒙蔽，误认为是好，是一种"贤良"，才去这样教育自己的子女。如此，"贤良"的歌名，便又多了一层能指，包含了另一层辛酸。

这样的音乐，需要良知，这良知来自生活底层，其实，并不需要如何高深的望闻问切，或貌似惊人的警句，或熨烫整齐的韵律，只要鼻子没有伤风，运用应该用的嗅觉，就足够了。只是在我们现在的歌坛中，鼻子变成了大象的长鼻，可以舒展自如地追名逐利，邀宠取媚，却已经失去了原本灵敏一些的嗅觉了。

在北京，苏阳为我们演唱遥远西北的歌，他的歌没有油头粉面，没有花里胡哨，没有故作高深，就像他唱的花儿一样，就像西北的土地一样，质朴却真实、真诚。在他的另外我没听过的一首歌里，有这样的几句歌词："我要带你们去我的家乡，那里有很多人活着和你们一样，花儿开在粪土之上，像草一样，像草一样。"

我非常喜欢这句歌词，谈到民歌，就像"花儿开在粪土之上"一样，民间或来自底层的民歌，似乎有一种更粗野、更直露的美学，或民间逻辑，而这正是矫情乔装之后的民歌所没有的，或者说是文化精英再怎样模仿也学不到的。没有在屎一样的环境中磨砺过的人，是不会真的知道粪土里面也能长出花来的。现在我们所谓的民歌里更多的是一种城市精英假想出的事不关己式的民间。

从另一个角度来关照，民间性的利用问题，尤其是在现在这个全球化的时代里，本土性或民间性，已经越来越多地被发掘为可利用的全球流通资本，最明显的例子是唱改装后西藏式的民歌（作曲家何训田专门为她而写）的朱哲琴，她的唱盘在国外卖得很好。在一种面向全球而把民间或地方性审美化、神秘化的运作之外，能看到民间将本源力量的重新自我利用，并把民间性（苏阳的歌表现为西北调子和传统意象）重新真的和民间现实连在一起，就像作家希望用方言写作一样，一直是真正的民间文艺工作者的一个梦想吧。在无孔不入的全球资本对弱势文化的掠夺开发背景下，这种源自民间的尝试不仅是值得尊重的，而且将会是意义深远的。

在苏阳的家乡，苏阳一直有一个梦想，他说：我一直想在西门桥头为那里的农民工唱歌。他说：那样的音乐很纯粹，没有社会角度的批判，没有音乐门类、知名度、舞台灯光的暗示……

这样的歌手，让我心怀敬意。我猜想，站在银川的西门桥头，他一定会唱《贤良》，唱《劳动与爱情》。

在北京，有许多歌手歌星和歌唱家，没听说哪一个也如苏阳一样说过，想在西直门东直门哪座桥头为那里的农民工唱歌。那里附近一定有许多建筑工地上或其他场合中的农民工的。

我们的歌手的梦想一直都集中在央视的演播大厅，最好是在春节的晚会上。于是，我们的歌像软壳蛋一样，或者精致点儿，像蛋壳上雕刻画一样了，已经孵不出新的生命来了。民谣的萎缩，乃至假民歌的流行，就已经见怪不怪了。

答案在身上还是在风中飘

——听胡吗个

新一代摇滚，听得很少。那天，偶然听到胡吗个的《不插腿》，觉得很有意思。这是一盘概念专辑，明显的民谣风格，却不仅和他的祖师爷鲍勃·迪伦大不一样，就是和他同辈的歌手也十分迥异。这在鱼龙混杂的摇滚歌坛中，有着十分难得的个性。

他的音乐做得很有趣，现在的摇滚音乐中，坚持不插电的，已经绝无仅有。在这张唱盘里，似乎有许多其他的乐器混杂在一起，从唱盘里听，会觉得电声的味道很浓，和鲍勃·迪伦20世纪60年代的纯不插电相比，《不插腿》只是一种戏仿和谐谑。比起科特·科本和"涅槃"不插电的专辑，音乐做得更自然而充满烟火气息。

背景音乐做得特别有意思。混录着各种异质的声音，有意要和纯吉他做个对比或较量似的，颇有些偏偏在那种圆领的老头衫上系条领带一样，再不是传统的那种鸡尾酒的调制方法。

还有时候特意加上的人声，是那种说话的声音，男男女女的，在背景音乐中惊飞起的鸽子一般，此起彼伏，错错落落，大珠小珠落玉盘。还有《黄娣的新装》中那些小孩子们嘻嘻哈哈的笑声，《很多年以后》中小孩子的撒尿声，《他们在床上，床在台北》的音乐戛然而止时，最后抽不冷子甩出一句"那女孩也爱好文学"，充满谐谑的反讽，小孩信笔涂鸦一般，让你忍俊不禁。

没有听过胡吗个以前的唱片，只知道一首《两个四川的厨子》，唱的是上海菜在北京很流行，两个四川的厨子跑到上海餐馆里点菜聊天，心情很郁闷。这盘《不插腿》与之相比，虽然还是小人物叙事的角度，所有的歌都是围绕着一个叫胡裁缝展开的故事，却从写实到虚拟，有意识的外来者的身份，融入了北京现代生活的摇滚景观，颇为新鲜。底层写作，是如今文学界的一种时髦，胡吗个的歌其实也属于底层写作，只不过他没有那种赤裸裸苦难浅表层的有意渲染，在他意象中虚拟的天地里驰骋得更自由而舒展，有那么点自吟自乐的放浪。

从歌唱的角度而言，其实是属于很清澈流行的那种，模仿齐秦，尤其显出本质。许多歌中，他却掩饰了唱的嗓音，用得更多的是 Rap 说唱，略带点儿南方的口音，随意的吟唱，有点像美国的柴斯纳特（V.Chesnutt）或"天堂兄弟"（Palace Brothers），但比人家更显得吊儿郎当，又不是那种嬉皮士，而有些像小痞子，在北京，叫作"胡同串子"。

比起以前窦唯演唱的时候脸上化着妆，比起以前在五道口小朋克的演唱简单粗暴的歌词，比起盘古乐队原始化音乐"力比多"的发泄，胡吗个的音乐真的有了很大的不同，或曰发展，让人们感慨一个时代有一个时代自己的音乐，而彼此无法取代。他的这些说唱，虽然还是平民的姿态，还是叙事的风格，也还有很多的文化指涉，却多了文字游戏的成分。没有了 20 世纪 80 年代音乐的遗毒，那种歌词像诗，讲究对仗，讲究比赋，讲究寓意，但现在听让人觉得有些做作得可疑。胡吗个的音乐，不再相信诗，也不再拘泥于现实，因此，他的音乐并不是真的要告诉我们一些什么真实发生的事情，他在有意地逃避歌词背后的微言大义和宏大叙事，如他的前辈崔健和罗大佑那样，对现实有什么批判的思想锋芒。更多的是对现实开一下玩笑，略微有一些无关痛痒的嘲讽；再有便是对经典的解构和戏仿。

这后一点的解构和戏仿，让我对他最感兴趣。这种解构和戏仿，并不是对经典的反叛，由此揭竿而起故意装扮成新一代的英雄，而更多的是融进世俗的成分，类似赵本山的小品、郭德纲的相声，或周星驰的无厘头。这真的是一种非常有意思的文化现象，娱乐化的时代，大众文化中，相声、小品、影视和音乐，都有了这样以搞笑为宗旨的全方位对应，彼此遥相呼应，道是有情还无情，诘问我们这个时代的生活与艺术为什么如此四处开花式地需要搞笑，而且是离不开这样无厘头的搞笑？

也许，胡吗个就是要以这样的搞笑形式创作新一代的音乐，暗合了时代和生活那一根谑笑的神经。在这里，有意思取代了有意义，好玩取代了好听，粗俗取代了高雅，身上的答案取代了风中的答案，一身随意而搞笑的休闲装，取代了一身的正襟危坐。

最有代表性的，大概要数《黄娣的新装》和《答案在身上飘扬》这两首歌了。

《黄娣的新装》号称胡吗个的"情景悲剧"之一。但是，悲剧的成分，几近于无。更多的是家庭世俗的肥皂剧。不过，要是真的演起来，或许会比赵本山的小品（起码比今年的《捐款》）更风趣，逗人发笑。

胡裁缝和老婆黄娣隔三岔五在卧室里要共同演出安徒生的童话《皇帝的新装》，老婆演皇帝，胡裁缝一人出演骗子、众大臣和那个童言无忌的小孩，每一次他都要在最后唱道："可是她下面什么也没穿啊！"特别强调的是"下面"。在这里，他有意将皇帝的他和老婆的她做了置换，不仅是皇帝到平民的位移，同时也是男女的变性。于是，同样是皇帝的新装，剪裁出的意思大不一样，安徒生的童话所要讲述的事实真相的意义，移花接木开出了性之花。

《答案在身上飘扬》，更明显是对鲍勃·迪伦的经典老歌《答案在风中飘扬》的戏仿。只不过，他把鲍勃·迪伦那样的深沉发自思想深处的天问般的歌唱，重新演绎成了搞笑一般的无厘头。

他这样唱道："如果有五尺布的话，可以做多少件衣服，为此，我专门请教了一个裁缝，裁缝说，若是个儿大一点，超过两米三的话，就会做的少一些；若是个儿小一点，不到一米三四的话，就会做的多一些。如果有五尺布的话，可以做多少件衣服，为此，我专门请教了一个时装设计师，设计师说，若是做旗袍的话，就会做的少一些；若是做比基尼的话，就会做的多一些。究竟五尺布可以做多少衣服呢？答案咯，噢，我的朋友，答案在身上飘扬！"

而鲍勃·迪伦的《答案在风中飘扬》中是怎样唱的呢？鲍勃·迪伦是这样唱道："一个男人要走多少路，才能被称为男人；一只白鸽要飞越多少海洋，才能够在沙漠入眠；炮弹还要发多少次，才会被永远禁止……啊，答案在风中飘扬！"在20世纪60年代，鲍勃·迪伦不止一次唱过这首歌，也不止一次感动那个时代的年轻人。

不用再多说什么，只要将这两首歌对比听一下，便会感到，时代真的是变了，一代人老去了，一代人长大了。原来所关心的一个男人真正的成长，以及战争与和平这个关乎世界的宏观的理想追求，轻而易举地变化成关系五尺布这样和现实最为贴切的话题。答案在哪里飘扬？从风中一下子落在了身上，就像鸽子从白云蓝天之上一下子落到餐桌上，一代人走着一代人自己的路。

胡吗个说这首歌是向鲍勃·迪伦致敬。当然，这是新的一代致敬的一种方式。

不插电，可以是一种理想，也可以是一种形式、一种戏仿、一种与现实拉近的路数。

重听张蔷

张蔷的"80，08"个唱音乐会，2008 年终于在北京举办了。不管现场的效果如何，我很为她高兴。如今歌星多如牛毛，对于如雨后春笋一样冒出的新一茬年轻人，知道张蔷的大概不是很多了，尽管 1986 年她曾经上过美国大名鼎鼎的《时代周刊》，唱片总销售量叹为观止地高达三千万张，恐怕在中国流行乐坛上是绝无仅有的奇迹。

二十多年前，我对她一无所知，只是从磁带盒的封面上看到一个圆圆脸膛儿的小姑娘，很可爱很清纯的样子。那时候，我的儿子还没有上小学，刚到懂得听歌的年龄。我们一起在音像店琳琅满目的磁带面前，记得很清楚，是在和平里。看得我们眼花缭乱，不知挑哪一个好，儿子指着她，问我怎么样。我问儿子：就买这盘了吗？儿子果断回答：就买这盘。于是，盲人摸象一般买下了它。拿回家放在录音机里一听，不错，我和儿子都很喜欢。

那时候，也不知道磁带里放的都是张蔷翻唱别人的歌，只是觉得好听，曲子朗朗上口，也好学，许多的歌，听了几遍，我和儿子便都学会了，一边听着录音机里她唱，我们一边也跟着她大声吼唱，满屋子里常常荡漾着张蔷的歌。

她那略带沙哑嗓音却青春明澈的歌声，伴着孩子长大。在孩子升入小学的那几年里，我买了好几盘她的磁带。许多的歌，《野百合也有春天》《潇洒地走》《月亮迪斯科》《拍手迪斯科》《你那会心的一笑》《轰隆隆的雷雨声》……一直到现在都还会唱，这是以后听流行歌曲从来没有过的奇迹，便谁也无法取代她的位置。

在上世纪 80 年代中期，我正在写作关于中学生的长篇小说《青春梦幻曲》，忍不住让小说里的主人公也喜欢上张蔷的歌，不止一个地方，在小说里让她唱起了张蔷的歌。有意思的是，有读者读完我的小说，特意去找张蔷的磁带听。

我觉得张蔷特别适合孩子听，适合孩子唱。她的歌，很清纯，很青春，很开朗向上，清澈透明如同露珠儿，沁人心脾，又有那么一点亮色，即使还有那么一点忧愁和烦恼，也是快乐的和幸福的。和后来的小虎队相比，她多了一点忧郁和厚度；和再近一些的花儿乐队相比，她多了一点自然和亲切。和那时与她年龄相仿的程琳相比，她多了一点亲近和天真，像是一个容易说出心里话的孩子。如果和电影影星相比，她比那时的山口百惠还要年轻，比现在风情的汤唯更多一份清纯，比更年轻一些的周冬雨多一点儿俏皮和可爱。

在时间的流淌中，不是所有的歌都能够随波逐流，都能够流到今天的。有很多当时异常流行火爆的歌，都会被无情地淘汰而被人们遗忘。在走马灯一样频繁走马换将更迭着歌星名字的排行榜上，许多昙花一现的歌手，早已经让我忘记了他们的名字，但是，张蔷让我记住了。

二十多年过去了。一个曾经十七岁的小姑娘，已经长大成人。前不久，她的新歌带出版了。她在唱爱情了，她希望活在爱情的旋律里。显然，她成熟多了，不再是飞翔在过去的一只单纯的快乐鸟。但是，她选择了许多人都唱滥的爱情，我以为并不是最好的选择。也许，这只是我一厢情愿，谁也改变不了谁的选择，况且，二十多年的光阴，足以改变一个人的一切。她的歌还一直沉淀在我的记忆里，我只是还不希望她走出来，我没有权利把她攥在手心里和记忆里，不让她长大变老。

重新听张蔷的歌，其实已经看山不是山，看水不是水，融入了主观的情感和印象。重新听张蔷的歌，其实是在倾听自己的记忆，只不过她歌中的青春和自己的青春叠印在了一起，她的歌声中顽固流淌着过去的那些日子的光和影，落霞与孤鹜齐飞，秋水共长天一色。

在蚂蚁的隔壁，在蜗牛的对门

亮相春晚之后，草根歌手"旭日阳刚"迅速走红，各种关心和议论纷至沓来，特别是汪峰收回自己《春天里》的演出权，致使"旭日阳刚"一时出现无歌可唱的窘状，其前景也跟着一起莫测纷纭。

我想起另两位草根歌手。

一位是美国的柴斯纳特，他不仅是一位草根歌手，而且还是残疾人。他一直坚持自编自唱，坐在轮椅上，云游僧一样四处游荡，从来没有大红大紫过，却从来都受到他的歌迷的喜爱。

十多年前，我曾经从唱盘里听到他唱的一首叫作《海绵》的歌，很动听，便记住了这个名字。他这样唱道："快乐像巧克力一样融化，我那带着蓝丝带的勇气也已不在。肮脏的阶梯，冰冷的混凝土，脚下虚伪的土地，街道里沉浮的气息……是的，这世界是一块海绵……在这一次丑陋的出行中，我喃喃自语我本该大吼出的东西，但我马上就会安静了，你将什么都听不见，因为这个世界是一块海绵！这个世界，这个世界，这个世界是一块海绵！"

现在想起来，最后柴斯纳特反复唱的："这世界是一块海绵！"非常像"旭日阳刚"唱《春天里》最后反复大吼出来的"如果有一天我老无所依，请把我埋在这春天里"。一样的历经人生沧桑、看遍春秋演绎之后的苍凉。

不同的是，唱完《海绵》之后，这十几年里，柴斯纳特一直有新歌在唱，每一首都是他自己的创作，都给人以感动，让人能看到他生活的耐性和生命的韧劲，以及对现实和世界独特的带有哲理性的看法和态度。一般都是他坐在轮椅上唱，人们站在他的四周听，表达着对他的敬意。那情景不是电视上和豪华舞台上，而像是在工地或地铁通道的感觉。

另一位草根歌手，是我国盲人歌手周云蓬。周云蓬出道多年，却从来没有上过春晚，甚至没上过任何的电视，但他和柴斯纳特一样，游吟诗人般自编自唱，背着一把吉他，云游四方，走遍大江南北，到处流浪卖唱，唱着那动人的歌谣，禽鱼皆遂性，草木自吹香，别有一番风景，且唱的年头那样久远。

前几年，我偶然听到他的一张唱盘《中国孩子》，这是他出版的第二张唱盘。其中《中国孩子》《煮熟的鸭子要飞走》《买房子》，听了之后，非常地感动，特别是《中国孩子》，真的让我非常感动，他哀恸地唱克拉玛依那场大火中"死到临头让领导先走"的大人们，唱那些"火烧痛皮肤让亲娘心焦"的孩子们。最后反复吟唱着"中国孩子！中国孩子！"和"旭日阳刚"唱《春天里》最后反复大吼出来的"如果有一天我老无所依，请把我埋在这春天里"一样，唱得我心里发热，再也忘不了这位歌手。

对于这个世界的现实，他有着自己的发言，不仅拥有一腔正义与真情，还有那样独特而敏感的艺术感觉。他的歌和我们的电视屏幕上制作了一批又一批的晚会歌曲，我们的唱片公司孵化了更多的那种千篇一律的爱情歌曲，真的大不相同。他不愿意走宏大叙事的路子邀宠媚上，不愿意吃着别人嚼过的馍，去屈膝于市场和时尚。

后来我又听到了他的《一个人三次来北京》，同样地感动，在叙事的唱风和幽默的语调中，同样让我感受到他对于生活独特的发现和感受，和汪峰的直抒胸臆显得沧桑也显得视角大了的《北京，北京》完全不同，他将一个外乡人北京梦的艰辛、心酸和执着，爱恨交加，三次来到北京不同的遭遇和心情，以叙事风格唱出，唱得那样别致，那样辛酸，那样幽默，又那样撕心裂肺。他的音乐不是别人的，他唱的不是他人为他编织好的哪怕是再精致的花环，而是属于自己的心和情感的延伸，坚持的依然是草根。

在他出版的《中国孩子》的唱盘的前言里，我抄录过他说的这样的一段话："音乐不在空中，它在泥土里，在蚂蚁的隔壁，在蜗牛的对门。当我们无路可走的时候，当我们说不出来的时候，音乐，愿你降临。"这样的话，特别适合同样作为草根歌手的"旭日阳刚"。所以，我说，电视的各种晚会或选秀或大赛，特别是春晚，是一把双刃剑，既可成也草根，亦可败也草根。有眼光有志气的草根歌手，真正的舞台不在春晚，不在商演，而在广阔的民间。用你歌唱的真心，用你创作的能力，用你对这个世界独特的音乐发言，未来的路才可以一路花开，走得长远。

没错！"音乐不在空中，它在泥土里，在蚂蚁的隔壁，在蜗牛的对门。"

天池浪漫曲

　　车出乌鲁木齐，戈壁的苍凉让人心发紧，悲壮让人心动，美却让人感到辛酸得想落泪。我知道这是西北独具的色彩和美，这是一种只有经历沧桑才能感到的悲剧式崇高而庄严的美。美丽而神奇的天池那一缕浪漫，正诞生在这样浑黄苍凉美的土地上。

　　我并非独寻天池而来，而是为一个人。如果没有这个人，也许我不会到新疆后立刻直奔天池去。新疆最初给我的印象，不是哈密瓜，不是葡萄干，不是雪山，不是沙漠……而是他写的歌"在那遥远的地方，有位好姑娘，人们走过她的帐房，都要回头留恋地张望……""达坂城的石头硬又平啊，西瓜大又甜呀；那里来的姑娘辫子长啊，两只眼睛真漂亮……"是他的歌把新疆与我拉近。只是那时一直到后来许久，我并不知道不止这两首而是众多新疆的歌都是他创作的。这不能怪我，尽管《在那遥远的地方》编入法国巴黎音乐学院的教材，美国黑人男低音歌唱家保罗·罗伯逊曾将它作为保留节目唱遍世界，只是歌曲并没有署名作者，而荒唐地冠以"青海民歌"。

　　车到阜康市折东跑三十一公里便是天池。一路清澈而清冽的天池水，先导一样引我入山。

　　王洛宾，我的心里轻轻地呼喊着他的名字。如果他活着，今年整整一百岁！

今年，是我国好多名人诞辰的周年纪念，仅仅艺术家就有程砚秋诞辰一百一十周年。明年则有梅兰芳诞辰一百二十周年，周信芳诞辰一百二十周年，……都有纪念他们的演出和活动，乃至展览。却似乎没见到纪念王洛宾的动静。想起当年台湾女作家三毛跑到新疆去找王洛宾时，媒体那种蜂追花枝刨根问底和连篇累牍的热情劲儿，真的是今非昔比。即时的效应，花边新闻可以登上头条。时过境迁，人们的淡忘，往往比风还要快得无影无踪。

我却常常想起他。只要一唱一听到新疆的歌曲，就会想到他。好像新疆歌曲都是他的创作。不过，确实有很多至今依然传唱的新疆歌曲，是他的专利。他的心情，他的感情，他的青春，他的生命，融进他创作的无数首新疆歌曲里：《玛依拉》《半个月亮爬上来》《都达尔与玛丽亚》《高高的白杨树》……可以列出一长串歌单。他的歌就是他的心的翅膀，让新疆飞向世界。

传说中也许带有演绎的色彩。说他二十六岁那一年，在兰州街头，偶然听到一个维族司机哼唱小曲，立刻被磁石般吸引住了。为此，痴情如醉，他竟义无反顾，如此冲动地只身一人西出阳关，直奔新疆，成了一个地地道道的西北土著。或许，这才是真正的艺术家。他的这番经历，让我想起了我国老一辈的画家刘方平，他也是在一次路过王屋山的时候，听到当地的农民唱京戏，一下子听入了迷，便也和王洛宾一样，冲动地从城市搬到王屋山，进山当了土著，终老一生。他们对艺术尤其对民间艺术的痴迷，和如今一些号称艺术家却只会在宾馆的红地毯上和大会堂的觥筹交错中作画唱歌的人，绝不相同。真正的艺术，从来处于江湖之远，和民间乡土贴心贴肺。

谁想到呢，王洛宾却为他年轻时的艺术冲动，付出太为昂贵的代价，不仅仅是青春，不仅仅是中年丧妻，而且是长达十五年的牢狱生涯……

他却在艰辛痛苦的生涯中创作出那么多美妙足以惊动世界的新疆歌曲！或许，这就像罗曼·罗兰所说，对于一个艺术家而言，"痛苦的犁刀一方面割破了你的心，一方面掘出了生命的新的水源。"

我终于见到了天池！它比我见到过的许多湖泊都要美。平原的湖泊：太湖、西湖、鄱阳湖，自不必说了，它们难有这样居高临下的气势，难有这样倚天揽山的格局，难有这样古木拔地、雪峰参天的森森万千气象！如果说美，它是冷艳的美，是经历寒冷之后的温馨；它是悲壮的美，是历经痛苦，磨砺沧桑之后的深沉。

站在这里，想起王洛宾，觉得只有他和他的歌，配得上天池这样的气象，他和他的歌与天池互为镜像，映澈在这片天地之间。

我想起很多年以前，那时，王洛宾还活着，我曾经在电视里听到王洛宾自己弹奏钢琴自己吟唱的一首歌。那是一首哀婉的情歌，与他同牢房的一位维族小伙子的情人，在外面苦苦等待小伙子，最后抑郁地悲情而死，小伙子出狱后，在姑娘的坟前铺满姑娘生前最爱的丁香花。他被他们忠贞不渝的爱情感动，在狱中写下了这首歌。他那苍老却深情的嗓音，我很难忘记，其中有这样一句歌词："姑娘的坟前铺满丁香，我的银须爬满胸膛……"当时听得让我立刻泪水潸然！这是一位长者的炽热情感，沉甸甸让人感到深沉的分量。这样富有赤子之心的汉子，岁月不会把青春一笔勾销，而会让他的歌声里永远弥散这丁香的芬芳。

王洛宾一百岁了。他的银须爬满胸膛，谁在他的坟前铺满丁香？

天池默默无语，荡起一圈圈涟漪，像圆圆的密纹唱盘一样，把这一切录进它深沉的湖心里。

2014 年 10 月

谁等待盛装出场的未来

很少听流行歌曲了。也不是一点儿没听，听到的，有的词不错，曲不行；有的曲不错，词太水。难有词曲咬合，水乳交融，让人心里为之一动的。

偶然间，听到北京电视台跨界演唱里王珞丹和朴树合唱的一曲《清白之年》，如莲出清水，月开朗天，吹来一缕酷夏里难得的凉爽清风。两位演唱，站在台上，一个握着话筒垂肩颔首，一个抱着吉他不动声色。一曲唱完，没有多余的动作，像一幅没有一处败笔的工笔画。不像眼下一些歌手选秀大赛，比赛着恨天怨地的大幅度动作夸张，似乎流行歌曲就必须龙腾虎跃，搔首弄姿。

他们的穿着也很朴素，一个白衬衫，蓝裙子，一个白 T 恤，蓝裤子，和《清白之年》很搭。曾经在电视里看到歌手那英和陈奕迅一起演唱一首歌，各自穿的衣服肥肥大大，尤其是袖子宽大得如同各自挥舞着铁扇公主的芭蕉扇。演唱会毕竟不是时装台。除了服装，如今歌手选秀大飙高音，甚至海豚音，似乎唱歌就像卖东西，谁吆喝的嗓门儿高谁的就好。朴素的装束，朴素的声音，和朴素的唱风，一起在沦落。我们似乎已经不会静静地，好好地唱歌。其实，鲍勃·迪伦也常常只是抱着一把吉他静静地唱歌的。

《清白之年》，让我心里感动，是它没有追逐那些轻薄的时髦。它的曲风和歌词，都清澈如一潭绿水，却能静水流深，映彻云光天色。歌里唱道："我情窦还不开，你的衬衣如雪。盼望着白杨树叶落下，眼睛不眨；心里像有一些话，我们先不讲，等待着那将要盛装出场的未来。"写得不错，唱得更好。尤其是"盛装出场的未来"那一句，透露出朴树的才华。谁在年轻的时候，心里没有一个"盛装出场的未来"呢？那是一种美好的向往，或者是一个憧憬和梦想。这个"盛装出场的未来"，只有青春时节衬衣如雪，只有白杨树叶纷纷落下，才和它遥相呼应，背景吻合，将写意的心情和线性的时间叠印交织。它才会不时地隐约出现，如惊鸿一瞥，魅惑诱人；如青蛇屈曲随身，又咬噬在心。

当然，如果这首歌唱的只是这些，尽管有一个"盛装出场的未来"的句子，也只是一道漂亮的彩虹，会瞬间消逝。幸亏它还有下面的歌唱："数不清的流年，似是而非的脸，把你的故事对我讲，就让我笑出泪光。""就让我笑出泪光"，不算是朴树的水平，但老眼厌看南北路，流年暗换往来人那些似是而非的脸之后，还愿意倾听"你的故事"，一丝未散的温情之中，多了几许无言的沧桑。

接下来，他们唱道："是不是生活太艰难，还是活色生香，我们都遍体鳞伤，也慢慢坏了心肠。"舒缓而轻柔的吟唱之中，唱得真是痛彻心扉。在我们司空见惯的怀旧风里，蓦然高峰坠石，即使没有砸到我们，也会让我们惊吓一阵。这句词是崔健在《新鲜摇滚》里唱的"你的激情已经过去，你已经不是那么单纯"的变奏，比崔健唱得更加锐利——不再单纯和坏了心肠，一步跨过了一道多么宽阔的河。这是这首歌的核儿，一枚能够扎进我们心里的刺，看谁敢正视，看谁又敢拔出。

《清白之年》，在这里才显示出题目之中"清白"二字的尖锐意义。有了这句歌词，让这首歌变得不那么千篇一律地庸常。只是结尾收得太稀松平常："时光迟暮不再，一生不再来。"但收尾的笛子吹得余音袅袅，替他们弥补了许多。

这首歌，延续的是老狼的校园民谣一脉，有意思也有意义在于，它不再仅仅囿于校园回忆的云淡风轻和时过境迁怀旧的惆怅和忧郁，而有了事过经年对现实的无奈，还有难得的对自己的批判。这便让这首歌成了朴树自己也成为校园民谣那一脉的延长线，成了一代人的青春祭。

《清白之年》，让我想起作家张承志写过的一篇散文，题目叫作《清白的精神》。相同之处，在于他们对于清白的刻意的恪守，以及向往和追求；不同之处，在于他们一个更偏重于过去，一个更偏重于现在；一个更在于自身的经历，一个更在于自身的精神。

听完这首歌之后，我在想，王珞丹和朴树唱完之后，还会一身衬衣如雪，"等待着那将要盛装出场的未来"吗？或者说，还会相信那曾经期待并等待的未来能够盛装出场吗？

我们自己呢？

辑
四

最后的海菲兹

说来有些惭愧，一直活到四十来岁，才知道世界上有个海菲兹（J.Heifetz）。去年夏天一开始就那样闷热，一直延续了整整一个夏季。就在那个夏季快要熬过去的一天夜晚，没有一丝风，只剩下汗津津如虫子爬满一身一样的感觉。我随便打开音响，中央人民广播电台的立体声音乐节目正介绍海菲兹，播放着他演奏的贝多芬《D大调小提琴协奏曲》。那乐声一下子吸引了我。我不能说曲子美，那是不够的，浅薄的，只有历尽世事沧桑，饱尝人生况味的人，才会拉出这样的琴声。那有力的揉弦，坚韧的跳弓，强烈的节奏，飞快的速度，如此气势磅礴，飞流直下三千尺般冲撞着我的深心，进入第二乐章，一段飘然而至的抒情柔板，真给人一种荡气回肠之感，像是河水从万丈悬崖上急遽跌落，流进一片无比宽阔深邃的湖面，那湖面映着无云的蓝得叫人心醉的天空。悠扬的琴声立刻侵入我的骨髓，我禁不住全身心为之颤动，浑身的血液都融化进那无与伦比的琴声之中。虽然是抒情，他拉得依然沉稳，绝不泛滥自己的情感，让人格外感到深沉，犹如地火深藏在岿然不动、冷峻无比的岩石之中。

这就是海菲兹！这就是贝多芬！是海菲兹把贝多芬那宽厚而博大的气势表现出来。虽然我知道这是贝多芬所作的唯一一首小提琴协奏曲，为了纪念他对一位名叫特蕾莎·德·勃朗斯维克的伯爵小姐的爱恋之情，但绝非只是恋人浪漫曲。我从海菲兹的琴声中顽固地听出对一种刻骨铭心的理想历尽磨折而终不可得又毕生无悔孜孜以求的复杂心音，这样的琴声不能不让我的心滤就得如水晶般澄清透明，锤打得更坚强一些而能够理解人生、洞悉人生。最后一缕乐声消失了，我还愣愣地站在音响旁，望着闷热无雨的夜空发呆，只是一下子觉得天清气爽起来，星星一颗颗可触可摸，晶亮而冰洁。

我第一次认识了海菲兹，便永远忘不了他！我忽然涌出一种相见恨晚，他乡遇故知的感情，浓浓的，竟一时搅不开。

我找到有关海菲兹的传记材料，才知道早在我第一次听他演奏这首贝多芬小提琴曲的两年前，他便死在美国洛杉矶的一家医院里——8月10日，也是这样一个闷热的夏夜，他走完了人生八十四年的旅程，而我却以为他一定还活在人世，还会为我们演奏他和我一样喜欢的贝多芬！

这位出生于俄国，有着犹太血统的美国小提琴演奏家，是当今最伟大的小提琴家。萧伯纳曾这样写信给他说："爱嫉妒的上帝每晚上床都要拉点什么！"音乐界则众口一词："海菲兹成了小提琴登峰造极的同义词。"所有这一切评价，他都受之无愧！听完他演奏的贝多芬这首小提琴协奏曲，我曾特意找到其他几位小提琴家演奏的同样曲目，结果我固执而绝对排他地觉得没有一位能够赶上他，没有谁能够将乐曲那内在的深情，磅礴的气势，以及作曲家那特有的宽厚脑门中深邃的思索，一并演奏得如此淋漓尽致！无论是思特恩、祖克曼、帕尔曼，还是大卫·奥依斯特拉斯！这位十一岁便开始以独奏家身份巡回演出的天才，一生足迹遍布全球，总共行程二十万英里，演奏十万小时，光看这两个数字，就是多么地了不起呀！他所向无敌，征服了全世界小提琴爱好者的心！这不仅因为海菲兹有着旁人难以企及的演奏技巧，更重要的是他有着一颗与贝多芬一样坚强而博大的心灵。他在世的八十余年中，经历了两次世界大战，可谓阅尽春秋演义，无论日本地震后，还是爪哇暴动后，天津被日本入侵后，他都赶赴现场演出，以他宽厚的人道主义的琴声与那里的人民交融在一起。第二次世界大战中，他上前线为战士演出三百余场。他对战士们讲："我不知道你们需要什么，我将演奏舒伯特的《圣母颂》！"他赢得战士们的掌声。《圣母颂》成为他为战士们演奏次数最多的曲子。1959年，虽然他已经宣布退出舞台，而且刚刚摔伤不久行走不便，为了参加庆祝人权宣言八周年的活动，他仍一手拄着拐杖，一手抱着小提琴，走进联合国大厅演出。正因为海菲兹有着如此举世无双的技艺和人格，才赢得人民对他长达半个多世纪的经久不衰的爱戴。当他重返苏联演出时，那里的音乐爱好者不惜变卖家具等贵重物品，凑钱买票观赏他的演出，演出结束后，年轻人伫立街头久久不肯散去，等待他从剧场出来，向他高声欢呼致意！

我对海菲兹越发崇拜。我注意搜索广播节目报上海菲兹的名字。终于有一天，我见到了预报中有他演奏的贝多芬《D大调小提琴协奏曲》，托斯卡尼尼指挥。我提前半小时便将调频台对出，把准备录音的空白镀铬的金属带装好，像坐在音乐厅中一样，静静地等待海菲兹的出场。非常遗憾，那一天天不助我，噪音比往常严重得多，无论我怎样变换天线的角度和方位都无济于事。但我还是将这长达四十分钟的曲子录下音来，反复播放，一遍遍沉浸在海菲兹那炉火纯青的琴声中，即使杂音也无法遮挡海菲兹的光芒。

不过，毕竟有杂音。我希望能够买到一盘真正海菲兹的磁带或一张唱片，原版的。我竟像现在年轻人迷恋他们心目中的歌星一样，开始跑音像商店，寻找海菲兹的踪影。不过，我知道，我寻找的是一位足以跨世纪的音乐巨星，不敢说是恒星，但绝非年轻人心中常变易的流星。可惜，王府井、西单、灯市口、北新桥的"华夏"门市部、琉璃厂的"华彩"销售点……都没有海菲兹……海菲兹哪里去了？他的琴声曾传遍世界，仅在美国胜利唱片公司一家便出版过他的长达二十六小时的乐曲录音，还只是他全部演奏乐曲录音的三分之一。这该有多少不同品种的磁带或唱片！为什么偏偏我就寻找不到呢？莫非我们果真如此淡漠海菲兹？

我不甘心，仍在寻找。去年底，北京农展馆举办的第三届国际音像制品展销会的目录上，我见到了海菲兹的名字。不仅有他演奏的贝多芬，还有莫扎特、勃拉姆斯、布鲁赫……我真高兴，跑到农展馆，却是扫兴：海菲兹尚在迢迢旅途中，他的唱片尚在海上运输轮船的船舱里没有到达。毕竟有了希望。那船即便半路遇到风雨，即便沿途意外抛锚，它总会到来。那是我的红帆船！

我实在没有想到它竟然这样慢。一直到了今年春天，我在灯市口音像制品商店琳琅满目良莠不齐的激光唱片的橱窗里，才看见了 J.Heifetz 几个字母，黑色唱片封面上醒目的白色手写体，是海菲兹的亲手签名。盛名旁便是海菲兹的黑白照片剪影。这是我第一次见到他的照片：苍白的头发，宽阔的前额，高耸的鼻梁，左手抱着的或许便是那把 1814 年产的跟随他一生的小提琴，右手持长长的琴弓，面部表情冷峻，俨然花岗岩石一般。但我知道就在这近似冷酷无情之中蕴含着他的深邃与真情，他将自己炽热的性格不是燃起火，而是凝结成玉骨晶晶的冰。他拉琴时身体几乎纹丝不动，绝不像有些琴手那样动作幅度大，或故意甩动自己潇洒的长发，更不会如我们有些浅薄的歌手那样搔首弄姿。我懂得，这是只有阅尽历史兴衰，饱经沧桑之后才会出现的疏枝横斜、瘦骨嶙峋。他不会为一时的掌声而动容，也不会为些许的挫折而蹙眉。望着他那双冷漠得几乎没有光彩和眼神的眼睛，我心中涌动着对他的一份理解和崇敬。

非常可惜，这是一张西贝柳斯《D 小调小提琴协奏曲》的激光唱片，而不是我与他都那样喜欢的贝多芬的《D 大调小提琴协奏曲》。我还从未听过西贝柳斯的这支协奏曲，不敢断定自己是否喜欢。我仔细将橱窗里每一张唱片又看了一遍，依然没有海菲兹的第二张唱片。我决定还是买下，毕竟这是海菲兹的西贝柳斯。爱屋及乌嘛，海菲兹一定不会让我失望的。更何况唱片上还有海菲兹的照片和手迹。

我对服务员小姐讲要买这张唱片。她风摆柳枝般摇到店铺找了好半天，居然空手而出。"对不起！唱片只剩下这一张，其余都卖光了。你如果要这一张，我就从橱窗里取出来！"她这样对我说，我只好点点头，看来还有比我幸运的捷足先登者。她从橱窗里取出这张唱片，上面落着尘土，灰蒙蒙地遮着海菲兹瘦削的面容和他那把心爱的小提琴。我拂去尘土，海菲兹无动于衷，依然凝神地望着不知什么地方。我买下这最后一张海菲兹唱片。无论怎么说，它是我自己拥有的海菲兹。

回到家，听听海菲兹琴声中的西贝柳斯。啊！一样令人感动。一开始小提琴中庸的快板头一句柔和的抒情中蕴含着力度，就立刻把我吸引。随后，低音的沉稳，高音的跳跃，与浑厚大提琴伴奏的谐和，让人感到芬兰海湾海浪苍苍、海风拂拂、一派天高海阔的画面。第二章的柔板演奏得绝非像有的琴手那样仅剩下缠绵如同软软的甜面酱，而是略带忧郁和神秘低音区与高音区的起伏变幻，像静静立在海边礁石上，对着浩瀚的包容一切的大海诉说着悠悠无尽的心事。让人遐思翩翩，能够忆起自己许多难以言说的如梦如烟的往事。虽然，明显的北欧韵味与贝多芬的小提琴协奏曲日耳曼风格不尽相同，但依然是海菲兹！他不看重宣泄个人缠绵的情感，而是更看重浑厚人生的理解和追求。他不屑于大红大紫的艺术效果，而把琴弦拨动在内心深处一隅，静静地与你交流、沟通。这在第三乐章快板中可以明显触摸到。我感谢海菲兹又给了我一个大圆脑袋秃顶的西贝柳斯！

　　一天，朋友来访，我请她听新买的这张海菲兹唱片。我向她推崇备至地诉说海菲兹，对她讲以前没听过西贝柳斯这支小提琴协奏曲，买了这张唱片才第一次听到，才知道其妙不可言……其实，这些话都是多余的，她是我童年的朋友，我们是街坊，那时，她的弟弟是个狂热的小提琴迷，靠着灵性和刻苦拉一手好琴，几乎是无师自通。他唯一最好的老师便是唱片。只是那时我们都是一群渴望太多胃口太大却又实在太穷的孩子。她弟弟一直盼望能买到几张当时的密纹唱片，永远据为己有而不用向别人借用，却苦于手头无钱。是她这个当姐姐的省下住校的饭费，为弟弟买了一张旧唱片。那一年暑假，院子里便整日响着这张唱片放出的小提琴曲。她弟弟一遍又一遍不知疲倦地学着唱片拉他的小提琴。在弟弟的熏陶下，她也成了音乐迷，比我懂音乐，用不着我絮叨，她一定会和我一样喜欢海菲兹的。

　　没错！她立刻听入了迷。渐渐地，我竟发现她的眼睛里蓄满晶亮的泪水，映着眼镜片上一闪一闪的。西贝柳斯这首《D小调小提琴协奏曲》结束时，她半天没有讲话，然后突然抬起头来问我："这首曲子你以前没听过吗？"我点点头。她又问："小时候？忘了？"我皱皱眉头，怎么也想不起来。她接着说："那年暑假我给我弟弟从委托商店买了张旧唱片，我弟弟学着天天拉琴，你怎么忘了呢？就是海菲兹演奏的西贝柳斯这支曲子呀！"

我好悔！对音乐爱好来得太迟！那时，我只迷文学，不怎么喜欢音乐。天天单调地听一支曲子，心里还有些腻烦。谁料到呢，那时海菲兹便神不知鬼不觉地来到我的身边，我却如此漫不经心地与他失之交臂！那时，我不懂人生！不懂世界！更不懂历史！我未尝过艰辛，未受过坎坷，未见过各式各样的嘴脸！自然，我便不会懂海菲兹！他没有责备我年轻时的幼稚与浅薄，今天，在我迈过不惑之年的门槛时，他重新向我走来。这是命中割舍不断的缘分？还是冥冥中幽幽主宰的命运？

是的，只有在今天我才稍稍听懂了海菲兹。

童年，是听不懂海菲兹的！

1990 年 7 月 12 日

寻找贝多芬

有一段时间，我突然不喜欢贝多芬，而把兴趣转向勃拉姆斯和德彪西。我觉得世上将贝多芬那"命运的敲门声"过分夸张，几乎无所不在，不仅在文学作品中屡见不鲜，以此为主人公命运的点缀，就连詹姆斯·拉斯特和保罗·莫里亚的现代轻音乐队，也可以肆意演奏他的《命运》，强烈的打击乐莫非也能发出"命运的敲门声"吗？这很有些像那一阵子将莎士比亚的《奥赛罗》改成我们的京戏，让人啼笑皆非。过分夸张，可以成为漫画，但那已经绝不再是贝多芬。而天天、处处听那"命运的敲门声"，实在也让人受不了。贝多芬既非指照明灯那样的思想家，也不能通俗得如同敲打不停的爵士鼓。

其实，那一段时间，我如一些浅薄的人一样，对贝多芬所知甚少。除《命运》《英雄》之外，他还有着浩瀚的音乐财富。

一个闷热不雨的夏天，我忽然听到美国著名小提琴家雅沙·海菲兹演奏的小提琴。那乐曲荡气回肠，一下子把我带入另一番神清气爽的境界。其实是乐曲的第二乐章，柔美抒情中带着绵绵无尽的沉思，那音乐主题由小提琴带动不同乐器反复出现，真让人感到面前有一幅动情的画在徐徐展开，呈现出层次丰富而色彩纷呈的画面，那乐曲让我深深感受到天是那样蓝，海是那样纯，周围的夜是那样明亮、深邃、清凉一片而沁人心脾……

后来，我知道，这同样是贝多芬的乐曲：《D大调小提琴协奏曲》。

贝多芬原来也还有这样近乎缠绵而美妙动情的旋律。我也知道：正是创作这支协奏曲的那一年，贝多芬与匈牙利的伯爵小姐特蕾莎·德·勃朗斯维克订了婚。他将他的爱情心曲融进那七彩音符中。

贝多芬不是完人，却是一位巨人。当我更多地接触了一些他的音乐作品，才深感自己是面对一座高山一片森林，原来却以一石一叶而障目，自己远远没有接近这座山这片森林。贝多芬并不是夏日流行的西红柿和冬天储存的大白菜，可以俯拾皆是。他不能处处时时为你敲门，也不会恋人般无所不在地等候与你相逢。他需要寻找，用心碰他的心。

春天，我从海涅的故乡杜塞尔多夫出发，到科隆，然后来到波恩。我是专门来找贝多芬的。在这座城市波恩小巷20号的二层小楼上，1770年12月16日，诞生了这位音乐巨匠。

那一天到达波恩已是黄昏，天在下着蒙蒙细雨，沾衣欲湿，如丝似缕。踏上通往波恩小巷的碎石小道，我心里很为曾经对贝多芬的亵渎而惭愧。对一个人的了解是世上最难的事。对音乐的认识，我真还是识简谱阶段。此番之行，算是对贝多芬真诚的歉疚。

当我不止一次听贝多芬《月光奏鸣曲》和《D大调小提琴协奏曲》，每一次都被他的深情感动。贝多芬在作了这首小提琴协奏曲四年之后，他与特蕾莎小姐的婚事未成，再一次打击了他，但他依然源源不断地创作出《热情》《田园》那样美妙动人的乐章。我相信这是那矢志不渝的爱的结晶。要不为什么在十年后，贝多芬提起特蕾莎仍然说："一想到她，我的心就跳得像初次见到她时那样剧烈！"而且写下那一往情深的《献给远方爱的人》。

不管别人如何理解贝多芬，我心目中的贝多芬的外表，绝不像街头批量生产的那种贝多芬石膏头像，也不是被人们形容的那种"狮子似鼻尖和骇人的鼻孔"的李尔王式的悲剧人物。我懂得，他所经历的痛苦远远比我们一般凡人多得多，但他绝不仅仅是一个天天咬着嘴角、皱着眉头、忧郁而愤恨的人。正由于他对痛苦的经历与认识比我们多，对爱欲欢乐渴望的意义才比我们更为深刻，更为刻骨铭心而一往情深。他不是那种描绘性的作曲家，而是用自己的深情、自己的心和灵魂进行创作的音乐家。我想，正因为这样，在他创作的最后一部《第九交响曲》中，既有庄严的第一乐章的快板，也有如歌的第三乐章的慢板，更有第四乐章那浑然一体高亢而情深的《欢乐颂》。听这样的音乐实在是灵魂的颤动，是心与心的碰撞，是感情世界的宣泄，是人与宇宙融为一体的升华。

雨丝飘飘洒洒，似乎也沾染上了贝多芬动人的旋律。暮色中的波恩笼罩着几分伤感的情调。小巷不长，很快便到了一座并不高的小楼前：淡藕荷色的墙，苹果绿的窗，翡翠绿的门，门楣上雕刻着橙黄色的花纹——均是新油饰而成。墙上排雨管边镶着一块木制门牌，阿拉伯数字"20"分外醒目。这便是贝多芬的故居？简陋而显得寒酸，如同他最后指挥《第九交响曲》一样，连一身黑色燕尾服都没有，只好穿件绿色燕尾服将就。至于那门窗墙的颜色搭配得不协调，简直像是出自小学生之手，这未免太委屈了贝多芬。只有门前两个方形的小小的花坛中栽满红的黄的不知名的小花，在雨雾中含泪带啼般楚楚动人。

可惜，我来晚了，早过了参观时间，绿门已经紧闭。我无法亲眼看看贝多芬儿时睡过的床、弹过的琴，和他那些珍贵的手稿。

我只有默默地仰望着二楼那扇小窗，幻想着这一刻贝多芬能够从中探出头来，向我挥一挥手；或者从那窗内飘出一缕琴声，伴随着他那一阵阵咳嗽声……

没有。什么也没有。只有雨还在如丝似缕地飘洒，只有门前的小花在晚风中悄悄细语。但我分明已经感受到了贝多芬本人的气息！我终于找到了他，虽未能认识他的全部，但毕竟结识了他！我的心头掠过一阵音乐声，是我自己谱就的，虽然不成体统，却是真诚的，从心底发出的。我相信它一定能长上翅膀，飞进小楼的窗中，飞进历史苍茫的岁月，飞到贝多芬熟睡的身旁……

街灯，在这一刹那全亮了。雨中朦朦胧胧的一片，像眨动着无数只小眼睛。哪一双眼睛是属于贝多芬的？

就在这20号门旁，是一家小商店。它的对面也是家商店，不远处可以看见有汉字招牌的中国餐馆。每一家都是灯火辉煌，正是生意兴隆时辰。唯独20号这幢楼暗暗的静静的，睡着了一样。

就这样默默地走了，真不甘心！一步一回头，总觉得那窗口、那门前、那花旁、那雨中，宽脑门的贝多芬会突然出现。那样的话，我敢说所有那些商店餐馆里的人都会涌出，所有辉煌的灯光也会黯然失色。

走出小巷不远，是市政大厅前宽敞的广场。我真的看见了贝多芬，他穿着件破旧的大衣，手搭在胸前，双眼严峻却不失热情地望着我。那是屹立在那里的一座贝多芬雕像。在这里，即使没有雕像，贝多芬的影子也会处处闪现，他的音乐晚会日夜不息地流淌在波恩小巷乃至整座城市上空，然后顺着莱茵河一直飘向远方。

广场旁传来一阵六弦琴声。那里，在一家商店的屋檐下，一位流浪歌手正在演奏。在杜塞尔多夫，在科隆，我都曾经见过他。

他似乎只管耕耘，不问收获，每次不管听众有几个，也不管有没有人往他甩在地上的草帽里扔马克，他一样激情而忘我地演唱或演奏。这一天，同样没有几个人在听，他同样认真而情深意长地弹着他的六弦琴。

我听出来了，那是贝多芬的《致爱丽丝》。

1990 年 11 月 8 日于贝多芬诞辰 220 周年前夕

春天去看肖邦

说来真巧，去肖邦故居那天，正好赶上是春分。

肖邦故居位于华沙市区五十公里外一个叫作沃拉的小村。车子驶出市区，便是一片开阔的原野，平坦的土地大部分裸露着，还没有返青，到处是一丛丛亭亭玉立的白桦树、一片片的苹果树和樱桃树，油画一样静静地站立在湛蓝的天空之下。再晚一个多星期，田野就绿了，果树都会开花，那样的话，肖邦会在缤纷的花丛中迎接我们了。

老远就看见了路牌：WOLA，虽然是波兰文，拼音也拼出来了，就是我梦想中的沃拉。

肖邦故居的门口很小，里面的院子大得出乎我的想象，虽还是一片萧瑟，但树木多得惊人，深邃的树林里铺满经冬未扫的厚厚树叶，疏朗的枝条筛下雾一样飘曳的阳光，右手的方向还有条弯弯的小河（肖邦九岁时在这条小河里学会游泳），宁静得如同旷世已久的童话，阔大得如同一个贵族的庄园。肖邦的父亲当时只是参加反对沙皇的武装起义失败后跑到这里教法语的一个法国人，破落而贫寒，怎么可能买得起这么大的庄园？我真是很怀疑，无论是波兰人还是我们，都很愿意剪裁历史而为名人锦上添花，心里便暗暗地揣测，会不会是在建肖邦故居时扩大了地盘？

我想起 1891 年的秋天，也就是在肖邦逝世四十二年之后，俄罗斯的音乐家巴拉基耶夫建议在沃拉建立一座肖邦纪念碑，曾经专门请假到这里来过，但是，他已经寻找不到哪里是肖邦的故居了，问遍村里的人，他们甚至不知肖邦是谁。肖邦怎么可能有这么大的园子？真有这么轩豁显赫的园子，村里的人会不知道住在这里的人是谁吗？

如今，肖邦纪念碑就立在小河前不远的地方，和故居的房子遥遥相望。那是一座大理石做的方尖碑，非常简洁爽朗。上面有肖邦头像的金色浮雕，浮雕下面有竖琴做成的图案，两者间雕刻着肖邦的名字和生卒年月。

那幢在繁茂树木掩映下的白色房子，就是肖邦的故居了。房子不大，倒很和肖邦当时的家境吻合。如果房前没有两尊肖邦的青铜和铁铸的雕像，它和村里其他普通的房子没有什么两样。它中间开门，左右各三扇窗子，各三间小屋，分别住着他的父母和他的两个妹妹，如今成了展室，展柜里有肖邦小时候画的画，他的画很有天分，还有他送给父亲的生日贺卡，是他自己亲手制作的。墙上的镜框里陈列着 1821 年肖邦十二岁时创作的第一首钢琴曲的手稿：降 A 大调波罗乃兹。五线谱上的每一个音符都写得那样清秀纤细，让我忍不住想起他的那些天籁一般澄清透明的夜曲和他那被做成纤长而柔弱无骨一般的手模。

最醒目的，莫过于刚进去在右面屋子里摆放着的一架三角钢琴，节假日，特别是在夏天里的节假日里，房间所有的窗户会打开，人们可以坐在它旁边弹奏，听众就坐在外面的草地或树丛中聆听。可惜，我们来得不是时候，只能想象那样美妙的情景，那一定是人们和肖邦最亲近的时候。

客厅的一侧，有一个拱形的门洞，但没有门框、门楣和房门，空空地敞开着，门洞的后面是一扇窗，明亮的阳光透过窗纱洒进来，将那里打成一片橘黄色的光晕。走过去一看才知道，那里就是肖邦出生的地方，竟然只是一块窄窄的长条，长有五六米，宽却大概连一米都不到，因为中间放着一个大花瓶就把宽的位置占满了。靠窗户的墙两边分别挂着肖邦的教父和教母的照片，墙外面一侧挂着的镜框里放着圣罗切教堂出具的肖邦的出生证和洗礼记录，另一侧镶嵌着一块汉白玉的牌子，上面刻着三行手写体的字母：弗雷德里克·肖邦于 1810 年 2 月 22 日出生在这里（另一说肖邦出生于 1809 年 3 月 10 日，现在的错误源于当年巴拉基耶夫在这里建立的肖邦纪念碑上生卒日期刻错了，以致此后以讹传讹。关于肖邦的生日，一直争论不休）。

实在想象不到肖邦出生在这里，家里还有别的房间，为什么他的母亲非要把他生在这样一个憋屈的角落里？命定一般让肖邦短促的一生难逃命运多蹇的阴影。

肖邦只活了三十九岁，命够短的。在这三十九年里，只有前九年的时光，肖邦生活在沃拉这里，那应该是他最无忧无虑的时候，以后的岁月里，疾病和情感的折磨，以及在异国他乡的颠沛流离，一直影子一样苦苦地跟随着他，直至最后无情地夺去他的生命。肖邦传记的权威作家美国人詹姆斯·胡内克，曾经这样描述襁褓中的肖邦："听不到音乐就会哇哇大哭，就像莫扎特儿时对小号的旋律出奇地敏感。"

肖邦的母亲是纯粹的波兰人，富有教养，弹得一手好钢琴，给予他小时候最温暖的爱和最良好的音乐启蒙。据说，乔治·桑最为嫉妒肖邦的母亲，她曾经断言，母亲是肖邦"唯一的爱"，因此而心里一直非常地不平衡。

肖邦就是在这里和瑞夫纳老师学习钢琴，那一年，他才六岁。八岁的时候，他登台华沙演奏钢琴，引起轰动，被称为"第二个莫扎特"。瑞夫纳说他已经没有什么可再教他的，建议他去华沙。他去了华沙，和华沙音乐学院的院长约瑟夫·埃尔斯纳系统地学习音乐，又是埃尔斯纳建议他去巴黎，他去了巴黎，开创了音乐新的道路。这样两个对于他至关重要的老师，我在他的故居里为什么没有见到他们的照片、画像或其他一些印记呢？也许，是我看得不仔细。

在肖邦故居里迎风遥想肖邦的往事，别有一番滋味在心头。一个那么弱小而疾病缠身的人，竟然可以让整个欧洲为之倾倒，让所有的人对波兰当时一个那么弱小一直被人欺侮的国家与民族刮目相看，该是多么了不起。音乐常常能够超越某些有形的东西而创造历史。

走出故居，沿着它的侧门走去，下一个矮矮的台阶，那里草木丛丛，更漂亮而幽静。前面不远就是那条小河，如一袭柔软的绸带，弯弯地缠绕着整个故居，淙淙地流淌着舒缓的音符。忽然，传来一阵钢琴声，听出来了，是肖邦的第一钢琴叙事曲，是从肖邦故居里传出来的。明明知道是从音响唱盘里播放出来的，却还觉得好像是肖邦突然出现在故居里，推开了置放钢琴的房间里的那扇窗子，为我们特意演奏的。

2003 年 5 月写于北京

斯美塔那大街

即使不认识捷克文，从字母上也能拼出斯美塔那几个字母来。

那天，我们从胡斯广场去布拉格有名的查理大桥，没有坐车，主人特意让我们步行，为了好好看看伏尔塔瓦河，这是一条他们最值得骄傲的河。沿着静静的伏尔塔瓦河走，街道很宁静，没有一些旅游城市的那种人流如鲫的嘈杂。在街道的一个街口，我偶然看见一个蓝色的街牌，上面的字母拼着的是斯美塔那的字样，心里一阵惊喜，莫非这就是斯美塔那大街？便问主人，他们点头，并没有我的那种他乡遇故知的感觉。也是，天天在这条街上走，自然难有惊奇，就像我们常常从赵登禹路或张自忠路上走，已经很少会激起烽火年月的激情了。时过境迁之后，一切都变成了字母所形成的符号。

但是，这一发现当时让我隐隐地激动。将这条大街命名为斯美塔那，真是太恰如其分。而且，斯美塔那大街，这名字的音阶也极为悦耳，如果叫作德沃夏克大街，就没有斯美塔那大街动听。况且，最重要的是斯美塔那专门写过一首伏尔塔瓦河的乐曲，而德沃夏克并没有。让这条紧紧挨着伏尔塔瓦河的大街叫作斯美塔那不是再美妙、再合适不过的吗？

走在这条大街上，一下子像是和斯美塔那邂逅相逢似的，忽然觉得这条街非常美丽。其实，这条街本来就十分美丽。

那一天，我们路过这里恰是黄昏，一街金色的树叶在头顶轻轻摇曳，像是一群活泼的小精灵；一街金色的落叶在脚下瑟瑟作响，像是舔着你脚后跟在走的一群金色卷毛小狗。伏尔塔瓦河的河心小岛上更是美丽动人，那一丛丛金色的树木环绕成一幅绝妙的油画，树叶定格成为金子做成的叶子，树的呼吸和河水的涟漪化为了一种旋律，一对年轻人正在旁若无人地拥抱接吻，成了画面中相得益彰最动人的一笔，天衣无缝地融化在金色的韵律里，让人觉得如果恋爱在这里才是无与伦比的，即使是普通的亲吻也会夹着那金色的韵律，吻进彼此的心中而意味深长，浪漫无比，变成金色之吻。满树金色的叶子飒飒细语，在为他们伴奏，也在为我们伴奏，同时，也在为布拉格伴奏。

当然，这伴奏的旋律应该是来自斯美塔那的那首最著名的《伏尔塔瓦河》。

这时候，心里想起斯美塔那《伏尔塔瓦河》的旋律，真是非常地惬意。那熟悉的旋律和着眼前伏尔塔瓦河起伏的节奏，仿佛也成了一条看得见摸得着的河一样，湿润清新，色彩缤纷，汹涌澎湃起来。眼前这段伏尔塔瓦河并不汹涌澎湃，也许在上游会有澎湃的地方，这里很平静，尤其从街树金色的叶间望去，在夕阳和晚霞的辉映下，伏尔塔瓦河轻柔地波金荡银，异常地绚丽，宛如从水仙女那明艳动人的童话中流淌出来的，或者说像是迪斯尼动画片中的那种韵律十足的河流，和斯美塔那《伏尔塔瓦河》开始那段温和的旋律极其吻合。说斯美塔那这旋律和眼前这条伏尔塔瓦河一样如诗如画，最恰当不过。那种浓重的油画般的色彩和样子，是出自克里穆特画笔之下，那种花开般的充满幻想芬芳诗情，则是属于斯美塔那独有的旋律。

走在斯美塔那大街，想起斯美塔那，心里的感觉真是不一样。以前，总有人说起捷克本土的音乐时，说斯美塔那师从李斯特，德沃夏克师从勃拉姆斯，而许多波希米亚的音乐家是属于德国的曼海姆乐派。这也难怪，捷克长期处于奥地利的统治之下成为殖民地，布拉格艺术氛围浓郁，却只是奥地利的后花园而已，自己的本土文化殖民化是很自然的事情。可以说，自从有了斯美塔那艰辛的努力，才有了捷克自己的民族音乐，以《伏尔塔瓦河》流传最广的《我的祖国》，奠定了斯美塔那这一坚实的位置，并让世界乐坛对捷克这样一个小国家刮目相看。来到布拉格的世界各地的游人，即使不知道捷克本土的其他音乐家，甚至连斯美塔那也不知道，但走在伏尔塔瓦河旁，不会不知道这首《伏尔塔瓦河》。一个国家有这样一个音乐家，一座城市有这样一条河，实在是件幸事。

　　特别是想到斯美塔那谱写这首《伏尔塔瓦河》时，正是突然双耳失聪的沉重打击到来的时候，会对这首《伏尔塔瓦河》涌起另外一种感情。想想当这首乐曲正式演出的时候，斯美塔那坐在音乐厅中，却已经听不见自己谱写的旋律了，该是什么样的心情和情景？我猜想他肯定如我一样也曾经走过这条街道，甚至不止一次地走过这条对于他而言比我要熟悉得多的街道，眼前这条伏尔塔瓦河流淌的声音，他听不见了；眼前这秋风拂动一街树叶的金色声音，他听不见了；街上走过来的他那些熟悉的朋友热情的招呼和陌生人们亲切的交谈，他听不见了……他该是何等地痛苦。有时候，美丽的情景和美丽的旋律，就是这样和痛苦的人生痛苦的心灵紧密地联系在一起，故意造成这种强烈的对比，让我们享受着美丽的同时，消化着痛苦。

　　所幸的是不管这里蕴含着多少痛苦，这里的美丽没有让人失望。这条大街，这条大街旁边的伏尔塔瓦河，因有了斯美塔那和他的美丽旋律，而更加让人遐思悠悠，心里溢满感动。这样身旁拥有一条美丽的河的城市，在这个世界上，大概只有塞纳河畔的巴黎、莫斯科河畔的莫斯科、莱茵河畔的科隆几座少有的城市能够与之相比。但我觉得似乎都比不上这里，也许，是我去这三个地方的时候不对，去前两座城市是炎热的夏天，街上到处是人，塞纳河和莫斯科河中的游艇穿来穿去，难有这里的宁静；去后一座城市是料峭的开春，湿气很重，天也寒冷，街道上少有行人，而且莱茵河已经浑浊得很，并没有想象中的那种美妙。也许是季节的原因，起码我去过的这三座城市，都没有这里金色秋季里伏尔塔瓦河两岸这样美丽辉煌的色彩，都没有行走在金色树影摇曳、金色落叶缤纷的斯美塔那大街的美感。

斯美塔那大街的尽头就是查理大桥，中间要路过民族歌剧院、五一桥和以捷克伟大画家玛内斯名字命名的俱乐部，路不算太长。但这条路，斯美塔那肯定不知走过了多少遍，因为自从1861年斯美塔那三十七岁从瑞典回国，到1884年他六十岁时去世，整整二十三年，他都生活在布拉格这座城市，他的许多伟大作品，包括有这首最负盛名的《伏尔塔瓦河》在内的《我的祖国》和《我的一生》《被出卖的新嫁娘》等，都是在布拉格写出的，那是他音乐创作收获的黄金时代。他同时参与了许多创建捷克民族音乐的工作，我们路过的壮丽辉煌的民族歌剧院，就是他和许多人在1868年一起募捐建立起来的。

走在这条街上，真是能让你的心充满了诗情和对斯美塔那的感念。有秋风习习拂面，有落叶在脚下窸窣作响，有伏尔塔瓦河在耳畔喁喁细语，有斯美塔那的美丽旋律在心中轻轻荡漾，真是再美好不过的一段路了。想想在北京或在别的城市，尤其是热闹的旅游城市，如今还能找得到类似这样一条街道吗？便格外珍惜而将步子放慢，极想将这一条路折叠起来，珍存在记忆里。

晚霞正在轻轻地飘散，暮色降临了，一片朦胧的薄雾笼罩着斯美塔那大街和伏尔塔瓦河，查理大桥就在眼前，呈现出黑色的剪影，横跨在伏尔塔瓦河上，紧贴在已经变得瓦蓝色的空中。一切变得模糊起来，街灯蓦地亮了起来，像是突然盛开在街道两旁倒开的莲花。飘然而至夜色中的斯美塔那大街立刻变换了另外一种模样，银色的灯光映照下，整条街像是一条暗流的河，波动着粼光闪闪，氤氲飘浮在上空，仿佛突然涌现出来许多活跃的小精灵。大概因为查理大桥是旅游胜地，即使是夜色来临，前面依然是人影幢幢，喧嚣的气氛扑面而来，没有了刚才的宁静和诗意。有时候，人是美的创造者，有时候，人又是美的破坏者。

只有眼前街道上这些树叶还依稀看得见，还在耳畔荡漾着金属般清晰而响亮的回响。实在应该感谢我们来得是时候，秋天使这些金色的树叶摇响起金色的交响乐队，是比所有布拉格之春的乐队都要庞大的乐队，奏响一年四季最为辉煌的交响乐，在这条斯美塔那大街上尽情聆听这样辉煌的交响乐，指挥肯定是斯美塔那，能看得见他的手指正在晚风中舞动。

来自波希米亚森林

——德沃夏克故居记

去捷克之前，张洁大姐和国文老师知道我喜欢音乐，都高兴地对我说：到了那里，你可以看看你喜爱的音乐家了！

的确，捷克曾经被称为"欧洲的音乐学院"，它在整个欧洲的音乐地位无与伦比。欧洲著名的"曼海姆乐派"的重要音乐家都来自捷克，而欧洲许多著名的音乐家又都曾经到过捷克，比如贝多芬、莫扎特、李斯特、柏辽兹、瓦格纳、柴可夫斯基……都是灿若星辰的人物。到捷克去，确实能处处和这些音乐家邂逅相逢，时时有可能踩上他们遗落在那里的动人音符。

到捷克，就我个人而言，我最想遇到的是德沃夏克（A. Dvorak，1841—1904）、斯美塔那（B.Smetana，1824—1884）和亚纳切克（L.Janacek，1854—1928）三位捷克本土的音乐家。

当然，这三位音乐家中，我尤其感兴趣的是德沃夏克。因为我非常喜欢他的第九交响曲《自新大陆》，特别是第二乐章中那动人的旋律，柔肠绕指，荡气涤心；回旋着对家乡对祖国的思念，刻骨铭心，清澈明净，真是让人百听不厌，有种此曲只应天上有的感觉。到捷克，别的地方都可以不去，埋在心底的愿望是能去一下尼拉霍柴维斯和维所卡这两个地方。前者是德沃夏克的故乡，他的出生地；后者是德沃夏克晚年生活的美丽村庄，他在那里创作了他最有名的歌剧《水仙女》，一直到写完他的最后一部作品《阿尔密达》。

去捷克之前，我曾经写过一篇散文《维所卡的鸽子》。德沃夏克特别爱养鸽子，那是他的情感与他的波希米亚的自然、泥土、家园联系的一种方式。维所卡的鸽子曾经雨点一样落满他的身前身后和他的肩头，便也像是一个个洁白跳跃的音符飞出他的胸膛，渲染在眼前波希米亚的天空。1892 年到 1895 年，他在美国其实不过仅仅三年的时间，但他忍受不了这时间和距离对祖国和家乡的双重阻隔。他特别怀念维所卡的那些鸽子，在纽约的中央公园里，有一个很大的鸽子笼，他常常站在笼前痴痴相望而无法排遣乡愁浓郁，禁不住想起维所卡的洁白如雪的鸽子。每逢我想到这些，无论是纽约中央公园的大鸽子笼，还是维所卡的鸽子，眼前浮动着的都是一幅色彩浓重、感人至深的画面。弥漫在德沃夏克心底的实在是一种动人的情怀，让我感动，并让我格外想到维所卡看一看，现在还有没有德沃夏克的鸽子在款款地飞起飞落？翅膀上驮满金子般的阳光，眼睛里辉映着天空的湛蓝……

今年的深秋季节，终于来到了捷克。一到布拉格，我就问捷克的朋友维所卡和尼拉霍柴维斯这两个地方，问到的每一个捷克人都知道这两个地方，他们高兴地冲我扬起了眉毛，熟悉得就像我们熟悉北京的故宫和天坛一样。也是，德沃夏克是他们的骄傲。

只是在我们活动安排表里没有到这两个地方的日程，大概他们觉得我们是一个作家代表团，时间又紧，他们的经费又实在困难（解体后的捷克作家协会，政府不再拨一分钱的款），所以安排的都是名胜古迹的参观，或和文学有关的活动，对于他们引以为傲并且俯拾皆是的音乐，只好忍痛割爱了。想想尼拉霍柴维斯和维所卡这样两个在我心目中向往已久的地方，近在咫尺，却就要失之交臂，真是无法忍受。我硬着头皮一再提出去这两个地方。心诚则灵，感动了捷克作家协会主席安东尼先生，他说那就先去参观一个古城堡，由他亲自开车带着团长王火、徐小斌和我到尼拉霍柴维斯。我非常感动，要知道安东尼先生已经是个七十岁的老人了呀。

尼拉霍柴维斯离布拉格有三十公里，那天清早，安东尼先生驾驶着他自己的那辆斯柯达小车（捷克作家协会没有一辆车），向尼拉霍柴维斯驶去的时候，天下着蒙蒙小雨，如丝似缕，沾衣欲湿，空气像我的心情一样地清新。车子一直往北开，路的两旁是一排排的果树，正是苹果收获的季节，个头不大品种有些退化的苹果依然累累地缀满枝头，也有好多落满树下（捷克人不吃路旁苹果树上的苹果，只吃三公里外的苹果，怕来往汽车的污染），任它们烂掉。还有许多结满鲜红鲜红像是樱桃一样小果子的树，抖动着簇簇火焰，跳跃着身穿红裙子的小精灵，跳着芭蕾一样从车窗前一掠而过，又跑到前面等着我们。

离路远些的地方是连绵不断的森林，细雨中的森林，几分神秘，几分浪漫，棵棵笔直的树木像是一排排巨大的竖琴，细雨和微风弹拨着它们，散发出的是那种古典氤氲的韵味，遥远而让人感动让人向往。捷克的森林覆盖率高达百分之三十八，森林真是美丽至极，秋天尽情地将金黄和彤红的色彩，还有那尚未变色依然浓绿醉人的色彩，散漫交错而恣肆忘情地挥洒在每一棵树的每一片叶子上面，让眼前的森林变得是那样地五彩斑斓，处处移步换景，是一幅幅永不雷同的莫奈的点彩油画、列维斯坦的风景油画，是在捷克书店里见到卖得最多的奥地利著名的画家克里穆特的油画。是油画，绝对不是我们的那种水墨皴染或渲染的大写意式的国画。只能是油画，才能是眼前波希米亚森林这样独有的色彩浓郁、古典淳朴、神秘幽深而又气势浑厚……

德沃夏克的故乡尼拉霍柴维斯，就在前面不远的森林旁边。看到这样辽阔而又分外美丽、壮观而又不失细腻的森林，我也就越发明白了为什么在德沃夏克的音乐里有着那样浓重的捷克民族的气息，而当有人希望他为了适合国外或国际的口味改变一下自己的这种气息，他断然加以拒绝；我也就明白了为什么他出版的第一部音乐作品集选择的是《斯拉夫舞曲》。

德沃夏克曾经写过这样一支乐曲：《来自波希米亚的森林》，这是一支钢琴二重奏，1884年的作品，他四十三岁人到中年的时候。在通向尼拉霍柴维斯他的家乡的路上，望着这片森林，我多少明白了些这支钢琴曲中为什么蕴涵着那样浓得化不开的森林的色彩、呼吸，湿润、清新和寥廓深邃的意境。波希米亚森林这一切，是德沃夏克成长的背景，是德沃夏克音乐的氛围，是德沃夏克生命的气息。

尼拉霍柴维斯到了。安东尼将车速减慢，指着前面一幢红色屋顶的白色房子告诉我们。然后，他将车打了一个弯，停在了房子的旁边。这就是德沃夏克的故居，是一幢二层的小楼，正建在路边，路的对面如果不是有房子挡着，能看见伏尔塔瓦河从布拉格一直蜿蜒流到这里。我猜想德沃夏克小时候他家的房子一定也是这样正对着一条路，只不过不会是这样平坦的柏油马路。他的父亲是当地的屠夫兼开着一个小旅店，旅店总是应该在路边的。

房子的右前方一二百米在对面马路的一侧，坐落着的是圣·安琪尔教堂，高大宏伟，气势不凡，正俯视着伏尔塔瓦河。一个小小的乡村，就有这样大的教堂，可见当时这里香火鼎盛，很是兴旺。安东尼·德沃夏克的名字，就是他刚刚落生后在这座教堂里受洗的名字。

房子的旁边是一片茵茵的草坪，很是轩豁空阔，几乎连缀着教堂和房子之间的空地，除了中间穿行一条马路，便都是草坪了。虽是深秋季节，草还是那样地绿，绿得有些像是春天茸茸的感觉。刚刚浇了一阵细雨，草尖上顶着透明的雨珠，含泪带啼般楚楚动人。草坪中间矗立着德沃夏克高大的青铜塑像（后来，我知道这是由捷克雕塑家 Z.Hosek 雕塑，1987 年建立在这里的），塑像有两人多高，身穿燕尾服的德沃夏克，右手拿着指挥棒、左手轻轻地按在右手上面，站在青灰色的大理石基座上，准备好的音乐会就要开始，他正注视着前面的乐队。他身后的草坪紧连着就是五彩斑斓的森林，那是属于他的波希米亚森林。于是，我觉得这座塑像建立得真是个好地方，德沃夏克手持指挥棒就要指挥眼前这一切，茵茵的草坪、伏尔塔瓦河、连同身后无边无际的森林，都是属于他庞大的交响乐队了。飘逸的雨丝中，使得这一切充满诗意，好像都真的活了一样。

难得的是四周非常安静，除了我们这几个不速之客，没有一个参观者，便没有了其他旅游景点人流如潮的热闹和喧嚣。我想这实在适合我们，也适合德沃夏克，没有人来打搅我们和他的轻轻地絮语。因为没有人来参观，德沃夏克的故居锁着大门，趁我们和德沃夏克交谈的时候，安东尼先生找到了守门人，是一个极胖的"马大姆"，她抽烟很凶，倒是很随和，麻利地替我们打开院门。这时，我才发现在房子的二楼的两扇窗户中间挂着一块比窗子略小一些的青铜浮雕，是德沃夏克的半身像，那像雕塑得并不精彩，但像的上面雕塑着一圈花环，花环中间五个小天使一样可爱的孩子手拿着乐谱天真烂漫地唱歌的样子，让浮雕一下子生机盎然，让德沃夏克一下子返老还童。那五个孩子唱的不是德沃夏克的《摇篮曲》《感恩歌》《赞美诗》，就一定是《妈妈教我唱的歌》。（后来我买了一套明信片中看到了这个浮雕，才知道这是捷克著名的雕塑家 F.Hnatek 在 1913 年雕塑挂在这里的，大概那时德沃夏克的故居刚刚开放。）

院子不大，草却茂盛，疯长得几乎没膝，大概很少有人管理。星星点点的小花，五颜六色地撒在草丛中，像一群活泼的萤火虫在草丛中嬉戏地闪动着。草丛中有一块不大也不高的青灰色方大理石（我猜想是不是建外面德沃夏克塑像的基座时用剩下的料），上面立着一个长方形的花盆，里面只开着一朵猩红色的花，花朵很大，张开着喇叭，有些像我们的扶桑。大理石上用金字雕刻着德沃夏克的名字和生卒年月，点缀着小院，似乎童年时的小德沃夏克刚才还在这里跑过。

走进房间，守门的"马大姆"已经麻利地一手点着一支香烟，一手将录音打开，问我们听德沃夏克什么曲子？我脱口说："《自新大陆》第二乐章！"大概她未听懂中国话，也不容安东尼先生为我翻译，自作主张已经把一盒磁带放进了录音机中，音乐立刻响了起来，是《斯拉夫舞曲》中的一首。不管怎么说，是一个好主意，也是一个好的传统，在整个参观过程中，都有德沃夏克的音乐陪伴着，德沃夏克便好像一直在我们的身边了。

房间挺大的，当时一间间是有墙有门隔开的，现在已经打通了，但还能看出每一个房间的格局。走进第一个房间，安东尼先生告诉我们，德沃夏克当年就是在这里出生的。这里现在还保存着当年的一些家具，包括德沃夏克儿时的床。除了这一间还保留着德沃夏克儿时的一点气息，其他房间没有当时的任何东西，只有德沃夏克的塑像、钢琴和挂在墙上的展览照片了。我弄不清楚当年德沃夏克一家住的房间到底是哪几间。德沃夏克一家当时很穷，他的父亲杀猪又开着小旅店，一身二任，贴补家用。我猜想既然一楼有德沃夏克落生的房间，这二楼大概是作为旅店的用房，一楼不可能全是他家的住房，按照乡村旅店的习惯，总得留出餐厅和小酒吧的房间，这样一算起来，他家一共有八个孩子（德沃夏克是老大），拥挤的一家住得也就不算宽敞了。遗憾的是这里现在改造得太像展览，而故居的特点被淹没得只存留在遥远的回忆里了。

　　但这里毕竟是德沃夏克的故居。走进一个陌生人的故居，和走进别的房间总是不一样，似乎繁华落尽、遮掩褪去，能多少走进一个人的内心。德沃夏克在这里一直长到十三岁。他一落生下来就在这里听他的父亲弹齐特尔琴，我不知道这是一种什么样的琴，但它对德沃夏克小时候耳濡目染的影响是很大的。在这里，德沃夏克还能常常听到来自波希米亚的乡村音乐，那些乡间客人会放肆地将民间粗犷或优美的歌声、琴声把父亲的小旅店的顶棚掀翻。在这里，德沃夏克还能听见离家那样近的圣·安琪尔教堂里传来的庄严而圣洁的教堂音乐。他参加过教堂里的唱诗班，在父亲的小旅店里举行的晚会上，也展示过他的音乐天赋。我想这一切都是播撒在德沃夏克童年心中的音乐种子，必然会在未来的岁月里发芽。而这一切也说明了捷克音乐植根于民间的传统悠久而浑厚，设想一下，连一个杀猪的人都能弹奏一手好琴，音乐确实渗透在这个民族的血液里了。这样一想，在这样肥沃的土壤里生长起来德沃夏克这样的音乐家，就不奇怪；而德沃夏克一生钟情并至死不渝地宣扬自己民族的音乐传统，也就不奇怪。

　　十三岁那年，德沃夏克被父亲送到离家很近的小镇兹罗尼茨，不是去学音乐，而是要他秉承父业，学几年杀猪，过早地挑起了家庭的负担——有点像我们现在的童工。在这里，他遇到了对他一生起了关键作用的人物：一位风琴家兼音乐教师安东尼·李曼（Antonin Liehmann）。是李曼发现了藏在德沃夏克身上的音乐天赋，让他住在自己办的寄宿音乐学校里，让他在教堂的弥撒里唱赞美诗，到自己的乐队里参加演奏，教他学习钢琴、风琴和作曲理论。可以说，这是德沃夏克有生以来第一次得到正规的音乐教育，让他从小旅店里走出来，像小鸡啄破蛋壳，看到一个更广阔的天空，音乐让他爱不释手，欲罢不能。而李曼和我们的孔子一样遵从的是有教无类的思想，他说服了德沃夏克杀猪的父亲，家里再难，砸锅卖铁也要送孩子进布拉格的音乐学校学习。大概世界上所有的父亲都有望子成龙之心，这颗心一被点燃，立刻熊熊燃烧起来不可阻挡。他听从了李曼先生的话，在他最艰苦的情况下，送德沃夏克进了布拉格风琴学校学习。那一年，德沃夏克十六岁。他在这所学校学习了两年，毕业成绩名列全校第二。在他的故居里展览着毕业那年老师送给他的祷告书。

在他的故居里，我首先看见了教师李曼先生和兹罗尼茨小镇的照片，还有小镇上李曼的音乐寄宿学校的照片，那是一个巴洛克风格的建筑，不大，红顶黄墙白窗，屋外立着德沃夏克不大的半身胸像。德沃夏克就是从这里走向世界的，李曼是他的第一个引路人。如果没有李曼，他或许依然喜爱音乐并钟情音乐，但他很可能和他的父亲一样，只是一个会弹奏齐特尔琴的杀猪的乡村屠夫。

德沃夏克对李曼和兹罗尼茨一直充满感情。后来在他二十四岁那一年特意创作了第一交响乐《兹罗尼茨的钟声》，表达了他的这种深深的怀念。据说，兹罗尼茨不大，教堂晚祷的钟声可以在整个小镇清澈地回荡，那时他天天能够听到，伴他度过了贫寒却始终有音乐陪伴的那三年少年生活。在他的故居，也能看到兹罗尼茨的教堂的照片，也是巴洛克的风格，红顶黄墙白窗，只不过教堂顶上多了绿色的钟楼，那悠扬的钟声就是从那里传到德沃夏克的心中。

在德沃夏克的故居里，还有父亲听到他在美国创作并演出的《自新大陆》消息后写给他的一封信，大概是在别处的德沃夏克纪念馆中没有的。只有在这里，才越发让人感受得到一个父亲对儿子的深厚感情，那种亲情浓郁的气息和父亲身上的杀猪气味，一起在房间里弥漫，至今未散。安东尼先生指着这封信笑着告诉我们，信里错别字满篇。但他却写了满满一大篇，寄往了美国。这是1894年的事情了。就在这一年，他带着对儿子的欣慰和骄傲离开了人世。这种父子感情只有在故居中才能感受到，并在这些极其细小的地方表现出来，让人感动，仿佛一切都刚刚发生，就在这个熟悉的房间里。

在故居里，我还看到了德沃夏克为了申请奥地利清寒的天才艺术家的国家奖学金，而送给勃拉姆斯的第一部作品《圣母悼歌》手稿的复制品；柴可夫斯基送给他的亲笔签名的照片；1893年，他的《自新大陆》在纽约首演的照片和广告招贴画；他的《自新大陆》的手稿复制品；最早发行于1941年的他的唱片；他和妻子以及孩子在一起的照片；卡拉扬、奥依斯特拉赫、托斯卡尼尼、罗宾逊……一大批音乐家指挥、演奏、演唱他的作品的照片和各式各样的磁带，以及世界许多国家出版各种文字的德沃夏克的传记；还有1969年阿波罗载人火箭登上月球带着极具象征意义的《自新大陆》的巨幅彩色照片……

我知道勃拉姆斯、柴可夫斯基和德沃夏克之间的友情，尤其是勃拉姆斯，没有勃拉姆斯对他真诚的帮助，他的奥地利国家奖学金不会得到，他的第一部作品不会出版，一句话，他很难走出捷克而被世界所认同。以后，他怀有很深的感情专门写过一个《D 小调四重奏》献给勃拉姆斯。我也知道他的妻子安娜·契尔玛柯娃（S.Choti Anmou, 1854—1931），是布拉格一位金匠的女儿，布拉格歌剧院杰出的女低音。他们是 1873 年结婚，她陪伴德沃夏克三十一年，为德沃夏克生了四女二男。她在生活和艺术上对德沃夏克都帮助很大，结婚之后，就是用她教音乐的微薄收入让德沃夏克可以不为柴米油盐烦恼而专心进行音乐创作。她是以自己的牺牲成全了德沃夏克，按我们的说法是"军功章上有你的一半，也有我的一半"。

但是，我最感兴趣的是在这里看到了德沃夏克交给德国出版商西姆洛克的《斯拉夫舞曲》的手稿，当然是复制品。即使是复制品，也很重要，因为这是德沃夏克出版的第一部作品。以后，他的相当多的作品都是由西姆洛克出版的，他和西姆洛克结下了很好的友情。德沃夏克是一个很念旧、重感情的人。他却和西姆洛克发生过争执。就是这次争执，让我对德沃夏克格外敬重。那是 1885 年，这时候德沃夏克已经在欧洲声名大振，这一年的 4 月 22 日，他亲自在伦敦指挥首演了他的《D 小调交响乐》，获得很大成功。这一年，西姆洛克准备出版这一交响乐时，提出要求德沃夏克签名要用德语书写，德沃夏克希望用捷文书写，西姆洛克坚决不同意，而且讽刺了德沃夏克。我不知道当时西姆洛克都讽刺了一些什么，猜想是要国际接轨不要抱着捷克这样小的国家不放这样大国沙文主义的态度吧？德沃夏克当时极为生气地对西姆洛克说："我只想告诉你一点，一个艺术家也有他自己的祖国，他应该坚定地忠于自己的祖国，并热爱自己的祖国。"

当然，这只是一个签名（后来有人揶揄说他"甚至对上帝说话也只用捷克语"），德沃夏克的音乐始终保持着强烈的民族传统。

他并不拒绝国外优秀的东西，但那只是为我所用，他不会让那些别人的东西吞噬了自己，把自己改造成一个改良的外国品种。他觉得捷克本民族的音乐足以有这样强大的力量去征服世界，他希望以自己的音乐让世界认识的不仅是自己个人而是整个捷克虽小却美丽丰富的民族。他的民族主义的观点是纯粹的、坚定的。即使在获得巨大成功的时候，他强调的总是："我是一个捷克的音乐家。"他无法和波希米亚脱节，和那些他从小就熟悉的故乡森林的呼吸、鲜花的芬芳、教堂的钟声、伏尔塔瓦河的水声脱节。他为人谦和平易，与他对音乐的坚定执拗，是他性格上表现出来的两极。

他一生中曾经多次访问过英国，他在英国的知名度极高。英国朋友请求他为英国写一部以英国为内容的歌剧，他说写可以，但他坚持要写就应该是一部捷克民族的歌剧。他选择了捷克民间叙事诗《鬼的新娘》，最后完成了一部轻歌剧，自己指挥在英国的伯明翰演出。

同样，在维也纳，他的朋友、著名的音乐批评家汉斯立克劝说他，必须写一部不要拘泥于波希米亚题材的而要是奥地利或德国题材的歌剧，才能具有世界性的主题。他希望德沃夏克根据德文脚本写一部歌剧，才能征服挑剔的德国观众。他同时好心地建议德沃夏克最好不要总住在捷克，永久性地住在维也纳对他更为有利。无疑，这些都是对他的一番好意，但他却因此痛苦不堪。也许是鱼翔浅底，鹰击长空，各有各的志向，各有各的道路。他无法接受好朋友的这些好意。就在不久以后，他在捷克南方靠近布勃拉姆的维所卡买了一幢别墅，他没有居住到维也纳去，相反大多的时间住在了维所卡。南方的景色和空气比他的家乡尼拉霍柴维斯还要美丽、清新，他喜欢那里的森林、池塘、湖泊，还有他亲手饲养的鸽子。

你能说他局限吗？说他的脚步就是迈不出自己小小的一亩三分地？说他只是青蛙跳不出自家的池塘而无法奔流到海不复还地跃入江海生长成一条蓝鲸？他就是这样无法离开他的波希米亚，他的每一个乐章、每一个旋律、每一个音符，都来自波希米亚，来自那里春天丁香浓郁的花香，来自夏天樱桃成熟的芬芳，来自秋天红了黄了的树叶的韵律，来自冬天冰雪覆盖的伏尔塔瓦河。

正是这种思想和心境的缘故，1892 年 9 月到 1895 年 4 月，他应邀到美国任纽约国立音乐学院的院长，在这短短的不到三年时间里，他带着妻子先后将六个孩子都接到了美国，并有一次整个夏天回国探望的假期，他依然像一条鱼无法离开水一样，实在忍受不了时空的煎熬。他频繁给国内的朋友写信，一次次不厌其烦地述说着他在异国他乡的举头望明月、低头思故乡的孤独落寞之情，述说着他对家乡尼拉霍柴维斯亲人的思念，对兹罗尼茨钟声的思念，对维所卡银矿的矿工（他一直想以银矿矿工生活为背景写一部歌剧，可惜未能实现）、幽静的池塘（后来这池塘给他创作他最美丽的歌剧《水仙女》以灵感），还有他割舍不断的那一群洁白如雪的鸽子……

因此，在美国的聘期刚一结束，美国方面希望挽留他继续聘任，但他还是谢绝了，虽然留在纽约要比在布拉格当教授高出二十五倍的年薪，他还是迫不及待地带着妻儿老小，立刻启程回国了。"白日放歌须纵酒，青春作伴好还乡。即从巴峡穿巫峡，便下襄阳向洛阳。"

他这样讲过："每个人只有一个祖国，正如每个人只有一个母亲一样。"

他还这样讲过："一个优美的主题并没有什么了不起，但要抓这个优美的主题加以发展，而把它写成一部伟大的作品，这才是最艰巨的工作，这才是真正的艺术。"

这两段话是理解和认识德沃夏克的两把钥匙。听了这段话，我们也就明白了，为什么他在美国能写出《自新大陆》那样动人的作品，尤其是第二乐章，那种"无奈归心，暗随流水到天涯"对祖国对故乡的刻骨铭心的感情，流淌得是那样质朴深厚，荡气回肠，让人听了直想落泪，那是一种深深渗透进灵魂里的旋律。同时，我们也就明白了，所有的艺术作品，为什么都有伟大和渺小之分，而优美并不是伟大，像甜面酱一样腻人的甜美乃至优美是容易的，甜美是到处长满的青草，优美是开放遍野的鲜花，而伟大却只是少数的参天大树。民族、祖国、家乡，美好而崇高的艺术可以超越它们，却永远无法离开它们；艺术家的声名可以如鸟一样飞得再高、艺术家自己也可以如鸟一样飞得再远，但作品的灵魂和韵律却是总要落在这片土地上。

我对德沃夏克充满敬仰之情。以一个国土那样窄小、民族那样弱小的音乐家的身份，他用自己的音乐让全世界认识了自己的国家，这是多么地了不起！

只是非常地遗憾，我只去了他的故乡尼拉霍柴维斯，我是多么想拜访他晚年居住的维所卡村呀，在那里，他写出了许多重要的作品，其中包括《水仙女》《阿尔密达》和《降B大调四重奏》。但是维所卡在捷克南方，比他的故乡尼拉霍柴维斯要远，我实在不忍心再提出这个要求请安东尼先生开车带我到维所卡。我只好把这个愿望藏在心底。我知道在我的一生中到捷克来的机会是很难再有了。

快出德沃夏克故居的时候，我的遗憾的心才得到小小的补偿。我一眼看见了靠近门口处一张照片，下面写着 Vysoke。我不认识一句捷文，但我从字母拼出了是维所卡，而且我看见了照片上坐在院子里的白色长椅上老年的德沃夏克夫妇的脚下，是一地洁白的鸽子。是的，那是德沃夏克的鸽子，是维所卡的鸽子，是波希米亚的鸽子……

走出故居，德沃夏克的《斯拉夫舞曲》还在悠扬地回荡着，守门的那位"马大姆"抽着香烟走了过来，她拿来许多纪念品让我们挑选，我买了一块德沃夏克镀银的纪念币，正面是德沃夏克的晚年头像，像的后面衬以乐谱；背面是他故居的房子，房后面是那苍郁的森林。我还买了一把微型的小提琴和德沃夏克的《自新大陆》的CD唱盘，捷克交响乐团演奏。我虽然早已经有了他的这张唱盘，但这毕竟是来自他的故居。是的，这些都来自他的故居，便也都带有他生命的气息和音乐的旋律，都有了难忘的回忆。

"马大姆"还拿出一个厚厚的纪念册，让我们每个人写上一句话留念。我看到那上面密密麻麻有来自全世界许多地方的人们的签字。我写上了这样一句话："来自新大陆，来自心灵。"走出德沃夏克故居的院子，看到房后迎面扑来的那五彩斑斓的森林，忽然想起应该再加上一句："来自波希米亚的森林。"

细雨迷离，还在如丝似缕地飘洒，薄雾一样轻轻地缠裹着那样秀丽浓郁的森林。那一刻，所有这一切都像是一股动人的音乐旋律，从眼前升腾，在心底弥漫开来。

维也纳随想曲

一

有人说，无论你喜欢哪一种艺术，到维也纳都能够得到满足。维也纳吸引我的是音乐，因为她是音乐的故乡，尤其是施特劳斯的故乡。在她的公园里有名扬四海的施特劳斯金色的塑像，被印在明信片上，不胫而走……

可惜，在 1997 年的秋天，我三过维也纳而不得入，因为没有办奥地利的签证。每一次降落在维也纳机场的时候，飞机里都要响起施特劳斯的旋律，是他最有名的也是维也纳的象征《蓝色多瑙河》。但这乐曲在我听来已经不那么蓝色，充满刺激和无奈。莫非我就这样和维也纳、和施特劳斯失之交臂？

最后一次到维也纳，我们把希望都寄托在我国驻奥地利大使馆的文化参赞贾建春的身上。可是，下午三点多，飞机到达维也纳机场时，说好了贾参赞来接我们的，却没见他的人影。最后的一线希望落空了。维也纳机场旅馆只有五个房间，怕夜里没有住处，只好先去办理住宿手续，然后去逛逛机场里的商店，打发寂寞的时光。想想三次都与维也纳和施特劳斯近在咫尺却又远在天涯，再琳琅满目的东西也没有了色彩。

维也纳机场实际上就是商店的世界，鳞次栉比的商店一家紧挨一家，穿行在扑朔迷离的商店之间，心里却想着施特劳斯那跳荡的音符，不知顺着多瑙河流向何方，就是流不到我的身旁。正在百无聊赖的时候，一位戴眼镜穿风衣的中国男人行色匆匆地向我们走来，问我们是不是从贝尔格莱德来的。我们一下子如见亲人，几乎异口同声地叫了起来："你就是贾参赞吧！"他点头说大使馆的车就在机场外面等着我们，看他说的那样子好像我们出机场是手拿把掐的事情。看来什么时候都别把希望的门关死，希望可能从这个门溜走，却可能又从另一个门进来。

　　可是，他带着我们上下转了一溜够一身汗淋淋地好不容易找到海关，海关漂亮的小伙子面无表情就是不让我们进，他的理由很简单：既然你们要到维也纳来，为什么在中国不办签证？下面就是听贾参赞和小伙子唇枪舌剑，一通德国话，滴溜溜，一句也听不懂，只觉得天色在一点点变黑，希望在一点点落空。因为看不见贾参赞和小伙子脸上一点阴转晴，听得我都累坐在一旁，接着听他们在不停地说，语言成了把门的门闩，也成了开门的钥匙。死性的维也纳人哪有一点活泼可爱的施特劳斯影子？

　　这样的交涉一直坚持了两个来小时。终于，小伙子说他要去打电话请示一下内务部。贾参赞的脸上露出了笑，回过头冲我们长舒一口气。

　　事后，我问他说了些什么把这个小伙子终于说动了？他删繁就简概括为两句话，一句强调你们是作家，维也纳是最重视艺术的；一句是我们两国友好，前不久你们奥地利国家歌剧院在你们前总理弗拉尼基茨的率领下，刚刚到我们中国演出了《费加罗的婚礼》。作家，在中国作家自我贬值的时候，我第一次感到它的礼遇和价值。

当我们走出机场，维也纳已是满城灯火，满城施特劳斯。

二

在世界上有哪一座城市能比得上维也纳，满城都在飘荡着音乐？

树摇动飒飒作响的树叶是音乐；花绽开芬芳的花蕊是音乐；阳光下雨点一样飞起飞落的鸽子是音乐；暮色里梦一般回荡着晚祷的钟声是音乐；草坪如茵是音乐；月光如水是音乐；露天的咖啡座是音乐；橱窗里的卡通人是音乐；百泉宫里的希希公主是音乐；画廊里的克里穆特是音乐；叮叮当当的老式有轨电车是音乐；弯弯曲曲的上世纪的鹅卵石小径是音乐；喷泉是飞溅的音乐；雕塑是凝固的音乐；克恩顿步行街是抒情的音乐；圣斯蒂芬大教堂是肃穆的音乐；维也纳森林是绿色的音乐；多瑙河是蓝色的音乐……

更不用说在维也纳留下了那么多音乐家的足迹，莫扎特、贝多芬、海顿、舒伯特、勃拉姆斯、施特劳斯、格鲁克……哪一个不是一本打开的书？哪一个不是一部未完成的交响乐？维也纳有多少这样音乐家的故居？维也纳有多少这样音乐家的塑像？在维也纳街头几乎随时可见，一不留神就有可能碰上哪一位音乐家，弯腰拾起他们遗落的动人音符。

当然，还有维也纳金色大厅，每年元旦的新年音乐会，每年一样娇艳的鲜花、热烈的掌声，每年必演奏的《蓝色多瑙河》、欢快的《拉德斯基进行曲》……通过电波向全世界传送，让蓝色的多瑙河流淌到世界的每一个角落。哪一个城市，哪一场音乐会有这样的魅力和能量？

还有维也纳国家歌剧院，从每年秋季9月开始一直到来年的夏季 7 月，在这座富丽堂皇的剧院里，会有经过了时间检验经典的六十部歌剧、二十部芭蕾舞剧，轮番演出三百多场，几乎每一天都有着荡气回肠的咏叹调荡漾在这座剧院里，又有哪一座城市、哪一个剧院可以与之相比，有着这样的灿烂和辉煌？

说维也纳是世界音乐的中心，是名副其实的，踏在这座城市的哪一个地方，都会迸发出音乐的旋律来。这里的每一棵树都是一把提琴，每一盏灯都是一支长号，每一扇窗子都是一架管风琴……

我来到维也纳金色大厅和维也纳国家歌剧院，它们离得很近，国家歌剧院很气派堂皇，金色大厅比想象的要小得多，灰色的底座，棕色的大门，粉色的墙（我不知道为什么欧洲人爱用这种粉色，在德国波恩看到贝多芬故居的墙也是涂成这种扎眼的粉色），厅顶上的音乐女神，门前窄小的广场，拱形的街灯……让我很难想象每年那么美妙无比的新年音乐会的音乐是从这里流淌出来的。似乎它是一个太小的蜂箱，怎么可能酿造出那么多甜美的蜜来？

可惜，是十月的金秋，离元旦还远，阳光朗朗地照着，秋风习习地吹着，我听不到《蓝色多瑙河》，也听不到《拉德斯基进行曲》。我只能站在它的门外想象着施特劳斯，想象着指挥过他的卡拉扬、阿巴多、穆蒂、梅塔……指挥棒在他们手中翩翩飞舞，万千音符花朵一样在他们的面前开放；想象着长笛与圆号、竖琴与双簧管、小提琴与定音鼓……声音和乐器一起在灯光中闪闪发亮，欢快的合鸣鸟儿一样款款飞翔；想象着那一天古典的维也纳、盛装的维也纳、欢乐的维也纳、沸腾的维也纳、春天的维也纳和音乐的维也纳，是怎样地仪态万方，风情万种……

站在金色大厅的门外，我最嫉妒的是赵忠祥，每年他都可以为转播维也纳新年音乐会专程来这里一趟，用不了两个月，他又可以走进梦一样的金色大厅。

如果说在金色大厅前，我的心里充满的是激动和想象；漫步在维也纳国家歌剧院的门前，我的心里荡漾的是感动和感慨。大理石基座与浑厚的石头构成的歌剧院，罗马式建筑，雍容富贵，气派不凡，让人能领略到 20 世纪的辉煌。这座歌剧院是在 19 世纪的中叶奥地利皇帝下令将环绕内城的防御工程拆除建成的，化战争为艺术。第二次世界大战期间，战争的炮火将歌剧院夷为废墟，战后的奥地利不顾经济困难，动用马歇尔计划的援助基金，首先做的是在这片废墟上重新修建歌剧院，他们可以忍受维也纳暂时没有别的，但不能允许维也纳没有这座歌剧院。他们用了八年的时间，花费了十亿先令，终于让歌剧院重见天日。1955 年的 11 月，在这里上演了贝多芬的歌剧《费德里奥》庆祝歌剧院的凤凰涅槃。在战争与艺术的较量中，艺术之花永远开放在维也纳的怀抱里。

其实，也可以这样说，在经济与艺术的较量中，艺术之花永远开放在维也纳的怀抱里。因为在战后八年重建歌剧院的岁月里，是所有奥地利人的节衣缩食牺牲了他们别的物质利益，才将这十亿先令节省了下来——这不是一笔小数字。他们没有用这笔钱先去盖宾馆、商厦、娱乐城，而是重建歌剧院，在他们的心中艺术是第一位的，金钱首先要用的地方是艺术。就是现在虽然歌剧院辉煌而闻名世界，每天的票房收入可以高达一百六十万先令，但仍然亏损，奥地利政府每年要贴补十亿先令给歌剧院——这依然是一笔庞大的数字。在经济和艺术的天平上，奥地利是将心毫不犹豫地倾斜在艺术一方。无论现在他们有钱的时候，还是原先他们缺钱的时候，他们都是一如既往这样做的。这样做让人敬重，并不是所有的人都能这样做的。

这样也就明白了，在维也纳为什么音乐无所不在，弥漫在空气里，荡漾在天空中，渗透在人们温和的目光里、随意的服装里，以至街头匆匆的脚步里。音乐乃至整个艺术，不是附庸风雅的点缀，不是有钱之后才懂得的炫耀，不是只属于贵族的私人花园、或少数人自我狂欢乃至手淫的专利。艺术只有融化在一个民族、一个国家、一座城市人们的血液和精神里，才永远不会被露出狰狞面容的战争所摧毁，不会被绽开媚态的金钱所诱惑，艺术才能真正成为这个民族、这个国家、这座城市的灵魂。

三

到维也纳中央墓地去参谒音乐家，是埋在我心中一直的愿望。虽然离飞机起飞的时间不多了，我还是坚持要到中央墓地去一趟。好在它在市里到机场的半路上，只是稍稍拐一个弯。

午后的阳光很热烈，维也纳的秋天是那样地温暖，树依然绿绿的，草地上依然跳跃着星星点点的小花，像是这些伟大的音乐家们撒下的永不褪色的音符。墓地前的广场很宽阔，到处是卖鲜花的。这里的鲜花只为魂灵而开。墓地比我想象的要大得多，比我在布拉格去过的名人公墓要大得多，树木蓊郁，草丛茂密，石板铺就的道路轩豁，有不知名的鸟鸣叫啁啾，有腐殖质潮湿而清新的气息扑面习习……如果不是墓碑如林，看上去简直像个旷野的公园。

在这里，我主要找的是莫扎特、贝多芬和舒伯特的墓地，我知道他们三人像亲兄弟一样紧紧挨在一起。可是，中央墓地实在太大，第一次来找这些要找的墓地，有点像大海里捞针。鳞次栉比的墓地，让人感到这个世界真是太拥挤了，如果所有人都可以长生不老，眼前的墓碑都变成活着的人簇拥在一起，也是件很可怕的事。因此，对于这个世界，艺术的永恒，要比人的永恒更为重要。艺术存活在人的心间，比任何其他东西占领人生存的空间更有意义。

问过好几个人，一位手里拿墓地地图的中年妇女，看样子和我同样是个外国人，她好心地领我来到了我要找的这三位音乐家的墓地。莫扎特、贝多芬和舒伯特，三人构成一个三角形，占据了整个中央墓地一个很醒目的位置，背后是一片浓密的松树、柏树、枞树交错的小树林，前面形成了一个小小的天然广场。在这里，似乎并不像我们的梁山泊按级别职务地位金钱排座次，而看的是名气，艺术家总是比那些政治家或伯爵更辉煌，来参谒的人也更是络绎不绝。

莫扎特的墓碑立在他们三人的中间偏前方的位置上，成为他们的中心。想想贝多芬是视莫扎特为老师的，舒伯特又是视贝多芬为老师的，莫扎特处在这样的位置上，是众望所归。莫扎特的墓碑显得有些古旧，在大理石的基座上高高坐着一位赤脚的女神，基座的中间有莫扎特的头像浮雕，侧面刻着他的名字和生卒年月。在三人的墓碑中，它是最大的一个，青铜的女神雕像，也使得它与众不同，气派古朴而非凡。想当年莫扎特去世时在雨夜中匆匆葬在一个贫民的墓地里，第二天人们再去找都找不到他埋葬的地方了，这样的对比，让我感到人心如秤多少给莫扎特一些安慰之外，也让我感到艺术和时间相辅相成的价值与力量。

莫扎特的左边是贝多芬的墓地，在他们三人之中，贝多芬的墓碑显得最小。它只是一个白色大理石的方尖碑，尖顶上雕刻着一个金色的圆圈，圆圈里有一只蜜蜂，中间雕刻着一个金色的竖琴，底座上雕刻着黑色的 BEETHOVEN 几个字母，什么装饰也没有了。朴素而简洁，但它前面摆放的鲜花最多，它的栏杆四角都擎起花篮，紫红色的鲜花像是抖动着燃烧的火焰，纷纷向上跳跃着，仿佛很想摸着方尖碑的碑顶。

最漂亮的要数舒伯特的墓碑了，两人多高的白色墓碑呈长方形，上面雕刻着舒伯特和女神。有意思的是，舒伯特被雕成塑像的样子，没有手臂，胸前戴着花环，只是端庄地站着，显得有些呆板。女神却是雕刻得非常漂亮传神，她高出舒伯特半头，一手拿着一把竖琴，一手高扬着一个花环，微笑地面对着舒伯特，不知是在说着什么悄悄话。是情话？仅仅活了三十二岁的舒伯特终身没有结婚，而且据说是在音乐家中唯一没有过恋爱的人。知道舒伯特这样的历史，再看这样的墓碑，便会懂得雕刻墓碑的人是深知舒伯特的。更为动人的是站在他们的脚下有一个长着翅膀的小天使，双手拿着一个花篮，仰着可爱的小脸倾听着他们的谈话。不知是出自谁人之手雕刻这等模样，简直就是一幅动人的画。

墓碑的底座雕刻得也别有匠心，一对天鹅双双衔着一支金色的竖琴，让人想起舒伯特临终之际写下那难忘的《天鹅之歌》的声乐套曲。有一种曲终不尽的袅袅余音在心头弥漫。天鹅下面雕刻着一行金色的德文，我虽然看不懂，但在音乐史的书中早知道，是这样的题词："死亡把丰富的宝藏，把更加美丽的希望埋葬在这里。"

舒伯特的墓地旁边是施特劳斯的墓地，这是我意外的发现。相比较而言，大概因为维也纳是施特劳斯的故乡，人们对他厚爱有加。他的墓碑最为富丽堂皇，与莫扎特、贝多芬和舒伯特的方方正正的墓碑相比，他的墓碑是在一整块白色的大理石顺势雕刻而成不规则的多边立体的雕塑，施特劳斯的头像雕刻在最上方，头前环绕着紫荆花环，下面有四个错落有致的小天使，或拥抱，或唱歌，或拉着小提琴。占据墓碑主体位置的是一位女神，足有一人多高，长发飘逸，裙摆婆娑，一手拨动着一支金色的竖琴，一手扶着一个古色古香的陶罐，泉水从罐口情不自禁地流溢出来，水流过处雕刻的是施特劳斯和他夫人的名字。同维也纳公园里那尊浑身金色、手拉小提琴的施特劳斯雕塑相比，这里透露出更古典的气味和悠长的咏叹，后者则更为现代、更为灵动。如果说这里更像是一曲旋律悠扬的《蓝色多瑙河》，后者则更像是一曲激情跳荡的《拉德斯基进行曲》。

我就要离开中央墓地的时候，更意外地发现就在施特劳斯不远处立着勃拉姆斯的墓碑。这个突然的发现，让我惊喜万分。在这些音乐家中，我对勃拉姆斯情有独钟，他那种将浪漫的情怀融入理性思考的音乐，他那种对人的心灵比对人类的命运更为深邃而深沉的探究，他那种将真正古典的悲剧性寻根溯源引入纷繁现代的精神，还有他和克拉拉长达四十余年的生死恋，实在让人荡心动魄。我曾经写过一篇《勃拉姆斯笔记》的文章，专门寄托我对他的一份深深的感情，我是多么希望有一天能到他的故居或墓地来拜谒。更何况我来到这里时，恰是他逝世百年的日子。这实在是一种天意中的缘分，让我在这样的日子里和勃拉姆斯相逢。

他那洁白的墓碑让我喜爱，静穆的气氛，正和勃拉姆斯内向的性格吻合。长长的碑座只在中间刻着 BRAHMS 金色的字母，最下面刻着一行小字：1833—1897，这是他活在这世界上的时间，永远定格在这里。除此之外，碑座上再没有任何多余的装饰，干净得犹如他自己六十四年独身伶俜的生活。碑座的上面雕刻着勃拉姆斯的半身像，他一手摸着他那因音乐也因爱情而花白的头发，一手扶着胸前一堆乐谱的稿纸。在乐谱和手之间横放着一枝猩红色的玫瑰，那一点浓重的红色和整座洁白的大理石对比得是那样醒目，让人心动。是谁如此巧妙的构思，让动人春色不须多，跳跃起这样明目爽心的一点红色？

我仔细一看，发现那不是雕刻上去的，不知谁特意放上去的一枝红玫瑰。放得恰到好处，放得正对我的心意。

那是勃拉姆斯的一颗心。

那也是我的一颗心。

1997 年 11 月维也纳归来

到纽约找鲍勃·迪伦

　　2006 年的春天，我从芝加哥来到纽约。其中一个很重要的目的，就是寻找鲍勃·迪伦当年的足迹。那时，我刚刚读完鲍勃·迪伦自己写的传记《Chronicles》(《像一块滚石》，江苏人民出版社 2006 年 1 月)。年轻的鲍勃·迪伦，当年也是从芝加哥来到纽约。这是他第一次来到纽约，自从 1959 年的春天，他离开家乡北明尼苏达的梅萨比矿山，来到了明尼阿波利斯之后，他还是第一次离开家乡到这么远的地方来，要穿过伊利诺伊州、印第安纳州、俄亥俄州、宾夕法尼亚州、一直向东再向东。只不过，和我来纽约的时间不一样，那是一个冰雪覆盖的冬天。他坐在一辆 1957 年生产的黑羚羊破车的后座上，昏昏沉沉地坐了整整一天一夜二十四小时，一刻没停地来到了纽约。当这辆黑羚羊驶过乔治·华盛顿桥，他被"砰"的一声甩下车，像货物一样重重地落在了纽约冰冷的雪地上。

　　在那本传记里，他说："我终于来到了这里，纽约市，这座好像一张复杂得难以理解的大网的城市，我并不想尝试去理解它。"

　　三月春天的纽约，虽然树木还没有一丝绿意，春寒料峭之中，匆匆行走在曼哈顿大街上的人们，依然还需要穿着厚厚的棉衣，但是，已经不再是鲍勃·迪伦感受的冬天中那种"城市的所有的主干道都被雪盖着"昏暗冰冷的情景了。

站在纽约街头，我在想，鲍勃·迪伦为什么选择在那一年的冬天来纽约呢？哪怕是如我现在一样初春时来，也要好得多呀，起码可以不必为烤火取暖而不被冻死街头去担心，起码可以不必那么着急去那个叫作"问号瓦"的酒吧去打工，没有工钱，每晚只有可怜巴巴的几个零花钱，乞丐一般地勉强糊口度日。也许，他就是专门选择这样一个季节，像励志青年一样，为的就是考验一下自己的意志和决心？

来到纽约的第一天晚上，我来到了时代广场。当它突然出现在我面前的时候，它比我想象的要小。人流如鲫，疯狂的霓虹灯闪烁着，让这里比纽约的任何一个地方都要流光溢彩，喧嚣而沸腾，给我的感觉像是一杯满满腾腾溢出杯口的色彩炫目的鸡尾酒。我不知道此刻的时代广场，和当年是不是一模一样，只知道当年在"问号瓦"酒吧里，听说时代广场上有一个叫作"赫伯特的跳蚤博物馆"的演出地方，鲍勃·迪伦特别渴望跳出狗窝一样的"问号瓦"，能够到那里去唱歌。我不知道他后来找没找到那个地方，但那确实是他来到纽约之后第一个向往的地方，他渴望沾一沾那杯鸡尾酒溢出的泡沫的味道。

第二天晚上，我来到了格林尼治，"问号瓦"酒吧就在这里，那只是地下室里一间肮脏而潮湿的屋子，却是鲍勃·迪伦在纽约表演生涯开始的地方，他用口琴为人家伴奏。夜色笼罩下的格林尼治，安静异常，除了迷离的街灯梦游一般闪烁，几乎见不到行人。虽然再没有了当年冬天的寒风呼啸，却也没有了当年的"问号瓦"酒吧。在那间简陋破败的酒吧里，我难以想象，年轻的鲍勃·迪伦朝不保夕，竟然充满着那样的自信，起码在他现在写的自传里，显得是那样地自信："我不是来寻找金钱和爱情。我有很强的意识要踢走那些挡在我路上不切实际的幻想。我的意志坚强得就像一个夹子，不需要任何证明。在这个寒冷黑暗的大都市里我不认识一个人，但这些都会改变——而且会很快。"

他凭什么认为会很快改变自己的命运？我一直奇怪鲍勃·迪伦的自信是从何而来。是因为时过境迁之后将一切包括心情和事实不自觉地都重新改写？还是仅仅出自心中对音乐的那一份痴迷，便战胜了一切艰难困苦？也许，是年轻的缘故吧，只有年轻，才会将一切痛苦和磨难都化为幸福，让哪怕是丛生的荆棘，也能够编织成鲜花的花环。他就像现在那些居住在我们北京郊区农民房子里或蜷缩在城里楼房地下室里的"北漂一族"一样，让心中音乐的理想之花开放在一片近乎无望的阴暗潮湿之中。

在鲍勃·迪伦的自传中，有一段他和"煤气灯"酒吧的著名歌手范·容克（Dave Van Ronk）的传奇邂逅，写得很精彩。他极其崇拜范·容克，在来纽约之前，他就听过范·容克的唱片，而且对着唱片一小节一小节地模仿过他的演唱。鲍勃·迪伦曾经这样形容范·容克："他时而咆哮，时而低吟，把布鲁斯变成民谣，又把民谣变成布鲁斯。我喜欢他的风格。他就是这个城市的体现。在格林尼治村，范·容克是马路之王，这里的最高统治者。"

那个纽约寒冷的冬天，鲍勃·迪伦如一枚被抽打的陀螺，不停地旋转着在格林尼治村的几个酒吧里混日子。有一天，他正在一个叫作"民谣中心"的酒吧里，人高马大的范·容克披着一身雪花突然走了进来，让鲍勃·迪伦对和他的不期而遇感到异常的惊异，一时不知该如何是好。他看见范·容克抖落身上的雪花，摘下手套，指着挂在墙上的一把吉布森吉他要看。就在他看完并拨弄几下琴弦之后要走的时候，鲍勃·迪伦一步上前，"把手按在吉他上，同时问他如果要去'煤气灯'工作，该找谁？……范·

容克好奇地看着我，傲慢，没好气地问我做不做门房？我告诉他，不，我不做而且他可以死了这条心，但我可不可以为他演奏点什么？"

他们就这样认识了。那天，鲍勃·迪伦为范·容克演奏了一曲《当你穷困潦倒的时候没人认识你》。他便从"问号瓦"走到了"煤气灯"，开始了和范·容克一起演唱的生涯。他每周可以有六十美元的周薪，这是他来纽约之后第一次有了相对稳定的收入。这个坐落在麦克道格街上首屈一指的酒吧，将带着他改变命运。当他第一天晚上去那里演唱，在走向"煤气灯"的半路上，他在布鲁克街一个叫米尔斯的酒馆前停了下来，走进去先喝了点儿酒，镇定一下自己的情绪。"出了米尔斯酒馆，外面的温度大概是零下十度。我呼出的气都要在空气中冻住了。但我一点也不觉得冷。我向那迷人的灯光走去……我走了很长的路到这里，从最底层的地方开始。但现在是命运显现出来的时候了。我觉得它正看着我，而不是别人。"

我猜想，大概从那个零下十度的冬夜开始，纽约对于鲍勃·迪伦不再那样地寒冷，而成了他自己的纽约了吧？在这以后，纽约即使不是敞开温暖的怀抱拥抱他，起码如同一轴长长的画卷，开始向他舒展着他渴望看到的温馨而能够充满想象的一面，而不再仅仅是冰冷阴暗垃圾簇拥的一面。那时候，他常常一清早就爬起来，跑到城北边的博物馆里，看了他从来没有看到过的那么多画家的名画，从委拉斯凯兹、戈雅、鲁本斯、格列柯，到毕加索、康定斯基、博纳尔和当时的现代派画家雷德·格鲁姆斯。在格林尼治那阴暗潮湿的地下室里，他读了大量的文学作品，还有卢梭的《社会契约论》、奥维德的《变形记》、马基雅维利的《君主论》、伯里克利的《理想的民主城邦》、弗洛伊德的《超越快乐原则》、克劳塞维茨的《战争论》，乃至塔西佗的讲演稿和书信，可谓儒道杂陈，五花八门。当然，他读得最多的还是诗歌，拜伦、雪莱、彭斯、费朗罗和爱伦·坡，都成了他的启蒙，他第一次将爱伦·坡的《钟》谱写成了歌曲，弹奏着他的吉他演唱，开始了他歌曲新的创作，那种民谣风格融入丰厚的文学的光彩，如雪花一样晶莹闪烁。风雪交加的纽约，给了鲍勃·迪伦最初的磨炼和考验的同时，也给了他最初的艺术营养和积累，让他一点点羽毛丰满，终于有一天箭在弦上，时刻处于引而待发的状态，饱满的张力，如同一颗在阳光下快要炸裂的种子。

在这个时候，他还乘一个半小时的长途汽车，到新泽西莫里斯镇，爬到山坡上那个叫作灰石的医院，去看望他所崇拜的正在病危中的上一代的民谣大师伍迪·格思里（Woody Guthrie）。他给他带去了他最爱抽的罗利牌香烟，他为他演唱歌曲，每一首都是格思里自己创作的，他用这样的方式向心目中的大师致敬，也慰藉着病重中的大师。鲍勃·迪伦还曾经遵照格思里的嘱咐，踩着那时候风雪泥泞的沼泽，特地到布鲁克林的科尼岛上格思里的家中，寻找格思里未来得及谱上曲的那一箱子歌词和诗稿。我知道，格思里代表着 50 年代，而鲍勃·迪伦则代表着新生的 60 年代，这是新一代和老一代的交接和告别仪式，意味着 50 年代的结束和60 年代的开始。

可以说，所有以后发生的这一切，纽约的作用不可低估，纽约是鲍勃·迪伦这一起跳最有力量的一块跳板。很难想象，如果鲍勃·迪伦一直还在明尼苏达或者伊利诺伊州，会是什么情景，还会有今天的鲍勃·迪伦吗？纽约并不像鲍勃·迪伦所说的只是"一张复杂得难以理解的大网"，而更像一株盘根错节枝叶参天的大树，让每一只飞翔的鸟都有自己落栖之处，给你磨难，也给你营养，给你眼泪，也给你欢笑，然后送你飞上更广阔的天空。

其实，我在纽约前后只住了短短的三天，但是，根据他写的自传，我还是尽可能找到他在那里面提到过的一些地方。在格林尼治，他最常出没的地方，几乎都能够看到他年轻的身影，即使当年他所演唱的那些酒吧早已经物是人非，新的地图上勾勒出的是新的地表景观。我也曾到第三和第七大街，那里分别是爱伦·坡和惠特曼的故居，当年，鲍勃·迪伦每一次路过这里的时候，总要对着那窗子投去哀悼的目光，想象着他们在那里写出的并唱出的灵魂深处的真实声音。那时候，望着他们人去楼空的窗子，他渴望自己像他们一样成功而成名，渴望着自己也能够唱出他们那样至诚至爱的声音。而如今，正如鲍勃·迪伦说的："这个城市像一块未经雕琢的木块，每一个名字、形状，也没有好恶。一切总是新的，总在变化。街上的旧人群已经一去不返了。"我只不过是在重复着鲍勃·迪伦的步伐和心情而已。

我没有能够找到赫德逊街和斯普林街，它们应该就在格林尼治附近，但那晚我去的时候，风很大，街上难得见到行人，好不容易看见了人，都是旁边纽约大学的学生，他们不是一脸茫然，就是说的英文我听不懂，人生地不熟，我只好无功而返。

在那两条街间，那时候在一个垃圾桶旁边，曾经有一个小咖啡馆。鲍勃·迪伦初来纽约那个寒冷的冬天，有一天，他走进了这家小咖啡馆。"午餐柜台的女招待穿着一件紧身的山羊皮衬衫。这件衣服勾勒出她优美的身体曲线。她的蓝黑色头发上戴着一块方头巾，有一双有神的蓝眼睛。我希望她能爱上我。她给我倒上冒着热气的咖啡，我转身对着临街的窗。整个城市都在我面前摇晃。我很清楚所有的一切都在哪里。未来没什么可担心的。它已经很近了。"在鲍勃·迪伦的自传里，读到这里，我很感动。也就是那时候，合上了书，我下决心，到纽约的话，一定要找找鲍勃·迪伦当年在这里的轨迹。

三月的纽约，寒冷却生机勃勃，百老汇大街上，人头攒动，到了夜晚，灯红酒绿，更是人的海洋，难怪提起纽约，鲍勃·迪伦总会说它是"世界的首都"。其实，在那个寒冷的冬天里，纽约终于也成了鲍勃·迪伦的首都。从鲍勃·迪伦第一次从芝加哥来到纽约的时候算起，将近五十年的时光过去了，鲍勃·迪伦已经老了。年轻的鲍勃·迪伦，只和这座城市的记忆和他自己的歌声同在。

我想起前两年，鲍勃·迪伦出现在格莱美、金球奖和奥斯卡奖颁奖晚会上的样子，和他年轻时候的照片对比，你不得不感慨时光的无情，将一个年轻人迅速地雕刻成了一个瘦骨嶙峋的小老头。在电视屏幕上看到，当听到他的名字，所有到场的观众欢腾的情景，让我感到有些奇怪，因为并不是所有的摇滚歌手都能够赢得如此值得骄傲的荣誉，他得到了。难道他不应该得到吗？约翰·列侬去世了，世界上只剩下他一人从 60 年代唱到 20 世纪末又接着唱到新世纪的到来（2001 年，他出版了新的专辑《爱与偷》）。他和他的歌声一起跨越了一个世纪。在万众欢腾瞩目中，2001 年，那一年整整六十岁的鲍勃·迪伦站起身来走向舞台的时候，镜头上他的脸如核桃皮一样坚硬而皱纹纵横，但我相信里面的仁儿肯定是软的，是香的。

鲍勃·迪伦曾经这样说过："民谣在我的脑海里响着，它们总是这么响起。民谣是个地下故事。"这是他对民谣的理解，也是他把民谣当成了一生的艺术生命，才有可能如风相随一般总那样在脑海里响起。想起鲍勃·迪伦，总会想起他唱过的《答案在风中飘扬》《战争的主人》《上帝在我们这一边》《像滚石一样》《大雨将至》……那一首首脍炙人口的民谣。这些民谣伴随了一代人的成长，走过了近半个世纪，刻进了时代的年轮。歌声真的是有生命的，和人一样渐渐长大，慢慢地变老，而且，比人的生命还要长久，哪怕人的生命结束了，歌声还会在这个世界上荡漾。

离开纽约的那天夜晚，我再次来到时代广场，在旁边便道上，见到一对来自上海的卖画的夫妇，他们在卖约翰·列侬头像的铅笔素描，我花了十美元买了一幅，可惜没有卖鲍勃·迪伦的画像，这让我很奇怪，也有些扫兴。在三角广场上，一组歌手正拉开阵势，弹奏着电吉他，演唱着民谣，虽然不是鲍勃·迪伦的风格，也不是鲍勃·迪伦常用的木吉他，却是和鲍勃·迪伦初闯纽约时一样的年龄。纽约的夜空，正如当年接纳鲍勃·迪伦的歌声一样，有些嘈杂，却很激越地回荡着年轻的歌声。

附 录

音乐在时间中流淌
——在北京大学的演讲

今天，我和大家来谈谈音乐。现在很多事情都变成时髦，谈音乐也变成一种时尚，附庸风雅，发烧友和球迷可能是社会上最流行的时髦语。其实，我觉得谈音乐是一件非常难的事情，不仅很难谈，而且谈它本身就是一件非常蠢的事情。圣桑早就说过："音乐起于词尽之处。"但为什么我还要来谈？一个原因是我从内心深处喜欢它，小的时候我曾经吹过笛子，拉过二胡，等我上中学想拉小提琴的时候，因为家庭条件的原因，未能如愿，至今不能释怀。另一个原因，无论我们多么外行，对比那些音乐家，我们确实是门外汉，但作为听者，我们大家彼此经历大同小异，作为爱好者，我们对音乐的热情并不亚于音乐家们，所以我觉得我们还是有资格来谈一谈音乐的。我也希望把我听音乐的感觉、感受，在今天跟大家做一个交流，如果对大家欣赏音乐有帮助的话，也算大家没白来这一趟。

我们从哪里谈起呢？我们就从我一次听音乐的经历开一个话题。好几年以前，我买了一个三碟装的 Yellow Guide 的古典音乐的专辑。这套 Yellow Guide 是迪卡公司百年纪念出版的古典音乐系列品种的一种。这三碟囊括了从 16 世纪帕勒斯特里那，一直到

20 世纪初的格什温，一共是四十多个音乐家的四十多部曲子，向我们展现了四百多年音乐的经历。从第一盘到最后一盘大约要听四个多小时，尽管这其中很多曲子我以前听过，但我发现当我听完这三碟装的 Yellow Guide 之后，跟原来听的感觉并不完全一样。以前听莫扎特，或是听巴赫，都是单摆浮搁地听一首曲子或他一个人的曲子，而这次把众多的曲子放到一起，确实有一种音乐家们接踵而来的感觉，音乐像一滴滴水一样汇成了一条河，涌到你的面前，从四百多年前一直流淌到今天的感觉，是特别明显的。这也是为什么我把今天演讲的题目叫作"音乐在时间中流淌"的缘故。

Yellow Guide 第一张盘里前三首曲子，最初我听完之后特别感动。第一支曲子是 16 世纪的宗教音乐家帕勒斯特里那的《教皇马切尔弥撒曲》，第二支曲子是 17 世纪的蒙特威尔利最著名的歌剧《奥菲欧》中的一支合唱曲，叫作《在这快乐幸运的一天》；第三支曲子是亨德尔的清唱剧《弥赛亚》最著名的大合唱《哈利路亚》。这三支曲子让我非常感动，给我的感觉是宗教的圣洁、清澈，非常奇怪的是再往后听这种感觉就没有了。其实，下面紧接着第四支曲子是巴赫非常好听的《G 弦上的咏叹调》，但就是没有了这种清澈圣洁的宗教的感觉。前三支曲子好像形成了一道拦河大坝，你可以在坝上观看两边不同的风景，就是再也听不到那种感觉了。但，当我将三盘从头到尾听一遍的时候，发现我开始时的感受是不完全的。当你听完这三盘带子，你才发现其实在音乐的流淌当中，前三首曲子只是前三章，只有把它们放到整个音乐的脉络里，你才能发现它们除了好听之外存在的意义。我想，不管我们学文学也好，听音乐也好，把它放到一个历史大背景中，才能更加深刻地了解它，认识它。音乐就像文学一样，没有大历史的眼光作为背景，很难体会其中的乐趣，打一个比方：如果我们不是以一个大历史作为背景去理解古代的白话小说是一种拟书场形式，现在就会对里面的许多程式感到可笑，觉得很笨；也就不会对五四时期新文化运动的第一篇以主人公"我"出现的小说的叙事角度的重要意义有深切的认识。

我今天主要想讲两个话题，第一个我想从古典音乐的青春期和摇滚音乐的发展期这样两个不同方面，来看看音乐是怎么回事，我觉得这两个角度是最代表音乐的两个角度，主要看音乐形式的变化。我们现在常常是对某一个音乐家感兴趣，或特别喜欢某一支曲子，其实都是单摆浮搁的，是点对点的，是静止的，希望我们今天的话题能够对同学们今后欣赏音乐多一些兴趣。

在我看来一部音乐史实际上就是声乐和器乐不断交融，不断分裂，此起彼伏的历史。我们一起回顾一下在音乐青春期的时候声乐和器乐的大体轮廓。声乐的发展线条从格里高利圣咏开始（现在很多音乐研究都把其当作音乐的起源）；一直到16世纪复调音乐的出现；到17世纪蒙特威尔利意大利歌剧的出现，我们现在唱的咏叹调都是从这里一脉流传下来的；一直到亨德尔的清唱剧，达到了古典音乐的声乐的辉煌阶段。另外一个线条就是器乐，我想从蒙特威尔利时代他对器乐的梦想来谈起；然后我们来看巴赫的时代，使得器乐在历史上第一次和声乐平起平坐；最后我们看到莫扎特和贝多芬时代，把器乐推向了古典音乐的辉煌，那便是交响乐的诞生。这样回顾可能对你了解音乐史，了解音乐家，有所帮助，在听音乐的时候也能有一个新的角度。

我们先来看一下声乐。

格里高利圣咏是中世纪的产物，是教堂音乐的代表，统治了乐坛漫长的几个世纪，直到复调音乐的出现。在这样漫长的几百年中，人们唱的就是格里高利圣咏。为什么叫格里高利圣咏呢？当年的罗马教皇格里高利一世，他重新编修了宗教歌曲，目的是要统一思想，加强统治，分门别类一共编修了一千六百多首宗教各种各样的弥撒曲，规定了在什么情况下唱什么歌，早餐的时候唱什么歌，晚祷的时候唱什么歌，睡觉的时候唱什么歌，都规定得特别细致，把人的行为规范格式化了。你们可能没有经历过"文化大革命"，像我们这些经历过"文革"的人都知道唱"毛主席语录歌"，早上起床时唱一段什么，吃早饭的时候站在毛主席画像前又要唱什么，像咱们今天开会听别人讲课，我们不能一上来就讲，首先前面的同学要带领大家唱一段"我们都是来自五湖四海的，为了一个共同的革命目标走到一起来"，在遇到困难的时候，你也要唱一段"下定决心，不怕牺牲，排除万难，争取胜利"，都是有"毛主席语录歌"的，我现在还会唱呢。咱们没有在中世纪生活过，估计唱格里高利圣咏歌和唱毛主席语录歌是有异曲同工之妙的。

复调音乐的出现，是文艺复兴初期的产物，这一点我们在读艺术史时都知道。在文艺复兴初期，出现了像尼德兰这样的艺术王国，它对于包括音乐在内的很多艺术有一个很大的推动，而这个时期音乐对于整个艺术最大的贡献就是复调的建立。简单地解释：格里高利圣咏主要是单声部，就像小孩的齐唱；两个声部以上的叫复调，像我们今天的大合唱里有男高音、男低音、女高音、女低音、男次高音、女次高音等，复调实际上是对单声调的格里高利圣咏的一种反叛。当时复调出现，意味着世俗的因素已经不可避免地渗透进宗教音乐中去。对于宗教音乐，尤其是统治了几个世纪的格里高利圣咏，是一个极大的威胁，当时召开了一个特别有名的"特伦托公议会"，很多宗教人士认为，老这样唱复调音乐有和平演变的意思，不能再唱了，只能统统地唱格里高利圣咏。这样复调音乐就面临着灭顶之灾，当时的罗马教皇就把帕勒斯特里那召回来。

帕勒斯特里那到底是个什么样的人物呢？待会儿我给大家简单介绍一下。他当时是复调音乐的代表人物之一，教皇就请他重新编一个弥撒曲。这个弥撒曲有两点要求：第一点，宗教教义不能改变，第二点，圣咏的诗句不能改变。这一下帕勒斯特里那命重如山，这不仅关系他个人的命运，同时关系到整个复调音乐的命运，如果他编得不好，复调音乐就完了，那音乐就会倒退到几个世纪以前，唱的还是格里高利圣咏。在这种情况下，帕勒斯特里那创作出了最著名的，也就是我在 Yellow Guide 里听到的第一支曲子，《教皇马切尔弥撒曲》，从这个角度上我理解了，Yellow Guide 所选择的第一首曲子确实是很有眼光的。非常好听，是无伴奏清唱式的大合唱。尽管只有短短的几分钟，只是一小段，但能从中感受到帕勒斯特里那与众不同的风格。帕勒斯特里那当时采取的是一种折中主义的态度。为什么呢？因为他要在内容方面保证宗教的意义，圣咏的歌词不能做丝毫的改变，但是在形式方面却用的是不同于传统的宗教音乐形式，而是采取带有世俗因素的复调音乐形式，所以他采取了折中主义的方式。这有些类似于当年和平解放北京，否则故宫可能早就炸没了。如果当时他挺着不干，惹怒了宗教保守派们，把复调音乐完全给灭了，那此后的很长时间可能唱的还是单声部的格里高利圣咏。

帕勒斯特里那之所以采取折中主义，跟他的生活经历和性格也有关系，我不知道大家对于他熟不熟悉。我简单地介绍一下。帕勒斯特里那原先没有名字，他是个穷人的孩子。帕勒斯特里那是罗马附近一个不知名的小地方的地名，因为他没名字就用这个地名给自己起了名字。我后来发现，用人名来命名地名，一般都是名人，比如说列宁格勒；但用地名当人名就随便了，一般都是像帕勒斯特里那当年那样寂寂无名的小人物。他十一岁的时候父母双亡，到处流浪沿街乞讨度日，非常穷。十四岁的时候，有一次他在罗马大街上光着脚丫子，破衣烂衫，没事边走边唱，就吼了起来。因为他声音非常好听，当时罗马大街上有一个圣玛丽亚·马乔里大教堂，教堂的窗户突然就被推开了，里面的神父想知道是谁唱歌唱得这么好听，一看是这个小孩，就把他叫进教堂，让他参加教堂里的唱诗班。帕勒斯特里那就是从唱诗班里学的音乐，慢慢成长起来的。因为帕勒斯特里那从小特别贫穷，当他成为音乐家之后，他最大的梦想就是脱贫致富。我不是给他扣帽子。二十二岁他结婚了，娶了一个非常富有的姑娘叫格丽，一直到他五十五岁的时候，也就是三十三年之后，他的妻子得了天花病去世了。当时帕勒斯特里那非常地悲伤，痛不欲生，想当一个僧侣，而且他为去世的妻子写了一首非常动听的歌曲，至今仍然流传着，叫《在巴比伦河上》。但是刚过七个月，他又碰上了一个非常有钱的寡妇，他又结婚了，忘记他说的要去当僧侣。帕勒斯特里那人格上有点毛病，一个就是我刚才所说的，他极力想去掉穷尾巴，第二个就是他非常善于钻营。他出版第一部教堂弥撒曲的时候，特别题字把这本书献给当时的一位主教。没想到那位叫他作曲的教皇第二年去世了，那位主教成了教皇，把他提拔起来，让他当了宫廷合唱队的队长。当时要求参加宫廷合唱队是不能结婚的，但他已经结婚了，还当上了队长。

体现在帕勒斯特里那的身上世俗和宗教的矛盾是很激烈的，他又想出人头地，又想过好日子，又不想把自己的良心切成一块一块地卖干净。帕勒斯特里那的矛盾，实际上也是当时时代的矛盾，说明当时世俗因素已经不可阻挡地渗透进社会的每个角落，当然也渗透进宗教音乐。所以，帕勒斯特里那的复调音乐对整个音乐史起到了一个非常重要的作用。他的复调音乐主要是清唱式的，没有伴奏，等于把人声最美好的部分发挥到极限，完美地展现出来，更深地挖掘人声的潜质。后人说，在巴赫之前没有人像帕勒斯特里那那样精细，在声乐上的贡献是极为重要的，当时人们称赞他为"宗教音乐的救世主"。

声乐发展到复调音乐，显然比单声部要好听多了。下一步，声乐发展到17世纪出现了蒙特威尔利，他将帕勒斯特里那的无伴奏的清唱的大合唱，发展成了歌剧，这种发展意义非同寻常。实际上在蒙特威尔利之前，在1600年第一部歌剧已经诞生了，蒙特威尔利不是创始人。蒙特威尔利的第一部歌剧《奥菲欧》晚于人家七年多，但历史上通常把他当作创始人。他的意义主要在两个方面：一个是他跟帕勒斯特里那的无伴奏式清唱是完全不一样的，帕勒斯特里那了增加宗教的感觉，在他的大合唱里是没有表情的，但是在蒙特威尔利的歌剧里面特别突出感情色彩。另外一点，很重要的地方就是演出形式的不同，前者基本是在教堂里演唱。1600年，创作出的第一部歌剧是在佛罗伦萨，被称为佛罗伦萨派，这个佛罗伦萨派基本上是王公贵族家里有婚庆大典，唱佛罗伦萨派歌剧，有点像旧社会唱堂会。蒙特威尔利最大的贡献就是将声乐从教堂，从王公贵族家里拉到民间，他使歌剧这种新鲜的艺术形式飞入寻常百姓家，蒙特威尔利被称为跟"佛罗伦萨派"对立的"威尼斯派"。

蒙特威尔利来到威尼斯的时候，威尼斯唱的是佛罗伦萨的歌剧，没有一家歌剧院，他来了之后才建立了第一座面向大众的歌剧院，然后迅速地在威尼斯这样的水城里建立了十二座，而且座位便宜得我们现在难以想象。不知道以前的货币汇率是怎样的，每张门票只要两里拉，就算过去的钱再值钱，两里拉也不是一个大数目。这跟咱们现在没法比，你看三大男高音在午门演出，卖得最贵的门票要两千美元一张。蒙特威尔利当时的想法跟我们现在的想法很不一样。经过他这样的努力，歌剧迅速被广大人民群众所接受，而且像滚雪球一样，从威尼斯迅速传到罗马、佛罗伦萨等很多城市，歌剧院迅速建起来，而且很多艺术家都参与了歌剧院的建设，像当时最有名的雕塑家贝尔尼尼，他就参与过罗马歌剧院的建设，很多歌剧的舞美设计都出自他的手中。以前威尼斯上演的都是佛罗伦萨的歌剧，后来没法唱了，就改成演马戏来维持自己的生存。

蒙特威尔利的经历是什么样的呢？在生活上，他没有帕勒斯特里那那么困难。他是一个特别注重感情的人。在创作《奥菲欧》的时候，正好赶上他的妻子在病床上奄奄一息，而这面却要求他必须完成歌剧。所以他把和妻子生离死别的感情完全融于《奥菲欧》的创作中。奥菲欧是个诗人，当时他的妻子要在地狱的煎熬中死去，这段肝肠俱断的音乐明显融入了作者的情感。所以罗曼·罗兰曾经说，蒙特威尔利是个感情色彩非常浓厚的作曲家。《西方音乐史》的作者朗多米尔曾经说："在讴歌别人痛苦的时候，蒙特威尔利已经饱尝了自己的悲欢离合。"我很赞同这种观点。我们现在经常说"这个旋律非常好听"，其实旋律这个词，就是蒙特威尔利创造出来的。他曾说："旋律是人类情感的唯一表达方式。"所以，我觉得蒙特威尔利是非常值得一听的音乐家，别的音乐没有时间你可以不用听，听《奥菲欧》中的《哈利路亚》中的大合唱就够了。蒙特威尔利一直到临死的时候还在写他的歌剧，他七十五岁那年写出他最后一部作品。

古典声乐发展到最辉煌的阶段是亨德尔的清唱剧。意大利的歌剧到了18世纪，已经形成了自己的体系，要想冲破这种格式化的束缚，亨德尔做了很多努力。他不仅借鉴了意大利歌剧中的一些咏叹调，也吸收了英国歌剧的一些精华，如假面舞会、众神合唱赞美诗，同时又吸收了古希腊悲剧的元素，这样使他的清唱剧的形式更加丰富多彩。另外在以前，唱歌剧都是用意大利语，现在你听歌剧也都是意大利语，不管唱的人懂不懂意大利语，也不管听的人懂不懂，都在装模作样地唱和听，已经形成一种规范了。到亨德尔的清唱剧一律改唱英文，为了能让英国听众听得懂。再加上以前意大利歌剧都是男欢女爱的小情调，当时为了迎合英国正在反抗外国侵略的历史背景，增加了很多英雄主义的色彩。这几点加在一起，亨德尔一下子赢得了英国观众的喜欢。

亨德尔是德国人，他的名字在德文中的意思是"商品"，交易的意思，他们家里只有他爷爷是商人，是一个铜器店的小老板。他的爸爸非常想让他当医生、律师。但亨德尔七岁的时候，正在唱歌演奏，被一个公爵看见了，公爵认为他很有音乐天才，就把他爸爸叫来了，说你的孩子有音乐天才，你必须让他学音乐，他爸爸很怕公爵，这样才送亨德尔去学音乐。

他二十五岁到英国，英国歌剧的创始人叫普赛尔刚刚去世，歌剧坛上群龙无首，正需要有人替代这个位置，这时亨德尔恰逢其时地来了。他来了，要想立足，怎么办呢？他只能创作两种歌剧，一种歌剧，意大利式的，就是蒙特威尔利式的，一种歌剧，普赛尔式的，英国式的。为了立足，他就写了这样两种歌剧。他果然立足了，而且享受了极高的待遇，可以说亨德尔一辈子享尽了富贵荣华。但是到他五十五岁的时候，（我是这么想）他突然觉得不对劲了，要不他为什么到五十五岁突然改写起清唱剧了？他为什么在过去的三十年一直用别人的形式包装自己呢？他共活了七十四岁，五十五岁也算衰年变法，再改章程，很难啊！他在余下的十九年里一共写了二十四部清唱剧，不到一年就写一部，速度是非常神奇的，说明他对轻歌剧充满了感情。他开始意识到，他过去写的那些东西，不过是他从德国带过来的一块布料，用的是意大利式的或者是英国式的剪刀，裁剪出一个适合于英国贵族穿的披风，他现在不愿再当这个裁缝，所以亨德尔在他五十五岁的时候写出了第一部清唱剧《弥赛亚》，第二年根据弥尔顿的长诗改编写出他的第二部歌剧《参孙》，这两部轻歌剧果然让英国的观众耳目一新，因为融进了新的东西，形式赋予了变化，比蒙特威尔利式的歌剧有了不同凡响的进展。六十六岁，亨德尔双目失明，他还坚持写他的清唱剧，没事的时候就到剧院坐在角落里听乐队演奏他的清唱剧，听到动情处，老泪纵横，因为他对清唱剧充满了感情。

亨德尔的作品很多，我个人意见，如果你没那么多工夫，就听两首曲子也行了，一个是歌剧《赛尔思》中的一段广板，大约有七八分钟那样子，咱们国家也有把它翻译成《绿叶青葱》，不仅被古典音乐乐团屡次演奏，而且被很多的流行乐团演奏，英国的曼托瓦尼乐队就演奏过，非常地优美。另外一首曲子就是《弥赛亚》里的《哈利路亚》，这也是不长的一首曲子，是《弥赛亚》中第三场的一个大合唱。《弥赛亚》演的是耶稣的一生。1957年美国的一个音乐节上，五百个乐队，一万人演唱这首曲子，气势磅礴。《弥赛亚》在伦敦首演，当唱到《哈利路亚》的时候，当时在场的有国王乔治二世，乔治二世听到这首曲子非常感动，忍不住从座位上站起来，躬身倾听。一看国王都起来了，带动全场的观众都忍不住站起来了，站着听完《哈利路亚》。此后，只要在欧洲，只要演唱亨德尔的《弥赛亚》，只要《哈利路亚》的歌声一响起，全场观众就会起立，这成为一种惯例。海顿晚年的时候听到《哈利路亚》这段曲子的时候非常感动，怎么会有这么神圣这么伟大的音乐？我这一辈子说死说活也要作这么一部音乐。海顿晚年坐在轮椅上还坚持写他最后一部歌剧《创世纪》，每天创作之前，要洗手焚香，以示神圣之感，最后在首演《创世纪》的时候，有一段大合唱，模仿《哈利路亚》，叫《天上有星光》，非常动听，充满神圣感。当指挥棒一起，全场唱起《天上有星光》的时候，坐在轮椅上的海顿突然站起来了，指着台上激动地说：星光就在那里！美好的音乐确实能够震撼人。其实你仔细想想，能让你落泪的，一个是你的母亲，一个就是音乐。所以《哈利路亚》又被称为"天国的国歌"，这个称谓可以说是很高的奖赏。

前面回顾了古典声乐的发展脉络，人的声音一步步得到尽善尽美的发掘和展现，下面我简单讲一讲，音乐的另一支——器乐。

器乐独立于声乐，从声乐中分离出来，和声乐平起平坐，在音乐历史上还是人类历史上的意义都是非常重要的。重要性主要从两点表现出来，一个是世俗因素不断扩大，你想想，原来占统治地位的声乐是一种宗教形式，宗教因素越来越少，世俗因素越来越多，肯定唱歌越来越少，器乐越来越多。另外一种因素就在于民主的力量加大。房龙在谈这一段历史的时候，说的一段话很经典。"音乐比起绘画是更民主的艺术，等到各种完美的乐器都可以加入进来，当各种乐器合成一种变幻无穷的管弦乐的时候，音乐就获得全面的胜利。从基督教新教教堂逃亡出来的绘画，遁入了私人住宅，或藏于博物馆，但音乐却在每一个国家的大街小巷里昂首阔步，征服了世界。"我觉得这些话说得很到位。同样是民主的进程，同样是世俗化的进程，伦勃朗的绘画，达·芬奇的绘画被个人收藏了，或者藏在博物馆里，因为很少有人能买得起。但是你可以在兜里藏着任何一个音乐家，包括最伟大的音乐家的音乐，走到哪儿听到哪儿。音乐就是这样体现了世俗的、民主的力量，因此可以说器乐的出现体现了这两点意义是不可小看的。

我现在从蒙特威尔利的器乐梦想谈起。蒙特威尔利这一辈子在创作歌剧的同时，内心潜藏着很大的梦想，就是器乐。当时音乐是以人声为主，所有的乐器是声乐的附庸，所以当时的伴奏很简单，只有四五种，你看中国的京剧就很体现那个时代的特色，老三样：京胡、月琴、板鼓。而蒙特威尔利的歌剧《奥菲欧》一下子在台上用了四十多种乐器，这在贝多芬交响乐时代都少见。这跟蒙特威尔利内心的梦想有关。

蒙特威尔利出生在一个很小的地方，叫作克里莫纳，但这个地方从过去到现在一直是管弦乐器制造之乡。我们现在使用的很多管弦乐器最早都是在那造出来的。比如说，我们现在的小提琴，据说就是16世纪初期一位叫作安德丽亚·阿马提创造出来的，这个人跟蒙特威尔利是老乡。另外蒙特威尔利一直是乐队里的中提琴手。所以他对音乐的理解肯定跟帕勒斯特里那是不同的，因为后者是唱歌出身的。所以，蒙特威尔利一直都怀有器乐的梦想，只不过因为当时的社会现实的制约，一直得不到发挥。这个梦，是巴赫帮他完成了。可以说，巴赫是第一个在历史上让器乐和声乐并驾齐驱的音乐家，相当于猴子从森林里出来直立行走。原来的器乐是声的附庸，现代的器乐独立成章，意义很重大。

巴赫跟蒙特威尔利一样，一生对器乐有着特别的钟爱，他自己发明过一种叫作五弦中提琴的乐器；也是他，第一次把管风琴独立出来，单独为管风琴编写了很多独奏曲，巴赫本身就是管风琴演奏大师，人们称赞管风琴就是巴赫的乐队，他把乐器潜在的能力发挥得淋漓尽致。其他的更多了，他的钢琴曲，他的单簧管，双簧管，他的大提琴无伴奏，都非常值得一听。尤其是双簧管协奏曲一共是三首，都不长，非常好听。后来在莫扎特时代，他曾经作过一首单簧管协奏曲，是莫扎特最著名的一首，现在一演奏单簧管协奏曲，肯定就演奏这首，我想他肯定是受了巴赫的影响。巴赫的大提琴无伴奏六首，也是非常好听，到现在常演不衰。其中演奏得最好的就是苏联大提琴演奏家罗斯特罗波维奇，可能是他年龄比较大，经历的沧桑多一些吧，对巴赫的作品的理解有很多独到之处。

巴赫对器乐的贡献是巨大的，但是他本身并不走运，没有亨德尔那么幸运。巴赫和亨德尔同年出生，晚年又前后脚双目失明，大致的生活经历和轨迹是相同的，而且他们的出生地仅相隔二十英里，算是老乡，但巴赫一辈子穷困潦倒，二十个孩子，你想想二十个孩子，怎么养？还不得跟放羊似的。房龙在写《巴赫传》的时候，画了一幅插图，画的是墙上钉了二十个钉子，每一个钉子上挂一顶帽子，最后一个钉子上没有帽子，钉子下面是一个婴儿车，里面是刚生下来的小婴儿。巴赫的《勃莱登堡协奏曲》非常有名，死后就卖了六便士。但是亨德尔就走运，他写的《水上音乐》被英王一次就奖赏了两万英镑，真是不可同日而语。巴赫死的时候连一块墓地都没有，第一天埋了，第二天就找不着了。亨德尔去世的时候英国政府出面，相当隆重，埋在了伦敦的西敏寺名人墓中。但是，这并不妨碍巴赫的伟大。是巴赫的努力使器乐达到了辉煌，当然最辉煌的要数莫扎特和贝多芬时代。

实际上巴赫的努力是在单独的乐器上，但交响乐是一种众神的联欢。交响乐的拉丁语意思就是"一起来演奏"。提起交响乐，不能不提海顿，他被称为"交响乐之父"，没有他也就没有莫扎特和贝多芬，莫扎特和贝多芬都不得不承认海顿是他们的老师。莫扎特一直都称海顿是他爸，而且他创作的弦乐四重奏专门献给海顿。贝多芬脾气有点暴，尽管海顿是他的老师，但他们有点不合，但海顿对他仍然很赏识，应该说海顿对他的影响是非常大的。

下面，我想简单介绍一下贝多芬的交响乐，贝多芬的交响乐意义就在于他把器乐推向古典主义辉煌，更全面地讲，这个辉煌是经过了海顿的奠基，莫扎特和贝多芬的努力，最后由贝多芬来完成的。

贝多芬第一第二交响乐，有着明显的海顿和莫扎特的影子，可以略去不听，其他几部交响乐大致分为两个部分。一类是第三、第五、第九交响乐建议大家放在一起来听，第三是《英雄交响乐》，第五是《命运交响乐》，第九是《欢乐颂》。三部交响乐合在一起，实际上完整地用音符抒写的是一个英雄的诞生、成长和涅槃。其中最重要的当然是第五命运交响乐。我们国家对别的音乐家都不熟悉，就熟悉贝多芬；对贝多芬别的不熟悉，就熟悉命运交响乐开头前四个音节。昨天我看电视台搞的音乐大奖赛，出了好多素质测验题，很多曲子他们都不知道，但只要放命运交响乐前四个音节，我相信没有不会的。但是这四个音节最衡量我们对贝多芬的理解和认识。刚粉碎"四人帮"的时候，电台里老播放贝多芬的这首曲子，贝多芬的这四个音节气势非常磅礴，节奏非常紧凑有力，开始我们就是这样接受的，后来我觉得好像不对，贝多芬怎么成了李尔王一样的人物了？再后来，我看了一个英国学者写的文章，特别带着嘲讽的口气评论道："这开头四个音节经常被那些表演过火的浪漫派的指挥家虐待，谨防在开头的四个音节里用力敲击的蠢人，他们就像是训狮员一样，控制了整个的乐队。"说得太好了，我一直就找不到这么好的词。（笑）为什么？

因为在创作《命运交响乐》的时候，贝多芬的双目已经失明了，他内心是痛苦的，怎么可能像李尔王似的时时刻刻都在强有力地敲击命运的大门呢？总是这样的敲门声，贝多芬受得了吗？所以，我们在欣赏这部交响乐的时候要警惕英国人说的"那些蠢人"和"那些虐待他的指挥家们"。

第二类值得一听的是贝多芬第二、第六交响乐。第二交响乐充满了爱情色彩，被舒曼称为"在两位北欧巨人之间的纤弱的希腊少女"，因为在创作这部交响乐的时候，他正在和一对贵族姐妹恋爱，后来好像是他跟姐姐好了，那个妹妹嫁给了一个军官，那个姐姐送给贝多芬一个自己的雕像。看电影《永久的情人》中，贝多芬有一个抽屉，里面装着没有发出去的情书，还有就是那个雕像。这部交响乐里弥漫着这样动人的爱情的旋律。第六交响乐就是我们非常熟悉的《田园》，它不是模拟自然的作品，它是贝多芬心目中的田园。虽然那时贝多芬已经双目失明，但是贝多芬说田园里的每一棵树都在和我说话，他把对自然的感情寄托在里面。

如果说前一类交响乐的主题是"英雄，命运，欢乐"，那么后一类交响乐的主题就是"青春，爱情，自然"；前一类交响乐寄托的是贝多芬的理想，后一类交响乐寄托的是贝多芬的梦想；前一类的交响乐呼应的是那个时代革命的主题，后一类交响乐则反映那个时代回归自然和人性的主题。

以上我们梳理了一下古典器乐的发展脉络。这样我们对古典音乐有了一个粗浅的认识。我们回过头来再听那些歌剧，听那些器乐，我们可能充满了对这些音乐家的感情，这样听起来，可能另有味道。

上面是对古典音乐青春期的声乐器乐的简单介绍，下面我就从摇滚音乐的角度来进行对前面所提出的问题的补充。

去年，我用了一年的时间写了一本关于摇滚音乐的书，在写这本书的时候我一直在想这样一个问题，音乐的发展史实际上就是不断界定什么是音乐，什么是噪声的过程，因为在古典音乐里没有噪声，古典音乐讲究的是和谐匀称和美，噪声只有在摇滚音乐里才有。我想在格里高利圣咏的时代，肯定认为复调音乐就是噪声，蒙特威尔利四十种伴奏，肯定更被认为是噪声。所以，一部音乐史，就是一部什么是音乐什么是噪声的历史，是一场争夺音乐权利的斗争的历史——用阶级斗争的方法来分析的话，大概就是这样来说的。

实际上，在古典音乐的后期，也就是 19 世纪末期 20 世纪初期，古典音乐最后一批传人，他们已经在探讨噪声能不能纳入音乐的范畴。其中一位叫勋伯格的，是无调性音乐的创始人，他就试验性地将噪声引进他的音乐创作中，比如他的《月光下的彼埃罗》和《华沙幸存者》，但最终没有成为古典音乐的主流。另一位拉赫马尼诺夫，他曾经预言 20 世纪是噪声的时代，但他到底没有看到噪声时代的诞生。

真正完成了勋伯格和拉赫马尼诺夫遗嘱的人，不是古典音乐家，而是摇滚音乐家。60 年代出现了一支摇滚乐队，大家都很熟悉，叫"地下丝绒"乐队，其中主要的作曲者叫约翰·凯尔，他当年是获得了伦敦音乐学院古典音乐的奖学金，拿着古典音乐的奖学金搞摇滚，等于喝着牛奶给狼干活。他改造了小提琴的拉法，第一次把噪声搬上舞台，被一些年轻人所接受，尽管当时影响不是很大，但毕竟噪声音乐开始抬头。所以摇滚音乐者后来不无骄傲地说，是他们创作了拉赫马尼诺夫第五钢琴协奏曲。事实上，大家都知道，拉赫马尼诺夫一生只写了四部钢琴协奏曲，并没有第五钢琴协奏曲。到了 80 年代，各种噪声音乐迅速发展起来。其实像我这样年纪的人，一开始不太喜欢噪声音乐，但听过之后，发现跟你想的不一样。噪声音乐不是像外面汽车的声音那样，和卓别林的电影《摩登时代》里的噪声不一样。80 年代的噪声主要有两种值得一听，像我这样的人都能接受，你们一定可以接受，一种是"白色噪声"，代表是 80 年代初期出现的"耶稣和玛利亚锁链"乐队，一支是 80 年代末期出现的"血腥的情人节"乐队；另一个是美国 90 年代出现的"地下噪声"，代表的乐队叫"大黑"乐队，改造的是吉他的弹法。噪声乐队经过 60 年代、70 年代，到 90 年代已经十分丰富，成为摇滚乐一个重要组成部分。

之所以产生出噪声音乐，除了古典音乐家的梦想之外，器乐材料的变化，是一个很重要的因素。古典乐器的材料尽管也经历了很多变化，但基本已经成型。进入了电子时代之后，1968 年第一次出现了电子合成器，使音乐的材料发生了根本性的变化。合成器的出现，给了噪声音乐一个新的武器。当时有一个合成器大师叫布赖恩·依诺，对合成器的普及起了很重要的作用，合成器被摇滚乐队普遍应用。当时德国有一个乐队叫"橙红色的梦"，出版他们的唱盘叫《半人马座 α 星》的时候，在封套上注明"本唱盘绝对不含任何纯器乐"，像是现在在食品包装袋上特别标明"本食品绝对不含任何添加剂"一样，为的是突出合成器的重要。合成器的作用确实很大，我们不要低估它，噪声音乐正是有了它的推波助澜才有了进一步的发展。

因此，总结一下我们刚才讲过的古典音乐青春期和摇滚音乐的发展期，从这样两个根本不同的坐标系来看音乐形式在时间中变化的意义，让我想起德国学者保罗·贝克所说的："音乐没有进化，只有变化。"这种变化，如果从文学的角度来分析，和文学有着很相似甚至神似的方面，用如今一句时髦的话就是"陌生化"——这是20世纪初俄罗斯理论家什科洛夫斯基说的一句名言。形式的变化总是对前一种形式的陌生化。蒙特威尔利的四十多种乐器的出现肯定是对格里高利圣咏的陌生化，而贝多芬的交响乐肯定更让人吃惊，而后来摇滚音乐的出现又是整个古典音乐想不到的"陌生化"。

如果说前面我们已经谈到了音乐在历史长河的发展中和文学的发展有非常相似乃至神似的方面，下面我想来讲讲音乐和文学不同的地方，因为毕竟是两种不同的艺术形式，它们不同的地方会给我们一些有意思的思考。

一种不同，就是叙述的角度不一样，当然，音乐和文学存在相容的地方，它们存在的方式都是以时间为单位，读文学，要一页一页地看，听音乐也要一个小节一个小节地听，它不像绘画、雕塑，一幅绘画我瞬间就可以把它看完，用不着时间流淌的过程，即使雕塑的背面你看不见，放一面镜子就看见了。文学的叙述角度一般都是单声部的，尽管有的小说用复调方式去写，但是本质上还是有一个隐含的主体，就是作者，所有的一切都掌握在他手心里，所以即使分出很多声部，最后看来还是他一个人的独白。最近贾平凹写了一部长篇小说叫《梦象报告》，实际上是希望用多声部的方式来表现这部长篇小说，写了一对人年轻的时候相恋，一直到年老也没有成功。他为了叙述这一对从年轻到年老的爱情历程，很多人从不同角度叙述这两人的故事，想达到复调小说的作用，但现在遭到批评，说所有人都操着同一个腔调说话，还是作者单声部的独白。确实很难。为什么？我觉得这跟创作材料有关系。音乐的材料是乐器和人的声音；文学的材料是文字。在一句话当中只能有一个主语，但我们在座的共同发出各自的一种声音的话，那将是一种新的声音，但我们就什么也听不清了。而乐器是可以拼凑在一起，发出各自的不同声音，合在一起却可以是非常好听的音乐。在那里，每种乐器都是一张嘴，可以在同一时间，形成一种众神喧哗，多声部的效果，这是文学望尘莫及的。

另一个不同，20世纪文学才出现了巴赫金所说的复调小说，也就是才有了向音乐求助，利用音乐的形式充实自己的尝试。但早在几百年前，音乐就曾梦想过和文学联姻。但这两种艺术形式毕竟是不一样的，就像文学梦想和音乐联姻，我觉得很难成功，音乐梦想和文学联姻依然是很难的。这是我个人想法，不见得对。理查·施特劳斯曾经写过一首交响诗《堂·吉诃德》，他主观意图是用大提琴代表堂·吉诃德，用单簧管代表桑丘。我觉得这有些一厢情愿，作为听者，你能听出哪个代表哪个？变化一下不可以吗？所以我觉得，我们听音乐最多的还是听音乐本身给我们的感受，而不像小说可以有情节，有人物，音乐是一种感觉艺术，从本质上来讲和主要是叙事功能为主的文学是有区别的。音乐文学各有其长，各有其短，应该相互借鉴，但这种借鉴不是"输血"式简单的方式，而是一种素质的培养；学文学的人懂一点音乐，学音乐的人懂一点文学，彼此给予营养，是很有好处的。

最后，我用一段话来作为我今天讲座的结束语。讲这段话的人很有意思，是一个18世纪的异想天开的人物，他想发明两种乐器，一种叫作眼观羽键琴，一种叫作彩色羽毛键琴，希望能把音乐的旋律与和声的色彩在乐器上给你一种视觉冲击的感受。他就是一个叫卡思·戴尔的神父，他曾经说过这样的话："声音的特性是流失的，逃逸的，永远和时间系在一起的，并且依附它而运动。而颜色从属于地域，它是固定的持久的，它在静穆中闪烁。"我想他这句话正好符合我今天的题目"音乐在时间中流淌"。没错，音乐永远在流淌中闪烁，在流淌当中给我们以享受。

就讲到这里吧，谢谢诸位！

2001 年秋